LE

ROMAN COMIQUE

B. G. Imprimerie Gouverneur et Jeanneret 29, rue de Lille.
avec Le quantième de vidiné de la famille.

Paris. Imprimé par GUIRAUDET et JOUAUST, 338, rue S.-Honoré,
avec les caractères elzeviriens de P. JANNET.

LE
ROMAN COMIQUE

PAR SCARRON

NOUVELLE ÉDITION

Revue, annotée et précédée d'une Introduction

PAR

M. VICTOR FOURNEL

———

TOME I

A PARIS

Chez P. JANNET, Libraire

—

MDCCCLVII

INTRODUCTION.

Du roman comique, satirique et bourgeois, au XVIIe siècle, et en particulier du Roman comique *de Scarron.*

L e *Roman comique* de Scarron n'est pas une tentative isolée au XVIIe siècle : il se rattache à une série d'ouvrages peu connus et qui mériteroient de l'être davantage. En publiant dans la Bibliothèque elzevirienne le chef-d'œuvre du burlesque cul-de-jatte, l'occasion me paroît donc propice pour étudier rapidement les œuvres d'un genre analogue qui présentent, à des degrés divers, ce caractère familier, satirique ou plaisant, qu'on n'est point habitué à rencontrer dans les romans de cette époque.

I.

D'où vient que ceux-là même qui recherchent avec passion les coins les plus pittoresques et

les plus inexplorés du grand domaine des lettres
ont si complétement négligé ce chapitre aussi
neuf que curieux de l'histoire littéraire du XVIIe
siècle, ou qu'ils ont à peine daigné jeter quelques phrases sur cette longue série d'œuvres
originales, comme on jette machinalement une
pelletée de terre sur un mort? Et pourtant il y
a là une veine puissante et vive du vieil esprit
françois, passant à la dérobée à travers l'époque
régulière et correcte de Louis XIV, pour relier
le XVIe siècle au XVIIIe, l'âge de Rabelais, de
Verville et de Desperriers, à l'âge de Voltaire, de
Diderot et de Restif de la Bretonne; — dernier
reste de la verve capricieuse et fantasque des
fabliaux et joyeux devis, alliance de l'élément
gaulois à l'influence espagnole, alors dans toute
sa force; protestation du bon sens narquois, de
l'esprit positif et railleur, non seulement contre
les subtilités, les raffinements, l'héroïsme guindé
et menteur des *Cyrus*, des *Grand Scipion*, des
Astrée et des *Polexandre*, contre le langage faux
et les faux sentiments des pastorales, mais aussi
contre les allures solennelles et disciplinées,
contre la dignité un peu gourmée, quelquefois
même légèrement pédantesque, de la littérature
officielle. Le besoin de la réalité, l'amour du détail, se révoltent également contre ce caractère
impersonnel qui va dominant de plus en plus
dans les écrits, à mesure qu'on avance vers la
fin du siècle. Il y a là enfin la préparation et
même l'avénement, sous une forme encore in-
décise et souvent maladroite, du roman moderne,
— non seulement du roman de dimension modeste et de la nouvelle, au lieu de ces intermi-

nables épopées qui remplissoient dix et vingt volumes ; non seulement du roman réaliste, comme on dit dans le jargon d'aujourd'hui, — mais du roman de mœurs et d'observation, choses dont MM. d'Urfé, Scudéry et la Calprenède ne paroissent pas s'être beaucoup plus inquiétés que leurs pâles comparses, MM. Pélissery, de Vaumorière, d'Audiguier, *e tutti quanti.*

La plupart des écrivains à qui l'on doit les œuvres que nous allons passer en revue étoient des esprits nets et vifs, mordants et familiers, ennemis de toute emphase, de toute morgue, de tous grands airs, et, par haine d'un excès, se jetant parfois dans l'excès opposé. Libres penseurs en littérature, sauf quelques exceptions, dans la mesure de leur époque et de leur caractère, — marchant à part, en dehors des salons et des coteries, ils joignoient presque tous à cette indépendance littéraire une hardiesse d'opinions plus ou moins grande dans la philosophie, la morale et la religion. Beaucoup d'entre eux se rattachoient à cette société de *libertins* qui faisoient fi du décorum et de l'étiquette et s'oublioient volontiers au cabaret dans d'agréables débauches, côte à côte avec Desbarreaux, Guillaume Colletet, ou ce gros Saint-Amant et ce joyeux et insouciant Chapelle.

Don Quichotte avoit paru en 1617, et avoit été traduit presque immédiatement en françois. Au delà des Pyrénées, le triomphe du quévédisme et l'avènement du roman picaresque (dont le nom — de *picaro*, gueux, vaurien — indique assez la nature) venoient de transformer la littérature. *Lazarille de Tormès, Marc Obregon, Guzman d'Al-*

farache, *Don Pablos de Ségovie*, *l'Aventurier Bus-
con*, sans parler du Décaméron castillan, *le
comte Lucanor*, — toute cette vivante et puissante glorification de la misère, cette familière
et railleuse épopée du vagabondage, s'étoient succédé en peu de temps, et n'étoient point restés
inconnus en France, grâce au courant qui entraînoit les esprits par delà les monts, depuis la Ligue et les princesses de la maison d'Autriche.
L'influence de Cervantes, de Hurtado de Men-
doza, de Quevedo, de don Juan Manuel, est visible pour les plus aveugles, aussi bien que celle de
Gongora et du cavalier Marin, dans presque
toutes les branches de notre littérature, de 1600
à 1650 surtout; elle est principalement visible
dans les principaux romans bourgeois, satiriques
et comiques. Bien plus, on peut dire que l'*Astrée* même avoit entr'ouvert la porte par où devoient passer les romans destinés à le combattre
et à le discréditer peu à peu : car, non seulement
à côté de l'idéal représenté par Céladon et sa
bergère il avoit mis en contraste l'amour ordinaire et commun dans Hylas et Galatée, mais encore ce même Hylas étoit chargé d'égayer l'ouvrage par ses plaisanteries, à la façon des saty-
res dans les pastorales, de sorte que d'Urfé avoit
songé au côté railleur et comique comme au côté
positif et réel.

Du reste, pendant les premières années du
XVIIe siècle, il y a déjà comme un courant de
réalité dans l'air, par un naturel esprit de réac-
tion contre les tendances opposées qui commençoient à se manifester, et qui devoient régner
principalement de 1650 à 1680. On trouve dans

G. Colletet, dans Théophile, dans les poésies détachées de Saint-Amant, et même dans son *Moïse sauvé*, comme plus tard dans la *Pucelle* de Chapelain, une manie de description minutieuse dont s'est moqué Boileau, et qui ne recule même pas toujours devant les détails où la familiarité devient triviale, et la trivialité grotesque et repoussante.

Mais, sans nous arrêter à ces considérations incidentes, qui ne rentrent qu'indirectement dans notre cadre, nous allons ouvrir la marche par deux ouvrages qui, malgré la date de leur publication, semblent se rattacher plutôt à l'époque précédente. Je parle du *Baron de Fæneste*, qui, au fond, est du XVIe siècle par la vie de son auteur, Agrippa d'Aubigné, aussi bien que par son style et toute sa physionomie, et des *Satires d'Euphormion*, écrites par Jean Barclay dans l'idiome des savans et des beaux esprits de la renaissance, dans cet idiome alors universel qui faisoit d'Erasme, de Scaliger et de Bembo, malgré la différence des nationalités, autant de compatriotes réunis par la communauté du langage.

Le *Baron de Fæneste* (1617-1620) est une satire plutôt qu'un roman, un pamphlet dialogué plutôt qu'un récit. Ce n'est point là une fantaisie sans réalité extérieure, née simplement de la libre imagination de l'auteur : d'Aubigné dit lui-même qu'il a voulu se récréer par la *description de son siècle*, mot qui met un abîme entre cet ouvrage et les romans héroïques d'alors, où l'on pensoit tout au plus à glisser quelques portraits auxquels le lecteur curieux pût appliquer des clefs plus ou moins exactes, et à reproduire la phy-

sionomie de certains salons et de certains *réduits*
que n'avoit jamais éclairés un rayon de vérité et
de naturel.

Sauf l'adjonction, dans la quatrième partie,
du sieur de Beaujeu, et, dans les autres, de quelques masques subalternes et passagers, tels que
les deux théologiens burlesques Mathé et Clochard, tout se passe entre trois personnages, le baron de Fæneste, dont le nom grec (φαινεσται) indique suffisamment le naturel vantard, fanfaron,
glorieux, brûlant de *paroître*, et sacrifiant tout
aux beaux dehors,—le seigneur Enay (ειναι), qui,
par contraste, ne vise qu'au solide et à la vertu
réelle,—enfin le valet du baron, type remarquable et pittoresque, qu'on retrouvera, sous des transformations diverses, dans les comédies du temps,
et que d'Aubigné a amené avec bonheur dans la
trame de son pamphlet, pour varier, en l'égayant,
l'antithèse un peu monotone qui en fait le fond.
Mais soyons juste : le baron, un aîné des Mascarilles et des marquis de Molière, suffiroit bien
à lui seul pour dérider l'intrigue. C'est un personnage gonflé d'outrecuidance et de sottise orgueilleuse, qui rentre dans l'immortelle série
de ces capitans matamores dont j'ai essayé ailleurs d'esquisser rapidement l'histoire sur notre
théâtre ; la triple influence de la Gascogne, son
pays natal, de l'Espagne et de l'Italie, ses
pays d'adoption, en ont fait un héros couard,
hâbleur, orgueilleux, et néanmoins prodigue de
ces formules obséquieusement emphatiques de
la politesse la plus exagérée, que la patrie des
Médicis avoit mises à la mode en France.

Il ne falloit pas s'attendre que l'auteur de la

Confession de Sancy, et peut-être, — hypothèse
toutefois peu probable, — du *Divorce satirique*,
abdiquât dans le *Baron de Fæneste* ce naturel
frondeur qui en faisoit parfois un si fâcheux personnage, même pour son compère Henri IV. Il
y attaque, en vrai huguenot qui s'est nourri de
l'*Apologie pour Hérodote*, les gens d'église et les
prédicateurs, sans ménager aux courtisans des
satires où l'on trouve comme un avant-goût de
Saint-Simon. Les manies et les engoûments de
l'époque, entre autres la rage des duels et les
croyances superstitieuses, quoique d'Aubigné fût
un spadassin déterminé et qu'il crût à la sorcellerie, n'y sont pas plus épargnés, et, d'un bout
à l'autre, on y sent passer un souffle de libéra-
lisme qui, sur bien des points, devance le siècle
de l'auteur, et touche de fort près aux idées modernes.

L'*Euphormion* de Barclay [1], qui, du moins, ressemble à un vrai roman pour la forme, est un ouvrage d'un genre tout différent; s'il montre quelques velléités de satire, il n'a presque rien de
commun, sauf dans certains détails accessoires
où l'écrivain paroît s'être inspiré de ses souvenirs, avec la peinture réelle de la société d'alors,
avec l'observation vraie et la fidèle reproduction
des mœurs, et il se maintient, presque partout,
dans des généralités qui font de ses passages les
plus virulents un recueil de diatribes fort anodi-
nes et fort inoffensives, où la plaisanterie tourne
sans cesse à l'amplification et l'épigramme à
l'homélie. Toute la satire se borne à peu près à

1. La Ire partie avoit paru à Londres en 1602.

des *discours* contre les procès, les médecins, les courtisans, les sorciers, etc., à des réflexions morales peu piquantes, à des déclamations vagues et sans but : c'est, avant tout, l'œuvre d'un rhéteur. Quoi qu'il en soit, cet ouvrage, bien certainement inspiré par les romans espagnols, où, en haine des grandes épopées chevaleresques, on racontoit les aventures de quelque héros du commun, est d'une tout autre famille que les œuvres de Gomberville et de madame de Scudéry. Ce n'est pas que le style y ait beaucoup plus de simplicité et de naturel; mais du moins, malgré ses périphrases, sa froideur et son emphase un peu fatigante, il nous introduit souvent dans les intérieurs domestiques, et jusqu'à un certain point dans les détails familiers ou plaisants de la vie commune. On comprendra mieux la différence que je veux signaler, si l'on songe qu'Euphormion, au lieu d'être un héros grec ou romain, est un esclave qui raconte lui-même les malheurs de son existence vagabonde et méprisée, alternant dans son récit les tableaux d'orgies et d'émeutes, les combats de voleurs, les épisodes burlesques, les scènes d'alchimistes, de sorcières, de laquais, de sergents, d'archers. A travers cette succession de péripéties, le merveilleux apparoît et reparoît sans cesse; *l'Ane d'or*, que Barclay devoit avoir relu bien des fois, a prêté aux *Satires d'Euphormion* un reflet de son réalisme fantastique. L'allégorie, trop souvent obscure, domine surtout dans la seconde partie, où l'on croit voir percer les allusions contemporaines à travers le voile d'une mythologie d'emprunt : aussi les clefs, fort diverses toutefois, n'ont-elles pas plus manqué à cet ouvrage qu'elles ne manquèrent plus tard à celui de La Bruyère.

C'est encore, par quelques points, une physionomie du XVIe siècle, que celle de Théophile de Viau, qui nous a laissé des *Fragments d'histoire comique*, où se retrouve, affoiblie, il est vrai, et dans des proportions beaucoup plus modestes, la verve gauloise des cyniques railleurs de cette époque. Théophile a trouvé moyen d'encadrer dans ces quelques chapitres inachevés et trop tôt interrompus les principaux types de comédie d'alors : le débauché, le *libertin*, l'Italien, l'Allemand, le pédant surtout, dont il a laissé dans la personne de Sidias, l'involontaire *gracioso* de son roman, un modèle qui devoit rester comme le prototype du genre, et dont se souviendront surtout Cyrano et Molière. Toutefois ces fragments, malgré les excellents tableaux dont ils sont parsemés, me semblent écrits d'un style un peu lent, et les réflexions littéraires, les digressions philosophiques et morales, viennent trop souvent retarder la marche de l'intrigue.

Mais nous voici arrivés à une étape importante de notre excursion, à l'homme dont les œuvres doivent nous fournir, sinon les pages les plus remarquables, du moins les plus nombreuses, et peut-être les plus originales, après celles de Cyrano, qu'il n'a été donné à personne de surpasser en ce point. Je veux parler de Charles Sorel. *La vraye histoire comique de Francion*, qu'il publia en 1622, l'année même où paroissoient le deuxième volume de l'*Astrée* et la *Cythérée* de Gomberville, est un essai tenté par un homme d'esprit, dans le but, ainsi qu'il le dit lui-même, de res-

susciter le roman rabelaisien, —l'idéal du genre
à ses yeux; — et de l'opposer aux compositions
tristement langoureuses qui commençoient à en-
vahir la littérature.

Francion est un roman de mœurs, mais c'est
aussi un roman d'intrigue, influencé par la littérature espagnole, vers la fin surtout. Sorel, qui
connoissoit le goût du siècle, savoit que l'observation pure n'auroit pas chance de succès, et ce
fut pour n'avoir pas pris les mêmes précautions
que Furetière échoua plus tard. Cet ouvrage est
un vrai roman picaresque; le héros, Francion (qui
est, sinon pour les aventures, du moins pour les
idées et le caractère — on le reconnoît à divers
traits—l'incarnation de Sorel), personnage d'humeur vagabonde et peu scrupuleuse, sorte de
Gil Blas anticipé, sert de trait d'union entre les
diverses scènes et les tableaux détachés dont se
compose l'ouvrage, et qui se succèdent, sans for-
mer un tout, comme dans une lanterne magique.
Il n'y faut pas chercher un plan plus solidement
conçu; mais ce qu'il faut y chercher, c'est la satire littéraire et morale, c'est l'épigramme se mêlant à la comédie, et le trait de mœurs coudoyant
l'anecdote historique. Pour qui veut l'étudier de
près, *Francion* est particulièrement utile à l'histoire intime du temps, à celle des modes et des
ridicules, aussi bien qu'à celle des usages et de
l'opinion. Il va du Pont-Neuf aux boutiques des
libraires, de l'intérieur des châteaux à celui des
collèges : charlatans, rose-croix, opérateurs,
courtisans et courtisanes, voleurs, bravi, pédants,
écoliers, hommes de loi, fripons, débauchés de
toutes les espèces, défilent tour à tour sous nos

yeux; et il faut bien avouer que c'est là un monde étrange, dont les mœurs soulèvent plus d'une fois, à juste titre, les nausées du lecteur délicat.

Le plus souvent c'est avec des aventures réelles, avec des anecdotes et des personnages historiques, que Sorel a composé son roman. Ainsi, pour en donner quelques exemples, on trouve au 10e livre l'aventure des trois Sallustes, c'est-à-dire celle des trois Racan, que Tallemant des Réaux et Ménage ont mise en récit et Boisrobert en comédie; ailleurs (5e livre) il a présenté Boisrobert lui-même avec son effronterie et ses procédés ingénieux pour s'enrichir aux dépens des seigneurs, dans le personnage du joueur de luth Mélibée. Le pédant Hortensius, avec sa fatuité naïve et son orgueil béat qui le font bafouer sans qu'il s'en doute, qui ne parle que par hyperboles recherchées, par images et comparaisons exquises, par doctes antithèses, n'est autre que Balzac. Celui-ci est Racan, celui-là Porchères L'Augier, etc. Bien des épigrammes aussi qui paroissent d'abord frapper dans le vide se laissent deviner à mesure qu'on les regarde de plus près et qu'on les rapproche du témoignage des contemporains. Dans le 5e livre en particulier, le plus curieux de tous au point de vue littéraire, il suffit, pour donner une valeur historique à bien des traits détachés, de les comparer aux satires de Boileau, au *Poëte crotté* de Saint-Amant, aux comédies de Molière; ces rapprochements faciles éclairent les tableaux de Sorel, et ceux-ci complètent à leur tour les renseignements qu'on rencontre ailleurs. Ainsi l'on trouvera dans ce livre de piquants et véridiques détails sur la puérilité des discussions littéraires de l'époque, sur la pauvreté, la servilité, la cupidité des poètes; leurs moyens de capter la réputation, les flatteuses préfaces ou les vers louangeurs qu'ils se commandoient les uns aux autres, ou qu'ils composoient eux-mêmes en leur propre honneur sous le nom d'un ami, leur prédilection ou plutôt leur manie pour le genre épistolaire, leur haine contre certains mots; leurs projets de réforme de l'orthographe, où ils veulent retrancher les lettres superflues, absolument comme les *révolutionnaires de l'A B C*, dont M. Erdan est le porte-étendard; leur libertinage, leur vie de cabaret; les stances qu'ils composent pour les musiciens de la Samaritaine et les chantres du Pont-Neuf, etc., etc. Il n'existe pas, que je sache, de clef proprement dite pour *Francion*; mais les auteurs contemporains, en particulier Tallemant, peuvent y suppléer jusqu'à un certain point.

Quoique Sorel n'ait certes pas fait preuve dans cet ouvrage d'un talent extraordinaire, que son style soit presque toujours lent, pâteux, embarrassé, et qu'il sache rarement tirer un parti complet d'une situation heureuse ou d'une donnée comique; quoiqu'il manque, en un mot, sinon d'esprit, du moins de verdeur, de vivacité et d'éclat, on trouve néanmoins dans *Francion* bien des germes qui ne demandoient qu'à mûrir, bien des mots et des choses que de plus illustres n'ont pas dédaigné d'en tirer depuis. Il est évident pour moi que Molière avoit lu et relu *Francion* et qu'il y a puisé largement. Je noterai quelques unes de ces imitations, qui ne sont pas les seules, mais qui suffiront à mon but. Au troisième livre, dans une curieuse description de la vie de collége, Sorel fait citer à Hortensius, aussi avare que pédant, la sentence de Cicéron, dont Harpagon fera plus tard son profit, « qu'il ne faut manger que pour vivre, non pas vivre pour manger ». Ailleurs (11e livre, p. 628) on retrouve dans une phrase un peu crue : « Ce n'est pas imiter un homme que de péter ou tousser comme lui », l'original des fameux vers :

Quand sur une personne on prétend se régler,
C'est par les beaux côtés qu'il lui faut ressembler ;
Et ce n'est point du tout la prendre pour modèle,
Monsieur, que de tousser et de cracher comme elle.

Thomas Diaforus m'a bien l'air d'avoir volé à Francion, dans une de ses harangues à sa maîtresse Nays, sa belle comparaison du souci qui se tourne toujours vers le soleil ; seulement il a changé le souci en un héliotrope. Enfin, pour me borner là, la cérémonie du mamamouchi est plus qu'indiquée dans le 11e livre de *Francion*, où on feint d'élire roi de Pologne Hortensius, qui prend la chose au sérieux, se prête à tous les détails de la cérémonie, et développe fort au long les extravagants projets de réforme qu'il se propose de mettre à exécution pendant son règne. Avant l'*Histoire comique* de Cyrano, Sorel a prêté à Hortensius le plan d'un voyage dans la lune, et il a émis quelques unes des plus étranges idées qu'on rencontre dans les œuvres du mousquetaire périgourdin.

Si ces rapprochements ne prouvent pas toujours une imitation réelle, ils montrent du moins qu'il ne faut dédaigner ni ce livre ni son auteur.

Je passe par dessus une infinité d'autres, dont Voltaire lui-même m'auroit fourni quelques uns des plus curieux, et j'arrive à un dernier, qu'on ne s'attendroit pas, j'en suis sûr, à rencontrer ici. Francion, devenu charlatan, s'avise d'un moyen ingénieux pour découvrir les femmes qui ont violé la fidélité conjugale (10e livre) : il déclare que les maris trompés doivent être, le lendemain, métamorphosés en chiens ; l'un d'eux, au point du jour, feint d'aboyer comme un gros dogue, et sa moitié, effrayée et tremblante, lui fait sa confession. Or on peut se rappeler avoir vu au Vaudeville, il y a quatre ou cinq ans, une petite comédie, intitulée, je crois, *la Dame de Pique*, qui reposoit absolument sur la même donnée et sur des développemens tout à fait analogues, avec quelques différences secondaires de détail. Ce ne sont donc pas seulement les érudits qui lisent et qui étudient *Francion*.

Ce livre eût un succès prodigieux : on le réimprima soixante fois dans le courant du siècle, on le traduisit ou on l'imita dans presque toutes les langues ; Gillet de la Tessonnerie en tira une comédie du même titre. Néanmoins Sorel, qui l'avoit publié sous le nom de Moulinet du Parc, ne voulut jamais en avouer franchement la paternité, sans doute à cause des gravelures innombrables et souvent dégoûtantes qu'il renferme, et dont son titre officiel d'historiographe lui faisoit un devoir de rougir. Un fait singulier et un contraste bizarre, c'est que, même dans son ouvrage, il mêle à ses saletés les réflexions les plus morales et les plus édifiantes, et que souvent il tâche, après coup, de déduire d'une page obs-

cène, comme pour s'excuser, de sages et ver-
tueuses conclusions. Il respecte toujours la religion proprement dite, même quand il outrage
le plus les mœurs, et, dans une grande débauche
qui dépasse de bien loin l'orgie de Couture, l'un
des conviés voulant commencer un conte gras
sur un prêtre, il lui fait imposer silence avec indignation, et s'emporte contre Erasme, Rabelais,
Marot, la Reine de Navarre, qui ont mis le
clergé en scène dans leurs contes licencieux,
tandis qu'il a eu un grand soin de n'y pas toucher dans *Francion.*

Ce désaveu, dont pourtant il prit soin quelquefois d'atténuer la portée, laissa le champ libre
à la tourbe des auteurs de bonne volonté trop
pauvres pour créer un ouvrage de leur propre
fonds, et, son succès aidant, ce roman fut considéré comme une sorte de canevas commun sur
lequel chacun pouvoit broder à sa guise. La première édition n'avoit que sept livres ; Sorel en
ajouta cinq à la seconde, et d'autres se chargè-
rent d'y coudre qui une page scandaleuse, qui
une anecdote satirique ; de sorte que Francion
se trouva bientôt être le fils anonyme de plusieurs
pères[1].

Déjà, dans cet ouvrage, Sorel avoit montré
son aversion pour les romans à la mode, et il
avoit aussi décoché quelques traits contre les
poètes, les rangeant parmi les bouffons et dé-
clarant que « c'est un grand avantage pour la
poésie que d'être fou ». Ce n'étoit là qu'un foible

1. A cause de cette diversité des éditions, je crois devoir
prévenir que j'ai fait mon travail sur celle de Rouen, 1660,
qui renferme, du reste, le texte ordinaire.

prélude : il alloit maintenant porter les coups définitifs. Après avoir réagi indirectement contre le genre reçu et consacré, il alloit l'attaquer droit au cœur et le charger à fond de train, avec plus ou moins de bonheur, mais avec une fougue et une audace incontestables.

Depuis *Francion*, le succès de l'*Astrée* et des *Bergeries* avoit été croissant. Sorel s'en indignoit et pestoit en silence contre le mauvais goût du public. Enfin la patience lui échappe ; voyez sa préface : « Je ne puis plus souffrir, dit-il, qu'il y ait des hommes si sots que de croire que, par leurs romans, leurs poésies et leurs autres ouvrages inutiles, ils méritent d'être au rang des beaux esprits : il y a tant de qualités à acquérir avant que d'en venir là, que, quand ils seroient tous fondus ensemble, on n'en pourroit pas faire un personnage aussi parfait qu'ils se croient être chacun. » Le réquisitoire continue sur ce ton cavalier et exaspéré. Sorel en vient même aux gros mots contre les écrivains du jour; on sent que c'est un homme à bout de longanimité et qui brûle de faire prompte et complète justice. En conséquence, il prend sa plume de paladin pourfendeur, et il écrit *le Berger extravagant, où parmi des fantaisies amoureuses, l'on voit les impertinences des romans et de la poésie* [1]. Poètes et romanciers, tenez-vous fermes : car voici venir un rude adversaire, armé de pied en cap, et traînant à sa suite la cavalerie légère de la raillerie et la pesante artillerie de l'érudition !

---

1. Quelques éditions de ce livre furent données sous le nom de l'*Antiroman*, qui en marquoit nettement le but.

Le Berger extravagant (1627) est une évidente imitation de *Don Quichotte*. Lysis est devenu fou par la lecture des romans et des pastorales, et son innocente folie consiste à prendre au sérieux toutes les inventions des poètes, à interpréter littéralement toutes les fictions de la mythologie, à vouloir reproduire et retrouver dans la réalité les rêves de l'âge d'or et les fantaisies de la fable. Le plan est conçu, on le voit, de manière à présenter en action une satire continuelle du genre d'ouvrage auquel en vouloit l'auteur ; — satire multiple, minutieuse, qui s'en prend à la fois au côté littéraire et à l'influence morale, — s'éparpillant en d'interminables longueurs et ne reculant pas même devant la caricature et la bouffonnerie burlesque. Cette satire se produit presque toujours sous la forme de l'antithèse, soit entre le lyrisme de Lysis et le bon sens positif du bourgeois Anselme, soit entre l'amour mystique du pauvre homme et la vulgarité de sa bien aimée Catherine, vraie Dulcinée du Toboso ; soit entre sa folie poétique et la sottise triviale de son valet Carmelin, une doublure de Sancho. C'est surtout l'*Astrée* qui est en cause ; mais du reste Ch. Sorel ne ménage personne, et, une fois dans la mêlée, il frappe comme un sourd, à droite et à gauche, toujours fort, souvent juste, avec le bon sens rude et mordant, mais un peu grossier, d'un homme positif, qui ne se paie pas des mots poétiques et des phrases à la mode.

Ce livre est l'œuvre d'un esprit qui a horreur des banalités romanesques, des oripeaux consacrés, des lieux communs de style et d'invention. Sorel attaque en mathématicien les fictions les

plus souriantes, les dépeçant une à une et en
prouvant l'absurdité à tous les points de vue. Je
pourrois citer plus d'un point de détail où il se
rencontre non seulement avec Furetière, mais
avec Molière et Boileau. Malheureusement ce
beau zèle, légitime dans son principe, n'est pas
toujours juste dans l'extrême rigueur de ses impitoyables conclusions; il a ses écarts et ses en-
traînements ; il faut plaindre un esprit qui va
jusqu'à envelopper la poésie elle-même dans la
ruine du roman, qui la condamne sous les accu-
sations de fausseté et d'invraisemblance, qui la
poursuit sous toutes ses formes avec la bouffonnerie sacrilége d'un iconoclaste, et qui la
chasse honteusement de sa république, sans
même la couronner de fleurs. Qu'eût dit Boileau
s'il eût entendu le verdict de Sorel contre Homère, dans lequel il devance la Motte en le dépassant ? Même lorsqu'on reconnoît la justesse et
la vivacité de son esprit, on est contraint d'avouer
que cet esprit est presque toujours étroit, chagrin, exclusif et prosaïque. *Le Berger extravagant*
est un recueil de taquineries vétilleuses en trois
volumes, dirigées contre la lignée tout entière
des romanciers et des poètes. Et pourtant Sorel, lui aussi, avoit sacrifié à la muse du roman
et à celle de la poésie.

Le lecteur curieux pourra se donner une idée
à peu près exacte des qualités et des défauts de
l'auteur en lisant quelques pages détachées du
cinquième livre. Lysis, qui s'est fait berger,
comme don Quichotte s'est fait chevalier errant,
tombe dans le creux d'un vieux saule en voulant
reprendre son chapeau, qui s'est accroché aux

branches, et son cerveau, malade de ses récentes lectures, lui persuade aussitôt qu'il est changé en arbre. On ne peut parvenir à le convaincre du contraire ; il s'obstine à rester dans le tronc, et prouve doctement, non sans indignation, aux profanes qui le contredisent, — par exemples catégoriques tirés des *Métamorphoses d'Ovide*, de l'*Endymion* de Gombauld et de tous les « bons auteurs », qu'il n'y a rien là d'impossible, ni même d'invraisemblable. Il est assez difficile de lui répondre, car ses démonstrations sont toujours appuyées sur les ouvrages les plus accrédités et reçus avec le plus de respect. Rien de bouffon comme la manière dont on s'y prend pour le déterminer à manger et à boire, sous le prétexte de l'arroser, — les nécessités humaines de plus bas étage auxquelles, malgré sa qualité d'arbre et de demi-dieu, il se trouve obligé de satisfaire ; — ce qui fournit à Sorel une ample matière de plaisanteries peu ragoûtantes, dont il ne manque pas d'abuser ; — les cérémonies mythologiques auxquelles le convient à la clarté de la lune de feintes Hamadryades qui sont forcées de lui citer Desportes pour lui prouver qu'il peut sortir de son tronc ; — ses aventures nocturnes avec le dieu Morin, la collation des arbres qui mangent du pâté, le cyprès qui joue du violon, et au milieu de tout cela les savantes et poétiques réflexions de Lysis. Mais à la longue toutes ces inventions, qui avoient réjoui d'abord, et où l'on trouvoit à bon droit de l'esprit, de l'imagination, une certaine verve, — finissent par paroître et par être réellement puériles, forcées,

monotones, invraisemblables. Une folie poussée
à ce point, — quoique Sorel ait eu le bon esprit
de donner à Lysis, comme Cervantes à don Quichotte, des accès lucides, mais trop rares et trop
effacés, et quoique cette folie soit la condamna-
tion du prétendu bon sens des poètes et des romanciers, — a peu de chose qui puisse nous in-
téresser longtemps. L'auteur semble ne s'en être
pas aperçu, et l'on diroit souvent qu'il ne songe
qu'à accumuler des mystifications sans but réel;
il ne sait pas s'arrêter à temps, et gâte ses plaisanteries à force de les vouloir épuiser.

Chaque livre est suivi de longues remarques
où Sorel commente lui-même son œuvre en détail avec autant et plus même de respect et de
conviction que s'il s'agissoit de l'*Iliade*. Cela
n'étonnera aucun de ceux qui auront lu ces ca-
valières préfaces où il parle de lui et de ses
écrits sur le ton d'une confiance si fanfaronne et
d'une si naïve outrecuidance. Dans ces remarques il revient, en son propre nom, sur les hommes et les ouvrages dont il a parlé, sur les idées
qu'il a émises, pour les appuyer et les compléter
à son aise; et, chemin faisant, il trouve moyen
de déployer une érudition littéraire des plus éten-
dues, sinon des plus discrètes et des mieux dirigées, qui témoigne d'une immense lecture. *Le
Berger extravagant* est, pour ainsi dire, une vraie
encyclopédie, où toutes les œuvres de la littérature pastorale, romanesque et poétique, de l'antiquité et des temps modernes, de la France et
des nations étrangères, comparoissent les unes
après les autres par devant le tribunal souverain

de ce Minos inflexible, qui les juge et les condamne sans se laisser émouvoir à l'éloquence ni aux grâces des coupables.

Avec tous ces défauts, *le Berger extravagant* fut une œuvre salutaire et qui porta coup. Il contribua certainement à la chute de la pastorale, qui, surtout après le succès de l'*Astrée*, avoit envahi les livres et le théâtre. Déjà compromise par l'abus qu'on en avoit fait, par l'absence d'un caractère bien déterminé qui la séparât nettement du drame et de la comédie, elle fut enfin tuée par le ridicule. On avoit vu Des Yveteaux, dans sa maison de la rue des Marais, tout enguirlandée de lacs d'amour, se promener une houlette à la main, couvert de rubans, côte à côte avec sa bergère, — et transformer son jardin en pastiche de l'Arcadie. N'y avoit-il pas là de quoi justifier l'idée qui fait la base du livre de Sorel, et le berger Lysis ne semble-t-il point la parodie légitime du berger Vauquelin? Quoi qu'il en soit, la pastorale mourut pour ne ressusciter que plus tard, — mais sous une autre forme et sans remonter sur le théâtre, — avec Segrais et madame Deshoulières; seulement Molière, qui a recueilli toutes les traditions théâtrales, même celles de l'opéra, du ballet et de la tragi-comédie, s'y essaya en passant pour varier les amusements de la cour, ce qui ne l'empêcha pas de s'en moquer dans le *Malade imaginaire*.

Je ne relèverai pas, faute d'espace, tous les emprunts qu'on a faits au *Berger extravagant* [1] : ils

---

1. J'en ai noté un des plus curieux dans l'Athenæum de 1855, p. 565.

sont plus nombreux encore que pour *Francion*, et Molière, en particulier, s'en est souvenu plus d'une fois, sans parler de La Fontaine et de Scarron. Je me bornerai à dire que, sans avoir obtenu autant de succès que *Francion*, il en eut assez pour mettre en mouvement le servile troupeau des imitateurs. Du Verdier calqua sur ce patron son *Chevalier hypocondriaque*, et Clerville son *Gascon extravagant*. Mais l'imitation la plus sérieuse et la plus remarquable fut celle de Thomas Corneille, qui, toujours à la piste du goût et de la mode du moment, fit de l'ouvrage de Sorel sa comédie en vers des *Bergers extravagants*, où il a transporté les personnages et les aventures les plus saillantes du roman, sans rien ou presque rien y ajouter du sien.

Et pourtant Ch. Sorel est oublié aujourd'hui! Ne nous hâtons pas de crier à l'injustice; ce n'est qu'un écrivain à l'état d'embryon; ses livres ne sont guère que des ébauches inégales, qui n'ont rien de complet et d'harmonieux, et qui auroient besoin d'être dégrossies par une main plus habile; ils valent plus par le but et l'intention que par la réalité, et c'est précisément ce but *excentrique*, cette intention originale, qui les rendent dignes d'examen. Il y a là une curiosité littéraire dont l'étude ne peut manquer d'être piquante pour les simples amateurs et utile pour les érudits, — rien de plus.

Théophile, au début de ses *Fragmens d'histoire comique*, s'étoit déjà moqué du jargon des romans; Scarron le parodiera de même, comme Sorel et Furetière. En 1626, un auteur inconnu, Fancan, publia aussi un opuscule, le *Tombeau*

des romans, où il plaide tour à tour le pour et le
contre, et, dans cette dernière partie, il s'en
prend surtout aux romans de chevalerie, et,
parmi les modernes, à l'*Astrée*,[1] et à l'*Argenis*.
On voit que les idées de révolte avoient déjà
commencé à se répandre avant Molière et Boileau. Plus tard, au dix-huitième siècle, le père
Bougeant, qui ne manquoit point d'esprit, devoit reprendre la même thèse et la traiter à sa
manière en son *Voyage merveilleux du prince Fan-
Feredin dans le pays de Romancie.*

Mais, pour ne pas sortir de l'époque que nous
avons choisie, *le Berger extravagant*, imitation
de *Don Quichotte*, comme nous l'avons dit,
donna lui-même naissance à plusieurs imitations,
parmi lesquelles il faut distinguer *le Gascon extravagant* de Clerville, sujet qu'avoit déjà illustré
d'Aubigné dans l'ouvrage que nous avons examiné plus haut, et *le Chevalier hypocondriaque*
de du Verdier, qui, après avoir jeté bon nombre de romans dans le moule banal, se laissa
entraîner par le succès de Sorel à railler ce qu'il
avoit adoré jusque alors. *Le Chevalier hypocondriaque*, dont la lecture n'a rien de particulièrement récréatif, surtout à la longue, tend tout au
plus à attaquer la dangereuse influence des livres
de chevalerie sur les cerveaux foibles, sans cher-

---

1. Citons encore, parmi les attaques les plus vives dirigées
contre l'*Astrée*, au plus fort de sa faveur, celle qu'on lit
dans le *Don Quixote gascon* (*Jeux de l'inconnu*). L'auteur
va jusqu'à ranger ce roman parmi les livres « que les hommes accorts et capables rejettent comme excréments, avor-
tons de l'esprit... où il n'y a ni invention, ni locution, ni
disposition, etc. »

cher directement à démontrer l'ineptie de leurs
inventions, leurs contradictions et leurs invraisemblances ; par là, comme par d'autres points
de détail, il serre de fort près *Don Quichotte* et
pousse parfois jusqu'au plagiat ce qui chez Sorel n'avoit été qu'une imitation originale et discrète. Ce n'est pas une satire littéraire, pas
même, à proprement parler, une satire morale,
mais un roman comique où domine la fantaisie,
et dont le côté plaisant repose surtout sur l'intrigue et les situations, comme dans *l'Etourdi* de
Molière et les comédies espagnoles. Malgré son
but satirique et ses traits contre les romans, *le
Chevalier hypocondriaque*, par une contradiction
qui est assez commune dans les ouvrages du
même genre, ressemble, pour le plan et les procédés, au premier roman venu de l'époque.

En plusieurs passages de son livre, du Verdier prend plaisir à accabler les villageois d'expressions méprisantes. On voit, en effet, que la
plupart des écrivains d'alors professoient pour les
bourgeois, et à plus forte raison pour les paysans,
un dédain superbe, dont les traces ne sont pas
rares dans leurs œuvres, quand ils daignent faire
mention de ces petits personnages. Sans parler
ici de la fameuse lettre de madame de Sévigné
et des passages non moins fameux de La Bruyère,
Furetière, et surtout Sorel, deux petits bourgeois
pourtant, et deux esprits qui paroissent peu faits
pour se laisser prendre à cette morgue aristocra-
tique, nous en offriroient de nombreux exemples. Il sembloit qu'aux yeux des gens de lettres, — qui en étoient venus à partager les manières de voir des gentilshommes et des courti-

sans, leurs Mécènes, — les paysans fussent des espèces d'animaux mal léchés, et qu'il fût permis d'assommer sans scrupule *ces coquins,* comme les nomme du Verdier, en les laissant *se guérir comme ils peuvent des coups qu'ils ont reçus.*

Un mot des autres ouvrages de Sorel qui se rattachent à la même catégorie. *Polyandre, histoire comique* (1648), beaucoup moins libre que celle de Francion, renferme, a-t-il dit lui-même, « les aventures de cinq ou six personnes de Paris qu'on appelle des originaux... Il y a l'homme adroit, le poète grotesque, l'alchimiste trompeur, le parasite, le fils de partisan, l'amoureux universel. » La *Description de l'île de Portraiture* est une satire de la mode des portraits, qui s'étoit répandue depuis quelque temps dans les lettres. Sous forme de voyage, Sorel y étudie tour à tour, d'une manière assez mordante, les peintres héroïques, les peintres comiques et burlesques, les peintres satiriques, les peintres amoureux, etc.; il raille leurs défauts ou leurs ridicules, et n'épargne pas davantage les prétentions de ceux qui se font peindre. L'intrigue est fort légère, mais le récit ne manque ni de vivacité ni d'intérêt. Ce qu'il y a de plus remarquable, c'est que l'auteur place dans la bouche de son guide un grand éloge des portraits que Scudéry frère et sœur ont semés dans leurs romans, en particulier dans *Cyrus* et *Clélie,* qu'il a si vertement attaqués ailleurs. Sorel est peut-être aussi l'auteur des *Aventures satiriques de Florinde, habitant de la basse région de la Lune* (1625), dirigées « contre la malice insupportable des esprits de ce siècle. » (Préface.)

Mettons côte à côte avec cet ouvrage la *Relation du royaume de Coquetterie*, par l'abbé d'Aubignac, le pédantesque auteur de cet *Art poétique* draconien qui régenta long-temps le théâtre[1]. Le début de ce livret satirique, évidente imitation du *Voyage de Tendre*, comme la *Relation du siége de Beauté*, fourmille de personnifications abstraites, et nous rencontrons, dès les premiers pas, les châteaux d'Oisiveté et de Libertinage, la place de Cajolerie, la plaine des Agréments, le gué de l'Occasion, etc. Mais cette géographie métaphysique fait bientôt place à quelque chose de plus vif et de plus piquant ; les romans y sont critiqués, surtout au point de vue moral ; la galanterie raffinée du jour y est criblée d'épigrammes ; les diverses catégories de coquettes qui peuplent l'empire de la mode, — Admirables, Précieuses, Ravissantes, Mignonnes, Evaporées, que sais-je encore ?—défilent successivement sous nos yeux, et les petits soins, les petits manéges, les petits caprices, de cette bizarre et changeante république, sont étudiés avec une verve parfois ingénieuse, quoiqu'elle n'égale point celle de Ch. Sorel.

Mais, pour en finir avec ce dernier, dont l'abbé d'Aubignac nous a écartés un moment sans nous en éloigner tout à fait, j'ajouterai que, dans ses *Nouvelles françoises*, il a tracé les aventures de personnages de la condition médiocre en un style qui, à ce qu'il assure du moins, est approprié au sujet. C'est toujours, on le voit, les

---

1. L'abbé d'Aubignac est aussi l'auteur d'un autre roman allégorique, mais fort peu satirique, *Macarize, ou la Reine des îles Fortunées.*

mêmes tendances bourgeoises et réalistes : il n'a guère sacrifié aux faux dieux que dans l'*Orphize de Chryzante* ; mais il étoit si jeune et le roman est si court en regard de l'*Astrée !* Enfin citons, pour ne rien omettre, quoique cet ouvrage ne rentre que fort incidemment dans notre sujet, la *Relation de ce qui s'est passé au royaume de Sophie, depuis les troubles excités par la rhétorique et l'éloquence*, composée pour faire suite à l'*Histoire des derniers troubles arrivés au royaume de l'Eloquence*[1], de Furetière. Ces sortes d'allégories, le plus souvent mêlées de satires, qui nous paroissent d'un genre un peu froid aujourd'hui, étoient alors en grande faveur. On avoit créé une espèce de géographie symbolique, qui dressoit la carte des sentimens et des opinions, des vices et des ridicules, des systèmes et des partis[2]. Les plus connus parmi ces ouvrages, avec celui que nous venons de nommer, furent *la Carte du royaume des Précieuses*, attribuée au comte de Maulevrier, *la Carte du royaume d'Amour*, attribuée à Tristan ; *la Carte de la cour*[3], *le Parnasse réformé et la Guerre des auteurs*, de Gueret ; plus tard, vers la fin du siècle, l'*Histoire politique de la nouvelle*

1. Dans plusieurs endroits de cette *Nouvelle allégorique*, Furetière préludoit déjà à ses futures attaques contre le roman officiel.

2. Ces allégories se retrouvent souvent disséminées dans divers ouvrages de l'époque. Il n'est presque pas d'auteur qui n'ait fait la sienne ; une des plus curieuses de ce genre est la topographie des régions habitées par le bon goût, tracée par Sénecé dans sa *Lettre de Clément Marot*. On remarquera que Sénecé dit que le pays habité par le bon goût se nomme les Plaines allégoriques.

3. Réimprimée par M. Paulin Pâris sous le titre de : *le Pays des Braquesidraques*, à la fin du 4e volume de Tallemant

guerre entre les anciens et les modernes, de Calliè-
res ; auxquels on peut joindre la *Relation du pays
de Jansénie*, par Louis Fontaines ; la *Carte des
pays d'Icarie et d'Utopie*, etc.

La longue suite des ouvrages de Sorel nous
a entraînés loin ; il faut maintenant remonter jusqu'en 1624, pour retrouver le *Roman satirique*
de J. de Lannel, quoique, en vérité, il mérite à
peine de nous arrêter en chemin. L'ouvrage n'a
guère de satirique que le titre, mais on doit tenir
compte à l'auteur de l'intention : car c'est déjà
quelque chose d'avoir songé à composer un roman satirique qui peignît les mœurs et combattît
les vices contemporains, à cette date où l'on
n'écrivoit que des romans pastoraux ou chevaleresques, sans réalité ni vraisemblance. Cette
concession faite, il faut reconnoître que c'est
chose déplorable et risible à la fois de voir comme
le pauvre homme s'y est pris pour conduire son
idée à bonne fin.

Il déclare, dans la préface, qu'il a voulu « représenter le dérèglement des passions humaines
sous des noms supposés », et, pour cela, il n'a
rien trouvé de mieux que de copier maladroitement et à profusion, — comme s'il eût craint
d'en laisser un seul de côté, — les procédés les plus banals et les plus outrés de toutes
les intrigues romanesques, en exagérant, avec
une bonne foi désespérante, chaque défaut et
chaque ridicule. Dans l'intrigue, qui est niaise
et prolixe, ce ne sont que duels et grands coups

des Réaux, et par M. Boiteau, sous le titre de *Carte du
pays de Braquerie*, à la fin de l'*Histoire amoureuse des Gau-
les*, édition Jannet.

d'épées, amours, enlèvements, pleurs abondants
et longs récits épisodiques. Dans le style, pâle
décalque de la phraséologie usuelle, ce ne sont
que *flammes et feux, soupirs, mains qui arrachent les
cœurs sans faire mal, etc.* Quant aux personnages,
ils se nomment Boittantual, Ennemidor, Garden-
fort, Argentuare, Regnault-Chanfort; dispensez-
sez-moi du reste.

Où donc est la satire là-dedans ? Elle est dans
certains discours moraux, j'allois dire dans certains sermons, que l'auteur prête parfois à ses
personnages; dans les réflexions générales jetées
de page en page sous forme d'épiphonèmes;
dans les épigrammes, presque toujours fort ano-
dines et même fort puériles, où triomphe le *génie
observateur* de l'écrivain, et qu'il n'avoit certes
pas besoin de défendre, comme il l'a fait, contre tout soupçon de personnalités offensantes.
Cependant, de loin en loin, surnagent quelques
satires indirectes d'une saveur un peu plus relevée, quelques remarques justes, principalement
sur les femmes, exprimées avec assez de bonheur. Mais ces débris sont noyés *in gurgite vasto*,
et il faut les pêcher patiemment en eau trouble :
il semble vraiment, à voir toutes ces observations
vagues, qui ressortent en caractères italiques
dans le texte du récit, pour mieux frapper les
yeux les plus inattentifs, que de Lannel se fût
surtout proposé de faire un recueil de fades épigrammes, sans sel et sans pointes, une antho-
logie de réflexions banales sur toute matière in-
différemment, sur la beauté, les passions, la
dissimulation, les arts, les lettres, le duel, l'ir-
réligion, l'athéisme, etc., etc.; quelque chose,

3*

en un mot, dans le goût « des quatrains de Pibrac ou des doctes tablettes du conseiller Mathieu ».

Il ne faut rien moins que le nom suivant pour nous consoler de tant de platitude, rien moins que Cyrano de Bergerac avec ses *Histoires comiques de la Lune* et *du Soleil*, pour nous faire oublier de Lannel et son prétendu roman satirique. Les *Histoires comiques* de Cyrano, quoique n'appartenant point au monde réel, puisqu'elles se déroulent tout entières dans le capricieux domaine de l'imagination, dans le pays des chimères, dans l'espace illimité où règnent le fantastique et le merveilleux, rentrent pourtant dans notre étude par leur côté satirique et bouffon, sans parler des points de détail qui les rattachent aux récits familiers et bourgeois : je ne pouvois donc me dispenser de les énumérer à leur rang.

Cette forme de voyages imaginaires a souvent été employé par les auteurs satiriques, à qui elle fournit un cadre commode et fait à souhait. Le XVIIe siècle, outre ceux que nous avons déjà rencontrés, en offre divers autres exemples, parmi lesquels je me borne à citer ici, pour ne point tomber dans des répétitions fatigantes, l'*Histoire des Sevarambes* (1677-1679), utopie philosophique, aux idées hardies, aux vues avancées, quelquefois même téméraires, qui fut proscrite dans presque toute l'Europe pour la coupable audace de ses allusions.

La chronologie est féconde en contrastes. L'année même où paroissoit l'*Histoire comique de la Lune*, l'abbé de Pure, sous le pseudonyme de Gelasire, publioit le premier volume d'un roman

bien différent, si même on peut donner le nom
de roman à *la Prétieuse ou le Mystère des ruelles.*
Rien qui soit en effet plus complétement le con-
tre-pied des œuvres de Cyrano que cette satire
languissante, pâteuse, prolixe, dans les dernières
parties surtout, que l'abbé écrivit pour se venger des ruelles, dont il avoit été d'abord un des
fidèles les plus dévots et les plus assidus. Cette
rapsodie en quatre volumes, qui n'est pourtant
pas à dédaigner pour l'histoire littéraire de l'époque, parcequ'on y découvre, en les déblayant
des puérilités inouïes qui les cachent d'abord, un
assez grand nombre de traits curieux et de révé-
lations piquantes relatives à la société des précieuses, à leur langage émaillé de néologismes,
dont plusieurs ont pris racine et se sont acclima-
tés parmi nous, à leurs sentiments dans les questions d'art et de morale, à leurs discussions sub-
tiles, par exemple, pour ou contre le mariage ;
sur l'avantage de l'absence en amour, etc.; — à
leur métaphysique quintessenciée, dont l'échan-
tillon le plus intéressant est une apologie de la
laideur en amour, faite en vers assez bien tournés,
et accompagnée d'une histoire concluante à l'appui ; — à la haute opinion qu'elles avoient d'elles-
mêmes, et à bien d'autres particularités encore ;
cette rapsodie, ai-je dit, n'est, au fond, qu'une
série de dialogues raffinés et d'interminables conversations. Le roman, absent du reste de l'ouvrage, s'est réfugié dans les histoires incidentes,
parfois assez scabreuses, même pour des oreilles
moins chastes que ne devoient l'être, ce semble,
celles de ces *divines et incomparables* personnes.
De Pure a eu soin aussi de multiplier les vers,

les lettres, les portraits, suivant la mode d'alors : car, bien qu'il ait semé son ouvrage d'épigrammes, directes et indirectes, contre le genre en vogue, il tâchoit néanmoins de s'en rapprocher, n'étant point un esprit assez vigoureux pour s'affranchir de cette routine à laquelle ne savoient pas toujours se dérober les plus indépendants eux-mêmes. Pourtant, dans les premières pages du quatrième volume, il a prêté à l'une des précieuses, Eulalie, une dissertation assez judicieuse sur un nouveau genre de romans à tenter. Sans attaquer précisément le genre reçu, elle désireroit néanmoins quelque chose de différent, par exemple des romans basés tout entiers sur les développements de l'amour, au lieu de ceux où la curiosité et l'inquiétude sont les principaux aliments de l'intérêt. Elle y proscriroit l'uniformité de la marche suivie, les coups d'épée, l'introduction parasite et envahissante des éléments extérieurs. La conversation se continue long-temps sur ce projet de réforme, mais elle finit par une protestation de l'assemblée contre le retranchement des grandes actions et des exploits héroïques et contre les tendances bourgeoises.

Outre bien d'autres défauts, dont j'ai déjà effleuré quelques uns, *la Prétieuse* en a deux qui suffiroient pour en faire une œuvre manquée, même aux yeux des juges les plus indulgents. Loin d'avoir la netteté de toute bonne critique, ce livre est, au contraire, d'une obscurité rare, et le sens en reste trop souvent caché ; la pensée de l'auteur s'y confond si bien, la plupart du temps, avec celle des personnages, qu'on ne peut toujours les démêler sans embarras. Un autre défaut, plus grave encore peut-être, c'est qu'il appartient corps et âme au genre ennuyeux : si ce sont bien là les conversations des précieuses, et tout nous porte à le croire, il falloit que ces dames y missent beaucoup de candeur et de bonne volonté pour s'en amuser comme elles le faisoient.

De Pure a poursuivi la même tâche satirique contre les précieuses, dans une comédie introuvable, jouée sur le théâtre italien. On peut aussi rapprocher de son ouvrage la pièce de Somaize, *les Véritables Précieuses*, et le tableau qu'a tracé de la même société, dans ses *Portraits*, la grande Mademoiselle, un an avant la comédie de Molière.

C'est encore une satire qui, suivant moi, n'est guère plus claire et plus amusante, mais qui a le mérite d'être plus courte, que cette *Histoire de la princesse de Paphlagonie*, écrite vers la même époque, en un moment de velléité littéraire, par mademoiselle de Montpensier. Il lui prit un jour fantaisie de railler, sous des noms supposés, quelques dames de la cour, et, pour arriver à ses fins, elle eut recours à la forme du roman, — sinon dans le style, plus simple et moins emphatique, quoiqu'il reproduise toutes les expressions consacrées, — du moins dans la fable et l'invention, farcies de tous les ingrédients habituels recommandés par la recette. Elle y perce surtout de ses flèches mademoiselle Vandy et madame de Sablé, la comtesse de Fiesque, et sa favorite, madame de Fontenac. Mais cet ouvrage, où manquent l'observation générale et l'invention, n'a d'intérêt que par la clef, qui lui donne la valeur d'un document historique[1]. Pris en soi, ce n'est qu'un récit embrouillé, diffus, sans but et sans méthode, écrit lourdement, mais non sans prétention. Mademoiselle de Montpensier fut moins heureuse encore dans la *Relation de l'Ile imaginaire*, dont on lui attribue la composition, bien qu'elle porte la signature de Segrais[2], qui servit également de prête-nom à madame de Lafayette. Au moins y avoit-il quelques peintures de mœurs dans le précédent ouvrage, tandis que celui-ci, à la fois fort court et assez insignifiant, est écrit sans gaîté, sans netteté et sans vraisemblance, malgré l'excellent modèle qu'elle avoit dans un épisode de *Don Quichotte*. On y trouve tout au plus quelque mérite de style. Je n'ai pu guère démêler, pour toute intention satirique, que certains traits timides décochés contre Nervèze, qui étoit alors, avec Des Escuteaux, son compère, le bouc émissaire de la littérature.

Joignons-y encore *l'Heure du berger, demi-roman comique ou roman demi-comique*, par C. Le Petit, livre burlesque et quelque peu licencieux, plein de galimatias et de mauvais goût, ne manquant pas toutefois d'un certain esprit qui en fait sup-

---

1. V. la clef complète dans le *Segraisiana*.

2. Segrais a composé aussi, comme on sait, un volume de *Nouvelles françoises*. Dans le préambule, tout en traçant l'éloge des romans en vogue, il fait quelques réserves, au point de vue de la vraisemblance et de la réalité, contre leurs imitateurs, n'osant sans doute les attaquer directement eux-mêmes. Il fait remarquer qu'il seroit plus naturel de prendre des aventures françoises et des héros françois. C'est peu de chose, mais c'est quelque chose.

porter la lecture ; *la Prison sans chagrin, histoire comique du temps*, mais histoire fade, longue et sans intérêt ; les *Aventures tragi-comiques du chevalier de la Gaillardise*, par le sieur de Préfontaine.

Enfin nous voici, — il étoit temps, — sortis du fatras des infiniment petits (j'en demande pardon aux admirateurs du talent de la grande Mademoiselle), et arrivés à deux livres d'une plus haute valeur, les premiers sans contredit de ceux que nous étudions, par le nom de ceux qui les firent et par leur mérite propre : je veux parler, on le devine, du *Roman comique* de Scarron et du *Roman bourgeois* de Furetière.

Le titre du *Roman bourgeois* (1666) indique assez son but. Furetière, intime ami de Boileau, s'est proposé de peindre, en spirituel et mordant satirique, les mœurs de la bourgeoisie d'alors. Il a voulu faire un roman *réaliste*[1], sans tomber, sinon en de rares accès d'humeur bouffonne, dans la charge et la caricature. Prenant cinq ou six types marqués, le procureur et la procureuse, l'avocat, le plaideur[2], la fille bourgeoise et co-

---

[1]. « Je vous raconteray sincèrement et avec fidélité plusieurs historiettes et galanteries arrivées entre des personnes ny héros ny héroïnes..., mais qui seront de ces bonnes gens de médiocre condition, qui vont tout doucement leur grand chemin, dont les uns seront beaux et les autres laids, les uns sages et les autres sots ; et ceux-cy ont bien la mine de composer le plus grand nombre. »

[2]. C'est surtout à ces types qu'il s'est attaché ; toute la gent chicanière est fustigée par lui avec une verve impitoyable. Furetière, ancien avocat et fils de procureur, nourri dans le sérail de la chicane, en connaissoit les détours : on n'est jamais trahi que par les siens. Evidemment la tradition qui lui attribue une large part de conseils dans la composition

quette, l'homme de lettres, etc., il les a rangés
et mis en jeu dans un cadre peu varié, comme
l'étoit d'ailleurs celui de presque tous les romans
contemporains, qui cachoient une grande mono-
tonie et une excessive pauvreté d'intrigue sous
leur complication apparente. Tous ces personnages ont des noms (Pancrace, Javotte, Nicodème, Vollichon, Jean Bedout, Philippote, et
non Mandane, Polexandre, Artamène, etc.), des
caractères, des façons de parler et d'agir, qui sont
aux antipodes de ces dignes romans dont la lecture charmoit à un si haut point madame de Sévigné. Rien d'héroïque dans ce monde terre à
terre, pas de grands sentiments ni de belles paroles dans ces prosaïques chevaliers du pot-au-feu.
Au lieu de placer la scène dans un temple ou
dans un palais d'Assyrie, Furetière nous trans-
porte, dès le début, sur la place Maubert : nous
sommes avertis. Le *Roman bourgeois* est une satire en action, une continuelle épigramme, où
l'allusion perce à chaque instant le tissu du récit, où la critique ingénieuse et sensée voyage
côte à côte avec la parodie, mais une parodie de
bon ton et de bon goût, qui laisse place à l'observation. Furetière n'idéalise pas les mœurs qu'il
retrace, il les étudie à fond et dans des classes

des *Plaideurs* doit être vraie : il avoit profondément étudié la
question, et Racine, qui donna sa comédie plus de deux ans
après, put trouver en germe quelques uns de ses types et
quelques unes de ses scènes dans le roman de son ami. Il est
même probable, d'après les dates, qu'ils travailloient ensemble à ces deux ouvrages, et qu'ils mirent plus d'une fois leurs
idées et leurs observations en commun, dans les cabarets du
Mouton blanc ou de la *Croix de Lorraine.*

entières, — non plus seulement à l'extérieur, sous leur côté original et individuel. Ses procureurs et ses bourgeois sont des masques effrayants de vérité : nous avons tous rencontré ce Vollichon, fieffé ladre, fesse-mathieu, fort en gueule comme la Dorine de Molière, grand diseur de proverbes et quolibets, qu'on séduit en faisant sa partie de boules, et en ayant bien soin de perdre la dernière, *la belle;* vieux gueux qui ne se fait nul scrupule d'*occuper*, sous divers noms, pour deux ou trois parties à la fois ; au demeurant *bon enfant,* surtout lorsqu'il est en joyeuse humeur, et méditant de devenir honnête homme dans sa vieillesse, depuis qu'il a remarqué que d'ordinaire cela rapporte davantage ; — ce prédicateur *poli*, jeune abbé de bonne famille, très bien frisé, qui parle un peu gras pour avoir un langage plus mignard , et qui veut qu'on juge de l'excellence de ses sermons par le nombre des chaises louées à l'avance; — cette demoiselle Javotte, petite personne dont la beauté, splendidement insignifiante, égale la niaiserie, ou , si l'on veut, l'ingénuité, qui emprunte un laquais et des diamants pour quêter avec plus d'éclat à l'église, et met tout son orgueil à surpasser la collecte de ses rivales ; — ce Nicodème, galant avocat toujours vêtu à la dernière mode, qui tourne un madrigal comme M. Prud'homme et abuse d'un poireau placé au bas du visage pour y étaler une mouche assassine ; — et ce Villeflatin, digne confrère du grand Vollichon, qui, sans avertir personne, tire si admirablement parti d'une imprudente promesse de mariage, afin d'en extorquer de solides dommages-intérêts ; — et ce brave Jean Bedout,

et cette petite sucrée de Lucrèce, et cette pim-
bêche de Collantine, et cet infortuné Charro-
selles, le plus à plaindre des hommes de lettres.
Tout le monde a son *paquet* dans ces railleries
aussi spirituelles qu'impitoyables : les académies
de beaux esprits, les ruelles, et surtout les ruelles
bourgeoises, les poètes, et même les marquis. La
satire littéraire s'y mêle sans cesse à la satire
morale, et le récit fait souvent place aux mali-
gnes remarques de l'auteur et aux digressions,
trop fréquentes et trop détournées peut-être, où
il aime à égarer sa verve narquoise. Mais cet
ouvrage est plutôt un pamphlet qu'un roman,
parceque toutes ces observations ne sont pas
mises en relief par une action suffisamment nouée,
que le développement de l'intrigue et des caractères se fait dans un plan trop artificiel, et qu'il
faudroit à toutes ces aventures un lien plus réel
et plus fort pour les unir dans un ensemble harmonieux.

A peu près vers le même temps où l'ouvrage
de Furetière ouvroit en quelque sorte la voie au
roman d'observation, les autres branches de la
littérature se trouvoient entraînées par un mouvement analogue, et quittoient les caprices de
la fantaisie et de l'intrigue fondées sur l'imagination pure pour le domaine de l'étude des
mœurs et de l'analyse du cœur humain : la tragédie, avec Racine, passoit de la *Thébaïde* et
d'*Alexandre* à *Andromaque*; Molière, après avoir
fait *l'Etourdi,* qui correspondoit assez bien aux
imbroglios des vieux romans, composoit alors
Tartufe et *George Dandin.* Le roman proprement
dit, lui-même, en dehors de la série à part que

nous étudions, franchissoit l'immense espace qui sépare l'*Astrée*, *Clélie* et *Polexandre*, de *Zaïde* et de *la Princesse de Clèves*. N'étoit-ce pas là comme un pressentiment de La Rochefoucauld, et surtout de La Bruyère, qui alloient bientôt venir ?

A côté du *Roman comique*, évidemment inspiré à Scarron par les romans picaresques de l'Espagne, avec lesquels il étoit très familier, on doit citer quelques unes de ses *Nouvelles tragi-comiques*, puisées à la même source. Bien que la plupart des personnages principaux appartiennent aux classes élevées, ce n'en sont pas moins des récits bourgeois, par les personnages subalternes et par les mœurs qui s'y trouvent retracés. L'intrigue y domine sans doute, mais les peintures de caractère et l'observation n'y manquent pas : il me suffira de citer le pingre don Marcos, dans *le Châtiment de l'avarice*, dont la lésinerie est peinte de main de maître, et, dans *l'Hypocrite*, ce passage admirable de vérité et de profondeur dont Molière devoit faire la plus belle scène de son *Tartufe* (III, 6).

Il ne nous reste plus maintenant que des ouvrages dont l'intérêt pâlit à côté de ceux-là. C'est d'abord *la Fausse Clélie* de Subligny (1670), recueil d'*histoires françoises, galantes et comiques*, que se racontent les uns aux autres les personnages du roman, et dont les héros sont presque tous des gens de qualité, mais passant par des aventures familières et plaisantes. Quant à l'héroïne, c'est une fille que la lecture de la *Clélie* a rendue folle, et qui se prend elle-même pour cette Romaine illustre. La phr█████ de l'ou-

vrage, depuis les noms jusqu'aux lieux succes-
sifs de la scène, est tout à fait moderne, contrairement aux usages reçus, et l'on y sur-
prend parfois des railleries et des protestations
contre les *romans romanesques*. — C'est ensuite *le
Louis d'or politique et galant* (1695), par Ysarn,
un des littérateurs qui hantoient les samedis de
mademoiselle de Scudéry, « garçon bien fait,
dit Tallemant, qui a bien de l'esprit, et qui fait
joliment les vers », — sorte de petit roman satirique, dont le cadre, souvent remanié depuis,
offre quelque analogie avec celui du *Diable boi-
teux* de Le Sage. Mais l'auteur, malgré quelques
passages assez piquants et quelques protestations
qui ne manquent pas de hardiesse contre les
voies suivies par Louis XIV en politique et en
religion, n'a pas su remplir dignement son sujet ;
le lecteur perd bientôt l'espérance que les premières pages lui avoient fait concevoir, et, au
lieu d'un roman de mœurs et d'observations
satiriques, il n'a guère qu'un mince recueil d'a-
necdotes sans grande portée et de discussions
peu intéressantes.

Il faut réunir à *la Fausse Clélie* et aux *Nouvelles tragi-comiques* quelques autres œuvres qui
s'en rapprochent, surtout les *Nouvelles* de d'Ouville, frère du bouffon Boisrobert, et *le Gage
touché, histoires galantes et comiques*, des dernières années du siècle, attribuées à Le Noble. Ce
volume est un recueil de récits bourgeois, qui
souvent ne sont pas sans ressemblance avec
ceux de Boccace et de la reine de Navarre,
dont l'auteur a même calqué le plan, comme La
Fontaine en avoit imité la libre et joyeuse allure

dans ses *Contes*. Les uns sont conçus dans la manière espagnole ; les autres sont simplement de petits romans d'intrigue, avec une pointe de réalisme. Le Noble choisit, avec une prédilection marquée, ses sujets et ses personnages, dans les classes les plus humbles : ce ne sont que jardiniers, tailleurs, donneurs d'eau bénite, laquais, sages-femmes, etc., qu'il fait agir et parler suivant leur condition. J'ai retrouvé dans ces pages l'original du fameux drame populaire de Mercier, *la Brouette du vinaigrier*. Les caricatures ne sont pas rares non plus dans *le Gage touché*, qui se heurte même parfois au burlesque, et l'ouvrage, qui avoit débuté par des peintures plus exactes du monde réel, tombe de plus en plus vers la fin dans le romanesque et l'invraisemblance.

Mais, que *le Gage touché* soit ou non de Le Noble, il y a dans ses œuvres un certain nombre de nouvelles qui doivent rentrer dans cette étude : telles sont (rangées sous le titre commun de *Les Aventures provinciales*), *le Voyage de Falaize, nouvelle divertissante; l'Avare généreux, nouvelle galante*, entremêlée de plusieurs autres ; *la Fausse comtesse d'Isamberg*; sans compter beaucoup d'histoires analogues qui font partie de ses *Promenades*. Tout cela est assez vif, preste, comique, de couleur moderne et françoise, souvent bourgeoise et familière. On y trouve de l'observation, mais un peu superficielle et rarement satirique.

Ajoutons encore à cette liste, que je voudrois faire la plus complète possible, tout en avouant bien haut qu'elle ne peut l'être en aucune façon, quelques autres productions d'un genre mitoyen, qui se rattachent, par certains points de contact, à la même catégorie, sans y rentrer directement. Tels sont *le Barbon* et *la Défaite du paladin Javerzac*, pièces satiriques de Balzac, qui, par la forme et le ton, sont presque de petits romans ; le *Mamurra* de Ménage ; quelques unes des pages échappées à la plume trop facile de du Souhait et de Le Pays ; un assez grand nombre de facéties ; plusieurs morceaux qu'on peut découvrir dans les recueils du temps, en particulier dans celui de *la Maison des jeux* (par exemple : *les Amours de Vénus*, la *Relation grotesque, burlesque, comique et macaronique, des amours et transformations de Vertumne*) ; dans les recueils d'*Œuvres galantes* et d'*Œuvres diverses* ; dans celui des *Pièces en prose les plus agréables de ce temps* (par exemple l'*Histoire du poète Sibus*, etc.) ; quelques *Nouvelles* ou *Histoires* de Rosset, qui, du reste, avoit traduit *Don Quichotte* ; quelques contes de la Fontaine, d'Hamilton et de Sénecé ; enfin toute une série de romans historico-satiriques, ou, si l'on aime mieux, de satires historico-romanesques, relatives surtout aux amours des grands personnages, et fort licencieuses pour la plupart, livrets sortis des officines de Hollande pour être débités sous le manteau, et que je ne puis passer en revue, parceque cet examen, un peu en dehors de mon sujet, m'entraîneroit beaucoup trop loin.

J'ai bien envie d'y réunir *le Page disgracié* de Tristan l'Hermite, curieuse et *romanesque* autobiographie. Il me paroît fort probable, en effet, que l'auteur de *Marianne* ne s'est pas fait faute de

glisser quelques particularités de son invention
dans ces pittoresques mémoires; et ce qui me
pousseroit à le croire volontiers, c'est que le récit a l'air arrangé à souhait pour toutes les exi-
gences du roman, et que le titre même semble
renfermer un aveu implicite de l'auteur (*Le page
disgracié, où l'on voit de vifs caractères d'hommes
de tous tempéramens et de toutes professions*). Du
reste, s'il n'eût voulu que faire le simple récit de
ses aventures, fort variées et fort intéressantes
par elles-mêmes, je l'avoue, qui l'empêchoit de
mettre partout les noms propres, au lieu d'employer ces déguisements et ces détours qui donnent à l'ouvrage, quoi qu'on en ait, toute la
physionomie d'un roman? Aussi est-ce de ce nom
que l'appelle, dans sa *Bibliothèque françoise*, Ch.
Sorel, qui le range parmi « les romans divertissans ». Or les scènes de la vie commune et vul-
gaire, racontées dans le style qu'elles demandent, se succèdent de fort près dans ces confes-
sions; on y rencontre même parfois des portraits
grotesques et des tableaux de genre tout em-
preints du vieil esprit gaulois, qui ressemblent
aussi peu aux tableaux ordinaires des romans d'a-
lors qu'une toile de David Téniers à une de Le-
brun.

Enfin, se récrieroit-on beaucoup si j'introdui-
sois à la suite de tous ces noms un nom qu'on
ne s'attend peut-être pas à trouver en cette
compagnie, celui de Charles Perrault, qui, du
reste, dans ses *Parallèles*, et dans toute la part
qu'il prit à la querelle des anciens et des modernes, avoit montré les idées d'un véritable no-

vateur littéraire? Les *Contes de fées* sont du fantastique et du merveilleux, sans doute; mais il arrive souvent que ce fantastique et ce merveilleux tiennent à la réalité familière comme à l'intention comique et satirique par les détails : c'est ce qui étoit déjà arrivé aux fables milésiennes chez les anciens, et chez les modernes aux voyages comiques de Cyrano dans la lune et le soleil; ce fut ce qui arriva également à Perrault. Quiconque a lu *le Petit Poucet, la Barbe-Bleue, le Petit Chaperon rouge* et *Peau d'Ane,* c'est-à-dire quiconque a dépassé l'age de sept ans, se rappelle ces tableaux d'intérieur bourgeois ou populaires, ces scènes de bûcherons, de forêts, de fermes, de villages, qui s'y trouvent mêlés, et font de ces gracieux contes de petits romans familiers, d'allure naïve et simple.

Ainsi, pour nous résumer en quelques lignes, le caractère commun à la plupart des œuvres que nous venons d'étudier est un caractère de protestation, directe ou indirecte, réfléchie ou spontanée, sérieuse ou plaisante, contre la dignité solennelle du genre à la mode, contre la subtilité, l'emphase, l'exagération des idées, des sentiments et des personnages. Elles se tiennent plus près de la terre, ne dédaignent point les menus détails et les peintures vulgaires, entrent dans la voie d'une observation plus vraie des mœurs et du cœur de l'homme; en un mot, au lieu de se lancer dans un monde factice et monotone, toujours jeté au moule de l'*Astrée* et des *Bergeries,* elles étudient le monde extérieur, surtout le monde d'en bas, pour en faire le portrait ou la satire.

Tous ces ouvrages, presque sans exception, semblent vouloir aussi protester par la licence des détails et la crudité de l'expression contre la galanterie précieuse et raffinée, la langueur discrète et un peu prude, la quintessence de platonisme, mise en vogue par d'Urfé : c'est comme un ressouvenir du siècle précédent conservé en toute sa verdeur par ces esprits rebelles, qui s'effraient de voir la littérature s'assouplir sous la discipline, la langue se décolorer et pâlir, la libre et forte sève des joyeux conteurs d'autrefois s'effacer devant un jargon prétentieux, affadi, *éviré*. Lieux, héros, aventures, tout y change de nature et de ton ; le style lui-même s'assortit au fond du roman : moins régulier souvent et moins correct, il a, du moins dans les meilleures de ces œuvres, plus d'originalité, de verve pittoresque ; il abonde à la fois en hardiesses heureuses et en trop fréquentes négligences. Bien plus, presque tous ces romans offrent les mêmes singularités de détail et une physionomie toute semblable jusque dans les moindres traits : c'est ainsi que l'on y retrouve fort souvent la préface cavalière, poussant la vanité et le dédain du public jusqu'à l'outrecuidance et foudroyant ceux qui auront le front de ne pas trouver leur ouvrage admirable ; mais c'est un ridicule que Scudéry et La Calprenède partagent avec de Lannel, Sorel, de Pure et Subligny, et qui nous semble avoir été emprunté à la littérature espagnole, alors dans toute son influence, surtout à Montemayor, Montalvan et Alarcon. Enfin, par un hasard étrange, un très grand nombre d'entre eux sont restés également inachevés : cette fatalité

est commune aux *Histoires comiques* de Théo-
phile et de Cyrano, au *Polyandre* de Sorel, au
Roman bourgeois, au *Roman comique*, à *la Fausse
Clélie*, etc.

D'ailleurs, indépendamment du mérite propre
et de l'intérêt littéraire qui les recommandent si
puissamment aux érudits et aux simples curieux,
ces œuvres, dont beaucoup ont à peu près l'attrait de l'inédit et de l'inconnu, méritent encore
d'être lues et relues, comme d'inépuisables mi-
nes de renseignements sur les mœurs et les usages de l'époque, sur les opinions qui s'y reflè-
tent avec plus de vivacité et d'exactitude, et
pour ainsi dire avec plus d'abandon familier,
qu'elles ne pouvoient le faire dans des romans
grecs et assyriens, où la convention laissoit si
peu de place à l'observation véritable. Comme
les romans héroïques, et beaucoup plus qu'eux,
les romans comiques et satiriques ont presque
tous une clef, dont la connoissance complète,
si elle étoit possible et si la plupart du temps on
n'étoit réduit sur ce point à des conjectures qui
n'ont rien de certain, ajouteroit beaucoup à leur
intérêt et à leur utilité. Mais, en outre, ils sont,
pour qui sait les comprendre, une histoire intime
du XVIIe siècle : auteurs, courtisans, villageois,
cabaretiers, soldats, marquis, procureurs, petits héros de bourgeoisie, etc., tout cela y parle
et y agit comme dans le théâtre de Molière. Ce
sont d'ailleurs presque autant de comédies que
ces ouvrages : il n'y manque que le dialogue, et,
sans compter les très nombreux emprunts à l'aide
desquels nos comiques, et principalement le plus
grand de tous, se sont enrichis à leurs dépens

on pourroit y retrouver la plupart des types de la vieille comédie françoise, de ces *masques* glorieux illustrés par Larivey, Grevin, Jodelle, Scarron, Tristan, Rotrou, Corneille, et qui cédèrent la place aux *caractères*, après avoir jeté un dernier et faible éclat dans quelques pièces de Molière lui-même. C'est ainsi qu'on peut étudier le matamore dans *le Baron de Fæneste*, le pédant sous ses diverses faces dans l'*Histoire comique* de Théophile, le *Francion* de Sorel, etc.; la femme d'intrigue dans *Francion*, le valet bouffon dans le Carmelin du *Berger extravagant*, etc.

II.

Dans cette longue série de romans comiques et familiers du XVIIe siècle, le plus important, sans contredit, le meilleur, comme le plus répandu, ést l'ouvrage de Scarron [1]. On connoît ce rieur de bonne foi, ce stoïcien d'un nouveau genre, plus fort que celui qui disoit : « Douleur, tu n'es pas un mal », car sa gaîté sembloit dire à toute heure du jour : « Douleur, tu es un plaisir ! » Malgré le dédain des critiques de son temps, son nom vit encore aujourd'hui, et ses œuvres mêmes sont loin d'être mortes ; elles ont été conservées par cette bonne humeur naturelle, cette naïveté et cette étonnante puissance du rire qui rachètent chez lui de si nombreux et de si grossiers défauts. Mais, indépendamment de ces

1. Ou Scaron, comme son nom se trouve souvent écrit à cette époque, en particulier dans les anciens registres manuscrits du Mans, contemporains de son séjour en cette ville. Ce n'est que plus tard que l'orthographe actuelle a prévalu.

qualités qui forment l'essence même de son *génie*,
cet homme, qui sembloit si peu fait, sinon pour
la justesse, du moins pour la sobriété, la convenance et la mesure de l'observation, a mérité,
par son *Roman comique*, d'être compté parmi
ceux qui ont le mieux vu et le mieux peint un
coin de la société d'alors. On l'a surnommé l'Homère de la Fronde : on auroit pu le surnommer,
à non moins juste titre, l'Homère des *Ragotins*
et des troupes de comédiens nomades. Son nom
est resté inséparable du sujet.

En écrivant *le Roman comique*, Scarron a eu
le bon esprit, dont il faut lui savoir d'autant plus
de gré que cela lui est rarement arrivé, de faire
choix d'un sujet qui lui permît d'être en même
temps vrai et burlesque, de se livrer à son irré-
sistible penchant pour la bouffonnerie sans sortir de la nature et sans blesser le goût. Vienne
en cette matière, faite à souhait, sa verve plaisante, féconde en traits badins, en trivialités
grotesques et en vives caricatures ! Loin d'être dé-
placée et condamnable aux yeux des bons esprits,
elle se trouvera, cette fois, en rapport si complet avec les personnages et le fond même du sujet, que souvent l'auteur ne seroit pas vrai s'il
n'étoit pas burlesque. Le livre n'est bouffon que
parceque les personnages sont bouffons et doivent l'être. Scarron lui-même a marqué nettement la différence tranchée qui sépare son œuvre
des romans ordinaires de son siècle en qualifiant
de *très véritables* et *très peu héroïques* (liv. 1, ch. 12)
les aventures qu'il raconte. *Très véritables*, dans
le sens littéral et rigoureux du mot, je n'en sais
rien ; cela pourroit bien être, au moins pour

l'ensemble des faits, car nous retrouverons les
origines historiques de quelques uns de ses épisodes et de plusieurs de ses types ; mais, quoi
qu'il en soit, très véritables certainement dans le
sens littéraire, c'est-à-dire très vraisemblables,
prises dans la réalité telle qu'elle est, non dans
ce monde de convention où s'agite habituelle-
ment l'imagination des romanciers. *Très peu héroïques*, cela est évident, et ni d'Urfé, ni Gomberville, ni mademoiselle de Scudéry, n'eussent
trouvé leur compte dans cette absence presque
totale de beaux sentiments, d'illustres catastro-
phes et de glorieux coups d'épée. Aussi étoit-ce
là précisément ce qui devoit alors faire condamner cet ouvrage par quelques faux délicats. « *Le
Roman comique* de Scarron, dit Segrais, n'a pas
un objet relevé ; je le lui ai dit à lui-même. Il
s'amuse à critiquer les actions de quelques comédiens : cela est trop bas. » Il n'est plus nécessaire aujourd'hui de réfuter méthodiquement
cette accusation. Je ne sache pas qu'on ait jamais
sérieusement reproché à Molière d'avoir mis en
scène ses Pierrot et ses Lubin, ses Martine et
ses Frosine, côte à côte avec les marquis ridicules et les bourgeois raisonneurs, non plus qu'à
Le Sage de nous introduire, avec Gil Blas, dans
la caverne des voleurs et au milieu des anticham-
bres où trônent messieurs les laquais. Ce que
Molière, Regnard, Dancourt, etc., ont pu faire
dans leurs comédies, Scarron avoit incontesta-
blement le droit de le faire aussi dans son roman,
qui est une vraie comédie. Le titre le dit : *Roman
comique*, et le titre ne ment pas. Toutes les
classes, tous les degrés de la société, sont du

domaine de l'observation, dans les limites que le goût réclame et que l'art enseigne ; mais Segrais, façonné aux fadeurs timides de la pastorale de cour, devoit s'effaroucher de la hardiesse familière de ces peintures, comme Louis XIV des *magots* de Téniers.

Grâce à cet heureux choix, heureusement exploité, le comique sort des entrailles du sujet, sans efforts, j'ajouterai même sans burlesque proprement dit, quoique j'aie plus haut employé cette expression à défaut d'autre plus exacte. En effet, l'essence du burlesque consiste, à rigoureusement parler, dans le contraste entre l'élevation du sujet et la trivialité du style, ce qui n'est point ici le cas. Le rire arrive naturellement et sans grimace ; Scarron ne cherche pas à s'égayer aux dépens de la réalité des peintures, rarement même aux dépens de la convenance et d'une certaine bienséance relative. Un grand nombre des réflexions qu'il intercale dans son récit, sous une forme plaisante et sans la moindre prétention, renferment des traits d'observation ingénieux et justes. Du reste, comme par un désir instinctif de s'élever une fois au moins jusqu'à la dignité de l'art, il a su, sans choquer en rien le naturel et la vraisemblance, sans la moindre apparence d'emphase romanesque ou de contraste systématique, mais au contraire en une mesure discrète et même délicate, introduire dans l'intrigue des parties un peu plus sérieuses, qui relèvent heureusement ce que le reste pourroit avoir de trop exclusivement bouffon. Dès l'abord, le comédien Destin, malgré la singularité de son accoutrement, nous prévient en sa faveur par *la*

richesse de sa mine ; bientôt mademoiselle de
l'Etoile accroît cette première impression, sans
parler de la figure un peu plus effacée de Léandre. Ce sont là trois rôles qui gardent presque
toujours la dignité des *honnêtes gens,* tout en se
déridant parfois, comme il sied en si plaisante
compagnie. En outre, Scarron — on ne s'en
douteroit guère — a mis du sentiment et de l'é-
motion en certaines pages, par exemple en plusieurs endroits de l'histoire du Destin, racontée
par lui-même, et dans le passage où la Caverne
exprime sa douleur, lors de l'enlèvement de sa
fille Angélique, qu'elle croit déshonorée. Puisque
j'ai commencé à indiquer les côtés sérieux de
cette œuvre, j'ajouterai qu'on ne sait pas assez
généralement que de graves questions s'y trouvent soulevées en passant, et résolues autant
que le permettoit la nature du livre. On y rencontre, entre autres, la théorie du drame moderne posée en face de la tragédie aristotélique,
et l'auteur en démontre, en quelques lignes, la
légitimité, la nécessité même (I, 21). Le même
chapitre renferme aussi des aperçus justes et fins,
qui ne manquoient pas alors de nouveauté, ni
d'une certaine hardiesse littéraire, sur une réforme à introduire dans le roman. Quelques unes
de ses conversations et quelques uns de ses épisodes ont aussi des échappées où l'on trouve
plus de sens pratique et plus de raison qu'on ne
s'aviseroit d'en demander à ce déterminé bouffon.
Scarron a eu une fois cette bonne fortune de
pouvoir révéler complétement les qualités de son
esprit dans une occasion propice et sous leur
jour le plus favorable, et, le bonheur du sujet

aidant ; il est même arrivé que cet écrivain, dont le vice ordinaire est la vulgarité de sentiment et l'incurable prosaïsme, s'est élevé, en quelques pages de son *monument*, au-dessus de ce défaut essentiel, qui sembloit complétement inséparable de toutes ses créations.

Le côté burlesque domine tellement dans Scarron qu'il a éclipsé tous les autres. Il est juste de remettre ceux-ci en lumière. On trouve dans ses *œuvres mêlées* quelques pièces écrites d'un ton noble, qui, je l'avoue, ne sont pas toujours les meilleures. Son épitaphe est un petit chef-d'œuvre de grâce, de tristesse voilée et doucement souriante. D'autres morceaux offrent de la délicatesse et du sentiment autant que de l'esprit ; tels sont, par exemple, l'épigramme :

Je vous ai prise pour une autre, etc.

la chanson :

Philis, vous vous plaignez, etc.

les *Stances à la reine :*

Scarron, par la grâce de Dieu, etc.

Quelquefois ses drames, soulevés par le souffle du génie castillan, s'élèvent et même atteignent un moment de fiers accents qu'on croiroit échappés à un poète de race cornélienne, non pas, bien entendu, des plus près du maître (Voyez *Jodelet, ou le Maître valet*, V, 4), et il en est ainsi en quelques unes des nouvelles intercalées dans *le Roman comique*, par exemple : *A trompeur trompeur et demi*, où son style a pris de la fermeté et de l'élévation. L'auteur du *Virgile travesti*, de cette débauche d'esprit dont le Poussin parle avec mépris dans une de ses lettres, commandoit des tableaux à ce même Poussin, qui nous l'apprend lui-même en un autre passage de sa correspondance[1]. Il est donc permis de dire qu'il avoit le sentiment du beau.

J'ai dit que le livre de Scarron est une comédie : on y retrouve les types et les caractères de la scène, et des types supérieurement tracés, dans une intrigue un peu décousue et qui forme, pour ainsi dire, ce qu'on nomme en style technique une pièce *à tiroirs*, comme il en avertit lui-même le lecteur (I, 12). Voici d'abord Ragotin, petit bourgeois hargneux, querelleur, enthousiaste, bel esprit et esprit fort, très chevaleresque, très galant et très empressé près des dames, ardent à se poser en champion, mais malheureux en querelle comme en amour, personnage ridicule au physique aussi bien qu'au moral, et sur lequel, si l'on me permet ce rapprochement peu classique, sembleroit avoir été calqué le type populaire de M. Mayeux. Voici La Rancune, ce fripon misanthrope, crevant de vanité et d'envie, et néanmoins

1. « J'ai trouvé la disposition d'un sujet bachique pour M. Scarron. Si les turbulences de Paris ne lui font point changer d'opinion, je commencerai cette année à le mettre en bon état. » (7 février 1649.) Et le 29 mai 1650 : « Je pourrai envoyer en même temps à M. l'abbé Scarron son tableau du *Ravissement de saint Paul.* » C'est indubitablement Paul Scarron, dont le Poussin parle plusieurs autres fois encore, et avec qui il étoit en relation, notre auteur l'ayant rencontré dans son voyage à Rome, vers 1634. Il en avoit déjà parlé auparavant. Ainsi il écrit (12 janvier 1648) que Scarron lui a envoyé son *Typhon*, et il ajoute : « Je voudrois bien que l'envie qui lui est venue lui fût passée, et qu'il ne goûtât pas plus ma peinture que je ne goûte son burlesque. » On voit que le doute n'est pas possible.

exerçant toujours une sorte d'ascendant incontesté par la supériorité de son imperturbable sang-froid. La Rappinière, qui est aussi dessiné de main de maître, surtout dans les premières pages, ne me paroît pourtant point à la hauteur des précédents, parce qu'il ne se soutient pas dans le caractère où nous l'a d'abord montré l'auteur. Scarron commence par le présenter comme le *rieur* de la ville du Mans, et nous ne le voyons plus guère ensuite que comme un coquin pendable, riant peu et faisant des méchancetés peu plaisantes. Le poète Roquebrune, avec sa physionomie gasconne et ses naïves prétentions de *mâche-laurier*, n'est point inférieur, quoique relégué sur le second plan. Il n'est pas jusqu'aux *rôles* tout à fait accessoires et secondaires, et que l'auteur n'a fait qu'esquisser en courant sans y revenir, dont les portraits ne nous arrêtent au passage. Que dites-vous, par exemple, de cette grosse sensuelle qui porte le nom caractéristique de madame Bouvillon? du curé de Domfront, dont la mésaventure est décrite avec une vérité pittoresque? et de ce grand et flegmatique la Baguenodière, si curieusement dessiné en deux traits de plume[1]?

---

1. Les érudits me pardonneront-ils de rappeler, à propos de ce personnage, le nom bien connu du mousquetaire Porthos, géant taciturne comme la Baguenodière, et présentant, comme lui, les mêmes caractères de force, de bravoure et de simplicité d'esprit? Je sais bien que M. A. Dumas a été mis sur la voie par le type primitif, tel qu'il est simplement esquissé dans les Mémoires de d'Artagnan, de Sandras de Courtilz, et surtout par la figure historique de M. de Besmond; mais seroit-il impossible qu'il se fût souvenu aussi de la Baguenodière de Scarron, lui qui s'est souvenu de tant de choses?

Tout cela est, certes, autre chose que du burlesque : c'est du comique, sinon très profond et
très fin, au moins en général très vrai, plein de
vivacité, de verve et de vie, et ne dépassant
point les bornes. Il est fâcheux que cette *comédie*
soit quelque peu gâtée par certaines scènes où se
retrouve trop le grotesque auteur du *Typhon*.
Mais quoi! Scarron ne pouvoit entièrement cesser
d'être Scarron, et, même dans ses meilleurs mo-
ments, il ne faut pas lui demander les délicatesses
du goût. Ainsi, on retrancheroit volontiers du
Roman comique l'aventure du pot de chambre,
pour parler son langage, et quelques plaisanteries qui ne paroissent avoir d'autre but que d'exciter le rire pour le seul plaisir du rire : tels sont, par
exemple, le trait de cet avare qui pousse la lésine
jusqu'à vouloir se nourrir lui-même, ainsi que toute
sa famille, du lait de sa femme (I, 13); l'apparition
fantastique du lévrier pendant le récit de La Caverne (II, 3), etc. Ne lui en veuillons pas non
plus d'avoir, indépendamment de ces moyens
bouffons, employé souvent dans *le Roman comique*
les mêmes procédés que dans le *Virgile travesti*,
le *Typhon* et ses autres vers burlesques, pour exciter le rire, c'est-à-dire l'intervention fréquente et
inattendue de la personnalité de l'auteur se montrant tout à coup derrière ses personnages et à
travers l'action, — le mélange de quelque réflexion
comique cousue à quelque passage d'un ton plus
élevé, — d'une remarque ironiquement naïve aux
images les plus poétiques, de la solennité grotesque à la trivialité, etc. Ce sont là les ressour-
ces ordinaires du genre, dont il a usé largement
sans doute, mais cette fois sans abus.

Scarron a donné à la plupart de ses personnages des noms allégoriques et expressifs, qui ressemblent à des sobriquets ridicules : le Destin, la Rancune, la Caverne, la Rappinière, madame Bouvillon. Si on vouloit le lui reprocher comme une puérilité de mauvais goût, il seroit facile de le justifier d'une accusation qu'encourroient avec lui Racine (le Chicaneau des *Plaideurs*), Molière, dans ses farces et même dans ses grandes comédies (le Trissotin des *Femmes savantes*, l'huissier Loyal du *Tartufe*, etc.). Cet usage, originaire d'Italie, et assez répandu dans la littérature espagnole imitée par Scarron, et même dans *Don Quichotte*, est général dans les romans comiques. Du reste, pour ses noms de comédiens, Scarron n'a fait que se conformer à une coutume reçue et suivie dans la réalité au théâtre ; pour ses personnages manceaux, il s'est également conformé aux habitudes locales et aux traditions de grosses plaisanteries qui avoient cours dans le Maine, où le goût de la raillerie à tout propos et des sobriquets ridicules a toujours été répandu. « Les noms des personnes transmis par nos vieilles chartes, nous écrit M. Anjubault, bibliothécaire du Mans : *Maluscanis, Malamusca, Sanguinator, Bibe Duas, Frigida Coquina*, ne sont pas moins caustiques que ceux qu'a inventés Scarron [1]. »

D'autres pourroient reprocher à notre auteur d'avoir un peu trop multiplié les infortunes de Ragotin, qui sont souvent de la nature la moins rele-

1. Scarron, comme on sait, avoit habité le pays où se passe la scène de son roman assez long-temps pour se pénétrer de ses mœurs, de son esprit, de ses usages. Renouard prétend qu'il étoit au Mans dès 1637. Cette opinion est peu

vée ; mais ces infortunes, qui vont de pair avec
celles des héros burlesques de tous les autres ro-

suivie ; mais ce qui sembleroit la confirmer, c'est un passage
de l'*Epithalame du comte de Tessé*, par notre auteur :

> A Verny, maison bien bâtie,
> Un jour, en bonne compagnie,
> Je mangeai d'un fort grand saumon, etc.

Le château de Vernie, à 23 kilomètres du Mans, appartenoit au comte de Tessé, qui s'étoit marié en 1638. Il est
probable que l'épithalame est de la même année ou à peu
près, ce qui prouveroit que dès lors au moins Scarron étoit
sur les lieux. Ses épîtres à madame de Hautefort démontrent
qu'il y étoit encore en 1641 et 1643. C'est à cette dernière
date que sa protectrice lui fait obtenir un bénéfice, qui ne lui
est point accordé, comme presque tout le monde l'a dit, par
M. de Lavardin, *évêque du Mans*, car le prédécesseur de M. de
Lavardin sur ce siége épiscopal ne mourut que cinq ans après,
le 1er mai 1648 ; mais il n'en est pas moins vrai qu'à cette
date de 1643 l'*abbé* de Lavardin n'étoit pas étranger au
Maine, qu'il visitoit souvent. « De quelle nature étoit ce bénéfice et comment en jouit-il ? La question est difficile à éclair-
cir pour qui ne connoît point à fond la discipline cléricale et
les subterfuges propres à l'éluder. Scarron, n'ayant jamais eu
d'un ecclésiastique que l'habit, se sera peut-être servi d'un
prête-nom pour la possession de sa prébende, comme il l'appelle. Quoi qu'il en soit, au mois de mars 1646, il habitoit
une des maisons canoniales, contrairement aux statuts. Le
chanoine Le Comte, qui devoit l'occuper en personne, s'excuse de ses retards devant le chapitre, et déclare, le 25 mai
suivant, qu'il n'a pu aller habiter sa maison dans le délai
prescrit, parceque M. Scarron, en partant, y a laissé son
valet malade, mais qu'il y couchera la nuit prochaine. »
(Lettre de M. Anjubault.) Scarron demeuroit au Mans, place
Saint-Michel, 1. La maison subsiste encore, et une rue de
la ville porte son nom. Le musée communal possède 27 tableaux sur toile, d'environ un mètre carré de superficie, de
peinture fort médiocre, quoique de composition assez bonne,
œuvre d'un artiste dont on ignore le nom (on dit qu'il s'appeloit Coulon ou Coulomme), et représentant des sujets tirés
du *Roman comique*. Il subsiste quelques dépendances du château de Vernie, entre autres un pavillon qu'on appeloit et

mans du même genre [1], rentrent tout à fait dans
le rôle du personnage, et servent à en mieux
marquer le caractère, à en compléter la peinture ; il est fâcheux seulement qu'au moins en
un endroit Scarron ait dépassé la limite du rire
et poussé la plaisanterie jusqu'à la cruauté, quand
il nous montre Ragotin renversant sur lui les ru-
ches et tout couvert de piqûres.

Ces *farces*, d'ailleurs, ces grêles de coups et ces
avalanches de taloches, qui pourroient sembler
revenir trop souvent, trouvent, aussi bien que
les noms ridiculement expressifs dont nous venons de parler, leur justification dans les mœurs
et coutumes des Manceaux da'lors, — car Dieu
me garde de médire des Manceaux d'aujourd'hui !
D'une part, la jovialité, le gros rire, l'amour du
plaisir, les *bons tours* de tout genre ; de l'autre,
les querelles et batailles continuelles, étoient leur
fort. Nous voyons la police locale obligée d'intervenir souvent dans l'un et l'autre cas. Ainsi,
« un chanoine, ayant représenté une farce scandaleuse le jour de Pâques, est puni par le chapitre, qui fait jurer à ses confrères de ne plus fréquenter les cabarets ni les brelans. — Dans la
cathédrale, on donne permission, pendant l'office de la Pentecôte, de jeter du haut de la voûte
une colombe et des fleurs ; mais on défend de
lancer de l'eau et des poulets. Sur la place du
Cloître, devant la maison même de Scarron, il
faut certains jours laisser à sec la coupe de la

qu'on appelle encore parfois le Pavillon du Roman comique,
et qui renfermoit les tableaux dont nous venons de parler.

1. Cf. L'Hortensius de *Francion*, le Lysis du *Berger extravagant*, le Nicodème du *Roman bourgeois*, etc.

fontaine, afin d'éviter les insolences que se per-
mettent les valets, etc... Lisez sur une carte de
Jaillot ou de Cassini les noms anciens des loca-
lités, et recherchez-en le sens à l'aide d'un lexi-
que roman, de toutes parts vous trouverez des
souvenirs de plaisir, de faits licencieux ou tur-
bulents... Quant aux distributions de coups de
raquettes, de soufflets et de claques, Scarron ne
les a que médiocrement exagérées. » Partout
les disputes se terminent le plus souvent par des
voies de fait. « Les archives du Mans sont pleines
de récits concernant des églises, des cimetières
et d'autres lieux consacrés, qui ont été déclarés
pollus par suite de coups d'épée ou d'arquebuse
qui s'y sont donnés et reçus. Dans les assemblées
publiques, au milieu même des cortéges officiels,
il n'étoit pas rare de voir surgir de violents dé-
bats au sujet des préséances. Un honnête avocat
du Mans, dont j'ai les Mémoires du temps même
de Scarron, raconte comme un fait qui n'a rien
de très étonnant que, se promenant un jour sur
la place des Jacobins avec deux demoiselles,
dont l'une étoit sa maîtresse, un chanoine se permit de relever la coiffe de l'une d'elles. « Je fus
obligé de lui donner un soufflet », dit l'avocat.
C'étoit, à ce qu'il paroît, le plus juste prix. Le valet d'une certaine dame noble se crut obligé d'intervenir et de prendre aux cheveux le galant dé-
fenseur, qui fut littéralement traîné sur la place.
Hâtons-nous de dire que le chanoine fut puni par
ses supérieurs et que le valet alla en prison. —
Les grands seigneurs du pays inventoient ou im-
portoient, la plupart, des exemples de ce genre,
avec les développements et les variantes propor-

tionnés à leur moyens. Les Lavardin [1] n'étoient pas les moins industrieux, ou du moins ils se mettoient peu en peine de changer cet état de choses [2] (V. Tallemant des Réaux). » Aussi les statuts *contra rixantes* sont-ils sans cesse renouvelés. Du reste, on sait quel rôle les coups de bâton, par exemple, jouoient alors dans les relations de la vie sociale.

Un critique a reproché à Scarron, comme un des plus graves défauts du *Roman comique*, d'y avoir fait preuve d'une observation trop générale, dont la plûpart des traits, ne portant pas avec eux un cachet particulier de vérité locale, pourroient aussi bien s'appliquer au Paris du temps qu'à la province. Rien que par ce qui précède, on voit combien ce reproche est peu fondé. On peut dire que les mœurs dont il s'est fait le peintre ont le caractère essentiellement provincial, par contraste avec Molière, qui est le peintre des mœurs de Paris. La province, et le Mans en particulier, qui étoit alors à trois journées de marche environ de la capitale, offroit par là même plus de caractères tranchés, de types originaux et indigènes, qu'aujourd'hui.

Comme beaucoup des œuvres que j'ai passées en revue dans la première partie de cette Notice, le *Roman comique* tombe par endroits dans la satire ; il ne fuit pas l'épigramme et la parodie, même littéraire, qui se trahissent dès les premières lignes. J'ai relevé dans mes notes plusieurs traits malins de l'auteur — beaucoup moins

1. Amis et protecteurs de Scarron.
2. *Lettre de M. Anjubault.*

nombreux toutefois que dans le *Roman bourgeois* de Furetière, et surtout dans le *Berger extravagant* de Sorel — contre les invraisemblances et les ridicules des romans chevaleresques ou héroïques. Mais, outre ces épigrammes de détail, il y en a une plus générale répandue dans tout le corps de l'ouvrage et qui en fait l'essence même. Plusieurs des personnages du *Roman comique* semblent conçus et tracés dans un système de parodie : La Rancune est le traître, le Ganelon du livre ; Ragotin est la charge du héros galant et valeureux, du chevaleresque servant des dames ; les grands coups d'épée sont remplacés par de grands coups de pieds et de poing, etc.

Mais voyez la contradiction ! Tout cela n'empêche pas l'auteur de tomber, comme la plupart de ses confrères, dans deux ou trois des défauts les plus habituels aux romans dont il se moque : car, sans parler de quelques longues conversations, il a intercalé dans son roman quatre nouvelles et l'histoire de Destin, qui s'interrompt et se reprend à plusieurs reprises. Ces récits, trop nombreux, sont amenés brusquement, sans lien, sans préparation, sans rentrer en rien dans l'ouvrage ; en outre, ils ont le tort de se ressembler presque tous par le fond, et quelques uns d'exiger une attention très soutenue, si l'on veut ne se point embrouiller dans cette intrigue enchevêtrée et un peu confuse [1]. Toutes ces histoires, qui ne sont même pas des épisodes, pouvoient d'autant mieux se retrancher, au moins en par-

---

1. Voir surtout, dans l'histoire de Destin, l'endroit où il s'agit de l'enlèvement de mademoiselle de Saldagne par Verville.

tie, que le roman proprement dit, assez court
par lui-même, ne comportoit pas de si longs et
de si nombreux hors-d'œuvre, tout à fait en dis-
proportion avec l'ouvrage, dont ils ralentissent
la marche. C'est là que s'est réfugié l'élément
romanesque, bien que l'écrivain comique s'y tra-
hisse toujours à quelques phrases, sous ce fouillis
d'aventures et ces étranges *imbroglios* à l'espagnole, qui les font ressembler à des tragi-comé-
dies de Rotrou, de Scudéry ou de Boisrobert.

Du reste, une considération à laquelle Scarron n'a sans doute pas expressément songé peut
servir à justifier ce mélange de l'intrigue à l'observation, fait dans une mesure, avec une convenance et un bonheur plus ou moins contes-
tables. D'une part, la vie de salon au XVIIe siècle, l'usage des réunions et des coteries avoient
dû naturellement amener l'emploi et accréditer
l'usage de ces continuels récits, comme celui
des longues conversations ; de l'autre, on étoit
encore trop près des grands *romans romanesques*
pour se plaire aux romans d'observation pure et
simple, débarrassés des fracas d'une intrigue
curieuse et embrouillée ; il falloit faire passer
l'étude de mœurs sous le couvert de ces aventures auxquelles on avoit habitué les lecteurs.
C'est ce que ne fit pas Furetière dans le *Roman
bourgeois* : aussi ce dernier ouvrage, malgré le
nom, l'esprit et la malignité de l'auteur, eut-il
peu de succès, tandis que *le Roman comique* de
Scarron en eut beaucoup. Il est vrai qu'on peut
encore indiquer une autre raison peut-être de
cette différence de succès. Le roman de Furetière s'est astreint à observer simplement la vie

privée et les mœurs bourgeoises de la famille ;
il a voulu se renfermer dans le côté intime et
domestique, se donnant tort ainsi, non pas, je
suis loin de le dire, aux yeux de la postérité,
mais aux yeux des lecteurs du jour, curieux d'é-
motions plus vives, de sujets moins connus, de
tableaux plus variés. Scarron, au contraire,
comme l'auteur de *Francion*, quoiqu'à un moindre degré, s'en tint surtout à ce côté des mœurs
qui prêtoit le plus à l'aventure, au burlesque, à
la parodie ; son observation court les tripots, les
auberges, les théâtres, les grandes routes, au
lieu de demeurer au coin du foyer. Tout en res-
tant juste et vraie, elle est plus en dehors, par la
nature même du sujet.

Quant au style du *Roman comique*, il est vif et
d'une rapidité singulière ; il va sans appuyer,
mais en marquant d'un mot caractéristique les
hommes et les choses qu'il veut peindre. Ce style
ne respire pas, tant il a hâte de courir au but,
bien autrement net et précis que celui des romans
de mademoiselle de Scudéry. Malgré ses négligences et ses incorrections, il a plus de prestesse,
moins de lourdeur et d'embarras dans les tour-
nures. La langue de Scarron est remarquable par
le naturel, le trait, la rapidité, la clarté même
en général, sans avoir une force ou une élévation que ne comportoient ni le genre choisi, ni
le talent de l'auteur ; elle est en progrès sur celle
de beaucoup de contemporains, du moins parmi
les romanciers. Pour mieux en apprécier le mérite, il ne faut pas oublier que *le Roman comique*[1]

---

1. La première partie est de 1651 ; la deuxième ne parut
qu'en 1657, mais le privilége est de 1654.

précéda *les Provinciales*, dont la première ne parut qu'en 1656. Tout cela explique son légitime succès. Au reste, chaque production de Scarron étoit fort recherchée, à cause de sa bonne humeur [1], et, après la parodie des poètes dans ses vers burlesques, on devoit être curieux de voir la parodie des romanciers dans ce livre. Généralement, et c'est là un éloge qu'il ne faut pas omettre en parlant de Scarron et d'un roman comique, il n'a pas cherché à être plaisant aux dépens de la décence, et, sauf en d'assez rares endroits, son ouvrage est relativement écrit sur un ton convenable. La seconde partie surtout, composée après son mariage [2], se ressent, tout le monde l'a remarqué, de l'heureuse influence de madame Scarron. Il faut se garder pourtant d'exagérer la portée de cette remarque, car c'est dans cette seconde partie que se trouve l'épisode de madame Bouvillon; mais on y trouve moins de trivialités grotesques, de plaisanteries peu ragoûtantes, et même le style est meilleur et renferme moins de termes anciens et passés. En effet, au témoignage de plusieurs contemporains, en particulier de Segrais (*Mém. anecd.*, II, p. 84, 85), sa femme lui servoit à la fois de secrétaire et de critique, et son influence est visible aussi dans les poésies de Scarron venues après son mariage.

1. Voir le *Burlesque malade, ou les Colportteurs affligés*, etc. Paris, Loyson, 1660.
2. Scarron épousa Françoise d'Aubigné, non en 1650 ou 1651, comme beaucoup l'ont dit, mais en 1652. Cette date me paroît solidement établie par une note de M. Walckenaër (*Mémoires de madame de Sévigné*, 2, p. 447).

Suivant Ménage, l'ami de l'auteur, le *Roman comique* est le seul de ses ouvrages qui passera à la postérité ; le savant homme va jusqu'à lui appliquer solennellement, trop solennellement, le vers de Catulle :

Canescet seculis innumerabilibus.

Boileau lui-même, le sévère, l'irréconciliable ennemi du burlesque et du mauvais goût, qui gourmandoit si vertement Racine de sa foiblesse quand il le surprenoit à lire Scarron, exceptoit, dit-on, le *Roman comique* de son anathème. Les hommes les plus graves et les plus éloignés, par état comme par esprit, de si frivole matière, le lisoient également, par exemple Fléchier, comme on le voit par un passage de ses *Grands-Jours*, où il compare à la troupe de Scarron une bande de méchants comédiens qui viennent jouer à Clermont pendant les assises[1]. Le public en masse ne fit que ratifier l'impression de ces amis devant lesquels il *essayoit* son ouvrage, comme il disoit lui-même, et qui en rioient de tout leur cœur. Le Maine, surtout, préparé à cette lecture par ses mœurs et ses goûts particuliers, ainsi que nous l'avons vu, accueillit avec empressement le *Roman comique* comme une continuation perfectionnée des vieux et libres conteurs qu'il aimoit, d'Eutrapel, de Bonaventure Des Periers, qu'on lisoit beaucoup au Mans, et surtout de son

---

1. Il est vrai que Fléchier n'étoit alors qu'un petit abbé, de mœurs peu sévères, ce semble, et un simple précepteur, et que, dans cette comparaison même, il montre qu'il a lu son auteur bien vite et n'en a pas conservé un souvenir très net, car il prend la Rappinière pour un acteur, et du Destin il fait M. l'Etoile.

Conte d'Alsinois (Nicolas Denisot). Il est malheureux seulement que l'inachèvement de l'ouvrage nous empêche de prononcer un jugement
définitif, en ne nous permettant pas de pouvoir
bien apprécier l'ensemble des aventures, leur
rapport harmonieux, leur but final et la façon
dont elles se dénouent, sans parler de l'intérêt
de curiosité qui demeure en suspens : « On auroit
su, dit Sorel, s'il n'auroit pu empêcher que son
principal héros ne fût pendu à Pontoise, comme
il avoit accoutumé de le dire. » (*Bibl. fr.*, p. 199).

Entre toutes les questions que soulève le *Roman comique*, celle de ses origines est une des
plus importantes et des plus négligées. On savoit
bien que l'ouvrage montroit de loin en loin,
surtout dans ses nouvelles épisodiques, les traces de cette littérature espagnole où l'on puisoit
si largement à cette époque, Scarron tout le premier; mais jusqu'à quel point avoit-il imité ou
traduit, soit dans ses nouvelles, soit dans le
reste de l'œuvre? Qu'avoit-il pris et où avoit-il
pris? Quelle étoit sa part d'invention et d'originalité dans l'ensemble comme dans les détails?
Toutes questions qu'on laissoit sans les résoudre,
et qui pourtant devroient être résolues aussi nettement que possible en tête d'une édition sérieuse du *Roman comique.*

Et d'abord, le chef-d'œuvre de Scarron est-il
imité dans son plan et sa conception générale,
et notre auteur est-il redevable à d'autres de
l'idée-mère de son livre?—A notre avis, le sujet
est bien à lui. Peut-être, quoique le souvenir ne
s'en soit pas conservé dans le Maine, lui a-t-il

été inspiré par des aventures réelles [1], sur lesquelles a brodé, comme sur un thème choisi à souhait, son imagination aventureuse et riante ; peut-être avoit-il rencontré, pendant ses voyages et son séjour au Mans, cette troupe d'acteurs nomades immortalisée par lui? Probablement même tous ces types, si vrais et si plaisants, lui avoient été fournis par des originaux en chair et en os, dont on peut encore aujourd'hui retrouver quelques uns dans l'histoire ; — ce qui suffiroit à prouver la personnalité de son inspiration et à écarter l'hypothèse d'un travail d'imitation étrangère, comme celui qu'il a fait dans ses comédies. Ainsi le petit Ragotin n'est autre que René Denisot, avocat du roi au présidial du Mans, mort en 1707, comme nous l'apprennent les chroniqueurs du pays, entre autres Lepaige, dans son *Dictionnaire du Maine*. Le marquis d'Orsé, dont il est parlé en termes si magnifiques au chapitre 17 de la seconde partie, paroît être le comte de Tessé, avec qui Scarron s'étoit trouvé en rapports excellents, et dont la physionomie répond bien au portrait tracé par notre auteur. Suivant une clef manuscrite trouvée par M. Paul Lacroix dans les papiers non catalogués de l'Arsenal, et que nous donnons sous toutes réserves [2], la Rappinière seroit M. de la Rousselière, lieu-

1. Par exemple, le *Segraisiana* nous indique le nom du personnage dont une aventure a inspiré à Scarron l'idée du chap. 6 de la 1re partie : M. de Riandé, receveur des décimes.

2. Nous en garantissons d'autant moins l'authenticité, que nous en ignorons l'origine, et que, du reste, les traditions locales sont muettes là-dessus. M. Anjubault, en particulier, n'a pu nous transmettre aucun éclaircissement sur ce point.

tenant du prévôt du Mans ; — le grand la Baguenodière, le fils de M. Pilon, avocat au Mans ; —
Roquebrune, M. de Moutières, bailli de Touvoy, juridiction de M. l'évêque du Mans ; —
enfin Mme Bouvillon seroit Mme Bautru, femme
d'un trésorier de France à Alençon, morte en
mars 1709, mère de Mme Bailly, femme de
M. Bailly, maître des comptes à Paris, et grand-
mère de M. le président Bailly. Scarron, pendant
qu'il jouissoit de son bénéfice au Mans, avoit eu
probablement des démêlés avec toutes ces personnes, et il s'en vengea en les mettant dans son
roman. Placé dans une position équivoque, aimant à railler les provinciaux, peu endurants de
leur nature, il n'est pas étonnant qu'il se soit
fait des ennemis et qu'il ait voulu s'en venger
à sa manière. Il a introduit également dans son
œuvre, sans déguisement, un certain nombre de
personnages historiques, locaux et contemporains, qui, il est vrai, n'y jouent pas un rôle
proprement dit et n'y sont mentionnés qu'en
passant, mais qui sont, pour ainsi dire, autant
de liens rattachant son roman à la réalité [1] : ici
c'est le sénéchal du Maine, baron des Essards ;
là, ce sont les Portail, famille célèbre dans la
magistrature [2], etc.

[1]. Scarron, comme plusieurs de nos romanciers modernes,
et en particulier Balzac, semble vouloir prendre ainsi ses
précautions pour mieux faire croire à la réalité de ces
très véridiques aventures, tantôt par certaines formes de
phrase, tantôt en se mêlant lui-même au récit, tantôt en y
faisant intervenir des faits historiques en dehors de ceux du
roman.
[2]. On peut aussi retrouver à peu près sûrement quelques
uns des personnages que Scarron avoit en vue à l'aide

Il n'y a rien là, évidemment, que de françois par le caractère, rien que d'original et de simple et franche venue. Je sais bien qu'on a prononcé, à propos du *Roman comique*, le titre d'un ouvrage d'Augustin Rojas de Villandrado, *El viage entretenido*, vrai *Roman comique* espagnol, roulant, lui aussi, sur les troupes ambulantes de comédiens, racontant leurs tournées en province et leurs aventures, les suivant de stations en stations, nous les montrant dans leur intérieur, dans leurs habitudes intimes, peignant leurs mœurs, leur misère et leurs vices. L'auteur de ce livre curieux, qui n'a jamais été traduit en françois, homme expert, *chevalier du miracle*, comme on l'appeloit, caustique, insouciant, aventureux, vieilli lui-même sur les planches, étoit bien celui qu'il falloit pour écrire cette histoire. Le *Voyage amusant* (ou plutôt le *Voyage où l'on s'amuse*) de Rojas parut pour la première fois en

des pièces et des archives locales. Ainsi il met en scène le curé de Domfront; or le curé de Domfront étoit alors Michel Gomboust, fils du sieur de La Tousche. Il est peu probable que Scarron, qui s'arrête assez longuement à cette charge bouffonne, ait employé une désignation si claire et si compromettante d'une manière vague, sans intention et au hasard, surtout dans un roman de mœurs d'une action contemporaine et d'une donnée satirique autant que comique, dont il devoit penser qu'on rechercheroit aussitôt la clef. Que son portrait soit fidèle, qu'il n'ait point cédé au plaisir de la caricature ou à l'attrait de quelque vengeance burlesque, c'est une autre affaire, et je suis loin de vouloir jurer de son innocence. L'abbesse d'Estival, qu'il introduit plus loin avec son directeur Giflot, étoit alors Claire Nau, qui gouverna la maison d'Estival en Charnie de 1627 à 1660. Le prévôt du Mans, qui avoit épousé une Portail (II, 16), doit être Daniel Neveu, prévôt provincial du Maine, qui épousa Marie Portail en 1626.

1603. Tout ouvrage espagnol étoit alors connu aussitôt, lu et exploité avec une promptitude extraordinaire, de ce côté des Pyrénées ; quelquefois même, on en a des exemples, traduit sur un manuscrit avant d'avoir été imprimé en Espagne. Il est donc probable que Scarron connoissoit le livre de Rojas, et il est très possible aussi que ce livre lui ait inspiré l'idée de son roman ; mais, en vérité, c'est tout ce que l'on peut admettre, et, si l'imitation a eu lieu, elle est tellement libre, elle a si bien dévié de son point de départ pour entrer dans une voie tout à fait personnelle et *sui generis*, que le *Roman comique* est tout au plus un pendant, et n'a rien d'un calque ni d'une copie. Il se rencontre pourtant avec l'ouvrage de son devancier en quelques légers points de détail que j'ai notés au passage ; mais ce sont de ces rencontres vagues que devoit forcément amener la ressemblance générale du sujet, et qui disparoissent dans la diversité du style, du plan et de l'intrigue. Le *Roman comique*, en effet, bien supérieur en somme au *Voyage amusant*, est surtout écrit sur un ton complétement différent de ce dernier livre, que M. Damas Hinard a pu prendre pour base principale d'un travail fort sérieux sur le vieux théâtre de la Péninsule [1].

Quant aux quatre nouvelles espagnoles intercalées par Scarron dans le corps de son roman, suivant l'usage de l'époque, c'est autre chose. Là, l'imitation, la traduction même, étoient tellement flagrantes à la simple lecture et si peu dé-

1. *Moniteur* de 1853.

guisées [1] que le doute ne sembloit guère permis; seulement, dans une littérature aussi luxuriante et aussi peu connue que la littérature espagnole, les recherches devoient être naturellement longues et pénibles, et c'est pour cela sans doute que personne ne les avoit faites jusqu'à présent, ou que personne du moins n'y avoit réussi. Le récit circonstancié de mes propres excursions intéresseroit peu les lecteurs; aussi me bornerai-je à en constater le résultat.

À force de fouiller dans l'inextricable et touffue végétation du théâtre espagnol, j'étois parvenu, aidé par quelques indications bienveillantes, à retrouver dans Lope de Vega, dans Calderon, dans Moreto, dans Tirso de Molina, les premières traces et les premiers germes, à ce qu'il me sembloit, des nouvelles du *Roman comique*, et j'allois me résoudre à croire que Scarron, faisant des frais d'invention assez larges, avoit transformé les pièces en récits, ce qui avoit souvent lieu alors, quand M. de Puibusque me signala, dans un livre rare de don Alonso Castillo Solorzano, — *los Alivios de Cassandra* (*les Délassements de Cassandre*), Barcelone, 1640, in-12,—

1. Scarron va même jusqu'à dire, avant l'*Amante invisible* : « Je m'en vais vous conter une histoire tirée d'un livre espagnol qu'on m'a envoyé de Paris », et avant le *Juge de sa propre cause* (*Rom. com.*, II, 14) : « Il lut... une historiette *qu'il avoit traduite de l'espagnol*, que vous allez lire dans le suivant chapitre.» Mais il est vrai que ces seules paroles ne seroient point une preuve : car, à la rigueur, elles pourroient n'être qu'une petite supercherie destinée à mettre ses nouvelles sous la protection de la vogue. Au chapitre 21 de la première partie, il montre assez, sous forme d'une conversation, combien il prisoit les nouvelles espagnoles et combien il s'en étoit occupé.

un récit dont le titre, me disoit-il, ressembloit exactement à celui de la seconde nouvelle du *Roman comique* : *A trompeur trompeur et demi*, puisque ce récit étoit intitulé : *A un engaño otro mayor*.

Los Alivios de Cassandra, espèce de décaméron imité des *Auroras de Diana*, de don Pedro Castro y Anaya, et peut-être aussi du *Para todos* (*Pour tous*) de Montalvan, contiennent cinq nouvelles et une comédie. L'auteur, poète, historien, et surtout romancier distingué dans le genre enjoué et picaresque, a fait d'autres ouvrages, de valeur et de succès divers. Ses *Alivios* ont été traduits en 1683 et 1685 par Vanel (*les Divertissements de Cassandre et de Diane*, ou *les Nouvelles de Castillo et de Taleyro*). En jetant les yeux sur ce livre, qu'avoit bien voulu mettre à ma disposition le savant auteur de l'*Histoire comparée des littératures espagnole et française*, je vis que ce n'étoit pas seulement le titre qui se ressembloit des deux parts, mais le récit complet, et que Scarron s'étoit à peu près borné à le mettre en françois, sans même se donner la peine de changer les noms des personnages. Ce n'est pas tout. Quelle ne fut point ma surprise de découvrir, dans le reste du même volume, les originaux de deux autres nouvelles du *Roman comique*, traduits par Scarron avec aussi peu de gêne, et à peu près aussi littéralement! Il est évident qu'en 1646, époque vers laquelle, selon toute probabilité, il commença la composition de son *Roman comique*, il avoit entre les mains ce livre récent, qui lui avoit plu, et qu'il avoit trouvé commode d'en détacher les trois

premières nouvelles pour les faire raconter à ses
personnages, au lieu d'en inventer lui-même ou
de les réunir dans un recueil à part.

Maintenant procédons par ordre, et avec un
peu plus de détails. *L'Amante invisible* (*Rom. com.*,
I, 9) est simplement traduite, avec intercalation de
quelques phrases burlesques, de la troisième nouvelle des *Alivios de Cassandra*, intitulée : *Lôs Efectos que haze Amor*. Que le sujet de cette nouvelle
soit ou ne soit pas de Solorzano lui-même, je n'ai
point à m'en préoccuper ici. Quoique la littérature
espagnole compte à bon droit parmi les plus originales de l'Europe, il n'en est pas moins vrai que
Solorzano, et beaucoup de ses contemporains,
Cervantes, Salas Barbadillo, Juan de Timoneda,
Tirso de Molina, etc., avoient largement puisé
dans les productions de l'Italie. Mais il me suffit
d'avoir retrouvé l'origine immédiate, sans vouloir
remonter à l'origine primitive : la question des
sources premières en littérature est encore plus
incertaine et plus obscure que celle des sources du
Nil. — Il est possible, probable même, que le
théâtre espagnol, qui a touché à tous les sujets, et
à qui celui-là devoit particulièrement plaire, l'ait
également traité. Du reste, Calderon a fait *la
Dama duende* (1629), imitée par Douville sous
le titre analogue de *l'Esprit follet* (1642)[1], où on
trouve, il faut l'avouer, fort peu de ressemblance,
sauf en un ou deux points de minime importance,
avec la nouvelle de Scarron[2]. Calderon a fait éga-

---

1. Pièce qui a été elle-même imitée par Hauteroche sous
le même titre.

2. Remarquons que d'Ouville a traduit de Solorzano *la
Garduna de Sevilla* (la Fouïne de Séville, 1661). Il connais-

lement, en 1635, *el Galan fantasma*; Lope, *la Dis-creta enamorada*; enfin, Tirso de Molina, *la Celosa de si misma*, dont les titres sont en rapport avec celui de *l'Amante invisible*.

A trompeur trompeur et demi (I, 22) n'est autre chose, comme je l'ai dit plus haut, que la deuxième nouvelle du même livre. Mais je dois mentionner, en outre, comme ayant pu influer aussi, quoique de beaucoup plus loin, sur Scarron, quelques pièces de théâtre : *Trampa adelante* [1], de Moreto, à qui notre auteur a également emprunté *el Marques de Cigarral*, pour en faire *Don Japhet d'Arménie*; *Cau-tela contra cautela*, de Tirso de Molina, et *Fineza contra fineza*, de Calderon.

Les Deux Frères rivaux (II, 19) constituent un sujet qu'on trouve souvent traité dans notre théâ-tre de la première partie du XVIIe siècle, époque où nos auteurs prenoient à pleines mains dans la littérature espagnole; et par cela seul sa filia-tion se trouvoit clairement désignée. Beys a don-né en 1637 *Céline, ou les Frères rivaux*, tragédie; Chevreau, en 1641, *les Véritables Frères rivaux*, dont le sujet a quelque analogie générale avec celui de Scarron; Scudéri, en 1644, *Arminius, ou les Frères ennemis*, etc. La nouvelle de Scarron est la traduction libre, mais où la plupart des noms sont restés les mêmes, du premier récit des *Ali-vios de Cassandra*, intitulé : *La Confusion de una*

---

soit donc cet auteur, et, par conséquent, il est possible que, dans son *Esprit follet*, il ait un peu songé aussi à la troi-sième nouvelle des *Alivios*.

1. Mais il faudroit que cette pièce, qui, je crois, a été imprimée seulement en 1654, eût couru manuscrite plusieurs années avant sa publication.

noche. Ceux qui ont lu le récit de notre auteur comprendront, en se rappelant la confusion qui se fait entre les deux frères, la nuit, dans le jardin de don Manuel, père de leur commune amante, comment la nouvelle espagnole peut porter cette étiquette, si différente de celle de la nouvelle françoise qui en est tirée. N'oublions pas non plus que Moreto a donné au théâtre *la Confusion de un jardino*, dont le titre indique aussi une certaine ressemblance de sujet. Enfin on trouve dans un recueil de *Novelas morales* de don Diego Agreda y Vargas *el Hermano indiscreto*, ou, comme dit Baudouin, dans sa traduction (1621), *le Frère indiscret, ou les Malheurs de la jalousie*; mais la ressemblance s'arrête à peu près là, malgré quelques personnages du même nom.

Reste *le Juge de sa propre cause* (II, 14), qui, cette fois, n'est pas tiré du livre de Solorzano. Au premier coup d'œil, même avant de l'avoir lu, l'origine espagnole n'en sauroit être douteuse pour qui se rappelle *le Medecin de son Honneur, le Geôlier de soi-même*, et tous ces titres par rapprochements et par antithèses que cette littérature affectionne. Lope de Vega a fait *el Juez en su causa* (V. *Las comedias del famoso*, etc., in-4, dern. vol., Bibl. imp.)[1] ; mais la source immédiate de la nouvelle de Scarron doit être cherchée ailleurs : c'est le 9e récit des *Novelas exemplares y amorosas*, sorte de décaméron dû à la plume de dona Maria

---

1. Je trouve aussi, parmi les pièces de Calderon, *El gran principe de Fez*, dont plusieurs personnages portent les mêmes noms que ceux de Scarron, et dont l'action se passe au Maroc, comme dans la première partie du *Juge de sa propre cause* et dans beaucoup d'autres drames espagnols.

de Zayas (Barcelone, Joseph Giralt ; l'approbation est de juin 1634) : *el Juez de su causa*. Scarron a fait plus qu'imiter un modèle ; sauf quelques interversions et quelques légers changements, portant soit sur les noms, soit sur les détails, qu'il modifie au goût du pays et de l'époque, il s'est borné à traduire, et souvent avec la plus complète exactitude.

Voilà ce que Scarron a pris à l'Espagne dans son *Roman comique* ; tout cela, je crois, sauf le *Voyage amusant*, n'avoit encore été signalé nulle part. On y pourroit joindre peut-être quelques courts passages, quelques réflexions, où l'on retrouve tantôt une phrase du *Nouvel art dramatique* de Lope, tantôt un ressouvenir de *Don Quichotte*[1], dont il parle plusieurs fois, du reste, dans son Roman, et dont les épisodes de la première partie surtout semblent l'avoir inspiré, etc. Encore ces endroits, fort rares en dehors des quatre nouvelles épisodiques, sont-ils plutôt, j'en suis convaincu, de brèves rencontres inspirées par une certaine analogie de situation que des imitations réelles. C'est, d'ailleurs, fort peu de chose dans l'ensemble du livre, et le *Roman comique* proprement dit est bien une composition originale, dont on n'est pas en droit de ravir la gloire à Scarron.

Un certain nombre d'écrivains ont succombé à la tentation de reprendre l'œuvre interrompue de Scarron et de l'achever. De là plusieurs

---

1. Les titres de plusieurs chapitres, en particulier, semblent calqués sur ceux de Cervantes. Tels sont ceux-ci, par exemple : « Qui ne contient pas grand chose, — Qui contient ce que vous verrez si vous prenez la peine de le lire, — Des moins divertissants du présent volume, etc. »

Suites du Roman comique, dont il est nécessaire que nous disions quelques mots. La première est celle que l'on désigne partout, dans les catalogues, dans les histoires de la littérature, dans les biographies, sous le nom d'A. Offray. Il y a là une erreur que nous devons relever en passant. En lisant la dédicace, on y trouve cette phrase, qui, avec un peu d'attention, eût dû suffire pour avertir de la méprise : « Mais, Monsieur, après avoir agréé mon présent, ne jugerez-vous pas favorablement de *mon* auteur, et *le* croirez-vous sans mérite ? *Ses expressions sont naturelles, son style aisé ; il étale partout un fond d'agrément qui lui tient lieu de force*, etc. » Cela est parfaitement clair, il me semble, et je m'étonne qu'aucun des éditeurs précédents n'y ait fait attention. Le nom d'A. Offray, qu'on lit au bas de cette dédicace, n'est pas celui de l'auteur, mais du libraire, comme il arrivoit souvent alors. Ce libraire, peu connu, et que j'eusse peut-être cherché longtemps encore sans grands résultats si M. Péricaud aîné ne m'avoit mis sur la voie par une indication précise, est bien certainement Antoine Offray, qui édita à Lyon, en 1661, le *Sésostris* de Françoise Pascal, in-12 ; en 1664, *le Vieillard amoureux ou l'Heureuse feinte*, pièce comique de la même ; la *Vie de Calvin*, par Bolsec ; la *Vie de Labadie*, par François Mauduict (petit in-8), qu'il a dédié (on voit qu'il avoit l'habitude des dédicaces) à Messieurs de la Propagation de la foi. Il demeuroit au Change. Il faut donc qu'on se décide à lui reprendre la gloire d'une composition qui n'est pas à lui, pour la reporter à un anonyme qui restera probablement inconnu ; et peut-être, au fond, cette question de paternité littéraire ne mérite-t-elle pas, *dans l'espèce*, de susciter de bien grandes recherches. Ce n'est pas que cette suite soit absolument sans valeur; elle est faite avec quelque verve et quelque esprit, et l'auteur y a assez bien saisi le genre de Scarron; mais, en tâchant de la mettre en harmonie avec le reste de l'ouvrage et de se conformer au *génie* de son modèle, dont il est loin d'avoir la naturelle bonne humeur, il s'est rangé parmi les imitateurs les plus serviles, et s'est volontairement privé du libre usage de sa force de création. Il se traîne à la remorque de Scarron, répète et reprend ses inventions, y coud péniblement les siennes, et tombe souvent dans de bien plates et bien maladroites plaisanteries. Son style surtout, qui contient des phrases d'un enchevêtrement incroyable, est beaucoup plus lourd, plus vieux et plus embarrassé.

Cette troisième partie, dont on ne connoît pas l'auteur, présente les mêmes obscurités quant à sa première édition. Une phrase de l'*Avis au lecteur* sembleroit faire entendre qu'elle remonte à trois ans environ après la mort de Scarron, qui eut lieu en 1660 [1]; mais cette phrase est vague et peut s'expliquer aussi bien d'une autre manière. M. Brunet n'a découvert aucune trace d'une édition plus ancienne que celle qui se trouve dans le volume imprimé chez Wolfgang (Amsterd., 1680); mais il est évident, d'après le

---

1. Voici cette phrase : « Au reste, j'ai attendu longtemps à la donner au public, sur l'avis que l'on m'avoit donné qu'un homme d'un mérite fort particulier y avoit travaillé sur les Mémoires de l'auteur.... mais, *après trois années* sans en avoir rien vu paroître, j'ai hasardé le mien. »

nom du libraire A. Offray, qui est Lyonnois, et la
dédicace à M. Boullioud, écuyer et conseiller
du roi en la sénéchaussée et siége présidial de
Lyon, qu'il a dû en paroître une autre édition auparavant dans cette dernière ville. Or le catalogue manuscrit de l'ancienne bibliothèque de
Saint-Vincent, au Mans, par le savant dom de
Gennes, porte la mention suivante : « Le Roman comique (par M. Scarron), troisième et dernière partie; Lyon, 1678, 1 vol. in-12.» Selon
toute probabilité, ce doit être là cette première
édition, qui, par malheur, n'est pas venue entre
les mains du bibliothécaire actuel, mais qu'il seroit possible, sans doute, de retrouver à Lyon.
Avant cette date de 1678, le *Roman comique* de
Scarron est toujours annoncé dans les catalogues
en deux parties ou en deux volumes, ou au
moins rien n'y fait supposer dès lors une troisième partie, une suite quelconque, et il seroit
assez étonnant qu'on l'eût toujours négligée à
cette époque, surtout si elle avoit suivi de si près
l'ouvrage de notre auteur.

Il faut citer maintenant la suite de Preschac ou
Prêchac (car il a écrit son nom des deux manières),
fécond auteur de romans à titres étranges et cavaliers, tels que *l'Héroïne mousquetaire*, qui rentre
dans notre cadre par la couleur bourgeoise, familière et comique de quelques pages; *le Beau Polo-
nois*, *le Bâtard de Navarre*, etc. Prêchac a imité assez
bien, et non sans esprit, le genre de Scarron ;
mais, au lieu de s'appliquer à poursuivre et à soutenir ses caractères, il s'est rejeté de préférence
sur les petits côtés de l'œuvre, sur les plaisanteries et les farces vulgaires. La première édition

connue de cette suite est celle de Paris, Cl. Barbin, 1679, in-12 (catal. de la Bibl. imp.).

Ce sont là les deux principales suites et les plus célèbres, mais il y en a plusieurs autres encore. Telle est la *Suite et conclusion du Roman comique*, par M. D. L. (Amsterd., et se trouve à Rouen, chez Le Boucher fils, et à Paris, chez Pillot, 1771; mais nous ne sommes pas sûr que ce soit là la première édition). Cette *conclusion*, dont on peut voir l'analyse au deuxième volume de la *Bibliothèque universelle des romans*, est d'un genre tout à fait différent. L'avertissement prévient que, sans vouloir imiter le style ni la manière de Scarron, « on a suivi simplement l'histoire de Destin et de mademoiselle de l'Etoile, comme celle des deux personnages qui intéressent le plus ». Et en effet cette conclusion, d'une rare inintelligence, a trouvé le moyen de transformer l'œuvre de notre auteur en un vrai *roman romanesque*, bien sérieux, bien fade et bien ennuyeux.

En ces derniers temps, M. Louis Barré a donné dans une édition populaire (chez Bry, 1849) une suite et conclusion fort courte, et n'ayant d'autre but que de dénouer tous les fils entrecroisés, d'amener à terme tous les éléments de péripéties et de reconnaissances finales préparés par Scarron dans les deux premières parties. Enfin, peut-être faut-il joindre encore à tous ces noms celui de de La Croix [1], auteur de la *Guerre*

1. Suivant les uns, c'est C. S. Lacroix, avocat au Parlement, auteur de la *Climène* (1628); de l'*Inconstance punie* (1630); suivant d'autres, c'est un certain Pierre de Lacroix, sur lequel on a peu de renseignements.

comique, ou la Défense de l'Escole des femmes, spirituelle et judicieuse comédie en un acte, prose et vers, 1664, ou plutôt dialogue en 5 disputes. Le bibliophile Jacob, en mentionnant cette pièce dans le catalogue Soleinne (fin du premier volume), dit qu'il promettoit de mettre sous presse une troisième partie du Roman comique, mais qu'on ne sait s'il a tenu parole.

D'autres œuvres portent le même titre, mais dans un sens plus général, et sans se rattacher directement à l'ouvrage de Scarron. Tel est, par exemple, le Supplément au Roman comique, ou Mémoires pour servir à la vie de Jean Monnet, ci-devant directeur de l'Opéra-Comique à Paris, etc., écrits par lui-même, 1773, Londres; in-12.

Le Roman comique n'a pas inspiré seulement des suites. En 1684, La Fontaine et Champmeslé ont fait Ragotin, ou le Roman comique, comédie en 5 actes, en vers, jouée sous le nom de ce dernier, et qui n'eut pas beaucoup de succès. Ils ont tâché d'y réunir les mots, les traits, les événements les plus remarquables du livre de Scarron, en ajoutant quelquefois à l'intrigue, et quelquefois aussi en bouleversant l'ordre des incidents, en échangeant dans certaines parties les rôles de deux ou trois personnages. La pièce est intéressante et habilement versifiée, mais elle contient de trop longs récits; il a fallu trop y accumuler les incidents comiques pour les faire tenir dans les cinq actes, et elle manque un peu de verve comique, surtout quand on vient de lire notre auteur.

En 1733, Le Tellier d'Orvilliers publia à Paris, chez Christophe David, le Roman comique *mis en vers*. C'étoit une étrange idée. Il avoit d'abord fait paroître quelques fragments dans le *Mercure* de décembre 1730, de janvier et février 1731, et il fut encouragé à poursuivre. Ses vers octosyllabiques suivent le texte original d'aussi près que possible, et cette extrême exactitude, ce frivole tour de force, est son plus grand mérite, si mérite il y a. Quelques passages sont rendus avec bonheur, mais on aimera toujours mieux les lire dans la prose de Scarron que dans les vers de Le Tellier.

Il est inutile de poursuivre cette énumération dans ses moindres détails. Ce que j'ai dit suffit pour donner une idée de l'influence qu'a exercée le *Roman comique* et des travaux divers qu'il a suscités.

Nous n'entrerons pas dans la bibliographie du *Roman comique*, qui n'en finiroit pas. La première partie parut pour la première fois en 1651, chez Toussaint Quinet (le privilége est du 20 août 1650); la deuxième chez Guillaume de Luynes, (Quinet étant mort dans l'intervalle), en 1657 seulement, quoique le privilége soit du 18 décembre 1654. Cette première édition est fort rare ; la bibliothèque de l'Arsenal, seule à Paris, possède la première édition de la première partie. Aussi est-elle restée inconnue à la plupart des éditeurs modernes, si bien même que fort peu de critiques ou de biographes semblent en avoir connu la date exacte, et, avant d'avoir eu les priviléges entre les mains, je n'avois pu en rencontrer nulle part une indication précise. Cette extrême rareté a entraîné des conséquences plus ou moins graves, par exemple des différences assez importantes dans certains passages entre la première édition et les éditions postérieures.

Nous avons cru devoir joindre aux deux parties de Scarron la suite dite d'A. Offray, parceque cette suite, beaucoup plus répandue que les autres, en est venue aujourd'hui à faire corps, pour ainsi dire, avec le *Roman comique*, auquel elle est réunie, et qu'elle complète, dans presque toutes les éditions. C'est encore elle qui mérite le mieux cet honneur. Du reste, cette troisième partie, où l'auteur a abandonné, jusque dans les nouvelles intercalées, les traditions espagnoles de Scarron, abonde en allusions, en documents, en renseignements de toute sorte sur le bon vieux temps, et c'est surtout pour cela, plus que pour sa valeur littéraire, que je l'ai annotée aussi soigneusement que le livre de notre auteur.

Si le lecteur trouve quelquefois les notes bien nombreuses, bien graves, bien minutieuses, pour un ouvrage de cette nature, qu'il ne se presse pas trop de me condamner. Il y a deux espèces de commentaires : celui qui s'attache aux chefs-d'œuvre pour en faire ressortir les qualités et les défauts ; celui qui s'attache surtout aux anciens livres pour en débrouiller les allusions, éclairer et compléter le texte par des rapprochements historiques et littéraires, s'en servir, en un mot, comme d'un thème, à faire connoître les mœurs, les usages, les ouvrages, etc., oubliés : c'est ce commentaire qui est particulier à la Bibliothèque elzevirienne, et c'étoit le seul qui pût convenir au *Roman comique*. Telle remarque qui paroîtra peut-être d'une utilité fort contestable en elle-même peut servir de point d'appui ou de repère à d'autres plus importantes. Tout s'enchaîne dans l'érudition, et c'est pour cela que rien n'y est petit : car les petites choses, erreurs ou découvertes, y conduisent à de plus grandes. J'ai cru devoir, à propos du vieux théâtre, entrer brièvement dans certains détails, que les érudits trouveront parfois inutiles pour être trop connus; mais je l'ai fait, d'abord parceque le *Roman comique* s'adresse à un public plus étendu et moins au courant de ces particularités, ensuite parceque cet ouvrage, par sa nature même, appeloit presque nécessairement tous ces détails : c'est l'épopée bouffonne des comédiens, et tout ce qui tient aux comédiens doit, à l'occasion, y trouver naturellement sa place, plus et mieux qu'ailleurs.

En finissant, je dois remercier les diverses personnes qui m'ont aidé de leurs bienveillants conseils dans une tâche d'autant plus difficile que, n'ayant pas été précédé, je restois sans guide, — et surtout M. Anjubault, bibliothécaire du Mans, qui a mis son érudition à mon service avec une parfaite obligeance : c'est de lui que je tiens une bonne partie des renseignements locaux que j'ai donnés dans mes notes, et je suis heureux de lui en témoigner ici ma reconnoissance.

VICTOR FOURNEL.

LE
ROMAN COMIQUE

DE

Mr SCARRON

PREMIÈRE PARTIE

AU COADJUTEUR[1]

C'EST TOUT DIRE.

UI, MONSEIGNEUR,

Votre nom seul porte avec soi tous les titres et tous les eloges que l'on peut donner aux personnes les plus illustres de notre siècle. Il fera passer mon livre pour bon, quelque mechant qu'il puisse être; et ceux mêmes qui trouveront que je le pouvois mieux faire seront contraints d'avouer que je ne le pouvois mieux dedier[2]. Quand l'honneur que vous me faites de m'aimer, que vous m'avez temoigné par tant de bontés et tant de visites, ne porteroit pas mon inclination à rechercher soigneusement les moyens de vous plaire,

1. Paul de Gondi, cardinal de Retz, un des nombreux amis et protecteurs de Scarron, qu'il étoit venu voir bien des fois dans sa petite maison pour causer familièrement avec lui (V. plus bas, et *Lettres de Scarron*), et avec qui il s'étoit lié plus intimement encore dans leur guerre commune contre Mazarin.

2. Tout le monde ne sera pas de cet avis. Quoique le *Roman comique* fût l'ouvrage d'un bénéficier, il semble d'abord étrange que cette première partie ait été dédiée au coadjuteur d'un archevêque; mais celui-ci n'y regardoit pas de si près, ni Scarron non plus. Du reste, vers la même époque, et ce n'est pas le seul exemple, le *Recueil des poésies choisies*, de Sercy, malgré plusieurs pièces plus que légères, paroissoit sous la dédicace de l'abbé de Saint-Germain Beaupré, aumônier du roi.

elle s'y porteroit d'elle-même. Aussi vous ai-je destiné mon roman dès le temps que j'eus l'honneur de vous en lire le commencement, qui ne vous deplut pas [1]. C'est ce qui m'a donné courage de l'achever plus que toute autre chose, et ce qui m'empêche de rougir en vous faisant un si mauvais present. Si vous le recevez pour plus qu'il ne vaut, ou si la moindre partie vous en plaît, je ne me changerois pas au plus dispos homme de France. Mais, Monseigneur, je n'oserois esperer que vous le lisiez; ce seroit trop de temps perdu à une personne qui l'employe si utilement que vous faites et qui a bien autre chose à faire. Je serai assez recompensé de mon livre si vous daignez seulement le recevoir, et si vous croyez sur ma parole, puisque c'est tout ce qui me reste [2], que je suis de toute mon ame,

Monseigneur,

Votre très humble, très obeissant et très obligé serviteur,

SCARRON.

1. Nous savons par Segrais (*Mém. anecd.*) que Scarron avoit coutume d'*essayer* son *Roman comique*, comme il disoit, en le lisant à ses visiteurs, et qu'il auguroit bien de son succès futur en voyant qu'il faisoit rire de si habiles gens.

2. Le *Segraisiana* dit qu'il n'avoit d'autre mouvement libre que celui de la langue et de la main; mais lui-même fait bien voir par plusieurs passages de ses œuvres que ses mains ne lui obéissoient pas toujours (*Epîtres à la comtesse de Fiesque*, *à Pélisson*; *Seconde légende de Bourbon*). Scarron revient sans cesse sur son infirmité, pour mieux exciter la compassion de ses protecteurs. On sait qu'il en a tracé lui-même, dans son épître à Sarrazin, et surtout dans l'avis précédant sa *Relation véritable sur la mort de Voiture*, un tableau plein de verve, qu'il est curieux de comparer à celui qu'en a laissé Cyrano de Bergerac, son ennemi intime, dans ses lettres *contre les Frondeurs*, et surtout *contre Ronscar*.

AU LECTEUR SCANDALISÉ

Des fautes d'impression qui sont dans mon livre.

Je ne te donne point d'autre *errata* de mon livre que mon livre lui-même, qui est tout plein de fautes 1. L'imprimeur y a moins failli que moi, qui ai la mauvaise coûtume de ne faire bien souvent ce que je donne à imprimer que la veille du jour que l'on l'imprime 2 ; tellement, qu'ayant encore dans la tête ce qu'il y a peu de temps que j'ai composé, je relis les feuilles que l'on m'apporte à corriger à peu près de la même façon que je recitois, au collége, la leçon que je n'avois pas eu le temps d'apprendre : je veux dire, parcourant des yeux quelques lignes et passant par dessus ce que je n'avois pas encore oublié. Si tu es en peine de sçavoir pourquoi je me presse tant, c'est ce que je ne te veux pas dire ; et si tu ne te soucies pas de le sçavoir, je me soucie encore moins de te l'apprendre. Ceux qui sçavent discerner le bon et le mauvais de ce qu'ils lisent reconnoîtront bien-tôt les fautes que je n'aurai pas eté capable de faire, et ceux qui n'entendent pas ce qu'ils lisent ne remarqueront pas que j'aurai failli. Voilà, Lecteur benevole ou malevole, tout ce que j'ai à

1. Le règlement donné aux libraires en 1649 se plaint fort vivement de l'incorrection habituelle des livres publiés à Paris. Tous ceux qui ont eu occasion de parcourir des éditions de cette époque reconnoîtront que la plainte est fondée.

2. C'est le mot de Trissotin :

. . . . *Vous saurez*
Que je n'ai demeuré qu'un quart d'heure à le faire.

Au reste, les mots de ce genre sont communs parmi les auteurs d'alors. Voiture disoit d'une de ses pièces dont on lui avoit demandé copie que c'étoient les seuls vers qu'il eût écrits deux fois.

te dire. Si mon livre te plaît assez pour te faire souhaiter de le voir plus correct, achètes-en assez pour le faire imprimer une seconde fois, et je te promets que tu le verras revu, augmenté et corrigé 1.

1. Scarron n'a pas tenu sa promesse. Quoique cette première partie ait été réimprimée avant sa mort, elle n'a été, non plus que la seconde, ni corrigée ni augmentée par l'auteur.

LE
ROMAN COMIQUE

CHAPITRE PREMIER.

Une troupe de comediens arrive dans la ville du Mans.

L e soleil avoit achevé plus de la moitié de sa course, et son char, ayant attrapé le penchant du monde, rouloit plus vite qu'il ne vouloit. Si ses chevaux eussent voulu profiter de la pente du chemin, ils eussent achevé ce qui res toit du jour en moins d'un demi-quart d'heure, mais, au lieu de tirer de toute leur force, ils ne s'amusoient qu'à faire des courbettes, respirant un air marin qui les faisoit hannir et les avertissoit que la mer etoit proche, où l'on dit que leur maître se couche toutes les nuits[1]. Pour parler plus humainement et plus intelligiblement, il étoit entre cinq et six, quand une charrette entra dans

---

1. Cette entrée en matière, ironiquement emphatique, comme celle du *Roman bourgeois* de Furetière, est évidem-

les halles du Mans[1]. Cette charrette etoit attelée de quatre bœufs fort maigres, conduits par une jument poulinière, dont le poulain alloit et venoit à l'entour de la charrette, comme un petit fou qu'il etoit. La charette etoit pleine de coffres, de malles et de gros paquets de toiles peintes qui faisoient comme une pyramide, au haut de laquelle paroissoit une demoiselle, habillée moitié ville, moitié campagne. Un jeune homme, aussi pauvre d'habits que riche de mine, marchoit à côté de la charrette ; il avoit une grande emplâtre sur le visage, qui lui couvroit un œil et la moitié de la joue[2], et portoit un grand fusil sur son epaule, dont il avoit assassiné plusieurs pies, geais et corneilles, qui lui faisoient comme une

ment la parodie des exordes pompeux qu'on mettoit aux grands romans de l'époque ; peut-être même Scarron a-t-il eu particulièrement en vue le début de la *Clélie*, de mademoiselle de Scudéry, et de la *Cithérée*, de Gomberville. La seconde partie commence aussi d'une façon tout à fait analogue. Voyez également le début de *l'Heure du Berger* par C. Le Petit, 1662, in-12 ; de la *Prison sans chagrin*, histoire comiq. du temps, 1669, in-12, et dans le *Gage touché* de Lenoble (2e journée), les premières lignes de la *Rencontre ridicule,* qui semblent des ressouvenirs ou des imitations évidentes de ce passage.

1. Ces halles, en bois, construites en 1568, sur le côté S.-E. de la place des Halles, à laquelle elles donnèrent son nom, furent détruites en 1826, après la construction d'une nouvelle halle en pierres.

2. Ce genre de déguisement étoit fort en usage à cette époque. Voy. les comédies de Regnard. Les Mém. de P. Lenet (coll. Petitot, t. 53, p. 140), racontent que Henri IV s'y prit de cette façon pour n'être pas reconnu dans une visite d'amour. Bussy se déguisa aussi de la sorte dans son voyage en Bourgogne, pendant la Fronde (*Mém.*, éd. in-12, t. 1, p. 199-201). La plupart des Mémoires du temps sont remplis d'exemples analogues.

bandoulière, au bas de laquelle pendoient par les pieds une poule et un oison, qui avoient bien la mine d'avoir eté pris à la petite guerre. Au lieu de chapeau il n'avoit qu'un bonnet de nuit, en-tortillé de jarretières de différentes couleurs ; et cet habillement de tête etoit une manière de turban qui n'étoit encore qu'ebauché et auquel on n'a-voit pas encore donné la dernière main. Son pour-point etoit une casaque de grisette [1], ceinte avec une courroie, laquelle lui servoit aussi à soutenir une epée qui etoit si longue qu'on ne s'en pou-voit aider adroitement sans fourchette [2]. Il por-toit des chausses troussées à bas d'attache [3], comme celle des comediens quand ils represen-tent un heros de l'antiquité [4], et il avoit, au lieu de souliers, des brodequins à l'antique, que les boues avoient gâtés jusqu'à la cheville du pied.

1. Petite étoffe grise, d'où est venu le mot de *grisette*, pour désigner d'abord les femmes ainsi vêtues, puis, par ex-tension, celles de basse condition.

2. Scarron veut parler ici d'un bâton terminé par un fer fourchu, comme ceux dont on se servoit pour soutenir les mousquets quand on vouloit ajuster.

3. On appeloit bas d'attache des bas qu'on attachoit au haut des chausses avec des rubans ou des aiguillettes.

4. Sorel, dans la *Maison des jeux* (Sercy, 1642, p. 453 et suiv.), donne de curieux détails sur les accoutrements que revêtoient de méchants comédiens, de Paris même, pour re-présenter les héros de l'antiquité. « Apollon et Hercule y pa-roissoient en chausses et en pourpoint. » etc. Dans la pa-rodie de la *Cléopâtre* de La Chapelle, au 4e acte du *Rago-tin*, de La Fontaine et Champmeslé, on lit :

En quel etat ici paroissez-vous, helas !
Vne reine d'Egypte en habit d'Espagnole !
On va vous prendre ainsi pour Jeanneton la folle.
(IV, 2.)

Un curieux passage du *Spectateur anglais* (1er volume) mon-tre qu'il en étoit encore de même un peu plus tard sur le

Un vieillard, vetu plus regulierement, quoique très mal, marchoit à côté de lui. Il portoit sur ses epaules une basse de viole, et, parcequ'il se courboit un peu en marchant, on l'eût pris de loin pour une grosse tortue qui marchoit sur les jambes de derrière. Quelque critique murmurera de la comparaison à cause du peu de proportion qu'il y a d'une tortue à un homme ; mais j'entends parler des grandes tortues qui se trouvent dans les Indes, et de plus je m'en sers de ma seule autorité.

Retournons à notre caravane. Elle passa devant le tripot de la Biche[1], à la porte duquel etoient assemblés quantité des plus gros bourgeois de la ville. La nouveauté de l'attirail et le bruit de la canaille qui s'etoit assemblée à l'en-

théâtre françois : « Les bergers y sont tout couverts de broderies... J'y ai vu deux fleuves en bas rouges, et Alphée, au lieu d'avoir la tête couverte de joncs, conter fleurettes avec une belle perruque blonde et un plumet... Dans l'*Enlèvement de Proserpine*, Pluton étoit équipé à la françoise. » La scène espagnole n'étoit pas plus avancée. Dans son *Nouvel art dramatique*, Lope dit que c'est une honte d'y voir un Turc portant une collerette à l'européenne, et un Romain en haut de chausses.

1. On appeloit *tripots* des lieux disposés pour le jeu de paume. Furetière prétend dans son Dictionnaire que ce mot vient de *tripudia*, parceque les baladins et sauteurs, comme les comédiens, avoient coutume de loüer les vastes et hautes salles des tripots pour leurs représentations. Il y avoit à Paris des théâtres établis dans des jeux de paume de la rue de Seine, de la Vieille rue du Temple, de la rue Bourg-l'Abbé, etc., et le 4 mars 1622 intervint une sentence défendant à tous les *paumiers* de loüer leurs salles à aucune troupe de comédiens pour y représenter. L'hôtel de la Biche, qu'on a vu jusqu'à ces derniers temps sur le côté méridional de la place des Halles, au Mans, a été détruit il y a une douzaine d'années.

tour de la charrette furent cause que tous ces ho-
norables bourguemestres jetèrent les yeux sur nos
inconnus. Un lieutenant de prevôt, entr'autres,
nommé La Rappinière[1], les vint accoster et leur
demanda avec une autorité de magistrat quels
gens ils etoient. Le jeune homme dont je vous viens
de parler prit la parole, et, sans mettre les mains
au turban (parceque de l'une il tenoit son fusil,
et de l'autre la garde de son epée, de peur qu'elle
ne lui battît les jambes), lui dit qu'ils etoient
François de naissance, comediens de profession;
que son nom de théâtre[2] étoit le Destin, celui
de son vieil camarade, la Rancune, et celui de la
demoiselle qui etoit juchée comme une poule
au haut de leur bagage, la Caverne. Ce nom
bizarre fit rire quelques uns de la compagnie, sur
quoi le jeune comedien ajouta que le nom de Caverne ne devoit pas sembler plus etrange à des
hommes d'esprit que ceux de la Montagne, la
Valée, la Roze ou l'Epine.

La conversation finit par quelques coups de

1. Suivant la clef manuscrite, citée dans la *Notice*, La
Rappinière seroit M. de la Rousselière, lieutenant du prévot
du Mans.

2. Les comédiens prenoient presque toujours un nom de
guerre en montant sur la scène. Poquelin, en changeant son
nom contre celui de Molière, n'avoit fait que suivre l'exemple
donné par les comédiens italiens et par ceux de l'hôtel de
Bourgogne. Quelques uns même avoient deux noms de théâtre : Ainsi Hugues Guéru s'appeloit Fléchelles dans les pièces
nobles et Gautier-Garguille dans la farce; Legrand se nommoit Belleville, ou Turlupin, etc. Ils portoient souvent,
comme les comédiens de Scarron, des noms expressifs, qui
pouvoient leur venir soit d'un sobriquet pur et simple, soit
de la nature de leurs rôles habituels. C'est ainsi qu'il y avoit
Gros-Guillaume, Bellerose, Beausoleil, le Capitan Matamore, etc.

poings et jurements de Dieu que l'on entendit
au devant de la charrette : c'etoit le valet du
tripot qui avoit battu le charretier sans dire
gare, parceque ses bœufs et sa jument usoient
trop librement d'un amas de foin qui etoit devant
la porte. On apaisa la noise, et la maîtresse du
tripot, qui aimoit la comedie plus que sermon ni
vêpres, par une generosité inouïe en une maîtresse de tripot, permit au charretier de faire
manger ses bêtes tout leur saoul. Il accepta l'offre
qu'elle lui fit, et, ce pendant que ses bêtes mangèrent, l'auteur se reposa quelque temps et se
mit à songer à ce qu'il diroit dans le second chapitre.

CHAPITRE II.

Quel homme etoit le sieur de la Rappinière.

Le sieur de la Rappinière etoit lors le
rieur de la ville du Mans : il n'y a point
de petite ville qui n'ait son rieur; la
ville de Paris n'en a pas pour un, elle
en a dans chaque quartier, et moi-même, qui vous
parle, je l'aurois eté du mien si j'avois voulu;
mais il y a long-temps, comme tout le monde
sait, que j'ai renoncé à toutes les vanités du
monde[1]. Pour revenir au sieur de la Rappinière,
il renoua bientôt la conversation que les coups de

1. Scarron fait probablement allusion ici à sa cruelle infirmité. En 1651, date de l'impression de cette première
partie, il y avoit plus de 12 ans qu'il en étoit atteint, car
lui-même a déterminé clairement cette époque dans plusieurs

poing avoient interrompue, et demanda au jeune comedien si leur troupe n'etoit composée que de mademoiselle de la Caverne, de monsieur de la Rancune et de lui. « Notre troupe est aussi complète que celle du prince d'Orange ou de Son Altesse d'Epernon [1], lui répondit-il; mais, par une disgrâce qui nous est arrivée à Tours, où notre etourdi de Portier a tué un des fuseliers de l'intendant de la province [2], nous avons eté contraints de nous sauver, un pied chaussé et l'au-

pièces de vers (A l'infante Descars, A madame de Hautefort, A M. le Prince, au début du Typhon.) Mais il se flatte en disant qu'il avoit renoncé à toutes les vanités du monde, car, malgré son mal, il étoit toujours le rieur en titre de son quartier.

1. Guillaume de Nassau, prince d'Orange, à qui Scarron dédia un peu plus tard sa comédie de l'Héritier ridicule, et dont il déplora la mort dans des stances d'un plus haut style que d'ordinaire, lui avoit fait un présent, comme en porte témoignage un long remercîment de celui-ci (1651). La mention qu'il en fait dans cet endroit est peut-être un nouvel acte de courtisan. Du reste, nous verrons dans ce roman même (3e part., 8e ch.) que les comédiens françois alloient représenter jusqu'en Hollande. Plusieurs princes étrangers, entre autres l'électeur de Bavière, les ducs de Savoie, de Brunswick et de Lunebourg, avoient ainsi des troupes d'acteurs françois à leur service (Voy. Chappuzeau, Théâtre fr., 1674, in-12). Quant à Son Altesse d'Epernon, son orgueil et sa magnificence bien connue peuvent servir à appuyer ce que Scarron, par la bouche de Destin, dit ici de sa troupe comique; c'est évidemment celle dont Molière étoit directeur, qui, quelques années avant de passer à Lyon, en 1653, et d'aller trouver à Pézenas le prince de Conti, avoit été accueillie avec faveur à Bordeaux par le duc d'Epernon (Mém. sur madame de Sévigné, par Walcken., t. 1, p. 492).

2. Il arrivoit souvent alors des désordres et des accidents du même genre, à la comédie, faute d'une surveillance et d'une organisation suffisantes. Il est encore question plus loin de troubles analogues (2e part., ch. 5). Guéret, dans le

tre nu, en l'equipage que vous nous voyez. — Ces fuseliers de M. l'intendant en ont fait autant à la Flèche, dit la Rappinière. — Que le feu saint Antoine [1] les arde! dit la tripotière; ils sont cause que nous n'aurons pas la comedie. — Il ne tiendroit pas à nous, repondit le vieux comedien, si nous avions les clefs de nos coffres pour avoir nos habits, et nous divertirions quatre ou cinq jours messieurs de la ville devant que de gagner Alençon, où le reste de la troupe a le rendez-vous. »

La reponse du comedien fit ouvrir les oreilles à tout le monde. La Rappinière offrit une vieille robe de sa femme à la Caverne, et la tripotière deux ou trois paires d'habits qu'elle avoit en gage, à Destin et à la Rancune. « Mais, ajouta quelqu'un de la compagnie, vous n'êtes que trois. — J'ai joué une pièce moi seul, dit la Rancune, et ai fait en

---

Parnasse réformé, fait dire à La Serre qu'on tua quatre portiers du théâtre la première fois que son *Thomas Morus* fut joué. On peut voir dans Chappuzeau (*Théâtre français*) combien le poste de portier de comédie étoit périlleux : « Les portiers sont commis, dit-il, pour empêcher les désordres qui pourroient survenir, et, pour cette fonction, avant les défenses étroites du roi d'entrer sans payer (9 janv. 1673), on faisoit choix d'un brave, etc. » Beaucoup de personnes vouloient s'attribuer le droit de ne pas payer en entrant, et c'étoient des rixes continuelles. On lit souvent dans le Registre de La Grange des frais de pansement pour portiers blessés (Taschereau, *Histoire de la troupe de Molière*, dans le journal *l'Ordre*, 24 janv, 1850).

1. Le feu Saint-Antoine, nommé aussi *feu infernal*, ou *mal des ardents*, étoit une espèce de lèpre brûlante et épidémique semblable à une flamme intérieure. Son nom de *Feu Saint-Antoine* lui vient de ce que les reliques de saint Antoine, lors de leur translation de la Palestine, au moyen âge, avoient guéri plusieurs personnes atteintes de ce mal.

même temps le roi, la reine et l'ambassadeur. Je parlois en fausset quand je faisois la reine; je parlois du nez pour l'ambassadeur, et me tournois vers ma couronne, que je posois sur une chaise; et, pour le roi, je reprenois mon siége, ma couronne et ma gravité, et grossissois un peu ma voix; et qu'ainsi ne soit, si vous voulez contenter notre charretier et payer notre depense en l'hôtellerie, fournissez vos habits, et nous jouerons devant que la nuit vienne, ou bien nous irons boire, avec votre permission, et nous reposer, car nous avons fait une grande journée.

Le parti plut à la compagnie, et le diable de la Rappinière, qui s'avisoit toujours de quelque malice, dit qu'il ne falloit point d'autres habits que ceux de deux jeunes hommes de la ville qui jouoient une partie dans le tripot, et que mademoiselle de la Caverne, en son habit ordinaire, pourroit passer pour tout ce que l'on voudroit en une comedie. Aussitôt dit, aussitôt fait; en moins d'un demi-quart d'heure les comediens eurent bu chacun deux ou trois coups, furent travestis, et l'assemblée, qui s'etoit grossie, ayant pris place en une chambre haute, on vit, derrière un drap sale que l'on leva, le comedien Destin couché sur un matelas, un corbillon [1] dans la tête, qui lui servoit de couronne, se frottant un peu les yeux comme un homme qui s'eveille, et recitant du ton de Mondory le rôle d'Herode, qui commence par:

Fantôme injurieux, qui trouble mon repos [2],

1. C'est-à-dire le petit panier d'osier où on présentoit les balles dans le jeu de paume.
2. C'est le début de la *Marianne*, de Tristan l'Hermite,

L'emplâtre qui lui couvroit la moitié du visage ne l'empêcha point de faire voir qu'il etoit excellent comedien. Mademoiselle de la Caverne fit des merveilles dans les rôles de Marianne et de Salomé; la Rancune satisfit tout le monde dans les autres [1] rôles de la pièce, et elle s'en alloit être conduite à bonne fin quand le diable, qui ne dort jamais, s'en mêla, et fit finir la tragedie non pas par la mort de Marianne et par les desespoirs d'Hérode, mais par mille coups de poing, autant de soufflets, un nombre effroyable de coups de pieds, des juremens qui ne se peuvent compter, et ensuite une belle information que fit faire le sieur de la Rappinière, le plus expert de tous les hommes en pareille matière.

pièce qui parut en même temps que le *Cid*, dont elle balança le succès. Elle fut représentée par la troupe du Marais, dont Mondory étoit le chef. Le rôle d'Hérode étoit le triomphe de cet excellent comédien, un peu emphatique, mais plein de force, de passion et d'intelligence; il le jouoit avec tant d'ardeur et d'énergie, qu'un jour il fut surpris d'une attaque d'apoplexie pendant la représentation, et qu'il resta dès lors paralytique d'une partie du corps; mais il n'en mourut pas, quoi qu'en aient dit Gueret, Bayle, et quelques autres. « Quand Mondory jouoit la *Marianne*, de Tristan, dit le père Rapin, le peuple n'en sortoit jamais que resveur et pensif, faisant reflexion à ce qu'il venoit de voir, et penetré à mesme temps d'un grand plaisir (*Réflexions sur la Poét. XXIX*).

1. Marianne est la femme et Salomé la sœur d'Hérode; elles paroissent ensemble sur la scène (II, 2). En dehors de ces rôles et de celui d'Hérode, il en restoit plus de dix, moins importants pour la plupart, que La Rancune devoit remplir à lui seul.

CHAPITRE III.

Le deplorable succès[1] qu'eut la comedie.

Dans toutes les villes subalternes du royaume il y a d'ordinaire un tripot où s'assemblent tous les jours les faineans de la ville, les uns pour jouer, les autres pour regarder ceux qui jouent. C'est là que l'on rime richement en Dieu[2], que l'on epargne fort peu le prochain, et que les absens sont assassinés à coups de langue; on n'y fait quartier à personne, tout le monde y vit de Turc à Maure, et chacun y est reçu pour railler, selon le talent qu'il en a eu du Seigneur. C'est en un de ces tripots là, si je m'en souviens, que j'ai laissé trois personnes comiques, recitant *la Marianne* devant une honorable compagnie à laquelle presidoit le sieur de la Rappinière. Au même temps qu'Herode et Marianne s'entredisoient leurs verités[3], les deux jeunes hommes de qui l'on avoit pris si libre-

---

1. Dans le sens du latin *successus* : issue, résultat.
2. On se rappelle le vers de Gresset :
    Vous la rima fort richement en *tain*.
                                    (*Vert-Vert*, ch. 4.)
Il avoit déjà dit avant :
                        Les bateliers juroient,
    Rimoient en Dieu.
                                    (Ch. 3.)
3. Acte 3, sc. 3 et 4.

ment les habits entrèrent dans la chambre en
caleçons, et chacun sa raquette à la main ; ils
avoient negligé de se faire frotter [1], pour venir entendre la comedie. Leurs habits, que portoient
Herode et Pherore, leur frappèrent bientôt la
vue ; le plus colère des deux, s'adressant au valet du tripot : « Fils de chienne ! lui dit-il, pourquoi as-tu donné mon habit à ce bateleur ? » Le
pauvre valet, qui le connoissoit pour un grand
brutal, lui dit en toute humilité que ce n'etoit
pas lui. « Et qui donc, barbe de cocu ? » ajouta-
t-il. Le pauvre valet n'osoit en accuser la Rappinière en sa presence ; mais lui, qui etoit le plus
insolent de tous les hommes, lui dit en se levant
de sa chaise : « C'est moi ; qu'en voulez-vous dire ?
— Que vous êtes un sot », repartit l'autre, en
lui déchargeant un demesuré coup de sa raquette
sur les oreilles. La Rappinière fut si surpris d'être
prevenu d'un coup, lui qui avoit accoutumé d'en
user ainsi, qu'il demeura comme immobile, ou
d'admiration, ou parcequ'il n'etoit pas encore
assez en colère et qu'il lui en falloit beaucoup
pour se resoudre à se battre, ne fût-ce qu'à coups
de poings, et peut-être que la chose en fût demeurée là, si son valet, qui avoit plus de colère
que lui, ne se fût jeté sur l'agresseur, en lui donnant un coup de poing avec toutes ses circon-
stances dans le beau milieu du visage, ensuite
une grande quantité d'autres où ils purent aller.
La Rappinière le prit en queue et se mit à tra-

---

1. « Les joueurs de paume se font frotter par les mar-
queurs pour se nettoyer quand ils ont sué. » (Dict. de Furetière.)

vailler sur lui en coups de poings comme un homme qui a eté offensé le premier. Un parent de son adversaire prit la Rappinière de la même façon ; ce parent fut investi par un ami de la Rappinière pour faire diversion ; celui-ci le fut d'un autre, et celui-là d'un autre. Enfin tout le monde prit parti dans la chambre; l'un juroit, l'autre injurioit, tous s'entrebattoient ; la tripotière, qui voyoit rompre ses meubles, emplissoit l'air de cris pitoyables. Vràisemblablement ils devoient tous perir par coups d'escabeaux, de pieds et de poings, si quelques uns des magistrats de la ville qui se promenoient sous les nalles avec le senechal du Maine [1], des Essarts, ne fussent accourus à la rumeur. Quelques uns furent d'avis de jeter deux ou trois seaux d'eau sur les combattans, et le remède eût peut-être reussi ; mais ils se separèrent de lassitude, outre que deux pères capucins, qui se jetèrent par charité dans le champ de bataille, mirent non pas une paix bien affermie entre les combattans, mais firent accorder quelques trèves pendant lesquelles on put negocier, sans prejudice des informations qui se firent de part et d'autre. Le comedien Destin fit des prouesses à coups de poings dont on parle encore dans la ville du Mans, suivant ce qu'en ont raconté les deux jouvenceaux auteurs de la querelle, avec lesquels il eut particulierement af-

---

1. Voir le *Dict.* de Furetière pour les diverses fonctions du sénéchal. Le sénéchal du Maine étoit alors Tanneguy Lombelon, baron des Essarts, chaud partisan des frondeurs et du parlement, qui avoit succédé, en 1638, à J. B. L. de Beaumanoir, baron de Lavardin. Le gouverneur de la ville étoit M. de Tresmes.

faire, et qu'il pensa rouer de coups, outre quantité d'autres du parti contraire qu'il mit hors de
combat du premier coup. Il perdit son emplâtre
durant la mêlée, et l'on remarqua qu'il avoit le
visage aussi beau que la taille riche. Les museaux
sanglans furent lavés d'eau fraîche, les collets
dechirés furent changés, on appliqua quelques
cataplasmes, et même l'on fit quelques points
d'aiguille. Les meubles furent aussi remis en leur
place, non pas du tout si entiers qu'alors qu'on
les derangea. Enfin, un moment après, il ne resta
plus rien du combat que beaucoup d'animosité,
qui paroissoit sur le visage des uns et des autres.

Les pauvres comediens sortirent long-temps
après avec la Rappinière, qui verbalisa le dernier.
Comme ils passoient du tripot sous les Halles,
ils furent investis par sept ou huit braves, l'epée
à la main. La Rappinière, selon sa coutume, eut
grand'peur et pensa bien avoir quelque chose
de pis, si Destin ne se fût genereusement jeté au
devant d'un coup d'epée qui lui alloit passer au
travers du corps; il ne put pourtant si bien le
parer qu'il ne reçût une legère blessure dans le
bras. Il mit l'epée à la main en même temps, et
en moins de rien fit voler à terre deux epées,
ouvrit deux ou trois têtes, donna force coups sur
les oreilles, et deconfit si bien messieurs de l'em-
buscade que tous les assistans avouèrent qu'ils
n'avoient jamais vu un si vaillant homme. Cette
partie ainsi avortée avoit eté dressée à la Rappinière par deux petits nobles, dont l'un avoit
epousé la sœur de celui qui commença le combat
par un grand coup de raquette, et vraisemblablement la Rappinière etoit gâté sans le vaillant

defenseur que Dieu lui suscita en notre vaillant comedien. Le bienfait trouva place en son cœur de roche, et sans vouloir permettre que ces pauvres restes d'une troupe delabrée allassent loger en une hôtellerie, il les emmena chez lui, où le charretier dechargea le bagage comique et s'en retourna en son village.

CHAPITRE IV.

Dans lequel on continue à parler du sieur la Rappinière, et de ce qui arriva la nuit en sa maison.

Mademoiselle de la Rappinière[1] reçut la compagnie avec grande civilité, comme elle etoit la femme du monde qui se soumettoit le plus facilement. Elle n'etoit pas laide, quoique si maigre et si sèche qu'elle n'avoit jamais mouché de chandelle avec les doigts que le feu n'y prît. J'en pourrois dire cent choses rares, que je laisse de peur d'être trop long. En moins de rien les deux

[1]. On sait que le nom de Madame étoit réservé aux personnes de condition noble. Le *de* placé devant un nom n'étoit point, à beaucoup près, un signe infaillible de noblesse véritable, jouissant des droits et des exemptions accordés à cet état; il étoit souvent usurpé, souvent employé par politesse, à l'égard des personnes qu'on vouloit honorer, ou qui étoient élevées, par leur position, au dessus des bourgeois ordinaires. Ainsi Jean *de* La Fontaine, malgré son *de*, étoit si peu noble qu'en 1669 il fut condamné à une amende de 3,000 fr. pour usurpation d'un titre qui ne lui appartenoit pas.

dames furent si grandes camarades qu'elles s'en
tre-appellèrent ma chère et ma fidèle. La Rappinière, qui avoit de la mauvaise gloire autant que
barbier de la ville, dit en entrant qu'on allât à
la cuisine et à l'office faire hâter le souper. C'e-
toit une pure rodomontade : outre son vieil valet,
qui pansoit même ses chevaux, il n'y avoit dans
le logis qu'une jeune servante et une vieille boi-
teuse, qui avoit du mal comme un chien. Sa vanité fut punie par une grande confusion qui lui
arriva. Il mangeoit d'ordinaire au cabaret aux
depens des sots, sa femme et son train si reglé
etoient reduits au potage aux choux, selon la coutume du pays[1].Voulant paroître devant ses hôtes
et les regaler, il pensa couler par derrière son
dos quelque monnoie à son valet pour aller querir
de quoi souper. Par la faute du valet ou du maître, l'argent tomba sur la chaise où il etoit assis,
et puis de la chaise en bas. La Rappinière en devint tout violet, sa femme en rougit, le valet en
jura, la Caverne en souffrit, la Rancune n'y prit
peut-être pas garde, et pour Destin, je n'ai pas
bien su l'effet que cela fit sur son esprit; l'argent
fut ramassé, et en attendant le souper on fit conversation. La Rappinière demanda au Destin
pourquoi il se deguisoit le visage d'un emplâtre;
il lui dit qu'il en avoit bien du sujet, et que, se
voyant travesti par accident, il avoit voulu ôter
ainsi la connoissance de son visage à quelques
ennemis qu'il avoit.

1. Il paroît que c'est là aujourd'hui encore le mets favori
et le fonds des repas du paysan manceau (Pesche, *Dict. de
la Sarthe*, t. 3, p. 48).

Enfin le souper vint, bon ou mauvais. La Rappinière but tant qu'il s'enivra; la Rancune s'en donna aussi jusques aux gardes; Destin soupa fort sobrement en honnête homme, la Caverne en comedienne affamée, et mademoiselle de la Rappinière en femme qui veut profiter de l'occasion, c'est-à-dire tant qu'elle en fut devoyée. Tandis que les valets mangèrent et que l'on dressa les lits, la Rappinière les accabla de cent contes pleins de vanité. Destin coucha seul en une petite chambre, la Caverne avec la fille de chambre dans un cabinet, et la Rancune avec le valet je ne sais où. Ils avoient tous envie de dormir, les uns de lassitude, les autres d'avoir trop soupé, et cependant ils ne dormirent guères, tant il est vrai qu'il n'y a rien de certain en ce monde. Après le premier sommeil, mademoiselle de la Rappinière eut envie d'aller où les rois ne peuvent aller qu'en personne. Son mary se reveilla bientôt après; quoiqu'il fût bien soûl, il sentit bien qu'il etoit tout seul. Il appela sa femme; on ne lui repondit point. Avoir quelque soupçon, se mettre en colère, se lever de furie, ce ne fut qu'une même chose. A la sortie de sa chambre, il entendit marcher devant lui; il suivit quelque temps le bruit qu'il entendoit. Au milieu d'une petite galerie qui conduisoit à la chambre de Destin, il se trouva si près de ce qu'il suivoit qu'il crut lui marcher sur les talons; il pensa se jeter sur sa femme et la saisit en criant : « Ah! putain! » Ses mains ne trouvèrent rien, et, ses pieds rencontrant quelque chose, il donna du nez en terre et se sentit enfoncer dans l'estomac quelque chose de pointu. Il cria effroyablement : « Au meur-

tre ! on m'a poignardé ! » sans quitter sa femme,
qu'il pensoit tenir par les cheveux et qui se de-
battoit sous lui. A ses cris, ses injures et ses juremens, toute la maison fut en rumeur et tout le
monde vint à son aide en même temps : la servante avec une chandelle, la Rancune et le valet
en chemises sales, la Caverne en jupe fort mechante, le Destin l'epée à la main, et mademoiselle la Rappinière toute la dernière, qui fut bien
etonnée, aussi bien que les autres, de trouver son
mari tout furieux luttant contre une chèvre qui
allaitoit dans la maison les petits d'une chienne
qui etoit morte. Jamais homme ne fut plus confus que la Rappinière. Sa femme, qui se douta
bien de la pensée qu'il avoit eue, lui demanda s'il
etoit fou. Il repondit, sans sçavoir quasi ce qu'il
disoit, qu'il avoit pris la chèvre pour un voleur ;
le Destin devina ce qui en etoit ; chacun regagna
son lit et crut ce qu'il voulut de l'aventure, et la
chèvre fut renfermée avec ses petits chiens.

CHAPITRE V.

Qui ne contient pas grand'chose.

L e comedien la Rancune, un des principaux heros de notre roman, car il n'y
en aura pas pour un dans ce livre-ci,
et, puisqu'il n'y a rien de plus parfait
qu'un heros de livre[1], demi-douzaine de heros

1. Scarron revient encore plus loin sur cette remarque

ou soi-disant tels feront plus d'honneur au mien qu'un seul, qui seroit peut-être celui dont on parleroit le moins, comme il n'y a qu'heur et malheur en ce monde. La Rancune donc etoit de ces misanthropes qui haïssent tout le monde et qui ne s'aiment pas eux-mêmes, et j'ai su de beaucoup de personnes qu'on ne l'avoit jamais vu rire. Il avoit assez d'esprit et faisoit assez bien de mechans vers[1] ; d'ailleurs homme d'honneur en aucune façon, malicieux comme un vieil singe et envieux comme un chien. Il trouvoit à redire en tous ceux de sa profession : Belleroze etoit trop affecté, Mondory trop rude, Floridor trop froid[2], et ainsi des autres ; et je crois qu'il eût

en disant fort justement que ces héros imaginaires « sont quelquefois incommodes à force d'être trop honnêtes gens ». C'est là un reproche que les écrivains satiriques faisoient souvent aux romans d'alors.

1. Cette phrase, qui est, pour ainsi dire, passée en proverbe, se retrouve à peu près textuellement dans la *Satire des satires* de Boursault :

Je fais passablement de mechantes paroles,

dit le marquis, et le chevalier lui répond :

Tu fais de mechants vers admirablement bien.

(Sc. 3.)

2. Nous avons déjà parlé de Mondory (V. page 16), dont Tallemant dit, ce qui fait comprendre le reproche de la Rancune, qu'il « etoit plus propre à faire un heros qu'un amoureux ». Pierre le Messier, dit Belleroze, étoit un acteur de l'hôtel de Bourgogne, remarquable dans les rôles tragiques, bien que La Rancune le jugeât trop affecté, et que madame de Montbazon lui trouvât l'air trop fade (*Mém. du card. de Retz*). Tallemant s'exprime à peu près de même, le traitant de « comedien fardé, qui regardoit où il jetteroit son chapeau, de peur de gâter ses plumes ». Floridor étoit un comédien de la même troupe, qui avoit pourtant commencé

aisement laissé conclure qu'il avoit eté le seul
comedien sans defaut, et cependant il n'etoit plus
souffert dans la troupe qu'à cause qu'il avoit vieilli
dans le metier. Au temps qu'on etoit reduit aux
pièces de Hardy, il jouoit en fausset et sous le
masque les rôles de nourrice [1]; depuis qu'on
commença à mieux faire la comedie, il etoit le
surveillant du portier, jouoit les rôles de confi-
dens, ambassadeurs et recors, quand il falloit accompagner un roi, assassiner quelqu'un ou donner bataille; il chantoit une mechante taille aux

par faire partie de celle du Marais. Son vrai nom étoit Josias
de Soulas, sieur de Prinefosse. Il étoit fort aimé du public;
le roi le favorisoit, et Molière lui fit la grâce de ne pas le
nommer parmi les acteurs de l'hôtel de Bourgogne qu'il critique dans *l'Impromptu de Versailles*. On peut voir le splen-
dide éloge qu'en a fait de Visé, dans sa critique de la *Sophonisbe* de P. Corneille, où il le nomme « le plus grand comédien du monde ». Néanmoins, le satirique Tallemant, à
l'endroit même où il parle de Mondory et de Bellerose (Ed.
Monmerqué, in-8, t. 6), se rapproche encore du sentiment
de la Rancune : « C'est, dit-il, un mediocre comedien, quoi
que le monde en veuille dire. Il est toujours pâle. »

1. Le manque d'actrices sur les anciens théâtres étoit cause
qu'on avoit dû les remplacer par des acteurs dans certains
rôles de femmes, comme ceux de nourrices et de soubrettes;
ces derniers rôles, du reste, étoient presque toujours si licencieux que des hommes seuls pouvoient s'en charger. Dès
lors le masque et la voix de fausset étoient nécessaires. On
nous a conservé les noms de quelques comédiens qui s'étoient
rendus particulièrement célèbres dans ce genre, entre autres
d'Alizon, qui jouoit à l'hôtel de Bourgogne dans la première
moitié du XVIIe siècle. Personne n'ignore que ce fut P.
Corneille qui, dans la *Galerie du Palais*, fit disparoître la
nourrice du théâtre en la remplaçant par la suivante. Dès lors
l'acteur se borna à certains rôles de vieilles et de ridicules,
tels que celui de la comtesse d'Escarbagnas. Cet usage ne
cessa entièrement au théâtre qu'après la retraite de Hubert

trios, et se farinoit à la farce¹. Sur ces beaux ta-
lens-là il avoit fondé une vanité insupportable,
laquelle etoit jointe à une raillerie continuelle,
une medisance qui ne s'epuisoit point et une humeur querelleuse qui etoit pourtant soutenue par
quelque valeur. Tout cela le faisoit craindre à ses
compagnons; avec le seul Destin il etoit doux
comme un agneau et se montroit raisonnable autant que son naturel le pouvoit permettre. On a
voulu dire qu'il en avoit eté battu; mais ce bruit-
là n'a pas duré long-temps, non plus que celui
de l'amour qu'il avoit pour le bien d'autrui jusqu'à s'en saisir furtivement : avec tout cela le
meilleur homme du monde². Je vous ai dit, ce
me semble, qu'il coucha avec le valet de la Rappinière, qui s'appeloit Doguin. Soit que le lit où
il coucha ne fût pas trop bon ou que Doguin ne
fût pas bon coucheur, il ne put dormir toute la
nuit. Il se leva dès le point du jour (aussi bien
que Doguin, qui fut appelé par son maître), et,
passant devant la chambre de la Rappinière, lui
alla donner le bon jour. La Rappinière reçut son

(avril 1685), qui avoit rempli avec beaucoup de succès plusieurs de ces rôles de femmes.
  1. C'étoit une habitude répandue parmi les acteurs qui
jouoient la farce : ainsi Gros-Guillaume, Jean-Farine, Jodelet, et tous ceux qui avoient le visage naturellement mobile
et comique, s'enfarinoient; mais quelques uns, comme Guillot-Gorju, Gautier-Garguille et Turlupin, préféroient se couvrir d'un masque (*Hist. du Théât. franç.*, des frères Parfait);
on sait, par le témoignage de Villiers (*Vengeance des marquis*),
que Molière fit comme ces derniers, en jouant d'abord le rôle
de Mascarille des *Précieuses ridicules*.
  2. C'est le : *au demeurant, le meilleur fils du monde*, de
Clément Marot.

compliment avec un faste de prevôt provincial et ne lui rendit pas la dixième partie des civilités qu'il en reçut; mais, comme les comediens jouent toutes sortes de personnages, il ne s'en emut guères. La Rappinière lui fit cent questions sur la comedie, et de fil en aiguille (il me semble que ce proverbe est ici fort bien appliqué) lui demanda depuis quand ils avoient le Destin dans leur troupe, et ajouta qu'il etoit excellent comedien. « Ce qui reluit n'est pas or, repartit la Rancune. Du temps que je jouois les premiers rôles, il n'eût joué que les pages ; comment sçauroit-il un metier qu'il n'a jamais appris ? Il y a fort peu de temps qu'il est dans la comedie : on ne devient pas comedien comme un champignon. Parcequ'il est jeune, il plaît ; si vous le connoissiez comme moi, vous en rabattriez plus de la moitié. Au reste, il fait l'entendu comme s'il etoit sorti de la côte de saint Louis[1], et cependant il ne decouvre point qui il est ni d'où il est, non plus qu'une belle Cloris qui l'accompagne, qu'il appelle sa sœur, et Dieu veuille qu'elle le soit! Tel que je suis, je lui ai sauvé la vie dans Paris aux depens de deux bons coups d'epée, et il en a eté si meconnoissant qu'au lieu de me faire porter chez un chirurgien, il passa la nuit à chercher dans les boues je ne sçais quel bijou de diamans d'Alençon[2] qu'il disoit lui avoir eté pris par ceux qui

1. Molière a fait dire de même à madame Jourdain : « Est-ce que nous sommes, nous autres, de la côte de saint Louis? » (*Bourg. gent.*, act. 3, sc. 12.) C'étoit une façon de parler fort usitée alors, et dont on devine facilement le sens.
2. On appeloit diamants d'Alençon de faux diamants qu'on recueilloit aux environs de cette ville, dans un terrain plein

nous attaquèrent. » La Rappinière demanda à la
Rancune comment ce malheur-là lui etoit arrivé.
« Ce fut le jour des Rois, sur le Pont-Neuf », repondit la Rancune. Ces dernières paroles trou-
blèrent extremement la Rappinière et son valet
Doguin ; ils pâlirent et rougirent l'un et l'autre, et
la Rappinière changea de discours si vite et avec
un si grand desordre d'esprit que la Rancune
s'en etonna. Le bourreau de la ville et quelques
archers, qui entrèrent dans la chambre, rompirent
la conversation et firent grand plaisir à la Rancune, qui sentoit bien que ce qu'il avoit dit avoit
frappé la Rappinière en quelque endroit bien
tendre, sans pouvoir deviner la part qu'il y pouvoit prendre.

Cependant le pauvre Destin, qui avoit eté
si bien sur le tapis, etoit bien en peine : la Rancune le trouva avec mademoiselle de la Caverne, bien empêché à faire avouer à un vieil tailleur qu'il avoit mal ouï et encore plus mal travaillé. Le sujet de leur differend etoit qu'en de-
chargeant le bagage comique, le Destin avoit
trouvé deux pourpoints et un haut-de-chausses
fort usés, qu'il les avoit donnés à ce vieil tailleur pour en tirer une manière d'habit plus à la
mode que les chausses de page¹ qu'il portoit, et
que le tailleur, au lieu d'employer un des pour-

d'un sable fort luisant et de pierres grises et très dures. Quelques uns de ces diamants atteignoient la grosseur d'un œuf,
et ils étoient parfois aussi nets et aussi brillants que des diamants véritables. (*Dict.* de Furetière.)

1. Les chausses de page, appelées aussi *grègues, trousses,* ou
culottes, étoient des espèces de hauts-de-chausses d'ancienne
mode, serrés et plissés, et qui, abandonnés depuis le siècle
précédent, étoient réservés seulement aux pages.

points pour raccommoder l'autre et le haut de
chausses aussi, par une faute de jugement indigne d'un homme qui avoit raccommodé des vieilles hardes toute sa vie, avoit rhabillé les deux
pourpoints des meilleurs morceaux du haut-de-
chausses ; tellement que le pauvre Destin, avec
tant de pourpoints et si peu de hauts-de-chausses,
se trouvoit reduit à garder la chambre ou à faire
courir les enfans après lui, comme il avoit fait
dejà avec son habit comique. La liberalité de la
Rappinière repara la faute du tailleur, qui profita
des deux pourpoints rhabillés, et le Destin fut re-
galé de l'habit d'un voleur qu'il avoit fait rouer
depuis peu. Le bourreau, qui s'y trouva present,
et qui avoit laissé cet habit en garde à la servante
de la Rappinière, dit fort insolemment que l'habit etoit à lui ; mais la Rappinière le menaça de
lui faire perdre sa charge. L'habit se trouva assez
juste pour le Destin, qui sortit avec la Rappinière
et la Rancune. Ils dînèrent en un cabaret aux depens d'un bourgeois qui avoit à faire de la Rappinière. Mademoiselle de la Caverne s'amusa à
savonner son collet sale et tint compagnie à son
hôtesse. Le même jour, Doguin fut rencontré par
un des jeunes hommes qu'il avoit battus le jour
de devant dans le tripot, et revint au logis avec
deux bons coups d'epée et force coups de bâton ;
et, à cause qu'il etoit bien blessé, la Rancune,
après avoir soupé, alla coucher dans une hôtellerie voisine, fort lassé d'avoir couru toute la ville,
accompagnant, avec son camarade Destin, le sieur
de la Rappinière, qui vouloit avoir raison de son
valet assassiné.

Chapitre VI.

L'aventure du pot de chambre; la mauvaise nuit que la Rancune donna à l'hôtellerie; l'arrivée d'une partie de la troupe; mort de Doguin, et autres choses memorables.

La Rancune entra dans l'hôtellerie un peu plus que demi-ivre. La servante de la Rappinière, qui le conduisoit, dit à l'hôtesse qu'on lui dressât un lit. «Voici le reste de notre ecu[1], dit l'hôtesse; si nous n'avions point d'autre pratique que celle-là, notre louage seroit mal payé. — Taisez-vous, sotte, dit son mari; monsieur de la Rappinière nous fait trop d'honneur. Que l'on dresse un lit à ce gentilhomme. — Voire qui en auroit, dit l'hôtesse; il ne m'en restoit qu'un que je viens de donner à un marchand du bas Maine. » Le marchand entra là-dessus, et, ayant appris le sujet de la contestation, offrit la moitié de son lit à la Rancune, soit qu'il eût à faire à la Rappinière, ou qu'il fût obligeant de son naturel. La Rancune l'en remercia autant que sa secheresse de civilité le put permettre. Le marchand soupa, l'hôte lui tint compagnie, et la Rancune ne se fit pas prier deux fois pour faire le troisième et se mettre à

---

1. « Se dit de ceux qui surviennent en une compagnie, et qu'on n'attendoit pas. » (Leroux, *Dict. comiq.*)

boire sur nouveaux frais. Ils parlèrent des impôts, pestèrent contre les maltôtiers [1], reglèrent l'Etat, et se reglèrent si peu eux-mêmes, et l'hôte tout le premier, qu'il tira sa bourse de sa pochette et demanda à compter, ne se souvenant plus qu'il etoit chez lui. Sa femme et sa servante l'en traînèrent par les epaules dans sa chambre, et le mirent sur un lit tout habillé. La Rancune dit au marchand qu'il etoit affligé d'une difficulté d'urine et qu'il etoit bien fâché d'être contraint de l'incommoder; à quoi le marchand lui repondit qu'une nuit etoit bientôt passée. Le lit n'avoit point de ruelle et joignoit la muraille; la Rancune s'y jetta le premier, et, le marchand s'y etant mis après en la bonne place, la Rancune lui demanda le pot de chambre. « Et qu'en voulez-vous faire? dit le marchand. — Le mettre auprès de moi, de peur de vous incommoder », dit la Rancune. Le marchand lui repondit qu'il lui donneroit quand il en auroit à faire, et la Rancune n'y consentit qu'à peine, lui protestant qu'il etoit au desespoir de l'incommoder. Le marchand

1. Les plaintes, les imprécations de toute sorte, contre les maltôtiers et les partisans, qui se livroient souvent à des exactions et à des friponneries dont ils avoient à répondre devant les chambres de justice, remplissent les écrits de l'époque et les chansons manuscrites. V. La *Chasse aux larrons*, de J. Bourgoing, in-8; les *Satires* de Courval-Sonnet et de Gacon; beaucoup de *Mazarinades*; La Bruyère, *Des biens de fortune*, etc., etc. — Maltôte vient de *malè tolta* (tollir mal), et signifioit rigoureusement une imposition faite sans nécessité, sans droit et sans fondement; on appliquoit souvent ce terme aux subsides onéreux et extraordinaires, et même, par abus, le peuple l'étendoit à toute imposition nouvelle. Les maltôtiers étoient les financiers qui se chargeoient d'établir et de faire marcher les maltôtes.

s'endormit sans lui repondre, et à peine commen-
ça-t-il à dormir de toute sa force que le malicieux comedien, qui etoit homme à s'eborgner
pour faire perdre un œil à un autre, tira le pauvre marchand par le bras, en lui criant : « Monsieur! ho! Monsieur! » Le marchand, tout endormi, lui demanda en bâillant : « Que vous plaît-
il? — Donnez-moi un peu le pot de chambre »,
dit la Rancune. Le pauvre marchand se pencha
hors du lit, et, prenant le pot de chambre, le mit
entre les mains de la Rancune, qui se mit en devoir de pisser, et, après avoir fait cent efforts ou
fait semblant de les faire, juré cent fois entre ses
dents et s'être bien plaint de son mal, il rendit le
pot de chambre au marchand sans avoir pissé
une seule goutte. Le marchand le remit à terre,
et dit, ouvrant la bouche aussi grande qu'un four
à force de bâiller : « Vraiment, Monsieur, je vous
plains bien », et se rendormit tout aussitôt. La
Rancune le laissa embarquer bien avant dans
le sommeil, et, quand il le vit ronfler comme s'il
n'eût fait autre chose toute sa vie, le perfide l'e-
veilla encore et lui demanda le pot de chambre
aussi mechamment que la première fois. Le marchand le lui mit entre les mains aussi bonnement
qu'il avoit dejà fait, et la Rancune le porta à
l'endroit par où l'on pisse, avec aussi peu d'envie
de pisser que de laisser dormir le marchand. Il
cria encore plus fort qu'il n'avoit fait et fut deux
fois plus long-temps à ne point pisser, conjurant
le marchand de ne prendre plus la peine de lui
donner le pot de chambre, et ajoutant que ce n'e-
toit pas la raison et qu'il le prendroit bien. Le
pauvre marchand, qui eût lors donné tout son bien

pour dormir son soûl, lui repondit, toujours en
bâillant, qu'il en usât comme il lui plairoit, et remit le pot de chambre en sa place. Ils se donnèrent le bon soir fort civilement, et le pauvre
marchand eût parié tout son bien qu'il alloit faire
le plus beau somme qu'il eût fait de sa vie. La
Rancune, qui sçavoit bien ce qui en devoit arriver, le laissa dormir de plus belle ; et, sans faire
conscience d'eveiller un homme qui dormoit si
bien, il lui alla mettre le coude dans le creux de
l'estomac, l'accablant de tout son corps et avan-
çant l'autre bras hors du lit, comme on fait
quand on veut amasser quelque chose qui est à
terre. Le malheureux marchand, se sentant étouffer et ecraser la poitrine, s'eveilla en sursaut!
criant horriblement : « Hé ! morbleu ! Monsieur,
vous me tuez ! » La Rancune, d'une voix aussi
douce et posée que celle du marchand avoit eté
vehemente, lui repondit : « Je vous demande pardon, je voulois prendre le pot de chambre. ——
Ah ! vertubleu, s'ecria l'autre, j'aime bien mieux
vous le donner et ne dormir de toute la nuit.
Vous m'avez fait un mal dont je me sentirai toute
ma vie. » La Rancune ne lui repondit rien, et
se mit à pisser si largement et si roide que le
bruit seul du pot de chambre eût pu reveiller le
marchand. Il emplit le pot de chambre, benissant
le Seigneur avec une hypocrisie de scelerat. Le
pauvre marchand le felicitoit le mieux qu'il pouvoit de sa copieuse ejaculation d'urine, qui lui
faisoit esperer un sommeil qui ne seroit plus interrompu, quand le maudit la Rancune, faisant
semblant de vouloir remettre le pot de chambre
à terre, lui laissa tomber et le pot de chambre et

tout ce qui etoit dedans sur le visage, sur la
barbe et sur l'estomac, en criant en hypocrite :
« Hé ! Monsieur, je vous demande pardon. » Le
marchand ne repondit rien à sa civilité ; car, aussitôt qu'il se sentit noyer de pissat, il se leva, hurlant comme un homme furieux et demandant de
la chandelle. La Rancune, avec une froideur capable de faire renier un theatin, lui disoit : « Voilà
un grand malheur ! » Le marchand continua ses
cris : l'hôte, l'hôtesse, les servantes et les valets
y vinrent. Le marchand leur dit qu'on l'avoit fait
coucher avec un diable, et pria qu'on lui fît du
feu autre part. On lui demanda ce qu'il avoit ; il
ne repondit rien, tant il etoit en colère, prit ses
habits et ses hardes, et s'alla secher dans la cuisine, où il passa le reste de la nuit sur un banc,
le long du feu. L'hôte demanda à la Rancune ce
qu'il lui avoit foit. Il lui dit, feignant une grande
ingenuité : « Je ne sçais de quoi il se peut plaindre. Il s'est eveillé et m'a reveillé, criant au meurtre : il faut qu'il ait fait quelque mauvais songe
ou qu'il soit fou; et, de plus, il a pissé au lit. »
L'hôtesse y porta la main et dit qu'il etoit vrai,
que son matelas etoit tout percé, et jura son
grand Dieu qu'il le paieroit[1]. Ils donnèrent le
bonsoir à la Rancune, qui dormit toute la nuit
aussi paisiblement qu'auroit fait un homme de
bien, et se recompensa de celle qu'il avoit mal
passée chez la Rappinière. Il se leva pourtant
plus matin qu'il ne pensoit, parceque la servante

1. Segrais nous apprend que ce fut M. de Riandé, receveur
des décimes, personnage fort goutteux, qui « donna occasion »
à Scarron de raconter cette sale aventure du pot de chambre.
(*Mém. anecd.*)

de la Rappinière le vint querir à la hâte pour venir voir Doguin, qui se mouroit et qui demandoit à le voir devant que de mourir. Il y courut, bien en peine de sçavoir ce que lui vouloit un homme qui se mouroit et qui ne le connoissoit que du jour precedent. Mais la servante s'etoit trompée; ayant ouï demander le comedien au pauvre moribond, elle avoit pris la Rancune pour le Destin, qui venoit d'entrer dans la chambre de Doguin quand la Rancune arriva, et qui s'y etoit enfermé, ayant appris du prêtre qui l'avoit confessé que le blessé avoit quelque chose à lui dire qu'il lui importoit de sçavoir. Il n'y fut pas plus d'un demi-quart d'heure que la Rappinière revint de la ville, où il etoit allé dès la pointe du jour pour quelques affaires. Il apprit en arrivant que son valet se mouroit, qu'on ne lui pouvoit arrêter le sang parcequ'il avoit un gros vaisseau coupé, et qu'il avoit demandé à voir le comedien Destin devant que de mourir. « Et l'a-t-il vu ? » demanda tout emu la Rappinière. On lui repondit qu'ils etoient enfermés ensemble. Il fut frappé de ces paroles comme d'un coup de massue, et s'en courut tout transporté frapper à la porte de la chambre où Doguin se mouroit, au même temps que le Destin l'ouvroit pour avertir que l'on vînt secourir le malade qui venoit de tomber en foiblesse. La Rappinière lui demanda, tout troublé, ce que lui vouloit son fou de valet. « Je crois qu'il rêve, repondit froidement le Destin, car il m'a demandé cent fois pardon, et je ne pense pas qu'il m'ait jamais offensé ; mais qu'on prenne garde à lui, car il se meurt. » On s'approcha du lit de Doguin sur le point qu'il rendoit le dernier soupir, dont la Rappinière parut plus gai que triste. Ceux qui le connoissoient crurent que c'etoit à cause qu'il devoit les gages à son valet. Le seul Destin sçavoit bien ce qu'il en devoit croire.

Là-dessus deux hommes entrèrent dans le logis qui furent reconnus par notre comedien pour être de ses camarades, desquels nous parlerons plus amplement au suivant chapitre.

Chapitre VII.

L'aventure des brancards.

Le plus jeune des comediens qui entrèrent chez la Rappinière etoit valet de Destin. Il apprit de lui que le reste de la troupe etoit arrivé, à la reserve de mademoiselle de l'Etoile, qui s'etoit demis un pied à trois lieues du Mans. « Qui vous a fait venir ici, et qui vous a dit que nous y etions ? lui demanda le Destin. — La peste, qui etoit à Alençon, nous a empêchés d'y aller et nous a arrêtés à Bonnestable [1], repondit l'autre comedien, qui s'appeloit l'Olive, et quelques habitans de cette ville que nous avons trouvés nous ont dit que vous avez joué ici, que vous vous etiez battu et que vous aviez eté blessé. Mademoiselle de l'Etoile en est fort en peine, et vous prie de lui envoyer un bran-

1. Petite ville du Maine, sur la Dive, avec une forêt considérable.

card [1].» Le maître de l'hôtellerie voisine, qui etoit
venu là au bruit de la mort de Doguin, dit qu'il y
avoit un brancard chez lui, et, pourvu qu'on le
payât bien, qu'il seroit en etat de partir sur le midi,
porté par deux bons chevaux. Les comediens ar-
retèrent le brancard à un ecu, et des chambres
dans l'hôtellerie pour la troupe comique. La Rappinière se chargea d'obtenir du lieutenant general
permission de jouer, et, sur le midi, le Destin et
ses camarades prirent le chemin de Bonnestable.
Il faisoit un grand chaud. La Rancune dormoit
dans le brancard ; l'Olive etoit monté sur le cheval de derrière, et un valet de l'hôte conduisoit
celui de devant ; le Destin alloit de son pied, un
fusil sur l'epaule, et son valet lui contoit ce qui
leur etoit arrivé depuis le Château du Loir [2] jusqu'à
un village auprès de Bonnestable, où mademoiselle de l'Etoile s'etoit demis un pied en descendant de cheval, quand deux hommes bien montés, et qui se cachèrent le nez de leur manteau en
passant auprès de Destin, s'approchèrent du
brancard du côté qu'il etoit decouvert, et, n'y
trouvant qu'un vieil homme qui dormoit, le
mieux monté de ces deux inconnus dit à l'autre :
« Je crois que tous les diables sont aujourd'hui
dechaînés contre moi et se sont deguisés en brancards pour me faire enrager. » Cela dit, il poussa
son cheval à travers les champs, et son cama-

1. Un brancard étoit une sorte de lit portatif, destiné surtout à voiturer les malades. Il étoit fait en forme de grande
civière, avec des cerceaux en berceau, qu'on pouvoit garnir
au besoin de matelas et de couvertures, et il étoit porté, comme une litière, sur des mulets ou des chevaux.
2. Petite ville du Maine, à onze lieues environ du Mans.

rade le suivit. L'Olive appela le Destin, qui etoit
un peu eloigné, et lui conta l'aventure, en laquelle il ne put rien comprendre et dont il ne
se mit pas beaucoup en peine.

A un quart de lieue de là, le conducteur du
brancard, que l'ardeur du soleil avoit assou-
pi, alla planter le brancard dans un bourbier,
où la Rancune pensa se repandre. Les chevaux y brisèrent leurs harnois, et il les en fallut
tirer par le cou et par la queue, après qu'on les
eut detelés. Ils ramassèrent les debris du nau-
frage et gagnèrent le prochain village le mieux
qu'ils purent. L'equipage du brancard avoit
grand besoin de reparation. Tandis qu'on y travailla, la Rancune, l'Olive et le valet de Destin
burent un coup à la porte d'une hôtellerie qui
se trouva dans le village. Là-dessus il arriva un
autre brancard, conduit par deux hommes de
pied, qui s'arrêta aussi devant l'hôtellerie. A
peine fut-il arrivé qu'il en parut un autre, qui
venoit cent pas après du même côté. « Je
crois que tous les brancards de la province se
sont ici donné rendez-vous pour une affaire
d'importance ou pour un chapitre general, dit
la Rancune, et je suis d'avis qu'ils commencent
leur conference, car il n'y a pas apparence qu'il
en arrive davantage. — En voici pourtant un
qui n'en quittera pas sa part », dit l'hôtesse.
Et, en effet, ils en virent un quatrième qui venoit du côté du Mans. Cela les fit rire de bon
courage, excepté la Rancune, qui ne rioit jamais,
comme je vous ai déjà dit. Le dernier brancard s'arrêta avec les autres. Jamais on ne vit
tant de brancards ensemble. « Si les chercheurs

de brancards que nous avons trouvés tantôt etoient ici, ils auroient contentement, dit le conducteur du premier venu. — J'en ai trouvé aussi », dit le second. Celui des comediens dit la même chose, et le dernier venu ajouta qu'il en avoit pensé être battu. « Et pourquoi ? lui demanda le Destin. — A cause, lui repondit-il, qu'ils en vouloient à une demoiselle qui s'etoit demis un pied et que nous avons menée au Mans. Je n'ai jamais vu des gens si colères ; ils se prenoient à moi de ce qu'ils n'avoient pas trouvé ce qu'ils cherchoient. » Cela fit ouvrir les oreilles aux comediens, et, en deux ou trois interrogations qu'ils firent au brancardier, ils sçurent que la femme du seigneur du village où mademoiselle de l'Etoile s'etoit blessée lui avoit rendu visite, et l'avoit fait conduire au Mans avec grand soin.

La conversation dura encore quelque temps entre les brancards, et ils sçurent les uns des autres qu'ils avoient eté reconnus en chemin par les mêmes hommes que les comediens avoient vus. Le premier brancard portoit le curé de Domfront, qui venoit des eaux de Bellesme [1] et passoit au Mans pour faire faire une consultation de medecins sur sa maladie ; le second portoit un gentilhomme blessé qui revenoit de l'armée. Les brancards se separèrent. Celui des comediens et celui du curé de Domfront retournèrent au Mans de compagnie, et les autres où ils avoient à aller. Le curé ma-

---

1. Petite ville du Perche, à trois lieues sud de Mortagne, qui possède des eaux minérales.

lade descendit en la même hôtellerie des comediens, qui etoit la sienne. Nous le laisserons reposer dans sa chambre, et verrons, dans le suivant chapitre, ce qui se passoit en celle des comediens.

CHAPITRE VIII.

Dans lequel on verra plusieurs choses necessaires à sçavoir pour l'intelligence du present livre.

La troupe comique etoit composée de Destin, de l'Olive et de la Rancune, qui avoient chacun un valet pretendant à devenir un jour comedien en chef. Parmi ces valets, il y en avoit quelques uns qui recitoient dejà sans rougir et sans se defaire [1]. Celui de Destin, entre autres, faisoit assez bien, entendoit assez ce qu'il disoit et avoit de l'esprit. Mademoiselle de l'Etoile et la fille de mademoiselle de la Caverne recitoient les premiers rôles ; la Caverne representoit les reines et les mères et jouoit à la farce [2]. Ils avoient de plus un poète, ou plutôt un auteur, car toutes les boutiques d'epiciers du royaume etoient pleines de ses

1. C'est-à-dire sans se déconcerter, sans perdre contenance.

2. Cette réunion de rôles si divers joués par un même acteur étoit alors fort commune, même parmi les plus célèbres comédiens. Ainsi, pour ne citer qu'eux, les farceurs Gautier-Garguille et Turlupin étoient également distingués dans la tragédie. (V. plus haut, note 2 de la page 11, ch. 1.)

œuvres [1], tant en vers qu'en prose. Ce bel esprit s'etoit donné à la troupe quasi malgré elle, et, parcequ'il ne partageoit point et mangeoit quelque argent avec les comediens, on lui donnoit les derniers rôles, dont il s'acquittoit très mal [2]. On voyoit bien qu'il etoit amoureux de l'une des deux comediennes; mais il etoit si discret, quoiqu'un peu fou, qu'on n'avoit pu decouvrir encore laquelle des deux il devoit suborner sous esperance de l'immortalité. Il menaçoit les comediens de quantité de pièces, mais il leur avoit fait grâce jusqu'à l'heure; on savoit seulement par conjecture qu'il en faisoit une intitulée Martin Luther, dont on avoit trouvé un cahier, qu'il avoit pourtant desavoué, quoiqu'il fût de son ecriture [3].

1. On retrouvera souvent cette plaisanterie chez Boileau quand il parle de ces auteurs

       Dont les vers en paquet se vendent à la livre,

et qu'on voit

    . Suivre chez l'épicier Neuf—Germain et La Serre, etc.
                    (Sat. 9.)

2. Il n'étoit pas rare alors de voir des poètes à la solde des troupes comiques. Ils les suivoient dans leurs excursions, soit pour les fournir de pièces ou pour modifier les comédies du répertoire suivant les désirs des acteurs et les besoins du moment, soit pour diriger les représentations. Ce fut ainsi que Hardy fit ses six cents pièces, et Tristan l'Hermite nous a raconté, dans sa curieuse autobiographie, la façon cavalière dont messieurs les comédiens traitoient leur poète ordinaire pour la moindre peccadille, ne fût-ce que pour avoir refusé de jouer à la boule avec eux pendant qu'il composoit des vers. Quelques uns de ces poètes étoient en même temps acteurs, comme Molière le fut plus tard. Les troupes ambulantes d'Espagne avoient aussi leur poète, et il y en a un dans le Voyage amusant de Rojas de Villandrado, ce Roman comique espagnol.

3. Suivant la clef manuscrite citée dans notre notice, l'ori-

Quand nos comediens arrivèrent, la chambre
des comediennes etoit dejà pleine des plus echauf-
fés godelureaux de la ville, dont quelques uns
etoient dejà refroidis du maigre accueil qu'on
leur avoit fait. Ils parloient tous ensemble de la
comedie, des bons vers, des auteurs et des romans : jamais on n'ouït plus de bruit en une chambre, à moins que de s'y quereller. Le poète, sur
tous les autres, environné de deux ou trois qui
devoient être les beaux esprits de la ville, se
tuoit de leur dire qu'il avoit vu Corneille, qu'il
avoit fait la debauche avec Saint-Amant et Beys,
et qu'il avoit perdu un bon ami en feu Rotrou [1].
Mademoiselle de la Caverne et mademoiselle Angelique, sa fille, arrangeoient leurs hardes avec
une aussi grande tranquillité que s'il n'y eût eu
personne dans la chambre. Les mains d'Angelique
etoient quelquefois serrées ou baisées, car les

ginal du portrait du poète Roquebrune auroit été M. de Moutières, bailli de Touvoy (juridiction de Mgr l'évêque du
Mans).

1. On connoît Saint-Amant et Rotrou. Charles Beys (1610-
1659), poète, auteur de quelques comédies, entre autres de
l'Hôpital des fous, maître et ami de Scarron, qui a fait des
vers pour mettre en tête de ses ouvrages, est moins connu.
Loret, d'accord avec notre auteur sur les dispositions de Beys
pour la débauche, nous dit, dans sa Muse historique (4 octobre 1659), qu'il faisoit gloire
       De bien manger et de bien boire,

et il ajoute :

    Beys, qui n'eut jamais vaillant un jacobus,
        Courtisa Bacchus et Phœbus,
        Et leurs lois voulut toujours suivre.
    Bacchus en usa mal, Phœbus en usa bien;
    Mais en ce divers sort Beys ne perdit rien :
    Si l'un l'a fait mourir, l'autre l'a fait revivre.

provinciaux sont fort endemenés et patineurs¹ ;
mais un coup de pied dans l'os des jambes, un
soufflet ou un coup de dent, selon qu'il etoit à
propos, la delivroient bientôt de ces galans à
toute outrance. Ce n'est pas qu'elle fût devergon-
dée, mais son humeur enjouée et libre l'empêchoit d'observer beaucoup de ceremonies ; d'ailleurs elle avoit de l'esprit et etoit très honnête
fille. Mademoiselle de l'Etoile etoit d'une humeur toute contraire : il n'y avoit pas au monde
une fille plus modeste et d'une humeur plus douce ; et elle fut lors si complaisante qu'elle n'eut
pas la force de chasser tous ces gracieuseux hors
de sa chambre, quoiqu'elle souffrît beaucoup au
pied qu'elle s'etoit demis, et qu'elle eût grand besoin d'être en repos. Elle etoit tout habillée sur
un lit, environnée de quatre ou cinq des plus
doucereux, etourdie de quantité d'equivoques
qu'on appelle pointes dans les provinces², et
souriant bien souvent à des choses qui ne lui plaisoient guère. Mais c'est une des grandes incom-
modités du metier, laquelle, jointe à celle d'être

1. *Endémenés*, lubriques, à peu près le même sens que
patineurs. Voir, si l'on en est curieux, pour la justification
de cette dernière épithète, *Dict.* de Furetière, art. *Patin*, et
Dict. de Bayle, art. *Le Pays*, note 7. C'est un terme que
Scarron aime ; il y revient encore plus loin (ch. 10), ainsi
que dans deux vers bien connus de l'*Epître chagrine* à M.
d'Albret, qu'on a souvent attribués au chevalier de Boufflers.
2. Scarron, qui n'étoit pas toujours fort sévère sur le choix
de ses bouffonneries, n'aimoit pourtant pas les pointes, bien
qu'elles fussent grandement à la mode dans la première moitié
du XVIIe siècle, surtout parmi les écrivains burlesques. Aussi
Cyrano, le classique du genre, lui reproche-t-il d'en être
« venu à ce point de bestialité..... que de bannir les pointes
de la composition des ouvrages. » (*Lettre contre Ronscar.*)

obligé de pleurer et de rire lorsque l'on a envie
de faire toute autre chose, diminue beaucoup le
plaisir qu'ont les comediens d'être quelquefois
empereurs et imperatrices, et être appelés beaux
comme le jour quand il s'en faut plus de la moitié, et jeune beauté, bien qu'ils aient vieilli sur
le theâtre et que leurs cheveux et leurs dents fas-
sent une partie de leurs hardes. Il y a bien d'autres choses à dire sur ce sujet; mais il faut les
menager et les placer en divers endroits de mon
livre pour diversifier.

Revenons à la pauvre mademoiselle de l'Etoile,
obsedée de provinciaux, la plus incommode nation du monde, tous grands parleurs, quelques
uns très impertinens, et entre lesquels il s'en
trouvoit de nouvellement sortis du collège. Il y
avoit entre autres un petit homme veuf, avocat
de profession, qui avoit une petite charge dans
une petite juridiction voisine. Depuis la mort de
sa petite femme, il avoit menacé les femmes de la
ville de se remarier et le clergé de la province de
se faire prêtre, et même de se faire prelat à beaux
sermons comptans. C'etoit le plus grand petit fou
qui ait couru les champs depuis Roland [1]. Il a-
voit etudié toute sa vie, et, quoique l'etude aille
à la connoissance de la verité, il etoit menteur
comme un valet, presomptueux et opiniâtre
comme un pedant [2], et assez mauvais poète

1. Allusion aux folies de Roland, dans le poème de l'Arioste.
2. Voilà un trait bien inoffensif, si on le compare à beaucoup d'autres, de la haine particulière de l'époque contre
le pédant. C'étoit un des types favoris de la vieille comédie
et du roman satirique au XVIIe siècle, où on l'avoit en horreur, comme plus tard le bourgeois. Larivey, Cyrano, Rotrou,

pour être etouffé s'il y avoit de la police dans le royaume [1]. Quand le Destin et ses compagnons entrèrent dans la chambre, il s'offrit de leur dire, sans leur donner le temps de se reconnoître, une pièce de sa façon intitulée : Les faits et les gestes de Charlemagne, en vingt-quatre journées [2]. Cela fit dresser les cheveux en la tête à tous les assistans, et le Destin, qui conserva un peu de jugement dans l'epouvante generale où la propo-

Molière, Scarron lui-même (dans les *Boutades du capitan Matamore*), etc., l'ont mis en scène, avec une verve impitoyable, sous les traits d'un personnage sale, laid, avare, ridicule de tout point. Qu'on se souvienne aussi du Sidias de Théophile dans les *Fragments d'une histoire comique*, de l'Hortensius du *Francion* de Sorel, du *Barbon* de Balzac et du *Mamurra* de Ménage, qui s'attaque autant au pédant qu'au parasite dans la personne de Montmaur. Les précieuses elles-mêmes, ces pédantes du beau sexe, faisoient vœu de haïr les pédants, et, un peu plus tard, Richelet introduisoit cette définition dans son dictionnaire : « Pédant, mot qui vient du grec et qui est injurieux... De tous les animaux domestiques à deux pieds qu'on appelle vulgairement pédans, du Clérat est le plus misérable et le plus cancre. »

1. Cf. les vers de Boileau sur les œuvres des méchants poètes :

> Ils ont bien ennuyé le roi, toute la cour,
> Sans que le moindre édit ait, pour punir leur crime,
> Retranché les auteurs ou supprimé la rime.

(Sat. 9.)

2. Ne seroit-ce point là une épigramme indirecte contre quelques immenses pièces de théâtre du temps, par exemple, *les Chastes et loyales amours de Théagène et Chariclée*, par Hardy, en huit poèmes dramatiques (1601), et d'autres un peu moins longues, mais d'une belle taille encore ? Après la mort de Gustave-Adolphe, on joua en Espagne (1633), devant le roi et la reine, un drame sur ce sujet (*la Mort du roi de Suède*), dont la représentation dura douze jours (*Gaz. de Fr.* du 12 février 1633).

sition avoit mis la compagnie, lui dit en souriant qu'il n'y avoit pas apparence de lui donner
audience devant le souper. « Eh bien! ce dit-il,
je m'en vais vous conter une histoire tirée d'un
livre espagnol [1] qu'on m'a envoyé de Paris, dont
je veux faire une pièce dans les règles. » On
changea de discours deux ou trois fois pour se
garantir d'une histoire que l'on croyoit devoir
être une imitation de Peau-d'Ane [2]; mais le petit
homme ne se rebuta point, et, à force de recom-
mencer son histoire autant de fois que l'on l'in-
terrompoit, il se fit donner audience, dont on ne
se repentit point, parceque l'histoire se trouva

---

1. Effectivement, la nouvelle qui suit est tirée des *Alivios de Cassandra* de Solorzano; c'est la traduction du troisième récit de ce livre : *los Efectos que haze amor.* (V. notre
notice.)

2. Il ne s'agit point ici, bien entendu, du conte de Perrault, qui ne parut pour la première fois qu'en 1694. M.
Walckenaër, dans ses *Lettr. sur l'orig. de la féerie et des
contes de fées attribués à Perrault* (1826, in-12), a démon-
tré clairement que la légende de *Peau d'Ane* étoit d'une origine beaucoup plus ancienne, et qu'elle étoit fort populaire
déjà, — sans qu'on puisse la retrouver expressément dans aucun écrit, — avant que Perrault l'eût empruntée aux récits
des nourrices pour la rédiger à sa manière, d'abord en vers,
puis en prose. Beaucoup d'auteurs, du reste, ont parlé de
Peau-d'Ane bien avant 1694 : le cardinal de Retz dans ses
Mémoires, Boileau dans sa *Dissertation sur Joconde* (1669),
Molière dans *le Malade imaginaire* (act. 2, sc. 1.), La Fontaine
dans *le Pouvoir des Fables*, Scarron non seulement dans le
Roman comique, mais dans son *Virgile travesti* (liv. 2), Perrault lui-même dans son *Parallèle des anciens et des modernes* (1688). Quelques uns ont cru qu'il s'agissoit de la
130e nouvelle de Bonaventure des Périers; mais il suffit
d'avoir jeté un coup d'œil sur ce conte, aussi court qu'insignifiant, pour s'assurer qu'il n'a pu avoir cette popularité et
que ce n'est pas de là que Perrault a tiré le sien.

assez bonne et dementit la mauvaise opinion que l'on avoit de tout ce qui venoit de Ragotin (c'e- toit le nom du godenot [1]). Vous allez voir cette histoire dans le suivant chapitre, non telle que la conta Ragotin, mais comme je la pourrai conter d'après un des auditeurs qui me l'a ap- prise. Ce n'est donc pas Ragotin qui parle, c'est moi.

CHAPITRE IX.

Histoire de l'amante invisible.

Dom Carlos d'Aragon etoit un jeune gen- tilhomme de la maison dont il por- toit le nom. Il fit des merveilles de sa personne dans les spectacles publics que le vice-roi de Naples donna au peuple aux noces de Philippe second, troisième ou quatriè-

---

1. Ragotin est évidemment un diminutif de *ragot*, qui si- gnifioit un petit homme, mal bâti, gros, court et membru. Il y a eu aussi à Paris, sous Louis XII et François Ier, un mendiant bouffon du nom de Ragot. On trouve encore dans Tallemant le mot *ragoter*, dans le sens de gronder avec mauvaise humeur (*Histor. de Nerty*). Quant au mot *godenot*, il désignoit au propre un petit morceau de bois ayant la figure d'un marmouzet, et dont se servoient les joueurs de gobelets pour amuser le menu peuple, et au figuré les per- sonnages mal dégrossis et d'un physique ridicule (*Dict. com. de Leroux*). Les chroniqueurs manceaux nous apprennent que René Denisot, avocat du roi au présidial du Mans, qui mourut en 1707, servit de modèle à Scarron pour le type de Ragotin (*Almanach manç.*, 1767; Lepaige, *Dict. du Mans*).

me, car je ne sais pas lequel. Le lendemain d'une course de bague dont il avoit emporté l'honneur, le vice-roi permit aux dames d'aller par la ville deguisées et de porter des masques à la françoise[1], pour la commodité des etrangères que ces rejouissances avoient attirées dans la ville. Ce jour-là, dom Carlos s'habilla le mieux qu'il put, et se trouva avec quantité d'autres tyrans des cœurs dans l'eglise de la galanterie[2]. On profane les eglises en ce pays-là aussi bien qu'au nôtre, et le temple de Dieu sert de rendez-vous aux godelureaux et aux coquettes, à la honte de ceux qui ont la maudite ambition d'achalander leurs eglises et de s'ôter la pratique les uns aux autres. On y devroit donner ordre et etablir des chasse-godelureaux et des chasse-

---

1. Il étoit alors d'usage, en France, que les femmes de condition portassent un masque de velours noir lorsqu'elles sortoient à pied (V. *la Promenade du Cours*, 1630, in-12, p. 12), et parfois même les bourgeoises en portoient aussi pour jouer aux grandes dames.

2. Sera-ce exagérer la portée des paroles de Scarron que de voir ici un petit trait décoché en passant contre le roman allégorique et contre ces rencontres amoureuses dans les temples, qui remplissent les romans de l'époque ? « Nos galands.., quoyque d'ordinaire ils ayent assez de peine à estre devots...; ne laisseront pas de frequenter les eglises... Comme c'est aux dames que l'on desire plaire le plus..., il faut chercher l'endroit où elles se rangent. » (*Loix de la galanterie.*) On voit par là, comme par ce qu'ajoute Scarron, que cet usage des romans étoit fondé sur un fait de la vie réelle. La *traduction d'une lettre italienne..., contenant une critique agréable de Paris*, du même temps, à peu près, vient encore à l'appui : « Le peuple fréquente les églises avec piété. Il n'y a que les nobles et les grands qui y viennent pour se divertir, pour parler et se faire l'amour. » V. aussi Furet., le *Rom. bourg.*, p. 31 et 32, éd. Jannet.

coquettes dans les eglises, comme des chasse-
chiens et des chasse-chiennes [1]. On dira ici de
quoi je me mêle. Vraiment, on en verra bien
d'autres! Sache le sot qui s'en scandalise que
tout homme est sot en ce bas monde aussi bien
que menteur [2], les uns plus, les autres moins, et
moi, qui vous parle, peut-être plus sot que les
autres, quoique j'aie plus de franchise à l'avouer,
et que, mon livre n'etant qu'un ramas de sottises,
j'espère que chaque sot y trouvera un petit caractère de ce qu'il est, s'il n'est trop aveuglé
de l'amour-propre. Dom Carlos donc, pour reprendre mon conte, etoit dans une eglise avec
quantité d'autres gentilshommes italiens et espagnols, qui se miroient dans leurs belles plumes
comme des paons, lorsque trois dames masquées
l'accostèrent au milieu de tous ces Cupidons dechaînés, l'une desquelles lui dit ceci ou quelque
chose qui en approche : « Seigneur dom Carlos,
il y a une dame en cette ville à qui vous êtes
bien obligé. Dans tous les combats de barrière [3]
et toutes les courses de bague, elle vous a souhaité d'en emporter l'honneur, comme vous avez

---

1. On appeloit *chasse-chien*, et quelquefois *chasse-coquin*,
le suisse ou bedeau, considéré dans l'exercice particulier des
fonctions suffisamment déterminées par ce titre : « J'ay esté
sans reproche marguillier, j'ay esté beguiau, j'ay esté porto-
frande, j'ay esté chasse-chien », dit Gareau, énumérant la
série des honneurs de ce genre par lesquels il a passé. (Cyrano de Bergerac, *le Pédant joué*, acte. 2, sc. 2.)

2. Allusion probable à l'*Omnis homo mendax* de l'Ecriture.

3. C'est-à-dire ceux qui ont lieu dans une enceinte fermée de barrières, comme pour les combats de taureaux, les
tournois, les courses de bague, etc.

fait. — Ce que je trouve de plus avantageux en
ce que vous me dites, repondit dom Carlos,
c'est que je l'apprends de vous, qui paroissez une
dame de merite, et je vous avoue que, si j'eusse
esperé que quelque dame se fût declarée pour
moi, j'aurois apporté plus de soin que je n'ai fait
à meriter son approbation. » La dame inconnue lui dit qu'il n'avoit rien oublié de tout ce qui
le pouvoit faire paroître un des plus adroits hommes du monde, mais qu'il avoit fait voir par ses
livrées de noir et de blanc qu'il n'etoit point
amoureux [1]. « Je n'ai jamais bien su ce que si-
gnifioient les couleurs, repondit dom Carlos;
mais je sais bien que c'est moins par insensibilité
que je n'aime point que par la connoissance que
j'ai que je ne merite pas d'être aimé. » Ils se dirent encore cent belles choses que je ne vous
dirai point, parceque je ne les sçais pas [2], et que

1. Dans les tournois et les carrousels, les chevaliers expri-
moient leurs pensées et leurs sentiments par le moyen de
livrées, de chiffres, d'armoiries ou de devises. On lit dans le
père Ménestrier, qui a donné la signification des diverses
couleurs en usage : « Le noir signifioit la douleur, le dés-
espoir, etc. ; le blanc signifioit la pureté, la sincérité, l'innocence et l'indifférence, la simplicité, la candeur, etc.» (*Traité
des carrousels et tournois*.)
2. Epigramme indirecte contre l'invraisemblance des romans, dont les auteurs semblent toujours connoître, on ne
sait comment, les particularités les plus intimes de la vie de
leurs héros. Déjà à la fin du ch. 8, Scarron avoit dit quelque
chose d'approchant par l'intention : « Vous allez voir cette
histoire, non telle que la conta Ragotin, mais comme je la
pourrai conter d'après un des auditeurs, qui me l'a appri-
se, etc. » V. encore, un peu plus loin, même chap., et beaucoup d'autres endroits. On retrouve quelques traits de satire
analogues dans le *Roman bourgeois* de Furetière, celui-ci,
par exemple : «Par malheur pour cette histoire, Lucrèce n'a-

je n'ai garde de vous en composer d'autres, de
peur de faire tort à dom Carlos et à la dame inconnue, qui avoient bien plus d'esprit que je
n'en ai, comme j'ai sçu depuis peu d'un honnête
Napolitain qui les a connus l'un et l'autre. Tant
y a que la dame masquée declara à dom Carlos
que c'etoit elle qui avoit eu inclination pour lui.
Il demanda à la voir ; elle lui dit qu'il n'en etoit
pas encore là, qu'elle en chercheroit les occasions,
et que, pour lui temoigner qu'elle ne craignoit
point de se trouver avec lui seul à seul, elle lui
donnoit un gage. En disant cela, elle decouvrit à
l'Espagnol la plus belle main du monde et lui
presenta une bague qu'il reçut, si surpris de l'a-
venture qu'il oublia quasi à lui faire la reverence
lorsqu'elle le quitta. Les autres gentilshommes,
qui s'etoient éloignés de lui par discretion, s'en
approchèrent. Il leur conta ce qui lui etoit arrivé
et leur montra la bague, qui etoit d'un prix assez

voit point de confidente, ni le marquis d'escuyer, à qui ils
repetassent en propres termes leurs plus secrettes conversations. C'est une chose qui n'a jamais manqué aux heros et
aux heroïnes. Le moyen, sans cela, d'ecrire leurs aventures
et d'en faire de gros volumes ! Le moyen qu'on pust sçavoir
tous leurs entretiens, leurs plus secrettes pensées ! qu'on pust
avoir coppie de tous leurs vers et des billets doux qui se sont
envoyez, et toutes les autres choses necessaires pour bastir
une intrigue ! » Et plus loin : « Par malheur, on ne sçait rien
de tout cela, parceque la chose se passa en secret. » (Edit.
elzevir., p. 80 et 85.) Subligny s'exprime à peu près de même,
dans *la Fausse Clélie* (édit. 1679, in-12, p. 222), à propos
des lettres écrites par les héros des romans, et le Père Bougeant, dans son *Voyage du prince Fan-Férédin au pays de
Romancie*, raille également les romanciers qui rapportent d'un
bout à l'autre les entretiens de leurs personnages, comme
s'ils en avoient pris copie à la façon des greffiers.

considerable. Chacun dit là-dessus ce qu'il en croyoit, et dom Carlos demeura aussi piqué de la dame inconnue que s'il l'eût vue au visage, tant l'esprit a de pouvoir sur ceux qui en ont.

Il fut bien huit jours sans avoir des nouvelles de la dame, et je n'ai jamais su s'il s'en inquieta bien fort. Cependant il alloit tous les jours se divertir chez un capitaine d'infanterie, où plusieurs hommes de condition s'assembloient souvent pour jouer. Un soir qu'il n'avoit point joué et qu'il se retiroit de meilleure heure qu'il n'avoit accoutumé, il fut appelé par son nom d'une chambre basse d'une grande maison. Il s'approcha de la fenêtre, qui etoit grillée, et reconnut à la voix que c'etoit son amante invisible, qui lui dit d'abord : « Approchez-vous, dom Carlos ; je vous attends ici pour vider le differend que nous avons ensemble.—Vous n'êtes qu'une fanfaronne, lui dit dom Carlos ; vous defiez avec insolence et vous vous cachez huit jours pour ne paroître qu'à une fenêtre grillée. —Nous nous verrons de plus près quand il en sera temps, lui dit-elle. Ce n'est point faute de cœur que j'ai differé de me trouver avec vous ; j'ai voulu vous connoître devant que de me laisser voir. Vous sçavez que dans les combats assignés il se faut battre avec armes pareilles : si votre cœur n'etoit pas aussi libre que le mien, vous vous battriez avec avantage ; et c'est pour cela que j'ai voulu m'informer de vous. — Et qu'avez-vous appris de moi ? lui dit dom Carlos. — Que nous sommes assez l'un pour l'autre », repondit la dame invisible. Dom Carlos lui dit que la chose n'etoit pas egale : « Car, ajouta-t-il, vous me voyez et sçavez qui je suis ; et moi, je ne vous vois point et ne sçais qui vous êtes. Quel jugement pensez-vous que je puisse faire du soin que vous apportez à vous cacher? On ne se cache guère quand on n'a que de bons desseins, et on peut aisement tromper une personne qui ne se tient pas sur ses gardes; mais on ne la trompe pas deux fois. Si vous vous servez de moi pour donner de la jalousie à un autre, je vous avertis que je n'y suis pas propre, et que vous ne devez pas vous servir de moi à autre chose qu'à vous aimer. — Avez-vous assez fait de jugemens temeraires? lui dit l'invisible. — Ils ne sont pas sans apparence, repondit dom Carlos. — Sçachez, lui dit-elle, que je suis très veritable, que vous me reconnoîtrez telle dans tous les procedés que nous aurons ensemble, et que je veux que vous le soyez aussi. — Cela est juste, lui dit dom Carlos; mais il est juste aussi que je vous voie et que je sçache qui vous êtes.—Vous le sçaurez bientôt, lui dit l'invisible; et cependant esperez sans impatience : c'est par là que vous pouvez meriter ce que vous pretendez de moi, qui vous assure (afin que votre galanterie ne soit pas sans fondement et sans espoir de recompense) que je vous egale en condition; que j'ai assez de bien pour vous faire vivre avec autant d'eclat que le plus grand prince du royaume; que je suis jeune, que je suis plus belle que laide; et, pour de l'esprit, vous en avez trop pour n'avoir pas decouvert si j'en ai ou non. » Elle se retira en achevant ces paroles, laissant dom Carlos la bouche ouverte et prêt à repondre, si surpris de la brusque declaration, si amoureux d'une personne qu'il ne voyoit point, et si embarrassé de ce procedé etrange et

qui pouvoit aller à quelque tromperie, que, sans
sortir d'une place, il fut un grand quart d'heure
à faire divers jugemens sur une aventure si extraordinaire. Il sçavoit bien qu'il y avoit plusieurs
princesses et dames de condition dans Naples;
mais il sçavoit bien aussi qu'il y avoit force courtisanes affamées, fort âpres après les etrangers,
grandes friponnes, et d'autant plus dangereuses
qu'elles etoient belles[1]. Je ne vous dirai point
exactement s'il avoit soupé et s'il se coucha sans
manger, comme font quelques faiseurs de romans,
qui règlent toutes les heures du jour de leurs
heros, les font lever de bon matin, conter leur
histoire jusqu'à l'heure du dîner, dîner fort legerement, et après dîner reprendre leur histoire ou
s'enfoncer dans un bois pour y parler tout seuls,
si ce n'est quand ils ont quelque chose à dire aux
arbres et aux rochers; à l'heure du souper, se
trouver à point nommé dans le lieu où l'on mange,
où ils soupirent et rêvent au lieu de manger[2], et
puis s'en vont faire des châteaux en Espagne sur
quelque terrasse qui regarde la mer, tandis qu'un

1. Cette ville, qui, depuis les expéditions d'Italie, avoit
donné son nom au *mal de Naples,* passoit en effet pour un
réceptacle de courtisanes. Beaucoup des écrits du temps en
portent témoignage.
2. Sorel raille de même ce dédain des choses positives et
cet oubli des réalités vulgaires de la vie dans les romans héroïques (*Berg. extrav.*, liv. 10). Il parle aussi, un peu plus
loin, de la facilité avec laquelle les romanciers font vivre leurs
héros, sans un sou, en terre étrangère (liv. 11); et Cervantes
avoit déjà fait le même reproche aux romans de chevalerie
dans *Don Quichotte* (t. 1, l. 3). On lit dans la première lettre
de mademoiselle de Montpensier à madame de Motteville, où
elle lui explique le plan d'une colonie qu'elle voudroit fonder
pour vivre suivant le code de *l'Astrée :* « Je ne désapprouve-

ecuyer revèle [1] que son maître est un tel, fils
d'un roi tel, et qu'il n'y a pas un meilleur prince
au monde, et qu'encore qu'il soit pour lors le
plus beau des mortels, qu'il etoit encore toute
autre chose devant que l'amour l'eût defiguré [2].

Pour revenir à mon histoire, dom Carlos se
trouva le lendemain à son poste. L'invisible etoit
dejà au sien. Elle lui demanda s'il n'avoit pas été
bien embarrassé de la conversation passée, et s'il
n'etoit pas vrai qu'il avoit douté de tout ce qu'elle
avoit dit. Dom Carlos, sans repondre à sa demande, la pria de lui dire quel danger il y avoit
pour elle à ne se montrer point, puisque les choses etoient egales de part et d'autre, et que leur
galanterie ne se proposoit qu'une fin qui seroit
approuvée de tout le monde. « Le danger y est
tout entier, comme vous sçaurez avec le temps,
lui dit l'invisible. Contentez-vous, encore un coup,
que je suis veritable, et que, dans la relation que
je vous ai faite de moi-même, j'ai eté très modeste. » Dom Carlos ne la pressa pas davantage.

rois pas qu'on tirât les vaches, ni que l'on fît des fromages
et des gâteaux, puisqu'il faut manger, et que je ne prétends
pas que le plan de notre vie soit fabuleux, comme il est en
ces romans où l'on observe un jeûne perpétuel et une si sévère abstinence. »

1. Cf. dans Boileau (*Héros de rom.*). « Cyrus : Eh! de
grâce, généreux Pluton, souffrez que j'aille entendre l'histoire
d'Aglatidas et d'Amestris, qu'on me va conter... Cependant,
voici le fidèle Féraulas (son écuyer), que je vous laisse, qui
vous instruira positivement de l'histoire de ma vie et de l'impossibilité de mon bonheur. »

2. « Tous les hommes y sont faits à peindre, dit Sénecé en
parlant des romans; on ne peut rien concevoir d'égal à leur
bon air ni à leur mine relevée. » (*Lett. de Clém. Marot.*) Cette
même raillerie revient souvent dans *Don Quichotte.*

Leur conversation dura encore quelque temps ; ils s'entredonnèrent de l'amour encore plus qu'ils n'avoient fait, et se separèrent avec promesse, de part et d'autre, de se trouver tous les jours à l'assignation.

Le jour d'après il y eut un grand bal chez le vice-roi. Dom Carlos espera d'y reconnoître son invisible, et tâcha cependant d'apprendre à qui etoit la maison où l'on lui donnoit de si favorables audiences. Il apprit des voisins que la maison etoit à une vieille dame fort retirée, veuve d'un capitaine espagnol, et qu'elle n'avoit ni filles, ni nièces. Il demanda à la voir ; elle lui fit dire que, depuis la mort de son mari, elle ne voyoit personne, ce qui l'embarrassa encore davantage. Dom Carlos se trouva le soir chez le vice-roi, où vous pouvez penser que l'assemblée fut fort belle. Il observa exactement toutes les dames de l'assemblée qui pouvoient être son inconnue ; il fit conversation avec celles qu'il put joindre, et n'y trouva pas ce qu'il cherchoit ; enfin il se tint à la fille d'un marquis de je ne sais quel marquisat, car c'est la chose du monde dont je voudrois le moins jurer, en un temps où tout le monde se marquise de soi-même, je veux dire de son chef[1]. Elle etoit jeune et belle, et avoit

1. Scarron dit encore plus loin, en parlant du baron de Sigognac : « Au temps où nous sommes, il seroit pour le moins un marquis.» (L. 2, ch. 3.) Cette usurpation des titres étoit un effet que devoit naturellement produire l'influence exagérée de la cour et des grands seigneurs sous Louis XIV, ainsi que la haine professée par les écrivains, comme par les courtisans, contre les bourgeois, surtout à partir de 1650. Il est vrai que cette haine et ces attaques avoient pour cause, la plupart du temps, les envahissements continuels de la

bien quelque chose du ton de voix de celle qu'il cherchoit ; mais, à la longue, il trouva si peu de rapport entre son esprit et celui de son invisible qu'il se repentit d'avoir en si peu de temps assez avancé ses affaires auprès de cette belle personne pour pouvoir croire, sans se flatter, qu'il n'etoit pas mal avec elle. Ils dansèrent souvent ensemble, et le bal etant fini, avec peu de satisfaction de dom Carlos, il se separa de sa captive, qu'il laissa toute glorieuse d'avoir occupé seule, et en une si belle assemblée, un cavalier qui etoit envié de tous les hommes et estimé de toutes les femmes. A la sortie du bal, il s'en alla à la hâte en son logis prendre des armes, et de son logis à sa fatale grille, qui n'en etoit pas beaucoup eloignée. Sa dame, qui y etoit dejà, lui demanda des nou-

bourgeoisie. C'étoit surtout la Fronde qui avoit ouvert la voie à son ambition : plusieurs bourgeois étoient arrivés au pouvoir ; beaucoup s'étoient trouvés en rapport avec les nobles, qu'ils avoient vus de près dans la grande salle du Palais, qu'ils avoient secondés à Paris et à Bordeaux. Ils avoient été éblouis autant de leurs défauts brillants que de leurs brillantes qualités, et ils en étoient venus à désirer les titres, et, par suite, à les prendre quelquefois, pour n'être pas rejetés en dehors de ce monde qui les charmoit. Ce n'étoit plus alors cette bourgeoisie rogue et ennemie de la noblesse du temps de la Ligue et de Richelieu. Aussi les écrivains de cet e époque sont-ils pleins de témoignages analogues à celui de Scarron. Je ne parle pas de mademoiselle de Gournay, qui remonte aux premières années du siècle ; mais Saint-Amant, par exemple, s'exprime en ces termes (1658) : « Si je ne me suis pu résoudre jusqu'à présent à me *monsieuriser* moy-mesme dans les titres de tous mes ouvrages, je te prie de croire que ce n'est point par une modestie affectée, ou injurieuse à ceux qui en ont usé de la sorte dans les leurs, et que, quand on m'aura bien prouvé que j'ay mal fait, je ne me *monsieuriseray* pas seulement, mais, pour reparer ma faute, je me *messiriseray* et me *chevalieriseray* à tour de bras, *pour le moins avec*

velles du bal, encore qu'elle y eût eté. Il lui dit ingenûment qu'il avoit dansé plusieurs fois avec une fort belle personne, et qu'il l'avoit entretenue tant que le bal avoit duré. Elle lui fit là-dessus plusieurs questions qui decouvrirent assez qu'elle etoit jalouse. Dom Carlos, de son côté, lui fit connoître qu'il avoit quelque scrupule de ce qu'elle ne s'etoit point trouvée au bal, et que cela le faisoit douter de sa condition. Elle s'en aperçut, et, pour lui remettre l'esprit en repos, jamais elle ne fut si charmante, et elle le favorisa autant que l'on le peut en une conversation qui se fait au travers d'une grille, jusqu'à lui promettre qu'elle lui seroit bientôt visible. Ils se separerent là-dessus, lui fort en doute s'il la devoit croire, et elle

autant de raison que la pluspart de nos galands d'aujourd'huy en ont à prendre la qualité ou de comte ou de marquis. (Avis au lecteur précédant *la Généreuse*, édit. Jannet, 2e vol. p. 355.) Le Pays raille également ces *marquis sans marquisats* dans la préface de ses *Amitiez, amours, amourettes* (1664). Et Molière, dans *l'Ecole des Femmes* (1662) :

> De la plupart des gens c'est la démangeaison.
> Je sais un paysan qu'on appeloit Gros-Pierre
> Qui, n'ayant pour tout bien qu'un seul quartier de terre,
> Y fit tout à l'entour faire un fossé bourbeux,
> Et de monsieur de l'Isle en prit le nom pompeux.
>
> (Acte 1, sc. 1.)

Il a encore ridiculisé la même manie dans le *Bourgeois gentilhomme* et dans *George Dandin*. Ne peut-on dire aussi que La Fontaine, qui pourtant n'étoit pas lui-même tout à fait irréprochable (V. plus haut notre note, ch. 4, p. 21), pensoit à la même chose en écrivant ses fables de *la Grenouille qui veut se faire aussi grosse qu'un bœuf*, et du *Geai paré des plumes du paon* ? Bussy-Rabutin fit également une chanson contre les faux nobles, et Claveret une comédie, *l'Ecuyer, ou les Faux nobles mis au billon* (1665), dont il faut lire la dédicace aux *vrais nobles*. Mais les épigrammes ne suffirent pas : on fut obligé de sévir contre les faux nobles.

un peu jalouse de la belle personne qu'il avoit entretenue tant que le bal avoit duré.

Le lendemain, dom Carlos, étant allé ouïr la messe en je ne sais quelle église, présenta de l'eau benite à deux dames masquées qui en vouloient prendre en même temps que lui. La mieux vêtue de ces deux dames lui dit qu'elle ne recevoit point de civilité d'une personne à qui elle vouloit faire un eclaircissement. « Si vous n'êtes point trop pressée, lui dit dom Carlos, vous pouvez vous satisfaire tout à l'heure. —Suivez-moi donc dans la prochaine chapelle », lui repondit la dame inconnue. Elle s'y en alla la première, et dom Carlos la suivit, fort en doute si c'etoit sa dame, quoiqu'il la vît de même taille, parcequ'il trouvoit quelque différence en leurs voix, celle-ci parlant un peu gras. Voici ce qu'elle lui dit après s'être enfermée avec lui dans la chapelle. « Toute la ville de Naples, seigneur dom Carlos, est pleine de la haute reputation que vous y avez acquise depuis le peu de temps que vous y êtes, et vous y passez pour un des plus honnêtes hommes du monde. On trouve seulement etrange que vous ne vous soyez point aperçu qu'il y a en cette ville des dames de condition et de merite qui ont pour vous une estime particulière. Elles vous l'ont temoignée autant que la bienseance le peut permettre, et, bien qu'elles souhaitent ardemment de vous le faire croire, elles aiment pourtant mieux que vous ne l'ayez pas reconnu par insensibilité que si vous le dissimuliez par indifference. Il y en a une entre autres, de ma connoissance, qui vous estime assez pour vous aver-

tir, au peril de tout ce qu'on en pourra dire,
que vos aventures de nuit sont decouvertes ;
que vous vous engagez imprudemment à aimer
ce que vous ne connoissez point, et, puisque
votre maîtresse se cache, qu'il faut qu'elle ait
honte de vous aimer ou peur de n'être pas assez aimable. Je ne doute point que votre amour
de contemplation n'ait pour objet une dame de
grande qualité et de beaucoup d'esprit, et qu'il
ne se soit figuré une maîtresse tout adorable ;
mais, seigneur dom Carlos, ne croyez pas votre imagination aux depens de votre jugement.
Defiez-vous d'une personne qui se cache, et ne
vous engagez pas plus avant dans ces conversations nocturnes. Mais pourquoi me deguiser
davantage ? C'est moi qui suis jalouse de votre
fantôme, qui trouve mauvais que vous lui par-
liez, et, puisque je me suis declarée, qui vais si
bien lui rompre tous ses desseins que j'em-
porterai sur elle une victoire que j'ai droit de
lui disputer, puisque je ne lui suis point infe-
rieure, ni en beauté, ni en richesses, ni en qualité, ni en tout ce qui rend une personne aimable.
Profitez de l'avis si vous êtes sage. » Elle s'en
alla en disant ces dernières paroles, sans donner
le temps à dom Carlos de lui repondre. Il la
voulut suivre, mais il trouva à la porte de l'eglise
un homme de condition qui l'engagea en une
conversation qui dura assez long-temps et dont
il ne se put defendre. Il rêva le reste du jour à
cette aventure, et soupçonna d'abord la demoiselle du bal d'être la dernière dame masquée qui
lui etoit apparue ; mais, songeant qu'elle lui
avoit fait voir beaucoup d'esprit, et se sou-

venant que l'autre n'en avoit guère, il ne sut plus ce qu'il en devoit croire, et souhaita quasi de n'être point engagé avec son obscure maîtresse, pour se donner tout entier à celle qui venoit de le quitter. Mais enfin, venant à considerer qu'elle ne lui etoit pas plus connue que son invisible, de qui l'esprit l'avoit charmé dans les conversations qu'il avoit eues avec elle, il ne balança point dans le parti qu'il devoit prendre, et ne se mit pas beaucoup en peine des menaces qu'on lui avoit faites, n'etant pas homme à être poussé par là.

Ce jour-là même il ne manqua pas de se trouver à sa grille à l'heure accoutumée, et il ne manqua pas aussi, au fort de la conversation qu'il eut avec son invisible, d'être saisi par quatre hommes masqués, assez forts pour le desarmer et le porter quasi à force de bras dans un carrosse qui les attendoit au bout de la rue. Je laisse à juger au lecteur les injures qu'il leur dit et les reproches qu'il leur fit de l'avoir pris à leur avantage. Il essaya même de les gagner par promesses ; mais, au lieu de les persuader, il ne les obligea qu'à prendre un peu plus garde à lui et à lui ôter tout à fait l'esperance de pouvoir s'aider de son courage et de sa force. Cependant le carrosse alloit toujours au grand trot de quatre chevaux. Il sortit de la ville, et, au bout d'une heure, il entra dans une superbe maison, dont l'on tenoit la porte ouverte pour le recevoir. Les quatre mascarades descendirent du carrosse avec dom Carlos, le tenant par dessous les bras comme un ambassadeur introduit à saluer le Grand Seigneur. On le monta jusqu'au premier etage avec la même

ceremonie, et là, deux demoiselles masquées le
vinrent recevoir à la porte d'une grande salle,
chacune un flambeau à la main. Les hommes
masqués le laissèrent en liberté et se retirèrent,
après lui avoir fait une profonde reverence. Il y
a apparence qu'ils ne lui laissèrent ni pistolet
ni epée, et qu'il ne les remercia pas de la peine
qu'ils avoient prise à le bien garder. Ce n'est pas
qu'il ne fût fort civil, mais on peut bien pardonner un manquement de civilité à un homme surpris. Je ne vous dirai point si les flambeaux que
tenoient les demoiselles etoient d'argent : c'est
pour le moins ; ils étoient plutôt de vermeil doré
ciselé, et la salle etoit la plus magnifique du
monde, et, si vous voulez, aussi bien meublée
que quelques appartemens de nos romans, comme
le vaisseau de Zelmatide dans le Polexandre, le
palais d'Ibrahim dans l'Illustre Bassa, ou la
chambre où le roi d'Assyrie reçut Mandane dans
le Cyrus[1], qui est sans doute, aussi bien que les
autres que j'ai nommés, le livre du monde le
mieux meublé. Representez-vous donc si notre
Espagnol ne fut pas bien etonné, dans ce superbe

---

1. Le roi d'Assyrie est, dans le *Grand Cyrus*, le rival
d'Artamène à l'amour de Mandane. Zelmatide, un des principaux personnages du *Polexandre* de Gomberville et l'ami
du héros de ce roman, est le successeur des Incas, le fils
et l'héritier du grand Guina-Capa : on conçoit, dès lors,
qu'il devoit avoir un vaisseau meublé conformément à son
rang et aux magnifiques traditions de ses prédécesseurs. Mais
mademoiselle de Scudéry n'est pas en reste avec Gomberville : on peut voir dans *l'Illustre Bassa* (3e l.) la longue et
opulente *Description du palais d'Ibrahim*, que celui-ci montre en détail à son ami Docria. Rien n'y a été épargné :

Ce ne sont que festons, ce ne sont qu'astragales.

appartement, avec deux demoiselles masquées qui ne parloient point et qui le conduisirent dans une chambre voisine, encore mieux meublée que la salle, où elles le laissèrent tout seul. S'il eût eté de l'humeur de don Quichotte, il eût trouvé là de quoi s'en donner jusqu'aux gardes [1], et il se fût cru pour le moins Esplandian ou Amadis [2]. Mais notre Espagnol ne s'en emut non plus que s'il eût eté en son hôtellerie ou auberge. Il est vrai qu'il regretta beaucoup son invisible, et que, songeant continuellement en elle, il trouva cette belle chambre plus triste qu'une prison, que l'on ne trouve jamais belle que par dehors. Il crut facilement qu'on ne lui vouloit point de mal où l'on l'avoit si bien logé, et ne douta point que la dame qui lui avoit parlé le jour d'auparavant dans l'eglise ne fût la magicienne de tous ces enchantemens. Il admira en lui-même l'humeur des femmes et combien tôt elles executent leurs resolutions, et il se resolut aussi de son côté à attendre patiemment la fin de l'aventure et de garder fidelité à sa maîtresse de la grille, quelques promesses et quelques menaces qu'on lui pût faire. A quelque temps de là, des officiers masqués et fort bien vêtus vinrent mettre le couvert, et l'on servit ensuite le souper.

1. Cette expression, qui s'emploie ordinairement pour « boire et manger son saoul, s'en donner à tirelarigot» (*Dict. com.* de Leroux), sens dans lequel Scarron s'en est servi plus haut (ch. 4), signifie ici *s'en faire accroire, s'enivrer d'imaginations vaniteuses.*

2. Esplandian est le fils qu'Amadis de Gaule a eu en secret de la jeune princesse Oriane, fille du roi Lisuart, et, comme son père, c'est la terreur des géants et des chevaliers félons. V. *Amadis de Gaule.*

Tout en fut magnifique; la musique et les cassolettes n'y furent pas oubliées, et notre dom Carlos, outre les sens de l'odorat et de l'ouïe, contenta aussi celui du goût, plus que je n'aurois pensé en l'etat où il etoit : je veux dire qu'il soupa fort bien. Mais que ne peut un grand courage? J'oubliois à vous dire que je crois qu'il se lava la bouche, car j'ai sçu qu'il avoit grand soin de ses dents. La musique dura encore quelque temps après le souper, et, tout le monde s'etant retiré, dom Carlos se promena long-temps, rêvant à tous ces enchantemens, ou à autre chose. Deux demoiselles masquées et un nain masqué, après avoir dressé une superbe toilette, le vinrent deshabiller, sans savoir de lui s'il avoit envie de se coucher. Il se soumit à tout ce que l'on voulut. Les demoiselles firent la couverture et se retirèrent; le nain le dechaussa ou debotta, et puis le deshabilla. Dom Carlos se mit au lit, et tout cela sans que l'on proferât la moindre parole de part et d'autre. Il dormit assez bien pour un amoureux. Les oiseaux d'une volière le reveillèrent au point du jour. Le nain masqué se presenta pour le servir, et lui fit prendre le plus beau linge du monde, le mieux blanchi et le plus parfumé. Ne disons point, si vous voulez, ce qu'il fit jusqu'au dîner, qui valut bien le souper, et allons jusqu'à la rupture du silence que l'on avoit gardé jusques à l'heure. Ce fut une demoiselle masquée qui le rompit, en lui demandant s'il auroit agreable de voir la maîtresse du palais enchanté. Il dit qu'elle seroit la bien venue. Elle entra bientôt après, suivie de quatre demoiselles fort richement vêtues.

5

Telle n'est point la Cytherée
Quand, d'un nouveau feu s'allumant,
Elle sort pompeuse et parée
Pour la conquête d'un amant.

Jamais notre Espagnol n'avoit vu une personne de meilleure mine que cette Urgande la deconnue [1]. Il en fut si ravi et si etonné en même temps, que toutes les reverences et les pas qu'il fit, en lui donnant la main, jusqu'à une chambre prochaine, où elle le fit entrer, furent autant de bronchades. Tout ce qu'il avoit vu de beau dans la salle et dans la chambre dont je vous ai dejà parlé n'etoit rien à comparaison de ce qu'il trouva en celle-ci, et tout cela recevoit encore du lustre de la dame masquée. Ils passèrent sur le plus riche estrade que l'on ait jamais vu depuis qu'il y a des estrades au monde. L'Espagnol y fut mis en un fauteuil, en depit qu'il en eût, et, la dame s'etant assise sur je ne sais combien de riches carreaux, vis-à-vis de lui, elle lui fit entendre une voix aussi douce qu'un clavecin, en lui disant à peu près ce que je vais vous dire :

« Je ne doute point, seigneur dom Carlos, que vous ne soyez fort surpris de tout ce qui vous est arrivé depuis hier en ma maison, et si cela n'a pas fait grand effet sur vous, au moins aurez-vous vu par là que je sais tenir ma parole, et, par ce que j'ai dejà fait, vous aurez pu juger de tout ce que je suis capable de faire. Peut-être que ma rivale, par ses artifices et par le bonheur de vous avoir

1. Urgande la déconnue est, avec la fée Morgain, la dame du Lac, les enchanteurs Medwin et Archalaüs, un des principaux personnages magiques de l'*Amadis*.

attaqué la première, s'est dejà rendue maîtresse
absolue de la place que je lui dispute en votre
cœur; mais une femme ne se rebute pas du
premier coup, et si ma fortune, qui n'est pas à
mepriser, et tout ce que l'on peut posseder avec
moi, ne vous peuvent persuader de m'aimer,
j'aurai la satisfaction de ne m'être point cachée
par honte ou par finesse, et d'avoir mieux aimé
me faire mepriser par mes defauts que me faire
aimer par mes artifices. » En disant ces dernières
paroles elle se demasqua, et fit voir à don Carlos
les cieux ouverts, ou, si vous voulez, le ciel en
petit : la plus belle tête du monde, soutenue par
- un corps de la plus riche taille qu'il eût jamais ad-
mirée ; enfin, tout cela joint ensemble, une personne toute divine. A la fraîcheur de son visage
on ne lui eût pas donné plus de seize ans ; mais,
à je ne sais quel air galant et majestueux tout
ensemble que les jeunes personnes n'ont pas encore, on connoissoit qu'elle pouvoit être en sa
vingtième année. Dom Carlos fut quelque temps
sans lui repondre, se fâchant quasi contre sa dame
invisible qui l'empêchoit de se donner tout entier
à la plus belle personne qu'il eût jamais vue, et hesi-
tant en ce qu'il devoit dire et en ce qu'il devoit faire.
Enfin, après un combat interieur, qui dura assez
long-temps pour mettre en peine la dame du palais enchanté, il prit une forte resolution de ne
lui point cacher ce qu'il avoit dans l'ame, et ce
fut sans doute une des plus belles actions qu'il eût
jamais faites. Voici la reponse qu'il lui fit, que
plusieurs personnes ont trouvée bien crue : « Je
ne vous puis nier, Madame, que je ne fusse trop
heureux de vous plaire, si je le pouvois être assez

pour vous pouvoir aimer. Je vois bien que je
quitte la plus belle personne du monde pour une
autre qui ne l'est peut-être que dans mon imagination. Mais, Madame, m'auriez-vous trouvé digne de votre affection si vous m'aviez cru capable d'être infidèle ? Et pourrois-je être fidèle si je
vous pouvois aimer ? Plaignez-moi donc, Madame, sans me blâmer, ou plutôt, plaignons-nous
ensemble, vous de ne pouvoir obtenir ce que vous
desirez, et moi de ne voir point ce que j'aime. »
Il dit cela d'un air si triste que la dame put
aisement remarquer qu'il parloit selon ses veritá-
bles sentimens. Elle n'oublia rien de ce qui le
pouvoit persuader ; il fut sourd à ses prières et ne
fut point touché de ses larmes. Elle revint à la
charge plusieurs fois : à bien attaqué bien defendu. Enfin, elle en vint aux injures et aux reproches, et lui dit

> *Tout ce que fait dire la rage*
> *Quand elle est maîtresse des sens*[1],

et le laissa là, non pas pour reverdir[2], mais pour
maudire cent fois son malheur, qui ne lui venoit
que de trop de bonnes fortunes.

Une demoiselle lui vint dire, un peu après,

1. Ces vers étoient, pour ainsi dire, passés en proverbe,
et se citoient souvent. « Mademoiselle de ***, dit Voiture,
a écrit à son déloyal *tout ce que fait dire la rage*, etc. » (Cor-
resp. avec Costar, bill. 14.) Plus loin, Scarron emploie encore de la même manière une variante de ces vers, en remplaçant *la rage* par *l'amour*, dans la nouvelle intitulée : *Les
Deux frères rivaux* (IIe p., ch. 19). »

2. On disoit proverbialement: *Planter un homme pour reverdir*, quand on le laissoit là et qu'on ne venoit point le retrouver. On conçoit que cette locution prêtât à des plaisanterie

qu'il avoit la liberté de s'aller promener dans le jardin. Il traversa tous ces beaux appartemens sans trouver personne jusqu'à l'escalier, au bas duquel il vit dix hommes masqués qui gardoient la porte, armés de pertuisanes et de carabines. Comme il traversoit la cour pour s'aller promener dans ce jardin, qui etoit aussi beau que le reste de la maison, un de ces archers de la garde passa à côté de lui sans le regarder, et lui dit, comme ayant peur d'être ouï, qu'un vieil gentilhomme l'avoit chargé d'une lettre pour lui, et qu'il avoit promis de la lui donner en main propre, quoiqu'il y allât de la vie s'il etoit decouvert, mais qu'un present de vingt pistoles et la promesse d'autant lui avoit fait tout hasarder. Dom Carlos lui promit d'être secret, et entra vitement dans le jardin pour lire cette lettre :

Depuis que je vous ai perdu, vous avez pu juger de la peine où je suis par celle où vous devez être, si vous m'aimez autant que je vous aime. Enfin, je me trouve un peu consolée depuis que j'ai decouvert le lieu où vous êtes. C'est la princesse Porcia qui vous a enlevé ; elle ne considère rien quand il va de se contenter, et vous n'êtes pas le premier Renaud de cette dangereuse Armide. Mais je romprai tous ses en-

---

et à des équivoques comme celle de Scarron. Sorel, dans son *Berger extravagant*, fait dire par Carmelin à Lysis, qui lui conseille de se métamorphoser en arbre, en se fourrant dans un grand trou creusé exprès et en se faisant arroser : « Pensez-vous qu'il me seroit beau voir planter là pour reverdir ? » Et il s'applaudit de cette équivoque comme d'une application fort ingénieuse du mot reçu.

chantemens et vous tirerai bientôt d'entre ses bras
pour vous donner entre les miens ce que vous meritez,
si vous êtes aussi constant que je le souhaite.

La Dame Invisible.

Dom Carlos fut si ravi d'apprendre des nouvelles de sa dame, dont il etoit veritablement amoureux, qu'il baisa cent fois la lettre, et revint trouver, à la porte du jardin, celui qui la lui avoit
donnée, pour le recompenser d'un diamant qu'il
avoit au doigt. Il se promena encore quelque
temps dans le jardin, ne se pouvant assez eton-
ner de cette princesse Porcia, dont il avoit souvent ouï parler comme d'une jeune dame fort riche, et pour être de l'une des meilleures maisons
du royaume; et, comme il etoit fort vertueux, il
conçut une telle aversion pour elle, qu'il resolut,
au peril de la vie, de faire tout ce qu'il pourroit
pour se tirer hors de sa prison. Au sortir du jardin il trouva une demoiselle demasquée, car on
ne se masquoit plus dans le palais, qui lui venoit
demander s'il auroit agreable que sa maîtresse
mangeât ce jour-là avec lui. Je vous laisse à penser s'il dit qu'elle seroit la bienvenue. On servit
quelque temps après pour souper ou pour dîner,
car je ne me souviens plus lequel ce doit être.
Porcia y parut plus belle, je vous ai tantôt dit que
la Citherée, il n'y a point d'inconvenient de dire
ici, pour diversifier, plus belle que le jour ou que
l'aurore. Elle fut toute charmante tandis qu'ils
furent à table, et fit paroître tant d'esprit à l'Espagnol, qu'il eut un secret deplaisir de voir en une
dame de si grande condition tant d'excellentes
qualités si mal employées. Il se contraignit le

mieux qu'il put pour paroître de belle humeur, quoiqu'il songeât continuellement en son inconnue et qu'il brûlât d'un violent desir de se revoir à sa grille. Aussitôt que l'on eut desservi, on les laissa seuls ; et, dom Carlos ne parlant point, ou par respect, ou pour obliger la dame de parler la première, elle rompit le silence en ces termes : « Je ne sais si je dois esperer quelque chose de la gaîté que je pense avoir remarquée sur votre visage, et si le mien, que je vous ai fait voir, ne vous a point semblé assez beau pour vous faire douter si celui que l'on vous cache est plus capable de vous donner de l'amour. Je n'ai point deguisé ce que je vous ai voulu donner, parceque je n'ai point voulu que vous vous pussiez repentir de l'avoir reçu, et, quoiqu'une personne accoutumée à recevoir des prières se puisse aisement offenser d'un refus, je n'aurai aucun ressentiment de celui que j'ai dejà reçu de vous, pourvu que vous le repariez en me donnant ce que je crois mieux meriter que votre Invisible. Faites-moi donc savoir votre dernière resolution, afin que, si elle n'est pas à mon avantage, je cherche dans la mienne des raisons assez fortes pour combattre celles que je pense avoir eues de vous aimer. » Don Carlos attendit quelque temps qu'elle reprît la parole, et, voyant qu'elle ne parloit plus, et que, les yeux baissés contre terre, elle attendoit l'arrêt qu'il alloit prononcer, il suivit la resolution qu'il avoit dejà prise de lui parler franchement et de lui ôter toute sorte d'esperance qu'il pût jamais être à elle. Voici comme il s'y prit : «Madame, devant que de repondre à ce que vous voulez savoir de moi, il faut qu'avec la même franchise que vous voulez que je parle, vous me decouvriez sincèrement vos sentimens sur ce que je vais vous dire. Si vous aviez obligé une personne à vous aimer, ajouta-t-il, et que, par toutes les faveurs que peut accorder une dame sans faire tort à sa vertu, vous l'eussiez obligé à vous jurer une fidelité inviolable, ne le tiendriez-vous pas pour le plus lâche et le plus traître de tous les hommes s'il manquoit à ce qu'il vous auroit promis ? et ne serois-je pas ce lâche et ce traître, si je quittois pour vous une personne qui doit croire que je l'aime ? » Il alloit mettre quantité de beaux arguments en forme pour la convaincre, mais elle ne lui en donna pas le temps ; elle se leva brusquement, en lui disant qu'elle voyoit bien où il en vouloit venir ; qu'elle ne pouvoit s'empêcher d'admirer sa constance, quoiqu'elle fût si contraire à son repos ; qu'elle le remettoit en liberté, et que, s'il la vouloit obliger, il attendroit que la nuit fût venue pour s'en retourner de la même façon qu'il etoit venu. Elle tint son mouchoir devant ses yeux tandis qu'elle parla, comme pour cacher ses larmes, et laissa l'Espagnol un peu interdit, et pourtant si ravi de joie de se voir en liberté, qu'il n'eût pu la cacher quand il eût eté le plus grand hypocrite du monde ; et je crois que, si la dame y eût pris garde, elle n'eût pu s'empêcher de le quereller. Je ne sais si la nuit fut longue à venir, car, comme je vous ai dejà dit, je ne prends plus la peine de remarquer ni le temps, ni les heures. Vous saurez seulement qu'elle vint, et qu'il se mit en un carrosse fermé, qui le laissa en son logis après un assez long chemin. Comme il etoit le meilleur maître du monde, ses valets pensèrent mourir de joie quand ils le virent et l'étouffer à force de l'embrasser. Mais ils n'en jouirent pas long-temps; il prit des armes, et, accompagné de deux des siens qui n'etoient pas gens à se laisser battre, il alla bien vite à sa grille, et si vite, que ceux qui l'accompagnoient eurent bien de la peine à le suivre. Il n'eut pas plus tôt fait le signal accoutumé, que sa deïté invisible se communiqua à lui. Ils se dirent mille choses si tendres que j'en ai les larmes aux yeux toutes les fois que j'y pense. Enfin l'Invisible lui dit qu'elle venoit de recevoir un deplaisir sensible dans la maison où elle etoit ; qu'elle avoit envoyé querir un carrosse pour en sortir ; et, parcequ'il seroit long-temps à venir et que le sien pourroit être plus tôt prêt, qu'elle le prioit de l'envoyer querir pour la mener en un lieu où elle ne lui cacheroit plus son visage. L'Espagnol ne se fit pas dire la chose deux fois; il courut comme un fou à ses gens, qu'il avoit laissés au bout de la rue, et envoya querir son carrosse. Le carrosse venu, l'Invisible tint sa parole et se mit dedans avec lui. Elle conduisit le carrosse elle-même, enseignant au cocher le chemin qu'il devoit prendre, et le fit arrêter auprès d'une grande maison, dans laquelle il entra à la lueur de plusieurs flambeaux, qui furent allumés à leur arrivée. Le cavalier monta avec la dame par un grand escalier dans une salle haute, où il ne fut pas sans inquietude, voyant qu'elle ne se demasquoit point encore. Enfin, plusieurs demoiselles richement parées les etant venus recevoir, chacune un flambeau à la main, l'Invisible ne le fut plus, et, ôtant son masque, fit voir à dom

Carlos que la dame de la grille et la princesse Porcia n'etoient qu'une même personne. Je ne vous
representerai point l'agreable surprise de dom Carlos. La belle Neapolitaine lui dit qu'elle l'avoit enlevé une seconde fois pour savoir sa dernière resolution ; que la dame de la grille lui avoit cedé
les pretentions qu'elle avoit sur lui, et ajouta ensuite cent choses aussi galantes que spirituelles.
Dom Carlos se jeta à ses pieds, embrassa ses genoux, et lui pensa manger les mains à force de
les baiser, s'exemptant par là de lui dire toutes
les impertinences que l'on dit quand on est trop
aise. Après que ses premiers transports furent passés, il se servit de tout son esprit et de toute sa
cajolerie pour exagerer l'agreable caprice de sa
maîtresse, et s'en acquitta en des façons de parler si avantageuses pour elle, qu'elle en fut encore plus assurée de ne s'être point trompée en
son choix. Elle lui dit qu'elle ne s'etoit pas voulu
fier à une autre personne qu'à elle-même d'une
chose sans laquelle elle n'eût jamais pu l'aimer,
et qu'elle ne se fût jamais donnée à un homme
moins constant que lui. Là-dessus les parents de la
princesse Porcia, ayant eté avertis de son dessein, arrivèrent. Comme elle etoit une des plus con-
siderées personnes du royaume et dom Carlos
homme de condition, on n'avoit pas eu grand'
peine à avoir dispense de l'archevêque pour leur
mariage. Ils furent mariés la même nuit par le
curé de la paroisse, qui etoit un bon prêtre et
grand predicateur, et, cela etant, il ne faut pas
demander s'il fit une belle exhortation. On dit
qu'ils se levèrent bien tard le lendemain, ce que
je n'ai pas grand'peine à croire. La nouvelle en fut

biéntôt divulguée, dont le vice-roi, qui etoit proche parent de dom Carlos, fut si aise, que les réjouissances publiques recommencèrent dans Naples, où l'on parle encore de dom Carlos d'Aragon et de son amante invisible.

CHAPITRE X.

Comment Ragotin eut un coup de busc sur les doigts.

'histoire de Ragotin fut suivie de l'applaudissement de tout le monde. Il en devint aussi fier que si elle eût eté de son invention; et, cela ajouté à son orgueil naturel, il commença à traiter les comediens de haut en bas, et, s'approchant des comediennes, leur prit les mains sans leur consentement, voulut un peu patiner, galanterie provinciale qui tient plus du satyre que de l'honnête homme. Mademoiselle de l'Etoile se contenta de retirer ses mains blanches d'entre les siennes, crasseuses et velues, et sa compagne, mademoiselle Angelique, lui dechargea un grand coup de busc sur les doigts. Il les quitta sans rien dire, tout rouge de depit et de honte, et rejoignit la compagnie, où chacun parloit de toute sa force sans entendre ce que disoient les autres. Ragotin en fit taire la plus grande partie, tant il haussa sa voix pour leur demander ce qu'ils disoient de son histoire. Un jeune homme,

dont j'ai oublié le nom, lui repondit qu'elle n'é-
toit pas à lui plutôt qu'à un autre, puisqu'il l'a-
voit prise dans un livre; et, en disant cela, il
en fit voir un qui sortoit à demi hors de la pochette de Ragotin, et s'en saisit brusquement.
Ragotin lui egratigna toutes les mains pour le
ravoir; mais, malgré Ragotin, il le mit entre les
mains d'un autre, que Ragotin saisit aussi vainement que le premier, le livre ayant dejà con-
volé en troisième main. Il passa de la même façon en cinq ou six mains differentes, auxquelles
Ragotin ne put atteindre, parcequ'il etoit le plus
petit de la compagnie. Enfin, s'etant allongé cinq
ou six fois fort inutilement, ayant dechiré autant
de manchettes et egratigné autant de mains, et
le livre se promenant toujours dans la moyenne
region de la chambre, le pauvre Ragotin, qui vit
que tout le monde s'eclatoit de rire à ses depens,
se jeta tout furieux sur le premier auteur de sa
confusion, et lui donna quelques coups de poing
dans le ventre et dans les cuisses, ne pouvant
pas aller plus haut. Les mains de l'autre, qui
avoient l'avantage du lieu, tombèrent à plomb
cinq ou six fois sur le haut de sa tête, et si pe-
samment qu'elle entra dans son chapeau jusques
au menton, dont le pauvre petit homme eut le
siège de la raison si ebranlé qu'il ne savoit plus
où il en etoit. Pour dernier accablement, son
adversaire, en le quittant, lui donna un coup de
pied au haut de la tête qui le fit aller choir sur
le cul, aux pieds des comediennes, après une
retrogradation fort precipitée. Representez-vous,
je vous prie, quelle doit être la fureur d'un petit homme, plus glorieux lui seul que tous les

barbiers du royaume [1], en un temps où il se faisoit tout blanc de son epée [2], c'est-à-dire de son
histoire, et devant des comediennes dont il vouloit devenir amoureux : car, comme vous verrez
tantôt, il ignoroit encore laquelle lui touchoit le
plus au cœur. En verité, son petit corps, tombé
sur le cul, temoigna si bien la fureur de son ame
par les divers mouvemens de ses bras et de ses
jambes, qu'encore que l'on ne pût voir son visage, à cause que sa tête etoit emboîtée dans son
chapeau, tous ceux de la compagnie jugèrent à
propos de se joindre ensemble et de faire comme
une barrière entre Ragotin et celui qui l'avoit
offensé, que l'on fit sauver, tandis que les cha-

1. Nous avons déjà vu plus haut (ch. 4) : « La Rappinière,
qui avoit de la mauvaise gloire autant que barbier de la ville.»
« Les barbiers ne sont pas les gens du monde les moins sus-
ceptibles de vanité », lit-on dans *Gil-Blas* (l. 2, ch. 7). On
disoit, en façon de proverbe : «Glorieux comme un barbier.»
Les barbiers, on le sait, remplissoient alors les fonctions de
chirurgiens (ce ne fut qu'en décembre 1637 que la branche
spéciale des barbiers perruquiers fut distraite de celle des
barbiers chirurgiens). Or, les chirurgiens passoient pour gens
fort glorieux, et l'on trouve des traces de cette accusation dans
plus d'un livret satirique de l'époque : « Que ne dirai-je pas des
chirurgiens, lit-on dans les *Caquets de l'Accouchée*, qui donnent des offices de contrôleurs, ou semblables, qui valent
quinze à seize mil francs, à leurs fils ? Et quant à leurs filles, il ne leur manque que le masque que l'on ne les prenne
pour damoiselles. » (3e journ., p. 105, éd. Jannet.) Quoique
l'origine du proverbe dont il s'agit ici remonte à une antiquité beaucoup plus reculée, il pourroit se faire néanmoins
que ces prétentions des chirurgiens n'aient pas été sans influence sur cette façon de parler, et qu'elles aient contribué à
l'affermir et à la répandre de plus en plus.
2. Où il étoit tout fier, tout glorieux. Cette phrase étoit
fort usitée alors; on en peut voir le sens dans les Diction-
naires de Leroux et de Furetière.

ritables comediennes relevèrent le petit homme, qui hurloit cependant comme un taureau dans son chapeau, parcequ'il lui bouchoit les yeux et la bouche et lui empêchoit la respiration. La difficulté fut de le lui ôter. Il etoit en forme de pot de beurre, et, l'entrée en etant plus etroite que le ventre, Dieu sait si une tête qui y etoit entrée de force, et dont le nez etoit très grand, en pouvoit sortir comme elle y etoit entrée! Ce malheur-là fut cause d'un grand bien, car vraisemblablement il etoit au plus haut point de sa colère, qui eût sans doute produit un effet digne d'elle, si son chapeau, qui le suffoquoit, ne l'eût fait songer à sa conservation plutôt qu'à la destruction d'un autre. Il ne pria point qu'on le secourût, car il ne pouvoit parler; mais, quand on vit qu'il portoit vainement ses mains tremblantes à sa tête pour se la mettre en liberté, et qu'il frappoit des pieds contre le plancher, de rage qu'il avoit de se rompre inutilement les ongles, on ne songea plus qu'à le secourir. Les premiers efforts que l'on fit pour le decoiffer furent si violens qu'il crut qu'on lui vouloit arracher la tête. Enfin, n'en pouvant plus, il fit signe avec les doigts que l'on coupât son habillement de tête avec des ciseaux. Mademoiselle de la Caverne detacha ceux de sa ceinture, et la Rancune, qui fut l'operateur de cette belle cure, après avoir fait semblant de faire l'incision vis-à-vis du visage (ce qui ne lui fit pas une petite peur), fendit le feutre par derrière la tête depuis le bas jusqu'en haut. Aussitôt que l'on eut donné l'air à son visage, toute la compagnie s'eclata de rire de le voir aussi bouffi que s'il eût eté prêt à cre-

ver, pour la quantité d'esprits qui lui etoient
montés au visage, et, de plus, de ce qu'il avoit
le nez ecorché. La chose en fût pourtant demeurée là, si un mechant railleur ne lui eût dit
qu'il falloit faire rentraire son chapeau. Cet avis
hors de saison ralluma si bien sa colère, qui n'e-
toit pas tout à fait eteinte, qu'il saisit un des
chenets de la cheminée, et, faisant semblant de
le jeter au travers de toute la troupe, causa une
telle frayeur aux plus hardis, que chacun tâcha
de gagner la porte pour eviter le coup de chenet;
tellement qu'ils se pressèrent si fort qu'il n'y en
eut qu'un qui put sortir, encore fut-ce en tombant, ses jambes eperonnées s'etant embarras-
sées dans celles des autres. Ragotin se mit à rire
à son tour, ce qui rassura tout le monde. On lui
rendit son livre, et les comediens lui prêtèrent
un vieil chapeau. Il s'emporta furieusement contre celui qui l'avoit si maltraité; mais, comme il
etoit plus vain que vindicatif, il dit aux comediens, comme s'il leur eût promis quelque chose
de rare, qu'il vouloit faire une comedie de son
histoire, et que, de la façon qu'il la traiteroit, il
etoit assuré d'aller d'un seul saut où les autres
poètes n'etoient parvenus que par degrés. Le
Destin lui dit que l'histoire qu'il avoit contée
etoit fort agreable, mais qu'elle n'etoit pas bonne
pour le theâtre. « Je crois que vous me l'appren-
drez! dit Ragotin; ma mère etoit filleule du poète
Garnier [1], et moi, qui vous parle, j'ai encore

---

1. Robert Garnier (1545-1601), poète tragique, étoit lieutenant général criminel au siége présidial et senéchaussée du
Maine; il étoit né dans cette province, à La Ferté-Bernard,
et il mourut au Mans.

chez moi son ecritoire. » Le Destin lui dit que le poète Garnier lui-même n'en viendroit pas à son honneur. « Et qu'y trouvez-vous de si difficile? lui demanda Ragotin.— Que l'on n'en peut faire une comedie dans les règles, sans beaucoup de fautes contre la bienseance et contre le jugement, repondit le Destin.— Un homme comme moi peut faire des règles quand il voudra [1], dit Ragotin. Considerez, je vous prie, ajouta-t-il, si ce ne seroit pas une chose nouvelle et magnifique tout ensemble de voir un grand portail d'eglise au milieu d'un theâtre devant lequel une vingtaine de cavaliers, tant plus que moins, avec autant de demoiselles, feroient mille galanteries. Cela raviroit tout le monde. Je suis de votre avis, continua-t-il, qu'il ne faut rien faire contre la bienseance ou les bonnes mœurs, et c'est pour cela que je ne voudrois pas faire parler mes acteurs au dedans de l'eglise. » Le Destin l'interrompit pour lui demander où ils pourroient trouver tant de cavaliers et tant de dames. « Et comment fait-on dans les collèges, où l'on donne des batailles? dit Ragotin. J'ai joué à La Flèche [2] la

1. Cette réponse en rappelle une qu'on attribue à Malherbe, dont elle semble même la parodie.

2. Le collége de La Flèche, bâti sous Henri IV (1603) d'après les dons du monarque, étoit un des plus célèbres parmi ceux que les jésuites possédoient en France. Il étoit devenu bien vite florissant; les étrangers, jusqu'aux Indïens, Tartares et Chinois, y affluoient, et, vers le milieu du XVIIe siècle, il contenoit, sans compter ceux-ci, plus de 1,000 écoliers françois et 120 jésuites. Brumoy, Porée, Ducerceau, etc., y professèrent successivement. Or, les révérends Pères avoient coutume de faire, à certains jours, jouer la comédie à leurs élèves sur un théâtre intérieur. Cet usage

déroute du Pont-de-Cé[1], ajouta-t-il ; plus de cent soldats du parti de la reine-mère parurent sur le théâtre, sans ceux de l'armée du roi, qui etoient encore en plus grand nombre ; et il me souvient qu'à cause d'une grande pluie qui troubla la fête, on disoit que toutes les plumes de la noblesse du pays, que l'on avoit empruntées, n'en releveroient jamais. » Destin, qui prenoit plaisir à lui faire dire des choses si judicieuses, lui repartit que les

commença surtout à l'époque de la jeunesse de Racine par des tragédies latines et chrétiennes (V. Loret, 7 et 21 août 1655). Le plus souvent, les représentations se composoient de pièces écrites par les jésuites eux-mêmes, comme furent plus tard celles du P. Ducerceau et du P. Porée. Ce n'étoient pas seulement les jésuites, mais quelquefois aussi d'autres congrégations religieuses, qui se livroient à ces passe-temps dramatiques. (V. *Richecourt*, trag.-com., 5 a., v., représentée par les pensionnaires des R. P. bénédictins de Saint-Nicolas, 1628.) On sait, du reste, que la plupart des pièces de notre vieux théâtre furent représentées dans des colléges ; ainsi *l'Achille* de Nicolas Filleul, au collége d'Harcourt, en 1563 ; *la Trésorière, la Mort de César* et *les Esbahis* de Grevin, au collége de Beauvais, en 1558 et 1560 ; la *Cléopâtre* et *l'Eugène* de Jodelle au collége de Boncourt, en 1552. Jean Behourt, principal du collége des Bons-Enfants, à Rouen, fit aussi, vers la fin du XVIe siècle, jouer par ses élèves trois pièces françoises de sa composition. Cet usage avoit laissé des traces au siècle suivant. On peut voir dans *Francion* (l. 4, vers le commencement) le récit burlesque d'une représentation de ce genre au collége de Lisieux. (Cf. aussi Chappuzeau, *Le théâtre franç.*, l. 1, ch. 8.) Le *Ratio studiorum* autorisoit ces représentations à certaines conditions, qui n'étoient pas toutes strictement observées.

1. Dans la guerre civile qui suivit la mort de Concini, et qui fut soulevée par le mécontentement des grands et de la reine-mère contre le favori Albert de Luynes, les troupes de Marie de Médicis furent mises en pleine déroute au Pont-de-Cé, près d'Angers (1620). On peut voir sur cette *drôlerie*, comme on surnomma alors la débandade du Pont-de-Cé, de curieux détails dans le *Baron de Fæneste* (l. 4, ch. 2).

collèges avoient assez d'ecoliers pour cela, et,
pour eux, qu'ils n'etoient que sept ou huit quand
leur troupe etoit bien forte. La Rancune, qui ne
valoit rien, comme vous savez, se mit du côté
de Ragotin pour aider à le jouer, et dit à son
camarade qu'il n'etoit pas de son avis; qu'il etoit
plus vieil comedien que lui; qu'un portail d'eglise
seroit la plus belle decoration de theâtre que l'on
eût jamais vue, et, pour la quantité necessaire de
cavaliers et de dames, qu'on en loueroit une partie, et l'autre seroit faite de carton. Ce bel expe-
dient de carton de la Rancune fit rire toute la
compagnie; Ragotin en rit aussi et jura qu'il le
sçavoit bien, mais qu'il ne l'avoit pas voulu dire.
« Et le carrosse, ajouta-t-il, quelle nouveauté
seroit-ce en une comedie! J'ai fait autrefois le
chien de Tobie [1], et je le fis si bien que toute
l'assistance en fut ravie. Et, pour moi, continua-
t-il, si l'on doit juger des choses par l'effet qu'elles
font dans l'esprit, toutes les fois que j'ai vu jouer
Pyrame et Thisbé, je n'ai pas eté tant touché de
la mort de Pyrame qu'effrayé du lion [2]. » La Ran-

---

1. Peut-être dans la pièce de *Thobie*, tragi-comédie en
5 actes, sans distinction de scènes, de J. Ouyn (1606), où l'on
voit, en effet, le chien au cinquième acte : « Anne, mère de
Thobie, sort du logis et avise venir le chien, qui estoit party
quand et son fils. »

2. Dans *Pyrame et Thisbé*, tragédie de Théophile (1617),
le lion apparoît à la fin de l'acte 4, où Thisbé s'écrie en le
voyant :

Hélas! qu'ay-je apperceu? Dieux! l'effroyable beste!
Un lion affamé qui cherche ici sa quête.

Ne diroit-on pas, à ce passage, que Scarron avoit vu là
fameuse scène du *Songe d'une nuit d'été*, où Lanavette,
Lecoing, Vilbrequin et les autres se préparent à représenter

cune appuya les raisons de Ragotin par d'autres
aussi ridicules, et se mit par là si bien en son esprit, que Ragotin l'emmena souper avec lui. Tous
les autres importuns laissèrent aussi les comédiens en liberté, qui avoient plus envie de souper que d'entretenir les faineans de la ville.

CHAPITRE XI.

Qui contient ce que vous verrez si vous prenez la peine de le lire.

RAGOTIN mena la Rancune dans un cabaret, où il se fit donner tout ce qu'il
y avoit de meilleur. On a cru qu'il ne
le mena pas chez lui, à cause que son
ordinaire n'etoit pas trop bon ; mais je n'en dirai
rien de peur de faire des jugements temeraires,
et je n'ai point voulu approfondir l'affaire, parcequ'elle n'en vaut pas la peine et que j'ai des
choses à ecrire qui sont bien d'une autre consequence. La Rancune, qui etoit homme de grand
discernement et qui connoissoit d'abord son monde, ne vit pas plus tôt servir deux perdrix et un
chapon pour deux personnes, qu'il se douta que
Ragotin ne le traitoit pas si bien pour son seul
merite, ou pour le payer de la complaisance qu'il
avoit eue pour lui en soutenant que son histoire

Pyrame et Thisbé, en prenant leurs précautions pour que la
mort de Pyrame et les rugissements du lion n'effraient pas
trop les dames.

etoit un beau sujet de theâtre, mais qu'il avoit quelque autre dessein. Il se prepara donc à ouïr quelque nouvelle extravagance de Ragotin, qui ne decouvrit pas d'abord ce qu'il avoit dans l'ame, et continua à parler de son histoire. Il recita force vers satiriques qu'il avoit faits contre la plupart de ses voisins, contre des cocus qu'il ne nommoit point et contre des femmes ; il chanta des chansons à boire et lui montra quantité d'anagrammes : car d'ordinaire les rimailleurs, par de semblables productions de leur esprit mal fait, commencent à incommoder les honnêtes gens [1]. La Rancune acheva de le gâter ; il exagera tout ce qu'il ouït en levant les yeux au ciel ; il jura

1. Les anagrammes, cultivées dans l'antiquité par Lycophron, et mises surtout en honneur au XVIe siècle par Daurat, furent en grande vogue au XVIIe siècle. Jacques de Champ-Repus faisoit, en 1609, une *Eclogue enrichie de 30 anagrammes sur cet illustre nom, Marguerite de Valois, Rouen, J. Petit.* Jean Douet (Tallemant, *Historiette de La Leu*) a fait aussi des volumes entiers d'anagrammes vers le milieu du XVIIe siècle. On peut voir dans le *Chevreana* que c'étoit là une vraie profession pour certaines gens. Le P. Pierre de Saint-Louis passa toute sa vie à en composer ; il en avoit fait sur les noms des papes, des souverains, des généraux de l'ordre auquel il appartenoit, des saints et de beaucoup d'autres encore : il croyoit, dit-on, trouver la destinée des hommes dans leurs noms par ce moyen singulier, et il n'étoit pas le premier, comme on peut s'en convaincre en lisant la 3e partie de la *Cabale*. L'hôtel Rambouillet cultivoit le même genre, et l'on connoît les trois belles anagrammes (Arthénice, Eracinthe et Carinthée) composées par Racan et Malherbe, avec le nom de leurs maîtresses, qui se nommoient Catherine. C'étoit quelquefois une bonne spéculation : car, un nommé Billon ayant présenté à Louis XIII, lors de son entrée dans la ville d'Aix, 500 anagrammes qu'il avoit faites sur son nom, le roi, enchanté, lui octroya une grosse pension, reversible sur la tête de ses enfants. On

comme un homme qui perd qu'il n'avoit jamais
rien ouï de plus beau, et fit même semblant de
s'en arracher les cheveux, tant il etoit transporté.
Il lui disoit de temps en temps : « Vous êtes bien
malheureux, et nous aussi, que vous ne vous
donniez tout entier au theâtre : dans deux ans on
ne parleroit non plus de Corneille que l'on fait
à cette heure de Hardy. Je ne sais que c'est que
de flatter, ajouta-t-il ; mais, pour vous donner courage, il faut que je vous avoue qu'en vous voyant
j'ai bien connu que vous etiez un grand poète,
et vous pouvez savoir de mes camarades ce que
je leur en ai dit. Je ne m'y trompe guère : je sens

faisoit même des ballets en anagrammes. Du reste, les autres petits genres littéraires n'étoient guère moins culti-
vés alors : avec Dulot régnoient les bouts-rimés ; Neuf-Ger-
main s'étoit consacré aux vers rimant sur chaque syllabe du
nom des destinataires ; Chabrol et beaucoup d'autres culti-
voient les acrostiches, Montmaur les énigmes, charades et
logogriphes, etc. Il y avoit encore les échos, les madrigaux,
les devises, et mille autres *sottises laborieuses*, comme dit
Sénecé dans une de ses épigrammes (p. 277, éd. Jannet).
« Vous verrez courir de ma façon, dans les belles ruelles de
Paris, 200 chansons, autant de sonnets, 400 épigrammes
et plus de 1,000 madrigaux, sans compter les énigmes et les
portraits », dit Mascarille (*Pr. rid.*, sc. 10). « Nous tenons,
dit Colletet :

> Que tous ces renverseurs de noms
> Ont la cervelle renversée.

Huet se plaignoit de ce goût exagéré pour les brimborions
de la littérature. « Une ode, dit-il, nous ennuie par sa longueur ; à peine peut-on souffrir un sonnet. Notre génie se
borne à l'étendue du madrigal. Nous sommes dans le siècle
des colifichets. Toute notre industrie ne va qu'à faire de fort
grandes petites choses. » (*Huetiana*, XIX.) On trouve des traits
analogues dans une foule de satires et de romans comiques
du temps. (V. aussi Saint-Amant, *le Poète crotté*, t. I, p.
220, éd. Jannet.)

un poète de demi-lieue loin ; aussi, d'abord que
je vous ai vu, vous ai-je connu comme si je vous
avois nourri. « Ragotin avaloit cela doux comme
lait, conjointement avec plusieurs verres de vin,
qui l'enivroient encore plus que les louanges de
la Rancune, qui, de son côté, mangeoit et buvoit
d'une grande force, s'ecriant de temps en temps :
« Au nom de Dieu, Monsieur Ragotin, faites profiter le talent ; encore un coup, vous êtes un méchant homme de ne vous enrichir pas, et nous
aussi. Je brouille un peu du papier aussi bien que
les autres ; mais, si je faisois des vers aussi bons
la moitié que ceux que vous me venez de lire, je
ne serois pas reduit à tirer le diable par la queue
et je vivrois de mes rentes aussi bien que Mondory [1]. Travaillez donc, Monsieur Ragotin, travaillez ; et, si dès cet hiver nous ne jetons de la
poudre aux yeux de messieurs de l'hotel de Bourgogne et du Marais, je veux ne monter jamais

1. Mondory reçut, en 1637, une pension de 2,000 livres
de Richelieu, après avoir joué, ou plutôt après avoir essayé
de jouer le principal rôle de *l'Aveugle de Smyrne*, tragi-comédie des cinq auteurs. J'ai dit *après avoir essayé :* car, retiré du théâtre depuis quelque temps à cause de sa paralysie,
il ne put dépasser le deuxième acte. Plusieurs grands seigneurs imitèrent la générosité du cardinal, en lui donnant
également des pensions, de sorte qu'il jouit jusqu'à sa mort
de 8 à 10,000 livres de rente. De pareilles fortunes n'étoient
pas rares, même parmi les saltimbanques et charlatans d'a-
lors. Ainsi Tabarin, devenu fort riche, se retira dans une
terre, où il excita la jalousie des nobles ses voisins. Suivant
Grimarest, Scaramouche avoit aussi amassé 10 à 12,000 livres
de rentes. « Ils ont tiré des Parisiens, lit-on, au sujet des farceurs, dans *l'Anti-Caquet de l'Accouchée*, en pièces de cinq
sols et huit sols... plus de trente mil livres, dont ils ont pro-
fité. » (Ed. Jannet, p. 250-252.)

sur le theâtre que je ne me rompe un bras ou une jambe ; après cela je n'ai plus rien à dire, et buvons. » Il tint sa parole, et, ayant donné double charge à un verre, il porta la santé de monsieur Ragotin à monsieur Ragotin même, qui lui fit raison et renvia de la santé des comediennes, qu'il but tête nue et avec un si grand transport qu'en remettant son verre sur la table il en rompit la patte sans s'en aviser, tellement qu'il tâcha deux ou trois fois de le redresser, pensant l'avoir mis lui-même sur le côté. Enfin il le jeta par dessus sa tête et tira la Rancune par le bras, afin qu'il y prît garde, pour ne perdre pas la reputation d'avoir cassé un verre. Il fut un peu attristé de ce que la Rancune n'en rit point ; mais, comme je vous ai dejà dit, il etoit plutôt animal envieux qu'animal risible. La Rancune lui demanda ce qu'il disoit de leurs comediennes ; le petit homme rougit sans lui repondre, et, la Rancune lui demandant encore la même chose, enfin, begayant, rougissant et s'exprimant très mal, il fit entendre à la Rancune qu'une des comediennes lui plaisoit infiniment. « Et laquelle ? » lui dit la Rancune. Le petit homme etoit si troublé d'en avoir tant dit qu'il repondit : « Je ne sais. — Ni moi aussi, » dit la Rancune. Cela le troubla encore davantage et lui fit ajouter, tout interdit : « C'est... c'est... » Il repeta quatre ou cinq fois le même mot, dont le comedien s'impatientant, lui dit : « Vous avez raison, c'est une fort belle fille. « Cela acheva de le defaire. Il ne put jamais dire celle à qui il en vouloit ; et peut-être qu'il n'en savoit rien encore, et qu'il avoit moins d'amour que de vice. Enfin, la Rancune lui nommant mademoiselle de l'Etoile, il dit que c'etoit elle dont il etoit amoureux. Et pour moi, je crois que, s'il lui eût nommé Angelique ou sa mère la Caverne, qu'il eût oublié le coup de busc de l'une et l'âge de l'autre, et se seroit donné corps et âme à celle que la Rancune lui auroit nommée, tant le bouquin avoit la conscience troublée. Le comedien lui fit boire un grand verre de vin qui lui fit passer une partie de sa confusion, et en but un autre de son coté, après lequel il lui dit, parlant bas par mystère et regardant par toute la chambre, quoiqu'il n'y eût personne : « Vous n'êtes pas blessé à mort et vous vous êtes adressé à un homme qui vous peut guerir, pourvu que vous le vouliez croire et que vous soyez secret. Ce n'est pas que vous n'entrepreniez une chose bien difficile : mademoiselle de l'Etoile est une tigresse et son frère Destin un lion ; mais elle ne voit pas toujours des hommes qui vous ressemblent, et je sçais bien ce que je sçais faire. Achevons notre vin et demain il sera jour. » Un verre de vin bu de part et d'autre interrompit quelque temps la conversation. Ragotin reprit la parole le premier et conta toutes ses perfections et ses richesses ; dit à la Rancune qu'il avoit un neveu commis d'un financier ; que ce neveu avoit fait grande amitié avec le partisan la Raillière [1] durant le temps qu'il avoit eté au

---

1. Le mot *partisan* signifioit « un financier, un homme qui fait des traitez, des partis avec le roy, qui prend ses revenus à ferme, le recouvrement des impôts, etc. » (Dictionnaire de Furetière.) Scarron devint lui-même plus tard une espèce de partisan, quand il prit à ferme l'entreprise des déchargeurs. La Raillière étoit un célèbre partisan de l'époque, qui avoit affermé la taxe établie sur les *aisés*, et

Mans pour etablir une maltôte, et voulut faire esperer à la Rancune de lui faire donner une pension pareille à celle des comediens du roi [1],

l'un de ceux qui avoient le plus excité de haines par leurs malversations. Il « a esté fermier des aides, dit le *Catalogue des partisans* (1649), avec le nommé de Moussea, où ils ont volé les rentiers de l'Hôtel-de-Ville par les presens et corruptions qu'ils ont faits... Et outre, ledit La Raillière, avec le nommé Vanel, dit Trecourt, qui sont à present fermiers des entrées, ont fait le traité de quinze cent mil livres de rente sur lesdites entrées... Pour raison de quoy ils ont taxé, sous le titre d'*aysé*, qui bon leur a semblé, et sous de faux rooles ont exigé lesdites taxes avec des violences horribles en cette ville de Paris et en la campagne. » La Raillière fut arrêté et emprisonné à la Bastille en 1649. Le 1er volume du *Recueil des Mazarinades*, d'où j'extrais les lignes précédentes, renferme encore plusieurs pièces relatives à ce personnage : « *L'Adieu du sieur Catalan, envoyé de Saint-Germain, au sieur de la Rallière dans la Bastille. — La Response de la Rallière à l'Adieu de Catelan, son associé, où l'Abrégé de la vie de ces deux infames ministres et autheurs des principaux brigandages, volleries et extorsions de la France. — Les Entretiens de Bonneau, de Catelan et de la Raillière*, etc. Peut-être, par l'établissement d'une maltôte, — mot pris en mauvaise part, et qui par là même ne dut figurer ni dans les prospectus du spéculateur, ni dans les actes officiels, — Scarron entend-il simplement l'établissement d'une loterie ou banque, opération financière dont l'usage étoit fort répandu au XVIIe siècle. M. Anjubault veut bien nous communiquer les extraits suivants des registres de l'hôtel-de-ville du Mans, les seuls, dit-il, qui puissent se rapporter à ce passage de Scarron : « Consentement du corps de ville à l'exposition d'une blanque, à condition qu'il assistera un officier dudit corps de ville à l'inventaire de la marchandise et distribution des billets d'icelle, et que la boîte soit apportée en la chambre de ville chaque soir. » (Fin de 1629, ou commencement de 1630). — « Sera signifié au procureur du roi de la sénéchaussée et de la prévôté l'opposition que forme le corps de ville à l'établissement d'une blanque. (Fin de 1635 ou commencement de 1636.)

[1]. Les comédiens de la troupe royale, ou de l'Hôtel-de-

par le credit de ce neveu ; il lui dit encore que,
s'il avoit des parens qui eussent des enfans, il
leur feroit donner des benefices, parceque sa
nièce avoit epousé le frère d'une femme qui etoit
entretenue du maître d'hotel d'un abbé de la province qui avoit de bons benefices à sa collàtion [1].

Tandis que Ragotin contoit ses prouesses, la
Rancune, qui s'etoit alteré à force de boire, ne
faisoit autre chose qu'emplir les deux verres, qui
etoient vidés en même temps, Ragotin n'osant
rien refuser de la main d'un homme qui lui devoit
faire tant de bien. Enfin, à force d'avaler, ils s'em-
plirent. La Rancune n'en fut que plus serieux,
selon sa coutume, et Ragotin en fut si hebeté et
si pesant qu'il se pencha sur la table et s'y endormit. La Rancune appela une servante pour se
faire dresser un lit, parcequ'on etoit couché à son
hôtellerie. La servante lui dit qu'il n'y auroit
point de danger d'en dresser deux, et qu'en l'etat
où etoit M. Ragotin il n'avoit pas besoin d'être
veillé. Il ne veilloit pas cependant, et jamais on

Bourgogne, nommés le plus souvent les grands comédiens du
roi. Les frères Parfait disent des acteurs de cette troupe « qu'ils
obtinrent les premiers le titre de comédiens du roi, avec une
pension de 12,000 livres. » (T. 3, p. 249.) Les comédiens du
Marais portoient aussi ce titre. Du reste, ceux de l'Hôtel-de-
Bourgogne n'étoient pas les seuls à qui fût réservé le privilége de la pension, car Monsieur, frère du roi, avoit promis
300 livres de traitement annuel à chaque acteur de la troupe
de Molière, qui s'étoit mise sous le patronage de son nom;
mais ce ne fut qu'une promesse.

1. On connoît le vers de Racine dans *les Plaideurs* :
    Monsieur, je suis bâtard de votre apothicaire.
                        (II, 9.)
Les titres de faveur de Ragotin sont d'un genre tout à fait
analogue à ceux que fait valoir l'Intimé.

n'a mieux dormi ni ronflé. On mit des draps à
deux lits, de trois qui etoient dans la chambre,
sans qu'il s'eveillât; il dit cent injures à la servante
et menaça de la battre quand elle l'avertit que son
lit etoit prêt. Enfin, la Rancune l'ayant tourné
dans sa chaise devers le feu, que l'on avoit allumé
pour chauffer les draps, il ouvrit les yeux et se
laissa deshabiller sans rien dire. On le monta sur
son lit le mieux que l'on put, et la Rancune se
mit dans le sien après avoir fermé la porte. A une
heure de là, Ragotin se leva et sortit hors de
son lit, je n'ai pas bien su pourquoi. Il s'egara si
bien dans la chambre qu'après en avoir renversé
tous les meubles et s'être renversé lui-même
plusieurs fois sans pouvoir trouver son lit, enfin
il trouva celui de la Rancune, et l'eveilla en le
decouvrant. La Rancune lui demanda ce qu'il
cherchoit. « Je cherche mon lit, dit Ragotin. —
Il est à la main gauche du mien », dit la Rancune.
Le petit ivrogne prit à la droite, et s'alla fourrer
entre la couverture et la paillasse du troisième,
qui n'avoit ni matelas ni lit de plume, où il acheva de dormir fort paisiblement. La Rancune s'habilla devant que Ragotin fût eveillé. Il demanda
au petit ivrogne si c'etoit par mortification qu'il
avoit quitté son lit pour dormir sur une paillasse.
Ragotin soutint qu'il ne s'etoit point levé, et
qu'assurement il revenoit des esprits dans la
chambre. Il eut querelle avec le cabaretier, qui
prit le parti de sa maison et le menaça de le
mettre en justice pour l'avoir decriée. Mais il
n'y a que trop long-temps que je vous ennuie
de la debauche de Ragotin : retournons à l'hôtellerie des comediens.

CHAPITRE XII.

Combat de nuit.

Je suis trop homme d'honneur pour n'avertir pas le lecteur benevole que, s'il est scandalisé de toutes les badineries qu'il a vues jusqu'ici dans le present livre, il fera fort bien de n'en lire pas davantage : car, en conscience, il n'y verra pas d'autre chose [1], quand le livre seroit aussi gros que le Cyrus ; et si, par ce qu'il a dejà vu, il a de la peine à se douter de ce qu'il verra, peut-être que j'en suis logé là aussi bien que lui, qu'un chapitre attire l'autre, et que je fais dans mon livre comme ceux qui mettent la bride sur le col de leurs chevaux et les laissent aller sur leur bonne foi. Peut-être

---

1. Scarron fait toujours bon marché de ses œuvres et de son talent ; il en parle sans cesse de cette façon détachée et cavalière. Il dit plus haut, mais, il est vrai, dans un sens différent, quoique sur un ton analogue, que son livre n'est qu'un amas de sottises ; et, dans son *Ode à M. Maynard* (Rec. de 1651) :

> Moi qui suis un demi-poète,
> Qui ne travaille qu'en sornette...
> Helas ! je n'ai pour toute Muse
> Qu'une malheureuse camuse, etc.

Il parle à peu près de même dans une de ses épîtres (1643), dans la dédicace du 5e liv. de son *Virgile travesti*, à Deslandes-Payen, etc. C'étoit là, du reste, une des nécessités du genre qu'il avoit adopté.

aussi que j'ai un dessein arreté, et que, sans emplir mon livre d'exemples à imiter, par des peintures d'actions et de choses tantôt ridicules, tantôt
blâmables, j'instruirai en divertissant [1] de la même façon qu'un ivrogne donne de l'aversion pour
son vice, et peut quelquefois donner du plaisir
par les impertinences que lui fait faire son ivro-
gnerie.

Finissons la moralité et reprenons nos comediens, que nous avons laissés dans l'hôtellerie.
Aussitôt que leur chambre fut debarrassée et que
Ragotin eut emmené la Rancune, le portier, qu'ils
avoient laissé à Tours, entra dans l'hôtellerie,
conduisant un cheval chargé de bagage. Il se
mit à table avec eux, et, par sa relation et par ce
qu'ils apprirent les uns des autres, on sut de
quelle façon l'intendant de la province ne leur
avoit pu faire de mal, ayant lui-même bien eu de
la peine à se retirer des mains du peuple, lui et
ses fuzeliers. Le Destin conta à ses camarades
de quelle façon il s'etoit sauvé avec son habit à
la turque, dont il pensoit representer le Soliman
de Mairet [2], et qu'ayant appris que la peste etoit
à Alençon, il etoit venu au Mans avec la Caverne
et la Rancune, en l'equipage que l'on a pu voir
dans le commencement de ces très veritables et
très peu heroïques aventures. Mademoiselle de

1. C'est le *ridendo castigat mores* de Santeuil.
2. Jean de Mairet (1604-1686) est un des plus célèbres
tragiques de notre vieux théâtre, et sa *Silvie* (1621) passa
long-temps pour un chef-d'œuvre. La pièce dont il est ici
question, jouée en 1630 et imprimée seulement en 1639, est
intitulée : *Le grand et dernier Soliman, ou la Mort de Mus-
tapha.*

l'Etoile leur apprit aussi les assistances qu'elle avoit reçues d'une dame de Tours dont le nom n'est pas venu à ma connoissance, et comme par son moyen elle avait eté conduite jusqu'à un village proche de Bonnestable, où elle s'etoit demis un pied en tombant de cheval. Elle ajouta qu'ayant appris que la troupe etoit au Mans, elle s'y etoit fait porter dans la litière de la dame du village, qui la lui avoit liberalement prêtée.

Après le souper, le Destin seul demeura dans la chambre des dames. La Caverne l'aimoit comme son propre fils; mademoiselle de l'Etoile ne lui etoit pas moins chère, et Angelique, sa fille et son unique heritière, aimoit le Destin et l'Etoile comme son frère et sa sœur. Elle ne savoit pas encore au vrai ce qu'ils etoient et pourquoi ils faisoient la comedie; mais elle avoit bien reconnu, quoiqu'ils s'appelassent mon frère et ma sœur, qu'ils etoient plus grands amis que proches parents; que le Destin vivoit avec l'Etoile dans le plus grand respect du monde; qu'elle etoit fort sage, et que, si le Destin avoit bien de l'esprit et faisoit voir qu'il avoit eté bien elevé, mademoiselle de l'Etoile paroissoit plutôt fille de condition qu'une comedienne de campagne. Si le Destin et l'Etoile etoient aimés de la Caverne et de sa fille, ils s'en rendoient dignes par une amitié reciproque qu'ils avoient pour elles, et ils n'y avoient pas beaucoup de peine, puisqu'elles meritoient d'être aimées autant que comediennes de France, quoique, par malheur plutôt que faute de merite, elles n'eussent jamais eu l'honneur de monter sur le theâtre de l'hotel de Bourgogne ou du Marais, qui sont l'un et l'autre le *non plus ultra* des comediens [1]. Ceux qui n'entendront pas ces trois petits mots latins (à qui je n'ai pu refuser place ici, tant ils se sont presentés à propos) se les feront expliquer, s'il leur plaît. Pour finir la digression, le Destin et l'Etoile ne se cachèrent point des deux comediennes pour se caresser après une longue absence. Ils s'exprimèrent le mieux qu'ils purent les inquietudes qu'ils avoient eues l'un pour l'autre. Le Destin apprit à mademoiselle de l'Etoile qu'il croyoit avoir vu, la dernière fois qu'ils avoient representé à Tours, leur ancien persecuteur ; qu'il l'avoit discerné dans la foule de leurs auditeurs, quoiqu'il se cachât le visage de son manteau, et que, pour cette raison là, il s'etoit mis un emplâtre sur le visage à la sortie de Tours, pour se rendre meconnoissable à son ennemi, ne se trouvant pas alors en etat de s'en defendre s'il en etoit attaqué la force à la main. Il lui apprit ensuite le grand nombre de

---

1. Le théâtre de l'hôtel de Bourgogne, sis rue Mauconseil, avoit été acheté en 1548 par les confrères de la Passion à Jean Rouvet, « marchand bourgeois de Paris ». C'étoit alors, d'après les termes de l'acte de vente, « une mazure contenant 17 toises de long sur 16 de large », faisant partie de l'ancien hôtel de Bourgogne. Il passa, vers 1588, des mains des confrères à une nouvelle troupe. Quant au théâtre du Marais, il avoit été fondé en 1600 par une troupe de comédiens de province dans l'hôtel d'Argent, au coin de la rue de la Poterie, près de la Grève, d'où il fut transféré en 1620 au haut de la vieille rue du Temple. On toléra leur etablissement moyennant une redevance d'un écu tournois par représentation qu'ils devoient payer aux confrères. Ces deux théâtres etoient les mieux montés en bons acteurs et en bonnes pièces, et les plus suivis du public. (V., pour plus amples détails, les *Antiquités* de Sauval, Chappuzeau, le *Théâtre françois*, liv. III ; les frères Parfait, t. 3.)

brancards qu'ils avoient trouvés en allant au devant d'elle, et qu'il se trompoit fort si leur même
ennemi n'etoit un homme inconnu qui avoit exactement visité les brancards, comme l'on a pu voir
dans le septième chapitre. Tandis que le Destin
parloit, la pauvre l'Etoile ne put s'empêcher de
repandre quelques larmes. Destin en fut extremement touché, et, après l'avoir consolée le mieux
qu'il put, il ajouta que, si elle vouloit lui permettre d'apporter autant de soin à chercher leur ennemi commun qu'il en avoit eu jusque alors à
l'eviter, elle se verroit bientot delivrée de ses
persecutions, ou qu'il y perdroit la vie. Ces dernières paroles l'affligèrent encore davantage. Le
Destin n'eut pas l'esprit assez fort pour ne s'affliger pas aussi, et la Caverne et sa fille, très pitoyables de leur naturel, s'affligèrent par complaisance ou par contagion, et je crois même
qu'elles en pleurèrent. Je ne sçais si le Destin
pleura, mais je sçais bien que les comediennes et
lui furent assez long-temps à ne se rien dire, et
cependant pleura qui voulut. Enfin la Caverne
finit la pause que les larmes avoient fait faire, et
reprocha à Destin et à l'Etoile que, depuis le temps
qu'ils etoient ensemble, ils avoient pu reconnoître
jusqu'à quel point elle etoit de leurs amies, et
toutefois qu'ils avoient eu si peu de confiance en
elle et en sa fille qu'elles ignoroient encore leur
veritable condition; et elle ajouta qu'elle avoit eté
assez persecutée en sa vie pour conseiller des malheureux tels qu'ils paroissoient être. A quoi Destin repondit que ce n'etoit point par defiance
qu'ils ne s'etoient pas encore decouverts à elle,
mais qu'il avoit cru que le recit de leurs mal-

heurs ne pouvoit être que fort ennuyeux. Il lui
offrit après cela de l'en entretenir quand elle voudroit, et quand elle auroit quelque temps à perdre. La Caverne ne differa pas davantage de satisfaire sa curiosité, et sa fille, qui souhaitoit ardemment la même chose, s'etant assise auprès
d'elle sur le lit de l'Etoile, le Destin alloit commencer son histoire, quand ils entendirent une
grande rumeur dans la chambre voisine. Destin
prêta l'oreille quelque temps, mais le bruit et la
noise, au lieu de cesser, augmentèrent, et même
l'on cria : Au meurtre! à l'aide! on m'assassine!
Le Destin, en trois sauts, fut hors de la chambre,
aux depens de son pourpoint, que lui dechirèrent
la Caverne et sa fille en voulant le retenir. Il entra dans la chambre d'où venoit la rumeur, où il
ne vit goutte, et où les coups de poings, les soufflets, et plusieurs voix confuses d'hommes et de
femmes qui s'entrebattoient, mêlées au bruit sourd
de plusieurs pieds nus qui trepignoient dans la
chambre, faisoient une rumeur epouvantable. Il
s'alla mêler parmi les combattans imprudemment,
et reçut d'abord un coup de poing d'un côté et
un soufflet de l'autre. Cela lui changea la bonne
intention qu'il avoit de separer ses lutins en un
violent desir de se venger : il se mit à jouer des
mains, et fit un moulinet de ses deux bras, qui
maltraita plus d'une mâchoire, comme il parut
depuis à ses mains sanglantes. La mêlée dura
encore assez long-temps pour lui faire recevoir
une vingtaine de coups et en donner deux fois
autant. Au plus fort du combat, il se sentit mor-
dre au gras de la jambe ; il y porta ses mains, et,
rencontrant quelque chose de pelu, il crut être

mordu d'un chien; mais la Caverne et sa fille, qui
parurent à la porte de la chambre avec de la lumière, comme le feu Saint-Elme après une tempête [1], virent Destin, et lui firent voir qu'il etoit
au milieu de sept personnes en chemise, qui se
defaisoient l'un l'autre très cruellement, et qui se
decramponnèrent d'elles-mêmes aussitôt que la
lumière parut. Le calme ne fut pas de longue du-
rée : l'hôte, qui etoit un de ces sept penitens
blancs [2], se reprit avec le Poète; l'Olive, qui en
etoit aussi, fut attaqué par le valet de l'hôte,
autre penitent. Le Destin les voulut separer; mais
l'hôtesse, qui etoit la bête qui l'avoit mordu, et
qu'il avoit prise pour un chien, à cause qu'elle
avoit la tête nue et les cheveux courts, lui sauta
aux yeux, assistée de deux servantes, aussi nues
et aussi decoiffées qu'elle. Les cris recommencèrent; les soufflets et les coups de poing sonnèrent de plus belle, et la mêlée s'echauffa encore
plus qu'elle n'avoit fait. Enfin, plusieurs personnes qui s'etoient eveillées à ce bruit entrèrent
dans le champ de bataille, deprirent les combattans les uns d'avec les autres, et furent cause de

1. Le feu Saint-Elme, qu'on nomme aussi quelquefois
feu Saint-Germain, ou *feu Saint-Anselme*, est une sorte de
flamme volante qui apparoît autour des mâts et des cordages
d'un vaisseau, après une tempête. C'est un mauvais présage,
dit-on, quand il n'y en a qu'un, et un présage favorable
quand on en voit plusieurs.

2. Ce nom désigne une confrérie de gens séculiers qui
s'assembloient à certains jours pour faire, suivant un ancien
usage partagé par d'autres confréries, par exemple celle des
capucins noirs, des processions, pieds nus et la face couverte d'un linge. Il y avoit des pénitents blancs à Avignon,
à Lyon, etc., et il y en eut aussi à Paris.

la seconde suspension d'armes. Il fut question de
sçavoir la cause de la querelle, et quel etoit le differend qui avoit assemblé sept personnes nues en
une même chambre. L'Olive, qui paroissoit le
moins emu, dit que le Poète etoit sorti de la
chambre et qu'il l'avoit vu revenir plus vite que
le pas, suivi de l'hôte, qui le vouloit battre; que la
femme de l'hôte avoit suivi son mari, et s'etoit
jetée sur le Poète; que, les ayant voulu separer,
un valet et deux servantes s'etoient jetés sur lui,
et que la lumière qui s'etoit eteinte là dessus etoit
cause que l'on s'etoit battu plus long-temps que
l'on n'eût fait. Ce fut au Poète à plaider sa cause:
il dit qu'il avoit fait les deux plus belles stances
que l'on eût jamais ouïes depuis que l'on en fait,
et que, de peur de les perdre, il avoit eté demander de la chandelle aux servantes de l'hôtellerie,
qui s'etoient moquées de lui; que l'hôte l'avoit
appelé danseur de corde, et que, pour ne demeurer pas sans repartie, il l'avoit appelé cocu. Il
n'eut pas plus tôt lâché le mot, que l'hôte, qui etoit
en mesure, lui appliqua un soufflet. On eût dit
qu'ils etoient concertés ensemble: car, tout aussitôt que le soufflet fut donné, la femme de
l'hôte, son valet et ses servantes, se jetèrent sur
les comediens, qui les reçurent à beaux coups de
poings. Cette dernière rencontre fut plus rude et
dura plus long-temps que les autres. Le Destin,
s'etant acharné sur une grosse servante qu'il avoit
troussée, lui donna plus de cent claques sur les
fesses; l'Olive, qui vit que cela faisoit rire la
compagnie, en fit autant à une autre. L'hôte etoit
occupé par le Poète, et l'hôtesse, qui etoit la plus
furieuse, avoit eté saisie par quelques uns des

spectateurs, dont elle se mit en si grande colère, qu'elle cria : « Aux voleurs ! » Ses cris eveillèrent la Rappinière, qui logeoit vis-à-vis de l'hôtellerie. Il en fit ouvrir les portes, et ne croyant pas, selon le bruit qu'il avoit entendu, qu'il n'y eût pour le moins sept ou huit personnes sur le carreau, il fit cesser les coups au nom du roi, et, ayant appris la cause de tout le desordre, il exhorta le Poète de ne faire plus de vers la nuit, et pensa battre l'hôte et l'hôtesse, parcequ'ils chantèrent cent injures aux pauvres comediens, les appelant bateleurs et baladins, et jurant de les faire deloger le lendemain ; mais la Rappinière, à qui l'hôte devoit de l'argent, le menaça de le faire executer, et par cette menace lui ferma la bouche. La Rappinière s'en retourna chez lui ; les autres s'en retournèrent dans leurs chambres, et Destin dans celle des comediennes, où la Caverne le pria de ne differer pas davantage de lui apprendre ses aventures et celles de sa sœur. Il leur dit qu'il ne demandoit pas mieux, et commença son histoire de la façon que vous allez voir dans le suivant chapitre.

CHAPITRE XIII

Plus long que le précédent.

Histoire de Destin et de mademoiselle de l'Etoile.

e suis né dans un village auprès de Paris. Je vous ferois bien croire, si je voulois, que je suis d'une maison très illustre, comme il est fort aisé à ceux que l'on ne connoît point; mais j'ai trop de sincerité pour nier la bassesse de ma naissance. Mon père etoit des premiers et des plus accommodés de son village. Je lui ai ouï dire qu'il etoit né pauvre gentilhomme, et qu'il avoit eté à la guerre en sa jeunesse, où, n'ayant gagné que des coups, il s'etoit fait ecuyer ou meneur d'une dame de Paris assez riche [1], et qu'ayant amassé quelque chose avec elle, parcequ'il etoit aussi maître d'hotel et faisoit la depense, c'est-à-dire ferroit peut-être la mule, il s'etoit marié avec une vieille demoiselle de la maison, qui etoit morte quelque temps après et l'avoit fait son heritier. Il se lassa bientot d'être veuf, et, n'etant guère moins las de servir, il epousa en secondes noces une femme des champs qui fournissoit de

1. Les dames de haute condition avoient des *meneurs* pour les aider à marcher en leur donnant la main. On appeloit particulièrement *ecuyer* ou *ecuyer de main* celui qui remplissoit cette charge près des princesses ou des plus grandes dames.

pain la maison de sa maîtresse; et c'est de ce dernier mariage que je suis sorti. Mon père s'appeloit Garigues; je n'ai jamais su de quel pays il etoit; et, pour le nom de ma mère, il ne fait rien à mon histoire : il suffit qu'elle etoit plus avare que mon père et mon père plus avare qu'elle, et l'un et l'autre de conscience assez large. Mon père a l'honneur d'avoir le premier retenu son haleine en se faisant prendre la mesure d'un habit, afin qu'il y entrât moins d'etoffe[1]. Je vous pourrois bien apprendre cent autres traits de lesine qui lui ont acquis à bon titre la reputation d'être homme d'esprit et d'invention; mais, de peur de vous ennuyer, je me contenterai de vous en conter deux très difficiles à croire et neanmoins très veritables. Il avoit ramassé quantité de blé pour le vendre bien cher durant une année mauvaise. L'abondance ayant eté universelle et le blé etant amendé, il fut si possedé de desespoir et si abandonné de Dieu qu'il se voulut pendre. Une de ses voisines, qui se trouva dans

1. Il y a un trait analogue, mais moins plaisant parcequ'il est plus forcé, dans l'*Aulularia*. Plaute dit de son avare qu'en allant se coucher il mettoit une bourse devant sa bouche pour ne pas perdre de son haleine en dormant. On trouve ici une variante dans plusieurs éditions, entre autres dans celle de Pierre Mortier, d'Amsterdam. Au lieu de cette phrase, on y lit : « Mon père a l'honneur d'avoir *inventé le morceau de chair attaché à une corde qui tient à l'anse du pot, pour le retirer quand il a assez bouilli, afin qu'il serve plusieurs fois à faire du potage.* » Il semble que cette curieuse variante ait été inspirée par la manière dont on avoit représenté Scarron dans plusieurs de ses prétendus portraits, et sur laquelle il s'est égayé lui-même : « Les autres (disent) que mon chapeau tient à une corde qui passe dans une poulie, et que je le hausse et baisse pour saluer ceux qui me visitent. »

la chambre quand il y entra pour ce noble dessein, et qui s'etoit cachée de peur d'être vue, je ne sais pas bien pourquoi, fut fort etonnée quand elle le vit pendu à un chevron de sa chambre. Elle courut à lui, criant : « Au secours ! » coupa la corde, et, à l'aide de ma mère, qui arriva là-dessus, la lui ôta du cou. Elles se repentirent peut-être d'avoir fait une bonne action, car il les battit l'une et l'autre comme plâtre, et fit payer à cette pauvre femme la corde qu'elle avoit coupée, en lui retenant quelque argent qu'il lui devoit. L'autre prouesse n'est pas moins etrange. Cette même année que la cherté fut si grande que les vieilles gens du village ne se souviennent pas d'en avoir vu une plus grande, il avoit regret à tout ce qu'il mangeoit ; et, sa femme etant accouchée d'un garçon, il se mit en la tête qu'elle avoit assez de lait pour nourrir son fils et pour le nourrir lui-même aussi, et espera que, tetant sa femme, il epargneroit du pain et se nourriroit d'un aliment aisé à digerer [1]. Ma mère avoit moins d'esprit que lui et n'avoit pas moins d'avarice, tellement qu'elle n'inventoit pas les choses comme mon père ; mais, les ayant une fois conçues, elle les executoit encore plus exactement que lui. Elle tâcha donc de nourrir de son lait son fils et son mari en même temps, et hasarda aussi de s'en nourrir soi-même avec tant d'opi-

---

1. Ce passage semble burlesquement imité de deux anecdotes célèbres, racontées primitivement en quelques lignes par Valère Maxime (liv. 5, ch. 4), et souvent répétées depuis : — l'une, d'une jeune fille grecque nourrissant son père de son lait ; — l'autre, d'une femme romaine nourrissant sa mère de la même manière.

niâtreté que le petit innocent mourut martyr de
pure faim, et mon père et ma mère furent si af-
foiblis, et ensuite si affamés, qu'ils mangèrent
trop et eurent chacun une longue maladie. Ma
mère devint grosse de moi quelque temps après,
et, ayant accouché heureusement d'une très malheureuse creature, mon père alla à Paris pour
prier sa maîtresse de tenir son fils avec un honnête ecclesiastique qui se tenoit dans son village,
où il avoit un benefice. Comme il s'en retournoit
la nuit pour eviter la chaleur du jour, et qu'il
passoit par une grande rue du faubourg dont la
plupart des maisons se bâtissoient encore, il aperçut de loin, aux rayons de la lune, quelque chose
de brillant qui traversoit la rue. Il ne se mit pas
beaucoup en peine de ce que c'etoit; mais, ayant
entendu quelques gemissemens, comme d'une
personne qui souffre, au même lieu où ce qu'il
avoit vu de loin s'etoit derobé à sa vue, il entra
hardiment dans un grand bâtiment qui n'etoit pas
encore achevé, où il trouva une femme assise
contre terre. Le lieu où elle etoit recevoit assez
de clarté de la lune pour faire discerner à mon
père qu'elle etoit fort jeune et fort bien vêtue, et
c'etoit ce qui avoit brillé de loin à ses yeux, son
habit etant de toile d'argent [1]. Vous ne devez

1. Personne n'ignore, — ne fût-ce que pour l'avoir vu au
théâtre, dans les comédies du XVIIe siècle, — que non seulement les dames, mais aussi les hommes de condition, portoient des habits de brocard, ou, comme on disoit alors, de
brocat d'or ou d'argent, et quelquefois d'or et d'argent.
« L'Italie, dit le *Nouveau règlement sur les marchandises*
(1634), nous envoie et apporte une infinité de diverses sortes
de draps de soye, comme toilles d'or et d'argent. » (Ed. Fournier, *Var. hist. et littér.*, t. 3, p. 112.) Madame de Nouveau,

point douter que mon père, qui etoit assez hardi
de son naturel, ne fût moins surpris que cette
jeune demoiselle; mais elle etoit en un etat où
il ne lui pouvoit rien arriver de pis que ce qu'elle
avoit. C'est ce qui la rendit assez hardie pour
parler la première, et pour dire à mon père que,
s'il etoit chretien, il eût pitié d'elle; qu'elle etoit
prête d'accoucher; que, se sentant pressée de
son mal et ne voyant point revenir une servante
qui lui etoit allée querir une sage-femme affidée,
elle s'etoit sauvée heureusement de sa maison
sans avoir eveillé personne, sa servante ayant
laissé la porte ouverte pour pouvoir rentrer sans
faire de bruit. A peine achevoit-elle sa courte relation qu'elle accoucha heureusement d'un enfant que mon père reçut dans son manteau. Il fit
la sage-femme le mieux qu'il put, et cette jeune
fille le conjura d'emporter vitement la petite creature, d'en avoir soin, et de ne manquer pas, à
deux jours de là, d'aller voir un vieil homme
d'eglise, qu'elle lui nomma, qui lui donneroit de
l'argent et tous les ordres necessaires pour la
nourriture de son enfant. A ce mot d'argent,
mon père, qui avoit l'âme avare, voulut deployer
son eloquence d'ecuyer; mais elle ne lui en donna
pas le temps : elle lui mit entre les mains une
bague pour servir d'enseigne au prêtre qu'il devoit aller trouver de sa part, lui fit envelopper
son enfant dans son mouchoir de cou et le fit
partir avec grande precipitation, quelque resi-

« la plus grande folle de France en *braverie* », regardoit,
à ce que nous apprend Tallemant, une jupe de toile d'or
avec quatre grandes dentelles comme une de ses *petites* jupes.
(*Histor. de Villarceaux.*)

stance qu'il fît pour ne l'abandonner pas en l'etat
où elle etoit. Je veux croire qu'elle eut bien de la
peine à regagner son logis. Pour mon père, il
s'en retourna à son village, mit l'enfant entre les
mains de sa femme, et ne manqua pas, deux
jours après, d'aller trouver le vieil prêtre et de
lui montrer la bague. Il apprit de lui que la mère
de l'enfant etoit une fille de fort bonne maison et
fort riche; qu'elle l'avoit eu d'un seigneur ecossois qui etoit allé en Irlande lever des troupes
pour le service du roi [1], et que ce seigneur etranger lui avoit promis mariage. Ce prêtre lui dit,
de plus, qu'à cause de son accouchement preci-
pité, elle s'etoit trouvée malade jusqu'à faire douter de sa vie, et qu'en cette extremité elle avoit
tout declaré à son père et à sa mère, qui l'avoient
consolée au lieu de s'emporter contre elle, parcequ'elle etoit leur fille unique; que la chose etoit
ignorée dans le logis; et ensuite il assura mon
père que, pourvu qu'il eût soin de l'enfant et
qu'il fût secret, sa fortune etoit faite. Là-dessus,

1. Il y eut souvent des troupes écossoises et irlandoises
au service de France. Charles VII créa une compagnie de
gens d'armes écossois, en souvenir du secours que Jean
Stuart, comte de Boncan, et Douglas, lui avoient prêté, avec
7,000 hommes de leurs compatriotes, à la bataille de Baugé;
et cette compagnie subsista sous les règnes suivants avec des
priviléges extraordinaires; mais peu à peu elle ne fut plus
guère écossoise que de nom. Les régiments d'Ecosse et d'Irlande figurent jusqu'au dernier jour de la monarchie parmi
les corps étrangers; ils rendireut de grands services sous
Louis XIII surtout, et aussi sous Louis XIV. (V. *Hist. des
troupes étrang. au service de France*, de Fieffé, t. 1, ch. 2,
p. 142, et p. 169–179.) Plusieurs généraux d'origine ir-
landoise ont laissé un nom glorieux dans notre histoire, par
exemple le comte Dillon et le duc de Berwick.

il lui donna cinquante ecus et un petit paquet de toutes les hardes necessaires à un enfant. Mon père s'en retourna en son village, après avoir bien dîné avec le prêtre. Je fus mis en nourrice, et l'etranger fut mis en la place du fils de la maison. A un mois de là, le seigneur ecossois revint, et, ayant trouvé sa maîtresse en un si mauvais etat qu'elle n'avoit plus guère à vivre, il l'epousa un jour devant qu'elle mourût, et ainsi fut aussitôt veuf que marié. Il vint deux ou trois jours après en notre village, avec le père et la mère de sa femme. Les pleurs recommencèrent, et on pensa etouffer l'enfant à force de le baiser. Mon père eut sujet de se louer de la liberalité du seigneur ecossois, et les parens de l'enfant ne l'oublièrent pas. Ils s'en retournèrent à Paris fort satisfaits du soin que mon père et ma mère avoient de leur fils, qu'ils ne voulurent point faire venir à Paris encore, parceque le mariage etoit tenu secret pour des raisons que je n'ai pas sues.

Aussitôt que je pus marcher, mon père me retira en sa maison pour tenir compagnie au petit comte des Glaris (c'est ainsi que l'on l'appela du nom de son père). L'antipathie que l'on dit avoir eté entre Jacob et Esaü, dès le ventre de leur mère, ne peut avoir eté plus grande que celle qui se trouva entre le jeune comte et moi. Mon père et ma mère l'aimoient tendrement, et avoient de l'aversion pour moi, quoique je donnasse autant d'esperance d'être un honnête homme que Glaris en donnoit peu. Il n'y avoit rien que de très commun en lui; pour moi, je paroissois être ce que je n'étois pas, et bien moins le fils de Garigues que celui d'un comte. Et si je ne me trouve enfin qu'un malheureux comedien, c'est sans doute que la fortune s'est voulu venger de la nature, qui avoit voulu faire quelque chose de moi sans son consentement, ou, si vous voulez, que la nature prend quelquefois plaisir à favoriser ceux que la fortune a pris en aversion.

Je passerai toute l'enfance de deux petits paysans (car Glaris l'etoit d'inclination plus que moi), et aussi bien nos plus belles aventures ne furent que force coups de poing. En toutes les querelles que nous avions ensemble, j'avois toujours de l'avantage, si ce n'est lorsque mon père et ma mère se mettoient de la partie; ce qu'ils faisoient si souvent et avec tant de passion que mon parrain, qui s'appeloit monsieur de Saint-Sauveur, s'en scandalisa et me demanda à mon père. Il lui fit un don de moi avec grand'joie, et ma mère eut encore moins de regret que lui à me perdre de vue. Me voilà donc chez mon parrain, bien vêtu, bien nourri, fort caressé et point battu. Il n'epargna rien à me faire apprendre à lire et à ecrire; et sitôt que je fus assez avancé pour apprendre le latin, il obtint du seigneur du village, qui etoit un fort honnête gentilhomme et fort riche, que j'etudierois avec deux fils qu'il avoit, sous un homme savant qu'il avoit fait venir de Paris et à qui il donnoit de bons gages. Ce gentilhomme, qui s'appeloit le baron d'Arques, faisoit elever ses enfans avec grand soin. L'aîné avoit nom Saint-Far, assez bien fait de sa personne, mais brutal sans remède, s'il y en eut jamais au monde; et le cadet, en recompense, outre qu'il etoit mieux fait que son frère, avoit la vivacité de l'esprit et la grandeur de l'âme

egales à la beauté du corps. Enfin, je ne crois
pas que l'on puisse voir un garçon donner de plus
grandes esperances de devenir un fort honnête
homme qu'en donnoit en ce temps-là ce jeune
gentilhomme, qui s'appeloit Verville. Il m'honora
de son amitié, et moi je l'aimois comme un frère
et le respectois toujours comme un maître. Pour
Saint-Far, il n'etoit capable que des passions
mauvaises, et je ne puis mieux vous exprimer
les sentimens qu'il avoit dans l'âme pour son
frère et pour moi qu'en vous disant qu'il n'aimoit pas son frère plus que moi, qui lui etois
fort indifferent, et qu'il ne me haïssoit pas plus que
son frère, qu'il n'aimoit guère. Ses divertissemens
etoient differens des nôtres. Il n'aimoit que la
chasse et haïssoit fort l'etude; Verville n'alloit
que rarement à la chasse et prenoit grand plaisir
à etudier, en quoi nous avions ensemble une
conformité merveilleuse aussi bien qu'en toute
autre chose, et je puis dire que, pour m'accom-
moder à son humeur, je n'avois pas besoin de
beaucoup de complaisance et n'avois qu'à suivre
mon inclination.

Le baron d'Arques avoit une bibliothèque de
romans fort ample. Notre precepteur, qui n'en
avoit jamais lu dans le pays latin [1], qui nous en
avoit d'abord defendu la lecture, et qui les avoit

1. Le quartier latin, alors comme aujourd'hui, étoit le
centre des colléges et le séjour des savants. Les libraires de
ce quartier ne publioient généralement que des ouvrages
d'érudition ou de nature sérieuse. « Il ne faut qu'aller à la
rue Saint-Jacques, dit Sorel en parlant des pédants en *us*,
l'on y verra leurs œuvres, et l'on y apprendra qui ils sont. »
(*Francion*, liv. 3.)

cent fois blâmés devant le baron d'Arques pour
les lui rendre aussi odieux qu'il les trouvoit divertissans, en devint lui-même si feru, qu'après
avoir devoré les vieux et les modernes, il avoua
que la lecture des bons romans instruisoit en divertissant, et qu'il ne les croyoit pas moins propres à donner de beaux sentimens aux jeunes
gens que la lecture de Plutarque [1]. Il nous porta
donc à les lire autant qu'il nous en avoit detour-
nés, et nous proposa d'abord de lire les modernes; mais ils n'etoient pas encore selon notre
goût, et jusqu'à l'âge de quinze ans nous nous plai-
sions bien plus à lire les Amadis de Gaule [2] que
les Astrées et les autres beaux romans que l'on a
faits depuis, par lesquels les François ont fait voir,
aussi bien que par mille autres choses, que, s'ils
n'inventent pas tant que les autres nations, ils per-

1. C'étoit aussi l'opinion de Huet, le savant évêque d'A-
vranches (Voy. De l'orig. des rom.) et de plusieurs autres
prélats du temps.

2. L'Amadis de Gaule, long-temps en honneur comme le
type des romans chevaleresques, et dont la réputation avoit
à peine été effleurée au XVIe siècle par La Noue (6e Disc.),
par Brantôme (Dam. gal., t. 7, p. 330) et quelques autres,
avoit été détrôné par l'apparition des ouvrages de d'Urfé et
de Mlle de Scudéry, bien qu'il se rattachât en plusieurs
points (la galanterie raffinée, la valeur extraordinaire et les
exploits des héros) à la Clélie, et surtout à l'Astrée, auxquels
il a servi en quelque sorte de transition après les épopées de
la Table ronde. En 1632, Du Verdier en fit une espèce de
parodie dans son Chevalier hypocondriaque, qui est une imitation à la fois de Don Quichotte et du Berger extravagant de
Sorel. Pourtant il ne faudroit pas croire que l'Amadis eût dès
lors perdu toute considération; il inspira, durant la Fronde,
plus d'un trait chevaleresque. On le lisoit, avec les romans
du jour, dans la petite société de Mme de La Fayette, et
plusieurs passages des lettres de Mme de Sévigné, comme

fectionnent davantage[1]. Nous donnions donc à la lecture des romans la plus grande partie du temps que nous avions pour nous divertir. Pour Saint-Far, il nous appeloit les liseurs, et s'en alloit à la chasse ou battre les paysans, à quoi il reussissoit admirablement bien. L'inclination que j'avois à bien faire m'acquit la bienveillance du baron d'Arques, et il m'aima autant que si j'eusse eté son proche parent. Il ne voulut point que je quittasse ses enfans quand il les envoya à l'Aca-

les Mémoires de Mme de Motteville, témoignent assez qu'il étoit loin d'être entièrement dédaigné. Cervantès lui-même, quoiqu'il semble avoir surtout dirigé *Don Quichotte* contre cet ouvrage, le fait épargner par le curé et le barbier dans leur auto-da-fé de la bibliothèque du chevalier, comme le meilleur et le modèle des romans du même genre.

1. Ce respect persistant pour l'*Astrée*, long-temps après son apparition, même de la part des auteurs comiques et satiriques qui professent peu de goût pour les romans héroïques et pastoraux, est une chose remarquable. Sorel lui-même, dans son *Berger extravagant*, qui est pourtant dirigé en particulier contre le livre de d'Urfé, en attaquant tous les autres sans distinction, conserve toujours certains égards pour cet ouvrage, et il prend soin, dans ses *Remarques* (sur le 1er liv., sur le 2e liv., etc.), d'atténuer les railleries qu'il en a faites dans le cours de son roman, comme s'il étoit effrayé de son audace. Du reste, dans sa *Bibl. franç.*, il le comble de louanges, et le traite d'*ouvrage très exquis*. Tristan, dans le *Page disgracié*, sorte d'autobiographie romanesque, qui se rapproche souvent du roman familier et comique, professe une grande admiration pour l'*Astrée* (1er vol., p. 232). Furetière est plus sévère quand il en parle dans son *Roman bourgeois*, où il va jusqu'à l'accuser de corrompre les mœurs, reproche qui a quelque chose d'analogue à celui que lui fait Guéret dans le *Parnasse réformé* (p. 136). Huet, qui traite l'*Astrée* d'incomparable, et dit que cet ouvrage, « le plus ingénieux et le plus poli qui eût jamais paru en ce genre, a terni la gloire que la Grèce, l'Italie et l'Espagne s'y étoient acquise », reconnoît qu'il est « un peu licencieux ».

demie [1] ; et ainsi j'y fus mis avec eux, plutôt comme un camarade que comme un valet. Nous y apprîmes nos exercices ; on nous en tira au bout de deux ans, et, à la sortie de l'Académie, un homme de condition, parent du baron d'Arques, faisant des troupes pour les Venitiens, Saint-Far et Verville persuadèrent si bien leur père, qu'il les laissa aller à Venise avec son parent. Le bon gentilhomme voulut que je les accompagnasse encore, et monsieur de Saint-Sauveur, mon parrain, qui m'aimoit extrêmement, me donna libe- ralement une lettre de change assez considera- ble, pour m'en servir si j'en avois besoin et pour n'être pas à charge à ceux que j'avois l'honneur d'accompagner. Nous prîmes le plus long chemin, pour voir Rome et les autres belles villes d'Italie, dans chacune desquelles nous fîmes quelque se- jour, hormis dans celles dont les Espagnols sont les maîtres [2]. Dans Rome, je tombai malade, et les deux frères poursuivirent leur voyage, celui qui les menoit ne pouvant laisser echapper l'occa- sion des galères du pape qui alloient joindre l'ar- mée des Venitiens au passage des Dardanelles, où elle attendoit celle des Turcs [3]. Verville eut tous les regrets du monde de me quitter, et moi

1. *Académie* s'entend ici « des maisons, des écuries où la noblesse apprend à monter à cheval, et les autres exercices qui lui conviennent». (*Dict. de Fur.*) Les gentilshommes y entroient souvent au sortir du collége pour achever leur édu- cation.

2. Ils étoient alors maîtres en Italie des villes du royaume de Naples.

3. Le pape figura comme allié des Vénitiens dans leur guerre contre les Turcs, qui dura sans interruption de 1640 à 1667, et dont le principal théâtre fut Candie.

je pensai desesperer d'être separé de lui en un temps où j'aurois pu par mes services me rendre digne de l'amitié qu'il me portoit. Pour Saint-Far, je crois qu'il me quitta comme s'il ne m'eût jamais vu, et je ne songeois en lui qu'à cause qu'il etoit frère de Verville, qui me laissa en se separant de moi le plus d'argent qu'il put; je ne sais pas si ce fut du consentement de son frère.

Me voilà donc malade dans Rome, sans autre connoissance que celle de mon hôte, qui etoit un apothicaire flamand, et de qui je reçus toutes les assistances imaginables durant ma maladie. Il n'etoit pas ignorant de la medecine, et (autant que je suis capable d'en juger) je l'y trouvois plus entendu que le medecin italien qui me venoit voir. Enfin je gueris et repris assez de mes forces pour visiter les lieux remarquables de Rome, où les etrangers trouvent amplement de quoi satisfaire à leur curiosité. Je me plaisois extrêmement à visiter les Vignes. (C'est ainsi vue l'on appelle plusieurs jardins plus beaux que le Luxembourg ou les Tuileries. Les cardinaux et autres personnes de condition les font entretenir avec grand soin, plutôt par vanité que par plaisir qu'ils y prennent, n'y allant jamais, au moins fort rarement.) Un jour que je me promenois dans une des plus belles, je vis au detour d'une allée deux femmes assez bien vêtues, que deux jeunes François avoient arrêtées et ne vouloient pas laisser passer outre, que la plus jeune ne levât un voile qui lui couvroit le visage. Un de ces François, qui paroissoit être le maître de l'autre, fut même assez insolent pour lui decouvrir le visage par

8

force, cependant que celle qui n'etoit point voilée etoit retenue par son valet. Je ne consultai point ce que j'avois à faire ; je dis d'abord à ces incivils que je ne souffrirois point la violence qu'ils vouloient faire à ces femmes. Ils se trouvèrent assez étonnés et l'un et l'autre, me voyant parler avec assez de resolution pour les embarrasser, quand ils auroient eu leurs epées comme j'avois la mienne. Les deux femmes se rangèrent auprès de moi, et ce jeune François, preferant le deplaisir d'un affront à celui de se faire battre, me dit en se separant : « Monsieur le brave, nous nous verrons autre part où les epées ne seront pas toutes d'un côté. » Je lui repondis que je ne me cacherois pas ; son valet le suivit, et je demeurai avec ces deux femmes. Celle qui n'etoit point voilée paroissoit avoir quelque trente-cinq ans. Elle me remercia en françois qui ne tenoit rien de l'italien, et me dit entre autres choses que, si tous ceux de ma nation me ressembloient, les femmes italiennes ne feroient point de difficulté de vivre à la françoise. Après cela, comme pour me recompenser du service que je lui avois rendu, elle ajouta qu'ayant empêché que l'on ne vît sa fille malgré elle, il etoit juste que je la visse de son bon gré. « Levez donc votre voile, Leonore, afin que monsieur sçache que nous ne sommes pas tout à fait indignes de l'honneur qu'il nous a fait de nous proteger. » Elle n'eut pas plutôt achevé de parler que sa fille leva son voile, ou plutôt m'eblouit. Je n'ai jamais rien vu de plus beau. Elle leva deux ou trois fois les yeux sur moi comme à la derobée, et, rencontrant toujours les miens, il lui monta au visage un rouge qui la fit plus belle qu'un ange. Je vis bien que la mère l'aimoit extrêmement, car elle me parut participer au plaisir que je prenois à regarder sa fille. Comme je n'etois pas accoutumé à pareilles rencontres, et que les jeunes gens se defont aisement en compagnie, je ne leur fis que de fort mauvais compliments quand elles s'en allèrent, et je leur donnai peut-être mauvaise opinion de mon esprit. Je me voulus mal de ne leur avoir pas demandé leur demeure et de ne m'être pas offert à les y conduire; mais il n'y avoit plus d'apparence de courir après. Je voulus m'enquerir du concierge s'il les connoissoit. Nous fûmes longtemps sans nous entendre, parce qu'il ne savoit pas mieux le françois que moi l'italien. Enfin, plutôt par signes qu'autrement, il me fit savoir qu'elles lui étoient inconnues, ou bien il ne voulut pas m'avouer qu'il les connoissoit. Je m'en retournai chez mon apothicaire flamand tout autre que je n'en etois sorti, c'est-à-dire fort amoureux et fort en peine de savoir si cette belle Leonore etoit courtisane ou honnête fille, et si elle avoit autant d'esprit que sa mère m'avoit temoigné d'en avoir. Je m'abandonnai à la rêverie, et me flattai de mille belles espérances qui me divertirent un peu de temps, et m'inquietèrent beaucoup après que j'en eus consideré l'impossibilité. Après avoir fait mille desseins inutiles, je m'arrêtai à celui de les chercher exactement, ne pouvant m'imaginer qu'elles pussent être long-temps invisibles, en une ville si peu peuplée que Rome et à un homme si amoureux que moi. Dès le jour même je cherchai partout où je crus les pouvoir trouver, et m'en revins au logis plus las et plus chagrin que je n'en etois parti. Le lendemain je cherchai encore avec plus de soin, et je ne fis que me lasser et m'inquieter davantage. De la façon que j'observois les jalousies et les fenêtres, et de l'impetuosité avec laquelle je courois après toutes les femmes qui avoient quelque rapport avec ma Leonore, on me prit cent fois dans les rues et dans les eglises pour le plus fou de tous les François qui ont le plus contribué dans Rome à decréditer leur nation. Je ne sais comment je pus reprendre mes forces en un temps où j'étois une vraie âme damnée [1]. Je me gueris pourtant le corps parfaitement, tandis que mon esprit demeura malade, et si partagé entre l'honneur, qui m'appeloit en Candie, et l'amour, qui me retenoit à Rome, que je doutai quelquefois si j'obéirois aux lettres que je recevois souvent de Verville, qui me conjuroit par notre amitié de l'aller trouver, sans se servir du droit qu'il avoit de me commander. Enfin, ne pouvant avoir nouvelles de mes inconnues, quelque diligence que j'y apportasse, je payai mon hôte et preparai mon petit equipage pour partir.

La veille de mon départ, le seigneur Stephano Vanbergue (c'est ainsi que s'appeloit mon hôte) me dit qu'il me vouloit donner à dîner chez une de ses amies, et me faire avouer qu'il ne l'avoit pas mal choisie pour un Flamand, ajoutant qu'il ne m'y avoit pas voulu mener qu'à la veille de

---

1. Expression reçue dans le sens de *misérable*, comme ici, et souvent aussi dans le sens de *scelérat*.

mon depart, parcequ'il en etoit un peu jaloux. Je
lui promis d'y aller, par complaisance plutôt qu'autrement, et nous y allâmes à l'heure de dîner. Le
logis où nous entrâmes n'avoit ni la mine ni les
meubles de celui de la maîtresse d'un apothicaire. Nous traversâmes une salle bien meublée,
au sortir de laquelle j'entrai le premier dans une
chambre fort magnifique, où je fus reçu par Leonore et par sa mère. Vous pouvez vous imaginer
combien cette surprise me fut agreable. La mère
de cette belle fille se presenta à moi pour être sa-
luée à la françoise, et je vous avoue qu'elle me
baisa plutôt que je ne la baisai. J'etois si interdit que je ne voyois goutte et que je n'entendis
rien du compliment qu'elle me fit. Enfin l'esprit
et la vue me revinrent, et je vis Leonore plus
belle et plus charmante que je ne l'avois encore vue;
mais je n'eus pas l'assurance de la saluer. Je reconnus ma faute aussitôt que je l'eus faite, et,
sans songer à la reparer, la honte fit monter autant de rouge à mon visage que la pudeur avoit
fait monter d'incarnat en celui de Leonore. Sa
mère me dit que, devant que je partisse, elle avoit
voulu me remercier du soin que j'avois eu de
chercher sa demeure, et ce qu'elle me dit augmenta encore davantage ma confusion. Elle me
traîna dans une ruelle, parée à la françoise[1], où
sa fille ne nous accompagna point, me trouvant
sans doute trop sot pour en valoir la peine. Elle
demeura avec le seigneur Stephano, tandis que

---

1. On entendoit par ruelles « des alcôves et des lieux parés,
où les dames reçoivent leurs visites, soit dans le lit, soit sur des
siéges. » (Dict. de Furetière.) C'étoit proprement le large espace qu'on laissoit de chaque côté du lit pour les visiteurs.

je faisois auprès de sa mère mon vrai personnage, c'est-à-dire le paysan. Elle eut la bonté
de fournir à la conversation toute seule et s'en
acquitta avec beaucoup d'esprit, quoiqu'il n'y
ait rien de si difficile que d'en faire paroître avec
une personne qui n'en a point. Pour moi, je n'en
eus jamais moins qu'en cette rencontre, et si elle
ne s'ennuya pas alors, elle ne s'est jamais en-
nuyée avec personne. Elle me dit, après plusieurs choses auxquelles à peine repondis-je oui et
non, qu'elle etoit Françoise de naissance et que
je sçaurois du seigneur Stephano les raisons qui
la retenoient dans Rome. Il fallut aller dîner et
me traîner encore dans la salle comme on avoit
fait dans la ruelle, car j'etois si troublé que je ne
sçavois pas marcher. Je fus toujours le même stu-
pide devant et après le dîner, durant lequel je ne
fis rien avec assurance que regarder incessamment
Leonore. Je crois qu'elle en fut importunée, et
que, pour me punir, elle eut toujours les yeux
baissés. Si la mère n'eût toujours parlé, le dîner
se fût passé à la chartreuse; mais elle discourut
avec le seigneur Stephano des affaires de Rome,
au moins je me l'imagine, car je ne donnai pas
assez d'attention à ce qu'elle dit pour en pouvoir
parler avec certitude. Enfin on sortit de table,
pour le soulagement de tout le monde, excepté
de moi, qui empirois à vue d'œil. Quand il fallut
s'en aller, elles me dirent cent choses obligeantes,
à quoi je ne repondis que ce que l'on met à la fin
des lettres. Ce que je fis en sortant de plus que
je n'avois fait en arrivant, c'est que je baisai Leonore et que je m'achevai de perdre. Stephano
n'eut pas le credit de tirer une parole de moi en

tout le temps que nous mîmes à retourner en son logis. Je m'enfermai dans ma chambre, où je me
jetai sur mon lit sans quitter mon manteau ni mon
epée. Là je fis reflexion sur tout ce qui m'etoit
arrivé. Leonore se presenta à mon imagination
plus belle qu'elle n'avoit fait à ma vue. Je me res-
souvins du peu d'esprit que j'avois temoigné devant la mère et la fille, et, toutes les fois que cela
me venoit dans l'esprit, la honte me mettoit le visage tout en feu. Je souhaitai d'être riche; je
m'affligeai de ma basse naissance; je me forgeai
cent belles aventures avantageuses à ma fortune
et à mon amour. Enfin, ne songeant plus qu'à
chercher un honnête pretexte de ne m'en aller pas
et n'en trouvant aucun qui me contentât, je fus
assez desesperé pour souhaiter de retomber malade, à quoi je n'etois dejà que trop disposé. Je
lui voulus ecrire; mais tout ce que j'ecrivis ne me
satisfit point et je remis dans mes poches le commencement d'une lettre que je n'aurois peut-être
osé envoyer quand je l'aurois achevée. Après m'ê-
tre bien tourmenté, ne pouvant plus rien faire que
songer à Leonore, je voulus revoir le jardin où
elle m'apparut la première fois, pour m'abandonner tout entier à ma passion, et je fis aussi dessein de repasser encore devant son logis. Ce jardin etoit en un lieu des plus ecartés de la ville, au
milieu de plusieurs vieux bâtimens inhabitables.
Comme je passois, en rêvant, sous les ruines d'un
portique, j'entendis marcher derrière moi, et en
même temps je me sentis donner un coup d'epée
au dessous des reins. Je me tournai brusquement,
mettant l'epée à la main, et, me trouvant en tête
le valet du jeune François dont je vous ai tantôt

parlé, je pensois bien lui rendre pour le moins le coup qu'il m'avoit donné en trahison ; mais, comme je le poussois assez loin sans le pouvoir joindre, parcequ'il lâchoit le pied en parant, son maître sortit d'entre les ruines du portique, et, m'attaquant par derrière, me donna un grand coup sur la tête et un autre dans la cuisse qui me fit tomber. Il n'y avoit pas apparence que j'echappasse de leurs mains, ayant eté surpris de la sorte ; mais, comme en une mauvaise action on ne conserve pas toujours beaucoup de jugement, le valet blessa le maître à la main droite ; et en même-temps deux pères minimes de la Trinité du Mont[1] qui passoient auprès de là, et qui virent de loin qu'on m'assassinoit, etant accourus à mon secours, mes assassins se sauvèrent, et me laissèrent blessé de trois coups d'epée. Ces bons religieux etoient François, pour mon grand bonheur, car, en un lieu si ecarté, un Italien qui m'auroit vu en si mauvais etat se seroit eloigné de moi plutôt que de me secourir, de peur qu'etant trouvé en me rendant ce bon office, on ne le soupçonnât d'être lui-même mon assassin. Tandis que l'un de ces deux charitables religieux me confessa, l'autre courut en mon logis avertir mon hôte de ma disgrâce. Il vint aussitôt à moi, et me fit porter demi mort dans mon lit. Avec tant de blessures et tant d'amour, je ne fus pas longtemps sans avoir une fièvre très violente. On desespera de ma vie, et je n'en esperai pas mieux que les autres.

1. Couvent sis sur le mont Pincio, et dominant la *piazza di Spagna.*

Cependant l'amour de Leonore ne me quittoit point ; au contraire, il augmentoit toujours à mesure que mes forces diminuèrent. Ne pouvant donc plus supporter un fardeau si pesant sans m'en decharger, ni me resoudre à mourir sans faire savoir à Leonore que je n'aurois voulu vivre que pour elle, je demandai une plume et de l'encre. On crut que je rêvois ; mais je le fis avec une si grande instance, et je protestai si bien que l'on me mettroit au desespoir si l'on me refusoit ce que je demandois, que le seigneur Stephano, qui avoit bien reconnu ma passion et qui etoit assez clairvoyant pour se douter à peu près de mon dessein, me fit donner tout ce qu'il me falloit pour ecrire, et, comme s'il eût su mon intention, il demeura seul dans ma chambre. Je relus les papiers que j'avois ecrits un peu auparavant, pour me servir des pensées que j'avois dejà eues sur le même sujet. Enfin voici ce que j'ecrivis à Leonore :

Aussitôt que je vous vis, je ne pus m'empêcher de vous aimer ; ma raison ne s'y opposa point : elle me dit aussi bien que mes yeux que vous etiez la plus aimable personne du monde, au lieu de me representer que je n'etois pas digne de vous aimer ; mais elle n'eût fait qu'irriter mon mal par des remèdes inutiles, et, après m'avoir fait faire quelque résistance, il auroit toujours fallu ceder à la necessité de vous aimer, que vous imposez à tous ceux qui vous voient. Je vous ai donc aimée, belle Leonore, et d'une amour si respectueuse que vous ne m'en devez pas haïr, bien que j'aie la hardiesse de vous la decouvrir. Mais le moyen de mourir pour vous et de ne s'en glorifier pas ?

et quelle peine pouvez-vous avoir à me pardonner un
crime que vous aurez si peu de temps à me reprocher ?
Il est vrai que vous avoir pour la cause de sa mort
est une recompense qui ne se peut meriter que par
un grand nombre de services , et vous avez peut-
être regret de m'avoir fait ce bien-là sans y penser.
Ne me le plaignez point, aimable Leonore, puis-
que vous ne me le pouvez plus faire perdre et que c'est
la seule faveur que j'aie jamais reçue de la Fortune,
laquelle ne pourra jamais s'acquitter de ce qu'elle
doit à votre merite qu'en vous donnant des adora-
teurs autant au dessus de moi que toutes les beau-
tés du monde sont au dessous de la vôtre. Je ne suis
donc pas assez vain pour esperer que le moindre sen-
timent de pitié.....

Je ne pus achever ma lettre : tout d'un coup
les forces me manquèrent et la plume me tomba
de la main , mon corps ne pouvant suivre mon
esprit , qui alloit si vîte ; sans cela ce long commencement de lettre que je viens de vous reciter
n'auroit été que la moindre partie de la mienne ,
tant la fièvre et l'amour m'avoient echauffé l'imagination. Je demeurai long-temps evanoui sans
donner aucun signe de vie ; le seigneur Stephano,
qui s'en aperçut , ouvrit la porte de la chambre
pour envoyer querir un prêtre. Au même temps,
Leonore et sa mère me vinrent voir : elles avoient
appris que j'avois eté assassiné, et parcequ'elles
crurent que cela ne m'etoit arrivé que pour les
avoir voulu servir, et ainsi qu'elles etoient la
cause innocente de ma mort , elles n'avoient
point fait difficulté de me venir voir en l'etat où
j'etois. Mon evanouissement dura si long-temps

qu'elles s'en allèrent devant que je fusse revenu
à moi, fort affligées, à ce que l'on pût juger, et
dans la croyance que je n'en reviendrois pas. Elles lurent ce que j'avois ecrit ; et la mère, plus
curieuse que la fille, lut aussi les papiers que j'a-
vois laissés sur mon lit, entre lesquels il y avoit
une lettre de mon père, Garigues. Je fus long-
temps entre la mort et la vie ; mais enfin la jeunesse fut la plus forte. En quinze jours je fus
hors de danger, et au bout de cinq ou six semai-
nes je commençois à marcher par la chambre.
Mon hôte me disoit souvent des nouvelles de
Leonore ; il m'apprit la charitable visite que sa
mère et elle m'avoient rendue, dont j'eus une
extrême joie ; et, si je fus un peu en peine de ce
qu'on avoit lu la lettre de mon père, je fus d'ailleurs
fort satisfait de ce que la mienne avoit eté lue aussi.
Je ne pouvois parler d'autre chose que de Leonore toutes les fois que je me trouvois seul avec
Stephano. Un jour, me souvenant que la mère de
Leonore m'avoit dit qu'il me pourroit apprendre
qui elle etoit et ce qui la retenoit dans Rome, je
le priai de me faire part de ce qu'il en savoit. Il
me dit qu'elle s'appeloit mademoiselle de la Boissière ; qu'elle etoit venue à Rome avec la femme
de l'ambassadeur de France ; qu'un homme de
condition, proche parent de l'ambassadeur, etoit
devenu amoureux d'elle ; qu'elle ne l'avoit pas
haï, et que d'un mariage clandestin il en avoit
eu cette belle Leonore. Il m'apprit de plus que
ce seigneur en avoit eté brouillé avec toute la
maison de l'ambassadeur ; que cela l'avoit obligé
de quitter Rome et d'aller demeurer quelque
temps à Venise avec cette mademoiselle de la

Boissière, pour laisser passer le temps de l'am-
bassade ; que, l'ayant ramenée dans Rome, il lui
avoit meublé une maison et donné tous les ordres necessaires pour la faire vivre en personne
de condition tandis qu'il seroit en France, où son
père le faisoit revenir et où il n'avoit osé mener
sa maîtresse, ou, si vous voulez, sa femme, sçachant bien que son mariage ne seroit approuvé de
personne. Je vous avoue que je ne pus m'empêcher de souhaiter quelquefois que ma Leonore
ne fût pas fille legitime d'un homme de condition, afin que le defaut de sa naissance eût plus
de rapport avec la bassesse de la mienne ; mais je
me repentois bientôt d'une pensée si criminelle, et
lui souhaitois une fortune aussi avantageuse qu'elle
la meritoit, quoique cette dernière pensée me cau-
sât un desespoir etrange : car, l'aimant plus que
ma vie, je prevoyois bien que je ne pourrois jamais
être heureux sans la posseder, ni la posseder sans
la rendre malheureuse.

Lorsque j'achevois de me guerir, et que d'un
si grand mal il ne me restoit que beaucoup de
pâleur sur le visage, causée par la grande quantité de sang que j'avois perdu, mes jeunes maîtres revinrent de l'armée des Venitiens, la peste,
qui infectoit tout le Levant, ne leur ayant pas
permis d'y exercer plus long-temps leur courage.
Verville m'aimoit encore, comme il m'a toujours
aimé, et Saint-Far ne me temoignoit point encore qu'il me haït comme il a fait depuis. Je leur
fis le recit de tout ce qui m'etoit arrivé, à la reserve de l'amour que j'avois pour Leonore. Ils
temoignèrent une extrême envie de la connoître,
et je la leur augmentai en leur exagerant le me-

rite de la mère et de la fille. Il ne faut jamais
louer la personne que l'on aime devant ceux qui
peuvent l'aimer aussi, puisque l'amour entre dans
l'âme aussi bien par les oreilles que par les yeux.
C'est un emportement qui a souvent bien fait du
mal à ceux qui s'y sont laissé aller, et vous allez
voir si j'en puis parler par experience. Saint-Far
me demandoit tous les jours quand je le menerois chez mademoiselle de la Boissière. Un jour
qu'il me pressoit plus qu'il n'avoit jamais fait, je
lui dis que je ne sçavois pas si elle l'auroit agreable, parcequ'elle vivoit fort retirée. « Je vois bien
que vous êtes amoureux de sa fille », me repartit-
il ; et, ajoutant qu'il iroit bien la voir sans moi, il
me rompit si rudement en visière, et je parus si
etonné, qu'il ne douta plus de ce que peut-être il
ne soupçonnoit pas encore. Il me fit ensuite cent
mauvaises railleries, et me mit en un tel desordre que Verville en eut pitié. Il me tira d'auprès
de ce brutal et me mena au Cours, où je fus
extrêmement triste, quelque peine que prît Verville à me divertir par une bonté extraordinaire à
une personne de son âge et d'une condition si
eloignée de la mienne. Cependant son brutal de
frère travailloit à sa satisfaction, ou plutôt à ma
ruine. Il s'en alla chez mademoiselle de la Boissière, où l'on le prit d'abord pour moi, parcequ'il
avoit avec lui le valet de mon hôte, qui m'y avoit
accompagné plusieurs fois ; et je crois que sans
cela on ne l'y auroit pas reçu. Mademoiselle de
la Boissière fut fort surprise de voir un homme
inconnu. Elle dit à Saint-Far que, ne le connoissant point, elle ne savoit à quoi attribuer l'honneur
qu'il lui faisoit de la visiter. Saint-Far lui dit sans

marchander qu'il etoit le maître d'un jeune garçon qui avoit eté assez heureux pour avoir eté
blessé en lui rendant un petit service. Ayant de-
buté par une nouvelle qui ne plut ni à la mère ni
à la fille, comme j'ai sçu depuis, et ces deux spirituelles personnes ne se souciant pas beaucoup
de hasarder la reputation de leur esprit avec un
homme qui leur avoit d'abord fait voir qu'il n'en
avoit guère, le brutal se divertit fort peu avec
elles, et elles s'ennuyèrent beaucoup avec lui.
Ce qui le pensa faire enrager, c'est qu'il n'eut pas
seulement la satisfaction de voir Leonore au visage, quelque instante prière qu'il lui fit de lever
le voile qu'elle portoit d'ordinaire, comme font à
Rome les filles de condition qui ne sont pas encore mariées. Enfin ce galant homme s'ennuya
de les ennuyer; il les delivra de sa fâcheuse visite, et s'en retourna chez le seigneur Stephano,
remportant fort peu davantage du mauvais office
qu'il m'avoit rendu. Depuis ce temps-là, comme
les brutaux sont fort portés à vouloir du mal à
ceux à qui ils en ont fait, il eut pour moi des mepris si insupportables et me desobligea si souvent que j'eusse cent fois perdu le respect que je
devois à sa condition, si Verville, par des bontés
continuelles, ne m'eût aidé à souffrir les bruta-
lités de son frère. Je ne sçavois point encore le
mal qu'il m'avoit fait, quoique j'en ressentisse
souvent les effets. Je trouvois bien mademoiselle
de la Boissière plus froide qu'elle n'etoit au commencement de notre connoissance; mais, etant
egalement civile, je ne remarquois point que je
lui fusse à charge. Pour Leonore, elle me paroissoit fort rêveuse devant sa mère, et, quand elle

n'en etoit pas observée, il me sembloit qu'elle en avoit le visage moins triste et que j'en recevois des regards plus favorables.

Le Destin contoit ainsi son histoire, et les comediennes l'ecoutoient attentivement, sans temoigner qu'elles eussent envie de dormir, lorsque deux heures après minuit sonnèrent. Mademoiselle de la Caverne fit souvenir le Destin qu'il devoit le lendemain tenir compagnie à la Rappinière jusqu'à une maison qu'il avoit à deux ou trois lieues de la ville, où il avoit promis de leur donner le plaisir de la chasse. Le Destin prit donc congé des comediennes et se retira dans sa chambre, où il y a apparence qu'il se coucha. Les comediennes firent la même chose, et ce qui restoit de la nuit se passa fort paisiblement dans l'hôtellerie, le poëte, par bonheur, n'ayant point enfanté de nouvelles stances.

CHAPITRE XIV.

Enlevement du curé de Domfront.

Ceux qui auront eu assez de temps à perdre pour l'avoir employé à lire les chapitres precedents doivent sçavoir, s'ils ne l'ont oublié, que le curé de Domfront etoit dans l'un des brancards qui se trouvèrent quatre de compagnie dans un petit village, par une rencontre qui ne s'etoit peut-être jamais faite. Mais, comme tout le monde sait,

quatre brancards se peuvent plutôt rencontrer
ensemble que quatre montagnes. Ce curé donc,
qui s'etoit logé dans la même hôtellerie de nos
comediens, fit consulter sa gravelle par les medecins du Mans, qui lui dirent en latin fort ele-
gant qu'il avoit la gravelle (ce que le pauvre
homme ne savoit que trop), et, ayant aussi achevé d'autres affaires qui ne sont pas venues à ma
connoissance, il partit de l'hôtellerie sur les neuf
heures du matin pour retourner à la conduite de
ses ouailles. Une jeune nièce qu'il avoit, habillée en demoiselle [1], soit qu'elle le fût ou non,
se mit au devant du brancard, aux pieds du bonhomme, qui etoit gros et court. Un paysan,
nommé Guillaume, conduisoit par la bride le
cheval de devant, par l'ordre exprès du curé,
de peur que ce cheval ne mît le pied en faute;
et le valet du curé, nommé Jullian, avoit soin
de faire aller le cheval de derrière, qui etoit si
retif que Jullian etoit souvent contraint de le
pousser par le cul. Le pot de chambre du curé,
qui etoit de cuivre jaune, reluisant comme de
l'or parcequ'il avoit été ecuré dans l'hôtellerie,
etoit attaché au côté droit du brancard, ce qui le
rendoit bien plus recommandable que le gauche,
qui n'etoit paré que d'un chapeau dans un etui
de carte [2], que le curé avoit retiré du messager

1. C'est-à-dire en femme de condition. « Ah! qu'une
femme *demoiselle* est une étrange affaire! » dit G. Dandin
(act. I, sc. I).

2. De carte, c'est-à-dire de petit carton, ou de plusieurs
feuilles de papier collées ensemble. Ordinairement les *étuis
de carte* étoient pour les manchons et autres objets semblables, et l'on en faisoit de bois pour les chapeaux.

de Paris pour un gentilhomme de ses amis qui avoit sa maison auprès de Domfront.

A une lieue et demie de la ville, comme le brancard alloit son petit train dans un chemin creux revêtu de haies plus fortes que des murailles, trois cavaliers, soutenus de deux fantassins, arrêtèrent le venerable brancard. L'un d'eux, qui paroissoit être le chef de ces coureurs de grands chemins, dit d'une voix effroyable : « Par la mort ! le premier qui soufflera, je le tue ! » et presenta la bouche de son pistolet à deux doigts près des yeux du paysan Guillaume, qui conduisoit le brancard. Un autre en fit autant à Jullian, et un des hommes de pied coucha en joue la nièce du curé, qui cependant dormoit dans son brancard fort paisiblement, et ainsi fut exempté de l'effroyable peur qui saisit son petit train pacifique. Ces vilains hommes firent marcher le brancard plus vite que les mechans chevaux qui le portoient n'en avoient envie. Jamais le silence n'a eté mieux observé dans une action si violente. La nièce du curé etoit plus morte que vive ; Guillaume et Jullian pleuroient sans oser ouvrir la bouche, à cause de l'effroyable vision des armes à feu, et le curé dormoit toujours, comme je vous ai dejà dit. Un des cavaliers se detacha du gros au galop et prit le devant. Cependant le brancard gagna un bois, à l'entrée duquel le cheval de devant, qui mouroit peut-être de peur aussi bien que celui qui le menoit, ou par belle malice, ou parceque l'on le faisoit aller plus vite qu'il ne lui etoit permis par sa nature pesante et endormie, ce pauvre cheval donc mit le pied dans une ornière et broncha si rudement que

monsieur le curé s'en eveilla, et sa nièce tomba
du brancard sur la maigre croupe de la haridelle.
Le bonhomme appela Jullian, qui n'osa lui répondre; il appela sa nièce, qui n'avoit garde
d'ouvrir la bouche; le paysan eut le cœur aussi
dur que les autres, et le curé se mit en colère
tout de bon. On a voulu dire qu'il jura Dieu,
mais je ne puis croire cela d'un curé du Bas-
Maine. La nièce du curé s'etoit relevée de dessus
la croupe du cheval, et avoit repris sa place sans
oser regarder son oncle, et le cheval, s'etant relevé vigoureusement, marchoit plus fort qu'il
n'avoit jamais fait, nonobstant le bruit du curé,
qui crioit de sa voix de lutrin : « Arrête, arrête !»
Ses cris redoublés excitoient le cheval et le faisoient aller encore plus vite, et cela faisoit crier
le curé encore plus fort. Il appeloit tantôt Jullian,
tantôt Guillaume, et plus souvent que les autres
sa nièce, au nom de laquelle il joignoit souvent
l'epithête de double carogne. Elle eût pourtant
bien parlé si elle eût voulu, car celui qui lui faisoit garder le silence si exactement etoit allé
joindre les gens de cheval, qui avoient pris le
devant et qui etoient eloignés du brancard de
quarante ou cinquante pas ; mais la peur de la
carabine la rendoit insensible aux injures de son
oncle, qui se mit enfin à hurler et à crier à l'aide
et au meurtre, voyant qu'on lui desobeissoit si
opiniâtrement. Là-dessus, les deux cavaliers
qui avoient pris le devant, et que le fantassin
avoit fait revenir sur leurs pas, rejoignirent le
brancard et le firent arrêter. L'un d'eux dit effroyablement à Guillaume : « Qui est le fou qui
crie là-dedans ? — Helas ! Monsieur, vous le sça-

vez mieux que moi », repondit le pauvre Guillaume. Le cavalier lui donna du bout de son
pistolet dans les dents, et, le presentant à la
nièce, lui commanda de se demasquer et de lui
dire qui elle etoit. Le curé, qui voyoit de son
brancard tout ce qui se passoit, et qui avoit un
procès avec un gentilhomme de ses voisins nommé
de Laune [1], crut que c'etoit lui qui le vouloit assassiner. Il se mit donc à crier : « Monsieur de
Laune, si vous me tuez, je vous cite devant Dieu.
Je suis sacré prêtre indigne, et vous serez ex-
communié comme un loup-garou [2]. » Cependant
sa pauvre nièce se demasquoit, et faisoit voir au
cavalier un visage effrayé qui lui etoit inconnu.
Cela fit un effet à quoi l'on ne s'attendoit point.
Cet homme colère lâcha son pistolet dans le ventre du cheval qui portoit le devant du brancard,
et d'un autre pistolet qu'il avoit à l'arçon de sa
selle donna droit dans la tête d'un de ses hommes
de pied en disant : « Voilà comme il faut traiter
ceux qui donnent de faux avis. » Ce fut alors
que la frayeur redoubla au curé et à son train :

---

1. De Laune est un nom assez commun dans le pays, et il
appartient à une ancienne famille du Maine. On trouve, vers
1670, un chanoine de ce nom au Mans, et il y a encore aujourd'hui la forge de l'Aune sur la rivière d'Orthe, dans les
communes de Douillet et de Montreuil.

2. Un loup-garou étoit proprement un homme ou une femme
métamorphosé en loup par sorcellerie. On croyoit encore aux
loups-garous au XVIIe siècle. Bodin, Boguet, Delancre, en
rapportent des histoires qui se sont passées de leur temps.
En 1615, J. de Nynauld publia un traité complet de la *Lycan-
thropie*. Vers la fin du XVIe siècle, Claude, prieur de Laval,
dans le Maine, avoit mis au jour des *Dialogues* sur le même
sujet. Les loups-garous passoient surtout pour fort communs
dans le Poitou, province assez voisine du Maine.

il demanda confession; Jullian et Guillaume se
mirent à genoux, et la nièce du curé se rangea
auprès de son oncle. Mais ceux qui leur faisoient
tant de peur les avoient dejà quittés, et s'etoient
eloignés d'eux autant que leurs chevaux avoient
pu courir, leur laissant en depôt celui qui avoit
eté tué d'un coup de pistolet. Jullian et Guillaume se levèrent en tremblant, et dirent au
curé et à sa nièce que les gendarmes s'en etoient
allés. Il fallut deteler le cheval de derrière, afin
que le brancard ne penchât pas tant sur le devant, et Guillaume fut envoyé en un bourg prochain pour trouver un autre cheval. Le curé ne
sçavoit que penser de ce qui lui etoit arrivé; il
ne pouvoit deviner pourquoi on l'avoit enlevé, pourquoi on l'avoit quitté sans le voler,
et pourquoi ce cavalier avoit tué un des siens
mêmes, dont le curé n'etoit pas si scandalisé
que de son pauvre cheval tué, qui vraisemblablement n'avoit jamais rien eu à demêler avec cet
etrange homme. Il concluoit toujours que c'etoit
de Laune qui l'avoit voulu assassiner, et qu'il
en auroit la raison. Sa nièce lui soutenoit que
ce n'etoit point de Laune, qu'elle connoissoit
bien; mais le curé vouloit que ce fût lui, pour
lui faire un bon grand procès criminel, se fiant
peut-être aux temoins à gages[1] qu'il esperoit

1. Les témoins du Maine, pays processif par excellence, n'étoient pas en bonne réputation, et c'est à leur
mauvaise renommée que Racine fait allusion dans *les Plaideurs* :

DANDIN.
Pourquoi les récuser?
L'INTIMÉ.
Monsieur, ils sont du Maine.

de trouver à Goron [1], où il avoit des parens.

Comme ils contestoient là-dessus, Jullian, qui vit paroître de loin quelque cavalerie, s'enfuit tant qu'il put. La nièce du curé, qui vit fuir Jullian, crut qu'il en avoit du sujet et s'enfuit aussi, ce qui fit perdre au curé la tramontane, ne sçachant plus ce qu'il devoit penser de tant d'evenemens extraordinaires; enfin, il vit aussi la cavalerie que Jullian avoit vue, et, qui pis est, il vit qu'elle venoit droit à lui. Cette troupe etoit composée de neuf ou dix chevaux, au milieu de laquelle il y avoit un homme lié et garrotté sur un mechant cheval et defait comme ceux qu'on mène pendre. Le curé se mit à prier Dieu et se recommanda de bon cœur à sa toute bonté, sans oublier le cheval qui lui restoit ; mais il fut bien etonné et rassuré tout ensemble quand il reconnut la Rappinière et quelques uns de ses archers. La Rappinière lui demanda ce qu'il faisoit là, et si c'etoit lui qui avoit tué l'homme qu'il voyoit roide mort auprès du corps d'un cheval. Le curé lui conta ce qui lui etoit arrivé, et conclut encore que c'etoit de Laune qui l'avoit voulu assassiner : de quoi la Rappinière verbalisa amplement. Un des archers courut au prochain village pour faire enlever le corps mort, et revint avec la nièce du curé et Jullian, qui s'etoient rassurés et qui avoient rencontré Guillaume ramenant un cheval pour le brancard. Le curé s'en retourna à Domfront sans

DANDIN.

Il est vrai que du Mans il en vient par douzaine.

(Acte 3, sc. 3.)

1. Bourg à cinq lieues N.-O. de Mayenne.

aucune mauvaise rencontre, où, tant qu'il vivra, l contera son enlèvement [1]. Le cheval mort fut mangé des loups ou des mâtins ; le corps de celui qui avoit eté tué fut enterré je ne sais où, et la Rappinière, le Destin, la Rancune et l'Olive, les archers et le prisonnier, s'en retournèrent au Mans. Et voilà le succès de la chasse de la Rappinière et des comediens, qui prirent un homme au lieu de prendre un lièvre.

CHAPITRE XV.

Arrivée d'un operateur [2] dans l'hôtellerie. Suite de l'histoire de Destin et de l'Etoile.

SERENADE.

Il vous souviendra, s'il vous plaît, que, dans le precedent chapitre, l'un de ceux qui avoient enlevé le curé de Domfront avoit quitté ses compagnons etoit allé au galop je ne sais où. Comme

1. Le curé de Domfront, pendant le séjour de Scarron au Mans, étoit, nous apprend Michel Gomboust, fils de M. de La Tousche, que notre auteur peut avoir connu. Il est possible que, placé dans une situation équivoque par la possession irrégulière de son bénéfice, Scarron ait eu maille à partir avec lui, comme avec quelques autres ecclésiastiques, et qu'il ait voulu s'en venger à sa manière en le faisant figurer dans une scène burlesque.

2. Les *opérateurs* étoient des médecins empiriques qui

il pressoit extremement son cheval dans un chemin fort creux et fort etroit, il vit de loin quelques gens de cheval qui venoient à lui. Il voulut retourner sur ses pas pour les eviter et tourna son cheval si court et avec tant de precipitation, qu'il se cabra et se renversa sur son maître. La Rappinière et sa troupe (car c'etoient ceux qu'il avoit vus) trouvèrent fort etrange qu'un homme qui venoit à eux si vite eût voulu s'en retourner de la même façon ; cela donna quelque soupçon à la Rappinière, qui de son naturel en etoit fort susceptible, outre que sa charge l'obligeoit à croire plutôt le mal que le bien ; son soupçon s'augmenta beaucoup quand, etant auprès de cet homme, qui avoit une jambe sous son cheval, il vit qu'il ne paroissoit pas tant effrayé de sa chute que de ce qu'il en avoit des temoins. Comme il ne hasardoit rien en augmentant sa peur, et qu'il sçavoit faire sa charge mieux que prevôt du royaume, il lui dit en l'approchant : « Vous voilà donc pris, homme de bien ; ah ! je vous mettrai en lieu d'où vous ne tomberez pas si lourdement. » Ces paroles etourdirent le malheureux bien plus que n'avoit fait sa chute, et la Rappinière et les siens remarquèrent sur son vi-

couroient la France pour débiter leurs drogues, en se faisant souvent accompagner d'acteurs chargés d'attirer le public autour d'eux. Voy. *Rom. com.*, 3e partie, ch. 4 et 13. Ainsi Tabarin étoit associé de Mondor, fameux opérateur qui vendoit du baume sur la place Dauphine ; Bruscambille fut long-temps acteur de Jean Farine, un des plus célèbres opérateurs du temps, et Guillot-Gorju fit aussi le même métier avant d'entrer à l'hôtel de Bourgogne. On peut voir dans la *Maison des jeux*, l. 1. p. 121 et suiv. (Sercy, 1642), d'intéressants détails sur un merveilleux opérateur du temps.

sage de si grandes marques d'une conscience
bourrelée que tout autre moins entreprenant
que lui n'eût point balancé à l'arrêter. Il commanda donc à ses archers de lui aider à se relever
et le fit lier et garotter sur son cheval. La rencontre qu'il fit un peu après du curé de Domfront
dans le desordre que vous avez vu, auprès d'un
homme mort et d'un cheval tué d'un coup de
pistolet, lui assurèrent [1] qu'il ne s'etoit pas mépris, à quoi contribua beaucoup la frayeur du
prisonnier, qui augmenta visiblement à son arrivée. Le Destin le regardoit plus attentivement
que les autres, pensant le reconnoître, et ne pouvant se remettre en memoire où il l'avoit vu ; il
travailla en vain sa reminiscence durant le chemin, il ne put y retrouver ce qu'il cherchoit.
Enfin, ils arrivèrent au Mans, où la Rappinière
fit emprisonner le pretendu criminel ; et les comediens, qui devoient commencer le lendemain à
representer, se retirèrent en leur hôtellerie pour
donner ordre à leurs affaires. Ils se reconcilièrent
avec l'hôte, et le poète, qui etoit liberal comme
un poète, voulut payer le souper. Ragotin, qui se
trouva dans l'hôtellerie et qui ne s'en pouvoit eloi-
gner depuis qu'il etoit amoureux de l'Etoile, en
fut convié par le poète, qui fut assez fou pour y
convier aussi tous ceux qui avoient eté spectateurs de la bataille qui s'etoit donnée la nuit precedente en chemise entre les comediens et la famille de l'hôte.

1. Il faudroit lire *assura*. Mais je trouve cette faute dans
l'édition originale, et je ne crois pas devoir la corriger : c'est
une conséquence naturelle de la rapidité avec laquelle travailloit Scarron.

Un peu devant le souper, la bonne compagnie qui etoit dejà dans l'hôtellerie augmenta d'un operateur et de son train, qui etoit composé de sa femme, d'une vieille servante maure, d'un singe [1] et de deux valets. La Rancune le connoissoit il y avoit long-temps ; ils se firent force caresses, et le poète, qui faisoit aisement connoissance, ne quitta point l'operateur et sa femme qu'à force de compliments pompeux, et qui ne disoient pourtant pas grand chose, s'il ne leur eût fait promettre qu'ils lui feroient l'honneur de souper avec lui [2]. On soupa ; il ne s'y passa rien de remarquable ; on y but beaucoup et on n'y mangea pas moins. Ragotin y reput ses yeux du visage de l'Etoile, ce qui l'enivra autant que le vin qu'il avala, et il parla fort peu durant le souper, quoique le poète lui donnât une belle matière à contester, blâmant tout net les vers de Theophile, dont Ragotin etoit grand admirateur [3]. Les comediennes firent quel-

1. Comme aujourd'hui, les charlatans et saltimbanques aimoient à s'entourer d'un attirail bizarre, destiné à capter l'attention du populaire. Le singe, en particulier, étoit recherché pour cet usage. On connoît le fameux singe de Brioché, Fagotin, dont a parlé La Fontaine, et que Cyrano, dit-on, tua d'un coup d'épée. Voy. Ed. Fournier, *Variét. hist.*, P. Jannet, t. 1, p. 277, etc. Il étoit d'usage aussi que les opérateurs eussent avec eux un *Marocain*, nègre vrai ou faux, plus souvent faux que vrai, qui remplissoit les fonctions de valet et leur servoit à attirer la foule.

2. On peut voir dans l'*Histoire de Barry, de Filandre et d'Alison* (1704, in-12), les relations intimes qui existoient alors entre les comédiens et les opérateurs, et la familiarité dans laquelle ils vivoient ensemble, comme gens de métier analogue.

3. « Dans ma jeunesse, dit Saint-Evremont, on admiroit Théophile, malgré ses irrégularités et ses négligences.... Je l'ai vu décrié depuis par tous les versificateurs » (*Quelques ob-*

que temps conversation avec la femme de l'operateur, qui etoit Espagnole et n'etoit pas desagreable. Elles se retirèrent ensuite dans leur
chambre, où le Destin les conduisit pour achever son histoire, que la Caverne et sa fille mou-
roient d'impatience d'entendre. L'Etoile cependant se mit à etudier son rôle, et le Destin, ayant
pris une chaise auprès d'un lit où la Caverne et
sa fille s'assirent, reprit son histoire en cette
sorte :

Vous m'avez vu jusques ici fort amoureux et
bien en peine de l'effet que ma lettre auroit fait
dans l'esprit de Leonore et de sa mère; vous
m'allez voir encore plus amoureux et le plus desesperé de tous les hommes. J'allois voir tous les
jours mademoiselle de la Boissière et sa fille, si
aveuglé de ma passion que je ne remarquois point
la froideur que l'on avoit pour moi, et considerois
encore moins que mes trop frequentes visites pouvoient leur être à la fin incommodes. Mademoiselle de la Boissière s'en trouvoit fort importunée depuis que Saint-Far lui avoit appris qui j'e-
tois; mais elle ne pouvoit civilement me defendre
sa maison après ce qui m'etoit arrivé pour elle.
Pour sa fille, à ce que je puis juger par ce qu'elle
a fait depuis, je lui faisois pitié, et elle ne suivoit
pas en cela les sentimens de sa mère, qui ne la
perdoit jamais de vue, afin que je ne pusse me
trouver en particulier avec elle. Mais, pour vous
dire le vrai, quand cette belle fille eût voulu me

servations sur le goût et le discernement des François). Cette
remarque est d'accord avec le passage de Scarron; seulement, il est naturel que Ragotin admire beaucoup ce poète,
en sa double qualité de provincial arriéré et d'esprit fort.

traiter moins froidement que sa mère, elle n'eût
osé l'entreprendre devant elle. Ainsi je souffrois
comme une âme damnée, et mes frequentes visites ne me servoient qu'à me rendre plus odieux
à ceux à qui je voulois plaire. Un jour que mademoiselle de la Boissière reçut des lettres de
France qui l'obligeoient à sortir, aussitôt qu'elle
les eût lues elle envoya louer un carrosse et chercher le seigneur Stephano pour s'en faire accompagner, n'osant pas aller seule depuis la fâcheuse
rencontre où je l'avois servie. J'etois plus prêt et
plus propre à lui servir d'ecuyer que celui qu'elle
envoyoit chercher ; mais elle ne vouloit pas recevoir le moindre service d'une personne dont elle
se vouloit defaire. Par bonheur Stephano ne se
trouva point, et elle fut contrainte de temoigner
devant moi la peine où elle etoit de n'avoir personne pour la mener, afin que je m'y offrisse, ce
que je fis avec autant de joie qu'elle avoit de depit d'être reduite de me mener avec elle. Je la
menai chez un cardinal qui etoit lors protecteur
de France[1], et qui lui donna heureusement audience aussitôt qu'elle la lui eut fait demander.
Il falloit que son affaire fût d'importance et qu'elle
ne fût pas sans difficulté, car elle fut long-temps
à lui parler en particulier dans une espèce de
grotte, ou plutôt une fontaine couverte, qui etoit
au milieu d'un fort beau jardin. Cependant tous ceux
qui avoient suivi ce cardinal se promenoient dans
les endroits du jardin qui leur plaisoient le plus.

1. Tous les pays avoient à la cour de Rome des cardinaux protecteurs, c'est-à-dire chargés d'y représenter leurs
intérêts spirituels.

Me voilà donc dans une grande allée d'orangers, seul avec la belle Leonore, comme j'avois tant souhaité de fois, et pourtant encore moins hardi que je n'avois jamais eté. Je ne sais si elle s'en aperçut et si ce fut par bonté qu'elle parla la première : « Ma mère, me dit-elle, aura bien du sujet de quereller le seigneur Stephano de nous avoir aujourd'hui manqué et d'être cause que nous vous donnons tant de peine. — Et moi je lui serai bien obligé, lui répondis-je, de m'avoir procuré, sans y penser, la plus grande felicité dont je jouirai jamais. — Je vous ai assez d'obligation, repartit-elle, pour prendre part à tout ce qui vous est avantageux : dites-moi donc, je vous prie, la felicité qu'il vous a procurée, si c'est une chose qu'une fille puisse sçavoir, afin que je m'en rejouisse.— J'aurois peur, lui dis-je, que vous ne la fissiez cesser ?—Moi ! reprit-elle. Je ne fus jamais envieuse, et, quand je le serois pour tout autre, je ne le serois jamais pour une personne qui a mis sa vie en hasard pour moi.— Vous ne le feriez pas par envie, lui repondis-je. — Et par quel autre motif m'opposerois-je à votre felicité ? reprit-elle. — Par mepris, lui dis-je. —Vous me mettez bien en peine, ajouta-t-elle, si vous ne m'apprenez ce que je mepriserois, et de quelle façon le mepris que je ferois de quelque chose vous la rendroit moins agreable ? — Il m'est bien aisé de m'expliquer, lui repondis-je, mais je ne sais si vous voudriez bien m'entendre. — Ne me le dites donc point, me dit-elle : car, quand on doute si on voudra bien entendre une chose, c'est signe qu'elle n'est pas intelligible ou qu'elle peut deplaire. » Je vous avoue que je me suis

etonné cent fois comment je lui pouvois repondre,
songeant bien moins à ce qu'elle me disoit qu'à
sa mère, qui pouvoit revenir et me faire perdre
l'occasion de lui parler de mon amour. Enfin je
m'enhardis, et, sans employer plus de temps en
une conversation qui ne me conduisoit pas assez
vite où je voulois aller, je lui dis, sans repondre
à ses dernières paroles, qu'il y avoit long-temps
que je cherchois l'occasion de lui parler pour lui
confirmer ce que j'avois pris la hardiesse de lui
ecrire, et que je ne me serois jamais hasardé à
cela si je n'avois sçu qu'elle avoit lu ma lettre.
Je lui redis ensuite une grande partie de ce que
je lui avois ecrit, et ajoutai qu'etant prêt de partir pour la guerre que le pape faisoit à quelques
princes d'Italie [1], et etant resolu d'y mourir, puisque je n'etois pas digne de vivre pour elle, je la
priois de m'apprendre les sentimens qu'elle auroit
eus pour moi si ma fortune eût eu plus de rapport
avec la hardiesse que j'avois eue de l'aimer. Elle
m'avoua en rougissant que ma mort ne lui seroit pas indifferente. « Et si vous êtes homme à
faire quelque chose pour vos amis, ajouta-t-elle,
conservez-nous en un qui nous a eté si utile ; ou
du moins, si vous êtes si pressé de mourir par une
raison plus forte que celle que vous me venez de
dire, differez votre mort jusques à tant que nous

---

1. Cette guerre n'étoit en réalité qu'une lutte entre les Farnèse, représentés par Odoardo Farnèse, prince de Parme, et
les Barberini, représentés par Urbain VIII. Lorsque le pape
eut essayé d'attaquer Parme et Plaisance (1641), les princes
italiens rassemblèrent une armée dans le Modenois pour arrêter ses envahissements. Après des péripéties diverses, la
paix se fit par la médiation de la France.

soyons revenus en France, où je dois bientôt retourner avec ma mère. » Je la pressai de me dire plus clairement les sentimens qu'elle avoit pour moi. Mais sa mère se trouva lors si près de nous qu'elle n'eût pu me repondre quand elle l'eût voulu. Mademoiselle de la Boissière me fit une mine assez froide, à cause peut-être que j'avois eu le temps d'entretenir Leonore en particulier, et cette belle fille même me parut en être un peu en peine. Cela fut cause que je n'osai être que fort peu de temps chez elles. Je les quittai le plus content du monde, et tirant des consequences fort avantageuses à mon amour de la reponse de Leonore.

Le lendemain, je ne manquai pas de les aller voir, suivant ma coutume. On me dit qu'elles etoient sorties, et on me dit la même chose trois jours de suite que j'y retournai sans me rebuter. Enfin le seigneur Stephano me conseilla de n'y aller plus, parceque mademoiselle de la Boissière ne permettroit pas que je visse sa fille, ajoutant qu'il me croyoit trop raisonnable pour m'aller faire donner un refus. Il m'apprit la cause de ma disgrace : la mère de Leonore l'avoit trouvée qui m'ecrivoit une lettre, et, après l'avoit fort maltraitée, elle avoit donné ordre à ses gens de me dire qu'elles n'y etoient pas, toutes les fois que je les viendrois voir. Ce fut alors que j'appris le mauvais office que m'avoit rendu Saint-Far, et que depuis ce temps-là mes visites avoient fort importuné la mère. Pour la fille, Stephano m'assura de sa part que mon merite lui eût fait oublier ma fortune si sa mère eût eté aussi peu interessée qu'elle.

Je ne vous dirai point le desespoir où me mirent ces fâcheuses nouvelles; je m'affligeai autant que si on m'eût refusé Leonore injustement, quoique je n'eusse jamais esperé de la posseder; je m'emportai contre Saint-Far, et je songeai même a me battre contre lui; mais enfin, me remettant devant les yeux ce que je devois à son père et à son frère, je n'eus recours qu'à mes larmes. Je pleurai comme un enfant, et je m'ennuyai partout où je ne fus pas seul. Il fallut partir sans voir Leonore. Nous fîmes une campagne dans l'armée du pape, où je fis tout ce que je pus pour me faire tuer. La fortune me fut contraire en cela comme elle avoit toujours eté en autres choses. Je ne pus trouver la mort que je cherchois, et j'acquis quelque reputation que je ne cherchois point, et qui m'auroit satisfait en un autre temps; mais, pour lors, rien ne me pouvoit satisfaire que le souvenir de Leonore. Verville et Saint-Far furent obligés de retourner en France, où le baron d'Arques les reçut en père idolâtre de ses enfans. Ma mère me reçut fort froidement; pour mon père, il se tenoit à Paris chez le comte de Glaris, qui l'avoit choisi pour être le gouverneur de son fils. Le baron d'Arques, qui avoit sçu ce que j'avois fait dans la guerre d'Italie, où même j'avois sauvé la vie à Verville, voulut que je fusse à lui en qualité de gentilhomme. Il me permit d'aller voir mon père à Paris, qui me reçut encore plus mal que n'avoit fait sa femme. Un autre homme de sa condition, qui eût eu un fils aussi bien fait que moi, l'eût presenté au comte Ecossois; mais mon père me tira hors de son logis avec empressement, comme s'il eût eu peur que

je l'eusse deshonoré. Il me reprocha cent fois,
durant le chemin que nous fîmes ensemble, que
j'etois trop brave, que j'avois la mine d'être glorieux et que j'aurois mieux fait d'apprendre un
metier que d'être un traîneur d'epée. Vous pouvez penser que ces discours-là n'etoient guère
agreables à un jeune homme qui avoit eté bien
elevé, qui s'etoit mis en quelque reputation à la
guerre, et enfin qui avoit osé aimer une fort belle
fille, et même lui decouvrir sa passion. Je vous
avoue que les sentimens de respect et d'amitié
que l'on doit avoir pour un père n'empêchèrent
point que je ne le regardasse comme un très fâcheux vieillard. Il me promena dans deux ou
trois rues, me caressant de la sorte que je vous
viens de dire, et puis me quitta tout d'un coup,
me defendant expressement de le revenir voir.
Je n'eus pas grand'peine à me resoudre de lui
obéir. Je le quittai et m'en allai voir M. de
Saint-Sauveur, qui me reçut en père. Il fut fort
indigné de la brutalité du mien, et me promit de
ne me point abandonner. Le baron d'Arques eut
des affaires qui l'obligèrent d'aller demeurer à
Paris. Il se logea à l'extremité du faubourg Saint-
Germain, en une fort belle maison que l'on avoit
bâtie depuis peu avec beaucoup d'autres qui ont
rendu ce faubourg-là aussi beau que la ville[1].

1. Ce fut surtout dans la première moitié du XVIIe siècle,
sous Louis XIII. et Louis XIV, que l'emplacement du *Pré-
aux-Clercs* se recouvrit peu à peu de constructions monu-
mentales, et que le faubourg Saint-Germain se trouva con-
struit comme par enchantement. « On a commencé, dit Sauval,
à y bâtir en 1630; et quoique, depuis, tant Louis XIII que
Louis XIV aient souvent fait défense de passer certaines li-

Saint-Far et Verville faisoient leur cour, alloient au Cours [1] ou en visite, et faisoient tout ce que font les jeunes gens de leur condition en cette grande ville, qui fait passer pour campagnards les habitans des autres villes du royaume. Pour

mites, on ne laisse pas néanmoins d'avancer toujours... Tous les jours on y entreprend de grands logis et beaux. » (*Antiq.*, l. 8.) Corneille lui-même va nous servir de témoin :

> Paris voit tous les jours de ces métamorphoses ;
> Dans tout le Pré-aux-Clercs tu verras mêmes choses :
> Toute une ville entière, avec pompe bâtie,
> Semble d'un vieux fossé par miracle sortie ;
> Et nous fait présumer, à ses superbes toits,
> Que tous ses habitants sont des dieux ou des rois.

(*Menteur*, II, 5.)

Voir aussi le début de *l'Esprit follet* de d'Ouville (1642). Ce ne fut que vers 1620 qu'on commença à bâtir le quai Malaquais, sur une partie du terrain occupé jadis par le palais, ou plutôt par les jardins de la reine Marguerite, première femme de Henri IV. Jusque là, en sortant de la porte de Nesle, située à peu près où est maintenant l'Institut, on entroit en pleine campagne, dans le Pré-aux-Clercs. Cet emplacement, où se voyoient à peine quelques rues, composées de maisons éparses que séparoient des prés et des jardins, fut peu à peu sillonné par les rues Jacob, des Saints-Pères, du Bac, de l'Université, de Verneuil, etc.

1. Le mot *Cours* signifioit alors un « lieu qui sert de rendez-vous au beau monde pour la promenade » (Dictionn. de Furetière). Quand on l'employoit sans autre désignation, pour Paris, il indiquoit le plus célèbre de tous : le Cours-la-Reine, ouvert sous la régence de Marie de Médicis, en 1628, date des *Lettres patentes*, au lieu où il est encore aujourd'hui, et qui fut bien vite adopté par la mode. V. Le Maire, *Paris ancien et moderne*, t. 3, p. 386. Le Cours hors la porte Saint-Antoine partageoit avec le Cours-la-Reine les préférences du beau monde. « Les vrais galands seront curieux de dresser un almanach où ils verront..... quand commence le Cours hors la porte Saint-Antoine, et quand c'est que celuy de la Reyne-Mère a la vogue. » (*Lois de la galant.*)

moi, quand je ne les accompagnois point, je m'allois exercer dans toutes les salles des tireurs d'armes, ou bien j'allois à la comedie, ce qui est cause,
peut-être, de ce que je suis passable comedien.

Un jour Verville me tira en particulier, et
me decouvrit qu'il etoit devenu fort amoureux
d'une demoiselle qui demeuroit dans la même
rue. Il m'apprit qu'elle avoit un frère nommé
Saldagne, qui etoit aussi jaloux d'elle et d'une
autre sœur qu'elle avoit que s'il eût eté leur mari,
et il me dit de plus qu'il avoit fait assez de progrès auprès d'elle pour l'avoir persuadée de lui
donner, la nuit suivante, entrée dans son jardin,
qui repondoit par une porte de derrière à la
campagne, comme celui du baron d'Arques. Après
m'avoir fait cette confidence, il me pria de l'y accompagner, et de faire tout ce que je pourrois
pour me mettre aux bonnes grâces de la fille
qu'elle devoit avoir avec elle. Je ne pouvois refuser à l'amitié que m'avoit toujours temoignée Verville de faire tout ce qu'il vouloit. Nous sortîmes par la porte de derrière de notre jardin sur
les dix heures du soir, et fûmes reçus dans celui
où l'on nous attendoit par la maîtresse et la
suivante. La pauvre mademoiselle de Saldagne
trembloit comme la feuille et n'osoit parler; Verville n'etoit guère plus assuré; la suivante ne disoit mot, et moi, qui n'etois là que pour accompagner Verville, je ne parlois point et n'en avois
pas envie. Enfin, Verville s'evertua et mena sa
maîtresse dans une allée couverte, après avoir
bien recommandé à la suivante et à moi de faire
bon guet; ce que nous fîmes avec tant d'attention, que nous nous promenâmes assez long-

temps sans nous dire la moindre parole l'un à
l'autre. Au bout d'une allée, nous nous rencon-
trâmes avec les jeunes amans. Verville me demanda assez haut si j'avois bien entretenu madame Madelon. Je lui repondis que je ne croyois
pas qu'elle eût sujet de s'en plaindre. « Non
assurément, dit aussitôt la soubrette, car il ne
m'a encore rien dit. » Verville s'en mit à rire et
assura cette Madelon que je valois bien la peine
que l'on fît conversation avec moi, quoique je fusse
fort melancolique. Mademoiselle de Saldagne prit
la parole, et dit que sa femme de chambre n'etoit
pas aussi une fille à mepriser. Et là dessus, ces
amans bienheureux nous quittèrent, nous recom-
mandant de bien prendre garde que l'on ne les
surprît point. Je me preparai alors à m'ennuyer
beaucoup avec une servante qui m'alloit demander sans doute combien je gagnois de gages,
quelles servantes je connoissois dans le quartier,
si je savois des chansons nouvelles, et si j'avois
bien des profits avec mon maître. Je m'attendois
après cela d'apprendre tous les secrets de la
maison de Saldagne, et tous les defauts tant de
lui que de ses sœurs, car peu de suivans se rencontrent ensemble sans se dire tout ce qu'ils sçavent de leur maître, et sans trouver à redire au
peu de soin qu'ils ont de faire leur fortune et celle
de leurs gens; mais je fus bien etonné de me
voir en conversation avec une servante qui me
dit d'abord : « Je te conjure, esprit muet, de me
confesser si tu es valet, et, si tu es valet, par
quelle vertu admirable tu t'es empêché jusqu'à
cette heure de me dire du mal de ton maître. »
Ces paroles si extraordinaires en la bouche d'une

femme de chambre me surprirent; je lui demandai de quelle autorité elle se mêloit de m'exorciser. « Je vois bien, me dit-elle, que tu es un esprit opiniâtre, et qu'il faut que je redouble mes conjurations. Dis-moi donc, esprit rebelle, par la puissance que Dieu m'a donnée sur les valets suffisans et glorieux, dis-moi qui tu es. — Je suis un pauvre garçon, lui repondis-je, qui voudrois bien être endormi dans mon lit. — Je vois bien, repartit-elle, que j'aurai bien de la peine à te connoître; au moins ai-je déjà decouvert que tu n'es guères galant: car, ajouta-t-elle, ne me devois-tu pas parler le premier, me dire cent douceurs, me vouloir prendre la main, te faire donner deux ou trois soufflets, autant de coups de pied, te faire bien egratigner, enfin t'en retourner chez toi comme un homme à bonne fortune [1] ?— Il y a des filles dans Paris, interrompis-je, dont je serois ravi de porter les marques; mais il y en a aussi que je ne voudrois pas seulement envisager, de peur d'avoir de mauvais songes. — Tu veux dire, reprit-elle, que je suis peut-être laide. Hé! monsieur le difficile, ne sais-tu pas bien que la nuit tous les chats sont gris ?— Je ne veux rien faire la nuit, lui repondis-je, dont je me puisse repentir le jour.— Et si je suis belle! me dit-elle. — Je ne vous aurois pas porté assez de respect, lui dis-je; outre qu'avec l'esprit que vous me faites paroître, vous meriteriez d'être servie et galantisée par les formes. — Et servi-

---

1. Scarron a tracé lui-même, plus d'une fois, des scènes de ce genre dans ses comédies, où il va du moius jusqu'aux injures, s'il ne va pas jusqu'aux coups. Voyez, par exemple, *l'Héritier ridicule* (II, 3, et V, 5).

rois-tu bien une fille de merite par les formes?
me demanda-t-elle. — Mieux qu'homme du
monde, lui dis-je, pourvu que je l'aimasse. —
Que t'importe? ajouta-t-elle, pourvu que tu en
fusses aimé. — Il faut que l'un et l'autre se rencontre dans une galanterie où je m'embarquerois,
lui repartis-je. — Vraiment, dit-elle, si je dois
juger du maître par le valet, ma maîtresse a bien
choisi en monsieur de Verville, et la servante
pour qui tu te radoucirois auroit grand sujet de
faire l'importante. — Ce n'est pas assez de m'ouïr
parler, lui dis-je, il faut aussi me voir. — Je
crois, repartit-elle, qu'il ne faut ni l'un ni l'autre. »

Notre conversation ne put durer davantage,
car M. de Saldagne heurtoit à grands coups à la
porte de la rue, que l'on ne se hâtoit point d'ouvrir, par l'ordre de sa sœur, qui vouloit avoir le
temps de gagner sa chambre. La demoiselle et la
femme de chambre se retirèrent si troublées et
avec tant de precipitation, qu'elles ne nous dirent
pas adieu en nous mettant hors du jardin. Verville voulut que je l'accompagnasse en sa chambre aussitôt que nous fûmes arrivés au logis. Jamais je ne vis un homme plus amoureux et plus
satisfait; il m'exagera l'esprit de sa maîtresse et
me dit qu'il n'auroit point l'esprit content que je
ne l'eusse vue. Enfin il me tint toute la nuit à me
redire cent fois les mêmes choses, et je ne pus
m'aller coucher qu'alors que le point du jour commença de paroître. Pour moi, j'etois fort etonné
d'avoir trouvé une servante de si bonne conversation, et je vous avoue que j'eus quelque envie
de sçavoir si elle etoit belle, quoique le souvenir

de ma Leonore me donnât une extrême indifference pour toutes les belles filles que je voyois
tous les jours dans Paris. Nous dormîmes, Verville et moi, jusqu'à midi. Il ecrivit, aussitôt qu'il
fut eveillé, à mademoiselle de Saldagne, et envoya
sa lettre par son valet, qui en avoit dejà porté
d'autres, et qui avoit correspondance avec sa
femme de chambre. Ce valet etoit Bas-Breton,
d'une figure fort desagreable et d'un esprit qui
l'etoit encore plus. Il me vint en l'esprit, quand je
le vis partir, que, si la fille que j'avois entretenue le
voyoit vilain comme il etoit et parloit un moment à
lui, qu'assurement elle ne le soupçonneroit point
d'être celui qui avoit accompagné Verville. Ce gros
sot s'acquitta assez bien de sa commission, pour
un sot. Il trouva mademoiselle de Saldagne avec
sa sœur aînée, qui s'appeloit mademoiselle de Lery, à qui elle avoit fait confidence de l'amour que
Verville avoit pour elle. Comme il attendoit sa
reponse, M. de Saldagne fut ouï chanter sur le
degré; il venoit à la chambre de ses sœurs, qui
cachèrent à la hâte notre Breton dans une garde-
robe. Le frère ne fut pas long-temps avec ses
sœurs, et le Breton fut tiré de sa cachette. Mademoiselle de Saldagne s'enferma dans un petit
cabinet pour faire reponse à Verville, et mademoiselle de Lery fit conversation avec le Breton,
qui sans doute ne la divertit guère. Sa sœur, qui
avoit achevé sa lettre, la delivra de notre lour-
daut, le renvoyant à son maître avec un billet par
lequel elle lui promettoit de l'attendre à la même
heure, dans le même jardin. Aussitôt que la nuit
fut venue, vous pouvez penser que Verville se
tint prêt pour aller à l'assignation qu'on lui avoit

donnée. Nous fûmes introduits dans le jardin, et
je me vis en tête la même personne que j'avois
entretenue et que j'avois trouvée si spirituelle.
Elle me la parut encore plus qu'elle n'avoit fait,
et je vous avoue que le son de sa voix, et la façon
dont elle disoit les choses, me firent souhaiter
qu'elle fût belle. Cependant elle ne pouvoit croire
que je fusse le Bas-Breton qu'elle avoit vu, ni
comprendre pourquoi j'avois plus d'esprit la nuit
que le jour: car, le Breton nous ayant conté que
l'arrivée de Saldagne dans la chambre de ses
sœurs lui avoit fait grand' peur, je m'en fis honneur devant cette spirituelle servante, en lui protestant que je n'avois pas tant eu de peur pour moi
que pour mademoiselle de Saldagne. Cela lui ôta
tout le doute qu'elle pouvoit avoir que je ne fusse
pas le valet de Verville, et je remarquai que, depuis cela, elle commença à me tenir de vrais discours de servante. Elle m'apprit que ce monsieur
de Saldagne et it un terrible homme, et que,
s'etant trouvé fort jeune sans père ni mère, avec
beaucoup de bien et peu de parens, il exerçoit
une grande tyrannie sur ses sœurs pour les obliger à se faire religieuses, les traitant non pas
seulement en père injuste, mais en mari jaloux et
insupportable. Je lui allois parler à mon tour du
baron d'Arques et de ses enfans, quand la porte
du jardin, que nous n'avions point fermée, s'ouvrit, et nous vîmes entrer M. de Saldagne, suivi
de deux laquais, dont l'un lui portoit un flambeau. Il revenoit d'un logis qui etoit au bout de
la rue, dans la même ligne du sien et du nôtre,
où l'on jouoit tous les jours, et où Saint-Far alloit
souvent se divertir. Ils y avoient joué ce jour-là

l'un et l'autre, et Saldagne, ayant perdu son argent de bonne heure, etoit rentré dans son logis par la porte de derrière, contre sa coutume, et, l'ayant trouvée ouverte, nous avoit surpris, comme je vous viens de dire. Nous etions alors tous quatre dans une allée couverte, ce qui nous donna moyen de nous derober à la vue de Saldagne et de ses gens. La demoiselle demeura dans le jardin sous pretexte de prendre le frais, et, pour rendre la chose plus vraisemblable, elle se mit à chanter, sans en avoir grande envie, comme vous pouvez penser. Cependant Verville, ayant escaladé la muraille par une treille, s'etoit jeté de l'autre côté ; mais un troisième laquais de Saldagne, qui n'etoit pas encore entré, le vit sauter, et ne manqua pas de venir dire à son maître qu'il venoit de voir sauter un homme de la muraille du jardin dans la rue. En même temps on m'ouït tomber dans le jardin fort rudement, la même treille par laquelle s'etoit sauvé Verville s'etant malheureusement rompue sous moi. Le bruit de ma chute, joint au rapport du laquais, emut tous ceux qui etoient dans le jardin. Saldagne courut au bruit qu'il avoit entendu, suivi de ses trois laquais, et, voyant un homme l'epée à la main (car aussitôt que je fus relevé je m'etois mis en etat de me defendre), il m'attaqua à la tête des siens. Je lui fis bientôt voir que je n'etois pas aisé à battre. Le laquais qui portoit le flambeau s'avança plus que les autres ; cela me donna moyen de voir Saldagne au visage, que je reconnus pour le même François qui m'avoit autrefois voulu assassiner dans Rome pour l'avoir empêché de faire une violence à

Leonore, comme je vous ai tantôt dit. Il me reconnut aussi, et, ne doutant point que je ne fusse
venu là pour lui rendre la pareille, il me cria que
je ne lui echapperois pas cette fois-là. Il redoubla ses efforts, et alors je me trouvai fort pressé,
outre que je m'etois quasi rompu une jambe en
tombant. Je gagnai en lâchant le pied un cabinet dans lequel j'avois vu entrer la maîtresse de
Verville fort eplorée. Elle ne sortit point de ce
cabinet, quoique je m'y retirasse, soit qu'elle
n'en eût pas le temps ou que la peur la rendît immobile. Pour moi, je me sentis augmenter le courage quand je vis que je ne pouvois être attaqué
que par la porte du cabinet, qui etoit assez etroite.
Je blessai Saldagne en une main et le plus opiniâtre de ses laquais en un bras, ce qui me fit
donner un peu de relâche. Je n'esperois pas pourtant en echapper, m'attendant qu'à la fin on me tue-
roit à coups de pistolets, quand je leur aurois bien
donné de la peine à coups d'épée. Mais Verville
vint à mon secours. Il ne s'etoit point voulu retirer dans son logis sans moi, et, ayant ouï la
rumeur et le bruit des epées, il etoit venu me tirer du peril où il m'avoit mis, ou le partager avec
moi. Saldagne, avec qui il avoit dejà fait connoissance, crut qu'il le venoit secourir comme
son ami et son voisin; il s'en tint fort obligé, et
lui dit, en l'abordant : « Vous voyez, Monsieur,
comme je suis assassiné dans mon logis! » Verville, qui connut sa pensée, lui repondit sans he-
siter qu'il etoit son serviteur contre tout autre,
mais qu'il n'etoit là qu'en l'intention de me servir
contre qui que ce fût. Saldagne, enragé de s'être
trompé, lui dit en jurant qu'il viendroit bien à
bout lui seul de deux traîtres, et, en même temps,

chargea Verville de furie, qui le reçut vigoureusement. Je sortis de mon cabinet pour aller joindre mon ami, et, surprenant le laquais qui portoit le flambeau, je ne le voulus pas tuer ; je me contentai de lui donner un estramaçon sur la tête qui l'effraya si fort qu'il s'enfuit hors du jardin, bien avant dans la campagne, criant : « Aux voleurs ! » Les autres laquais s'enfuirent aussi. Pour ce qui est de Saldagne, au même temps que la lumière du flambeau nous manqua, je le vis tomber dans une palissade, soit que Verville l'eût blessé ou par un autre accident. Nous ne jugeâmes pas à propos de le relever, mais bien de nous retirer bien vite. La sœur de Saldagne que j'avois vue dans le cabinet, et qui savoit bien que son frère etoit homme à lui faire de grandes violences, en sortit alors et vint nous prier, parlant bas et fondant toute en larmes, de l'emmener avec nous. Verville fut ravi d'avoir sa maîtresse en sa puissance. Nous trouvâmes la porte de notre jardin entr'ouverte comme nous l'avions laissée, et nous ne la fermâmes point, pour n'avoir pas la peine de l'ouvrir si nous étions obligés de sortir.

Il y avoit dans notre jardin une salle basse, peinte et fort enjolivée, où l'on mangeoit en eté et qui étoit detachée du reste de la maison. Mes jeunes maîtres et moi y faisions quelquefois des armes, et, comme c'etoit le lieu le plus agreable de la maison, le baron d'Arques, ses enfans et moi, en avions chacun une clef, afin que les valets n'y entrassent point et que les livres et les meubles qui y etoient fussent en sûreté. Ce fut là où nous mîmes notre demoiselle, qui ne pouvoit se consoler. Je lui dis que nous allions songer à sa sûreté et à la nôtre, et que nous reviendrions à elle dans un moment. Verville fut un gros quart d'heure à reveiller son valet breton, qui avoit fait la debauche. Aussitôt qu'il nous eut allumé de la chandelle, nous songeâmes quelque temps à ce que nous ferions de la sœur de Saldagne; enfin nous resolûmes de la mettre dans ma chambre, qui etoit au haut du logis et qui n'etoit frequentée que de mon valet et de moi. Nous retournâmes à la salle du jardin avec de la lumière. Verville fit un grand cri en y entrant, ce qui me surprit fort. Je n'eus pas le temps de lui demander ce qu'il avoit, car j'ouïs parler à la porte de la salle, que quelqu'un ouvrit à l'instant que j'eteignois ma chandelle. Verville demanda : « Qui va là ? » Son frère Saint-Far nous repondit : « C'est moi. Que diable faites-vous ici sans chandelle à l'heure qu'il est ? —Je m'entretenois avec Garigues, parceque je ne puis dormir, lui repondit Verville.— Et m i, dit Saint-Far, je ne puis dormir aussi, et viens occuper la salle à mon tour ; je vous prie de m'y laisser tout seul. » Nous ne nous fîmes pas prier deux fois. Je fis sortir notre demoiselle le plus adroitement que je pus, m'etant mis entre elle et Saint-Far, qui entroit en même-temps. Je la menai dans ma chambre, sans qu'elle cessât de se desesperer, et revins trouver Verville dans la sienne, où son valet ralluma de la chandelle. Verville me dit, avec un visage affligé, qu'il falloit necessairement qu'il retournât chez Saldagne. « Et qu'en voulez-vous faire ? lui dis-je ; l'achever ?— Ha, mon pauvre Garigues ! s'écria-t-il, je suis le plus malheureux homme du monde si je ne tire mademoiselle de Saldagne d'entre les mains de son frère. — Et y est-elle encore, puis qu'elle est dans ma chambre ? lui repondis-je. — Plût à Dieu que cela fût, me dit-il en soupirant. —Je crois que vous rêvez, lui repartis-je.—Je ne rêve point, reprit-il ; nous avons pris la sœur aînée de mademoiselle de Saldagne pour elle. — Quoi ! lui dis-je aussitôt, n'etiez-vous pas ensemble dans le jardin ? — Il n'y a rien de plus assuré, me dit-il.—Pourquoi voulez-vous donc vous aller faire assommer chez son frère ? lui repondis-je, puisque la sœur que vous demandez est dans ma chambre. — Ha ! Garigues, s'ecria-t-il encore, je sais bien ce que j'ai vu.—Et moi aussi, lui dis-je, et, pour vous montrer que je ne me trompe point, venez voir mademoiselle de Saldagne. » Il me dit que j'etois fou, et me suivit le plus affligé homme du monde. Mais mon etonnement ne fut pas moindre que son affliction quand je vis dans ma chambre une demoiselle que je n'avois jamais vue, et qui n'etoit point celle que j'avois amenée. Verville en fut aussi etonné que moi, mais, en recompense, le plus satisfait homme du monde, car il se trouvoit avec mademoiselle de Saldagne. Il m'avoua que c'etoit lui qui s'étoit trompé ; mais je ne pouvois lui repondre, ne pouvant comprendre par quel enchantement une demoiselle que j'avois toujours accompagnée s'etoit transformée en une autre, à venir de la salle du jardin à ma chambre. Je regardois attentivement la maîtresse de Verville, qui n'etoit point assûrement celle que nous avions tirée de chez Saldagne, et qui même ne lui ressembloit pas. Verville me voyant si eperdu : « Qu'as-tu donc ? me dit-il. Je te confesse encore une fois que je me suis trompé. — Je le suis plus que vous si mademoiselle de Saldagne est entrée ceans avec nous, lui repondis-je.—Et avec qui donc ? reprit-il.—Je ne sçais, lui dis-je, ni qui le peut sçavoir, que mademoiselle même.—Je ne sçais pas aussi avec qui je suis venue, si ce n'est avec monsieur, nous dit alors mademoiselle de Saldagne, parlant de moi : car, continua-t-elle, ce n'est pas monsieur de Verville qui m'a tirée de chez mon frère ; c'est un homme qui est entré chez nous un moment après que vous en êtes sorti. Je ne sais pas si les plaintes de mon frère en furent cause, ou si nos laquais, qui entrèrent en même-temps que lui, l'avoient averti de ce qui s'etoit passé. Il fit porter mon frère dans sa chambre, et, ma femme de chambre m'etant venue apprendre ce que je vous viens de dire, et qu'elle avoit remarqué que cet homme etoit de la connoissance de mon frère et de nos voisins, je l'allai attendre dans le jardin, où je le conjurai de me mener chez lui jusqu'au lendemain, que je me ferois mener chez une dame de mes amies, pour laisser passer la furie de mon frère, que je lui avouai avoir tous les sujets du monde de redouter. Cet homme m'offrit assez civilement de me conduire partout où je voudrois, et me promit de me proteger contre mon frère, même au peril de sa vie. C'est sous sa conduite que je suis venue en ce logis, où Verville, que j'ai bien connu à la voix, a parlé à ce même homme ; en suite de quoi on m'a mise dans la chambre où vous me voyez. »

Ce que nous dit Mademoiselle de Saldagne ne m'eclaircit pas entièrement ; mais au moins aida-t-elle beaucoup à me faire deviner à peu près de quelle façon la chose etoit arrivée. Pour

Verville, il avoit eté si attentif à considerer sa
maîtresse, qu'il ne l'avoit eté que fort peu à tout
ce qu'elle nous dit. Il se mit à lui dire cent douceurs, sans se mettre beaucoup en peine de sçavoir pas quelle voie elle etoit venue dans ma
chambre. Je pris de la lumière, et, les laissant
ensemble, je retournai dans la salle du jardin,
pour parler à Saint-Far, quand bien il me devroit
dire quelque chose de desobligeant, selon sa
coutume. Mais je fus bien etonné de trouver, au
lieu de lui, la même demoiselle que je savois très
certainement avoir amenée de chez Saldagne. Ce
qui augmenta mon etonnement, ce fut de la voir
tout en desordre, comme une personne à qui on
a fait une violence : sa coiffure etoit toute defaite,
et le mouchoir qui lui couvroit la gorge etoit sanglant en quelques endroits, aussi bien que son
visage.

« Verville, me dit-elle aussitôt qu'elle me
vit paroître, ne m'approche point, si ce n'est
pour me tuer; tu feras bien mieux que d'entreprendre une seconde violence. Si j'ai eu assez
de force pour me defendre de la première, Dieu
m'en donnera encore assez pour t'arracher les
yeux, si je ne puis t'ôter la vie. C'est donc là,
ajouta-t-elle en pleurant, cet amour violent que
tu disois avoir pour ma sœur? Oh! que la complaisance que j'ai eue pour ses folies me coûte bon,
et, quand on ne fait pas ce qu'on doit, qu'il est
bien juste de souffrir les maux que l'on craint le
plus! Mais que delibères-tu? me dit-elle encore,
me voyant tout etonné. As-tu quelque remords
de ta mauvaise action? Si cela est, je l'oublierai
de bon cœur : tu es jeune, et j'ai eté trop impru-

dente de me fier en la discretion d'un homme de ton âge. Remets-moi donc chez mon frère, je t'en conjure ; tout violent qu'il est, je le crains moins que toi, qui n'es qu'un brutal, ou plutôt un ennemi mortel de notre maison ; qui n'as pu être satisfait d'une fille seduite et d'un gentilhomme assassiné, si tu n'y ajoutois un plus grand crime. »

En achevant ces paroles, qu'elle prononça avec beaucoup de vehemence, elle se mit à pleurer avec tant de violence que je n'ai jamais vu une affliction pareille. Je vous avoue que ce fut là où j'achevai de perdre le peu d'esprit que j'avois conservé en une si grande confusion ; et si elle n'eût cessé de parler d'elle-même, je n'eusse jamais osé l'interrompre, de la façon que j'etois etonné et de l'autorité avec laquelle elle m'avoit fait tous ces reproches. « Mademoiselle, lui repondis-je, non seulement je ne suis point Verville, mais aussi j'ose vous assurer qu'il n'est point capable d'une mauvaise action comme celle dont vous vous plaignez. —Quoi ! reprit-elle, tu n'es point Verville ? Je ne t'ai point vu aux mains avec mon frère ? Un gentilhomme n'est point venu à ton secours, et tu ne m'as point conduite ceans à ma prière, où tu m'as voulu faire une violence indigne de toi et de moi ? » Elle ne put me rien dire davantage, tant la douleur la suffoquoit. Pour moi, je ne fus jamais en plus grande peine, ne pouvant comprendre comme elle connoissoit Verville et ne le connoissoit point. Je lui dis que la violence qu'on lui avoit faite m'etoit inconnue, et, puisqu'elle etoit sœur de M. de Saldagne, que je la menerois, si elle vouloit, où etoit sa sœur. Comme j'achevois de parler, e vis entrer dans la salle Verville et mademoiselle de Saldagne, qui vouloit absolument qu'on la ramenât chez son frère. Je ne sais pas d'où lui etoit venue une si dangereuse fantaisie. Les deux sœurs s'embrassèrent aussitôt qu'elles se virent, et se remirent à pleurer à l'envi l'une de l'autre. Verville les pria instamment de retourner dans ma chambre, leur représentant la difficulté qu'il y auroit de faire ouvrir chez Monsieur de Saldagne, la maison etant alarmée comme elle etoit, outre le péril qu'il y avoit pour elles entre les mains d'un brutal; que dans son logis elles ne pouvoient être decouvertes; que le jour alloit bientôt paroître, et que, selon les nouvelles que l'on auroit de Saldagne, on aviseroit à ce que l'on auroit à faire. Verville n'eut pas grand'peine à les faire condescendre à ce qu'il voulut, ces pauvres demoiselles se trouvant toutes rassurées de se voir ensemble. Nous montâmes en ma chambre, où, après avoir bien examiné les etranges succès qui nous mettoient en peine, nous crûmes, avec autant de certitude que si nous l'eussions vu, que la violence que l'on avoit faite à mademoiselle de Lery venoit infailliblement de Saint-Far, ne sachant que trop, Verville et moi, qu'il etoit encore capable de quelque chose de pire. Nous ne nous trompions point en nos conjectures : Saint-Far avoit joué dans la même maison où Saldagne avoit perdu son argent, et, passant devant son jardin un moment après le desordre que nous y avions fait, il s'etoit rencontré avec les laquais de Saldagne, qui lui avoient fait le recit de ce qui etoit arrivé à leur maître, qu'ils assuroient avoir eté assassiné par sept ou huit voleurs, pour excuser la lâcheté qu'ils avoient faite en l'abandonnant. Saint-Far se crut obligé de lui aller offrir son service comme à son voisin, et ne le quitta point qu'il ne l'eût fait porter dans sa chambre, au sortir de laquelle mademoiselle de Saldagne l'avoit prié de la mettre à couvert des violences de son frère, et etoit venue avec lui, comme avoit fait sa sœur avec nous. Il avoit donc voulu la mettre dans la salle du jardin, où nous etions, comme je vous ai dit; et parcequ'il n'avoit pas moins de peur que nous vissions sa demoiselle que nous en avions qu'il ne vît la nôtre, et que par hasard les deux sœurs se trouvèrent l'une auprès de l'autre quand il entra et quand nous sortîmes, je trouvai sous ma main la sienne, au même temps qu'il se trompa de la même façon avec la nôtre, et ainsi les demoiselles furent troquées, ce qui fut d'autant plus faisable que j'avois eteint la lumière et qu'elles etoient vêtues l'une comme l'autre, et si eperdues, aussi bien que nous, qu'elles ne savoient ce qu'elles faisoient. Aussitôt que nous l'eûmes laissé dans la salle, se voyant seul avec une fort belle fille, et ayant bien plus d'instinct que de raison, ou, pour parler de lui comme il merite, etant la brutalité même, il avoit voulu profiter de l'occasion, sans considerer ce qui en pourroit arriver, et qu'il faisoit un outrage irreparable à une fille de condition qui s'etoit mise entre ses bras comme dans un asile. Sa brutalité fut punie comme elle meritoit : mademoiselle de Lery se defendit en lionne, le mordit, l'egratigna et le mit tout en sang. A tout cela il ne fit autre chose que s'aller coucher, et s'endormir

aussi tranquillement que s'il n'eût pas fait l'action
du monde la plus deraisonnable.

Vous êtes peut-être en peine de savoir com
ment mademoiselle de Lery se trouvoit dans
jardin quand son frère nous y surprit, elle qui
n'y etoit point venue comme avoit fait sa sœur.
C'est ce qui m'embarrassoit aussi bien que vous;
mais j'appris de l'une et de l'autre que mademoiselle de Lery avoit accompagné sa sœur dans
le jardin pour ne se fier pas à la discretion d'une
servante, et c'etoit elle que j'avois entretenue
sous le nom de Madelon. Je ne m'etonnai donc
plus si j'avois trouvé tant d'esprit en une femme
de chambre, et mademoiselle de Lery m'avoua
qu'après avoir fait conversation avec moi dans
le jardin et m'avoir trouvé plus spirituel que ne
l'est d'ordinaire un valet, celui de Verville, qui
lui avoit fait voir qu'il n'avoit guère d'esprit, et
qu'elle prenoit encore le lendemain pour moi,
l'avoit extrêmement etonnée. Depuis ce temps-
là, nous eûmes l'un pour l'autre quelque chose
de plus que de l'estime, et j'ose dire qu'elle etoit
pour le moins aussi aise que moi de ce que nous
nous pouvions aimer avec plus d'egalité et de
proportion que si l'un de nous deux eût eté valet
ou servante.

Le jour parut que nous etions encore ensemble. Nous laissâmes nos demoiselles dans ma
chambre, où elles s'endormirent si elles voulurent, et nous allâmes songer, Verville et moi, à
ce que nous avions à faire. Pour moi, qui n'etois
pas amoureux comme Verville, je mourois d'envie de dormir; mais il n'y avoit pas apparence
d'abandonner mon ami dans un si grand acca-

blement d'affaires. J'avois un laquais aussi avisé
que le valet de chambre de Verville etoit mala-
droit; je l'instruisis autant que je pus, et l'en-
voyai decouvrir ce qui se passoit chez Saldagne.
Il s'acquitta de sa commission avec esprit, et
nous rapporta que les gens de Saldagne disoient
que des voleurs l'avoient fort blessé, et que l'on
ne parloit non plus de ses sœurs que si jamais
il n'en eût eu, soit qu'il ne se souciât point
d'elles, ou qu'il eût défendu à ses gens d'en
parler, pour etouffer le bruit d'une chose qui lui
etoit si desavantageuse. « Je vois bien qu'il y
aura ici du duel, me dit alors Verville. — Et
peut-être de l'assassinat », lui repondis-je; et là-
dessus je lui appris que Saldagne etoit le même
qui m'avoit voulu assassiner dans Rome; que
nous nous etions reconnus l'un l'autre, et j'ajoutai que, s'il croyoit que ce fût moi qui eût attenté
sur sa vie, comme il y avoit grande apparence,
qu'assurement il ne soupçonnoit rien encore de
l'intelligence que ses sœurs avoient avec nous.
J'allai rendre compte à ces pauvres filles de ce
que nous avions appris, et cependant Verville
alla trouver Saint-Far pour decouvrir ses sentiments et si nous avions bien deviné. Il trouva
qu'il avoit le visage fort egratigné; mais, quelque
question que Verville lui pût faire, il n'en put
tirer autre chose, sinon que, revenant de jouer,
il avoit trouvé la porte du jardin de Saldagne
ouverte, sa maison en rumeur et lui fort blessé
entre les bras de ses gens, qui le portoient dans
sa chambre. « Voilà un grand accident, lui dit
Verville, et ses sœurs en seront bien affligées :
ce sont de fort belles filles; je veux leur aller

rendre visite. — Que m'importe ? » lui répondit ce brutal, qui se mit ensuite à siffler, sans plus rien repondre à son frère pour tout ce qu'il lui put dire. Verville le quitta et revint dans ma chambre, où j'employois toute mon eloquence pour consoler nos belles affligées. Elles se desesperoient et n'attendoient que des violences extrêmes de l'etrange humeur de leur frère, qui etoit sans doute l'homme du monde le plus esclave de ses passions. Mon laquais leur alla querir à manger dans le prochain cabaret [1], ce qu'il continua de faire quinze jours durant que nous les tînmes cachées dans ma chambre, où par bonheur elles ne furent point decouvertes, parcequ'elle etoit au haut du logis et eloignée des autres. Elles n'eussent point eu de repugnance à se mettre dans quelque maison religieuse ; mais, à cause de l'aventure fâcheuse qui leur etoit arrivée, elles avoient grand sujet de craindre de ne sortir pas d'un couvent quand elles voudroient, après s'y être renfermées d'elles-mêmes.

Cependant, les blessures de Saldagne se guerissoient, et Saint-Far, que nous observions, l'alloit visiter tous les jours. Verville ne bougeoit de ma chambre, à quoi on ne prenoit pas garde dans le logis, ayant accoutumé d'y passer souvent les jours entiers à lire ou à s'entretenir avec moi. Son amour augmentoit tous les jours pour mademoiselle de Saldagne, et elle l'aimoit autant qu'elle en etoit aimée. Je ne deplaisois pas à

1. On donnoit à manger aussi bien qu'à boire dans les cabarets, tandis qu'on ne donnoit qu'à boire dans les tavernes, débits de plus bas étage.

sa sœur aînée, et elle ne m'etoit pas indifferente.
Ce n'est pas que la passion que j'avois pour Leonore fût diminuée ; mais je n'esperois plus rien
de ce côté-là, et, quand je l'aurois pu posseder,
j'aurois fait conscience de la rendre malheureuse.

Un jour Verville reçut un billet de Saldagne, qui
le vouloit voir l'epée à la main, et qui l'attendoit
avec un de ses amis dans la plaine de Grenelle [1].
Par le même billet Verville etoit prié de ne se
servir point d'un autre que de moi, ce qui me
donna quelque soupçon que peut-être il nous
vouloit prendre tous deux d'un coup de filet. Ce
soupçon etoit assez bien fondé, ayant dejà experimenté ce qu'il savoit faire ; mais Verville ne s'y
voulut pas arrêter, ayant resolu de lui donner toutes sortes de satisfactions, et d'offrir même d'e-
pouser sa sœur. Il envoya querir un carrosse de
louage, quoiqu'il y en eût trois dans le logis.
Nous allâmes où Saldagne nous attendoit, et où
Verville fut bien etonné de trouver son frère qui
servoit son ennemi. Nous n'oubliâmes ni soumissions ni prières pour faire passer les choses par
accommodement ; il fallut absolument se battre
avec les deux moins raisonnables hommes du

1. C'étoit un des rendez-vous favoris des bretteurs , avec la
porte Saint-Honoré, le boulevard de la porte Saint-Antoine,
le pré du Marché-aux-Chevaux, et la place Royale, qu'il ne
faut pas oublier, car il étoit presque devenu de mode parmi
les gentilshommes de la choisir pour y vider leurs querelles
d'honneur. On se battoit parfois en pleine rue et dans les passages les plus fréquentés. Nous pourrions citer, par exemple,
le duel , si ce mot est juste, de Chalais et du comte de Pont-
gibault dans la rue Croix-des-Petits-Champs, ou, selon
Tallemant , sur le Pont-Neuf ; celui de Darquy et de Baron-
ville sur ce même pont, etc.

monde. Je voulus protester à Saint-Far que j'e-
tois au desespoir de tirer l'epée contre lui, et je ne
repondis qu'avec des soumissions et des paroles
respectueuses à toutes les choses outrageantes
dont il exerça ma patience. Enfin, il me dit bru-
talement que je lui avois toujours deplu, et que,
pour regagner ses bonnes grâces, il falloit que je
reçusse de lui deux ou trois coups d'epée. En disant cela, il vint à moi de furie. Je ne fis que parer quelque temps, resolu d'essayer d'en venir
aux prises au peril de quelques blessures. Dieu
favorisa ma bonne intention, il tomba à mes
pieds. Je le laissai relever, et cela l'anima encore
davantage contre moi. Enfin, m'ayant blessé
legèrement à une epaule, il me cria, comme auroit
fait un laquais, que j'en tenois, avec un emportement si insolent que ma patience se lassa. Je
le pressai, et, l'ayant mis en desordre, je passai
si heureusement sur lui que je pus lui saisir la
garde de son epée. « Cet homme que vous haïs-
sez tant, lui dis-je alors, vous donnera neanmoins la vie. » Il fit cent efforts hors de saison
sans jamais vouloir parler, comme un brutal qu'il
etoit, quoique je lui representasse que nous de-
vions aller separer son frère et Saldagne, qui se
rouloient l'un sur l'autre; mais je vis bien qu'il
falloit agir autrement avec lui. Je ne l'epargnai
plus, et je pensai lui rompre la main d'un grand
effort que je fis en lui arrachant son epée, que je
jetai assez loin de lui. Je courus aussitôt au secours de Verville, qui etoit aux prises avec son
homme. En les approchant, je vis de loin des
gens de cheval qui venoient à nous. Saldagne fut
desarmé, et en même temps je me sentis donner

un coup d'epée par derrière. C'etoit le genereux Saint-Far qui se servoit si lâchement de l'epée que je lui avois laissée. Je ne fus plus maître de mon ressentiment : je lui en portai un qui lui fit une grande blessure. Le baron d'Arques, qui survint à l'heure même et qui vit que je blessois son fils, m'en voulut d'autant plus de mal qu'il m'avoit toujours voulu beaucoup de bien. Il poussa son cheval sur moi et me donna un coup d'epée sur la tête. Ceux qui etoient venus avec lui fondirent sur moi à son exemple. Je me demêlai assez heureusement de tant d'ennemis ; mais il eût fallu ceder au nombre si Verville, le plus genereux ami du monde, ne se fût mis entre eux et moi au peril de sa vie. Il donna un grand estramaçon sur les oreilles de son valet, qui me pressoit plus que les autres, pour se faire de fête. Je presentai mon epée par la garde au baron d'Arques : cela ne le flechit point. Il m'appela coquin, ingrat, et me dit toutes les injures qui lui vinrent à la bouche, jusqu'à me menacer de me faire pendre. Je repondis avec beaucoup de fierté que, tout coquin et tout ingrat que j'etois, j'avois donné la vie à son fils, et que je ne l'avois blessé qu'après en avoir eté frappé en trahison. Verville soutint à son père que je n'avois pas tort ; mais il dit toujours qu'il ne me vouloit jamais voir. Saldagne monta avec le baron d'Arques dans le carrosse où l'on avoit mis Saint-Far ; et Verville, qui ne me voulut point quitter, me reçut dans l'autre auprès de lui. Il me fit descendre dans l'hôtel d'un de nos princes, où il avoit des amis, et se retira chez son père. M. de Saint-Sauveur

m'envoya la nuit même un carrosse, et me reçut
en son logis secretement, où il eut soin de moi
comme si j'eusse eté son fils. Verville me vint
voir le lendemain, et me conta que son père
avoit eté averti de notre combat par les sœurs de
Saldagne, qu'il avoit trouvées dans ma chambre. Il me dit ensuite avec grande joie que l'affaire s'accommoderoit par un double mariage,
aussitôt que son frère seroit gueri, qui n'etoit
pas blessé en un lieu dangereux; qu'il ne tiendroit qu'à moi que je ne fusse bien avec Saldagne, et, pour son père, qu'il n'etoit plus en colère et etoit bien fâché de m'avoir maltraité. Il
souhaita ensuite que je fusse bientôt gueri pour
avoir part à tant de rejouissance; mais je lui repondis que je ne pouvois plus demeurer dans un pays
où l'on pouvoit me reprocher ma basse naissance,
comme avoit fait son père [1], et que je quitterois

1. En l'appelant coquin, car ce mot se trouve souvent employé à cette époque pour désigner injurieusement les *petites
gens*, les hommes de naissance vile, faisant partie, comme on
disoit, de la *canaille*. N'est-ce point en ce sens que Cyrano
de Bergerac a dit: « L'ingratitude est un vice de *coquin* dont
la noblesse est incapable (*Lett. cont. les frond.*) », et qu'ailleurs il fait dire au Sommeil: « J'élève aussi, quand il me
plaît, un *coquin* sur le trône. » (*Enigme.*) Le P. Garasse,
dans sa *Doctrine curieuse*, s'attache à faire voir que tous les
libertins et hérésiarques sont *coquins et bélitres d'extraction*.
Scarron lui-même a dit ailleurs:

Je suis pauvre par le courroux
Qu'a contre moi dame Fortune...
Tant il est vrai que le Destin
En me faisant fit un *coquin*.
(*Etrennes à Mlle Descars.*)

Ce mot a pu venir de *coquus*, pour désigner les gueux, en
tant que hantant les cuisines. Voyez, d'ailleurs, la ressemblance de *queux* et de *gueux*.

bientôt le royaume pour me faire tuer à la guerre, ou pour m'elever à une fortune proportionnée aux sentiments d'honneur que son exemple m'avoit donnés. Je veux croire que ma resolution l'affligea; mais un homme amoureux n'est pas long-temps occupé par une autre passion que l'amour.

Le Destin continuoit ainsi son histoire, quand on ouït tirer dans la rue un coup d'arquebuse, et tout aussitôt jouer des orgues. Cet instrument, qui peut-être n'avoit point encore eté ouï à la porte d'une hôtellerie, fit courir aux fenêtres tous ceux que le coup d'arquebuse avoit eveillés. On continuoit toujours de jouer des orgues, et ceux qui s'y connoissoient remarquèrent même que l'organiste jouoit un chant d'eglise. Personne ne pouvoit rien comprendre en cette devote serenade, qui pourtant n'etoit pas encore bien reconnue pour telle; mais on n'en douta plus quand on ouït deux mechantes voix dont l'une chantoit le dessus et l'autre râloit une basse. Ces deux voix de lutrin se joignirent aux orgues, et firent un concert à faire hurler tous les chiens du pays; ils chantèrent :

Allons de nos voix et de nos luths d'ivoire
Ravir les esprits ,

et le reste de la chanson. Après que cet air suranné fut mal chanté, on ouït la voix de quelqu'un qui parloit bas, le plus haut qu'il pouvoit, en reprochant aux chantres qu'ils chantoient toujours une même chose; les pauvres gens repondirent qu'ils ne savoient pas ce qu'on vouloit qu'ils chantassent. « Chantez ce que vous voudrez, repon-

dit à demi-haut la même personne ; il faut chanter, puisqu'on vous paie bien ! » Après cet arrêt
definitif les orgues changèrent de ton, et on ouït
un bel *Exaudiat*[1], qui fut chanté fort devotement.
Personne des auditeurs n'avoit encore osé parler, de peur d'interrompre la musique, quand la
Rancune, qui ne se fut pas tu en une pareille occasion pour tous les biens du monde, cria tout
haut : « On fait donc ici le service divin dans les
rues ? » Quelqu'un des ecoutans prit la parole et
dit que l'on pouvoit proprement appeler cela chanter tenèbres ; un autre ajouta que c'etoit une proces-
sion de nuit. Enfin, tous les facetieux de l'hôtellerie se rejouirent sur la musique sans que pas un
d'eux pût deviner celui qui la donnoit, et, encore
moins, à qui ni pourquoi. Cependant l'*Exaudiat*
avançoit toujours chemin, lorsque dix ou douze
chiens, qui suivoient une chienne de mauvaise vie, vinrent, à la suite de leur maîtresse,
se mêler parmi les jambes des musiciens ; et,
comme plusieurs rivaux ensemble ne sont pas
long-temps d'accord, après avoir grondé et juré
quelque temps les uns contre les autres, enfin,
tout d'un coup, ils se pillèrent avec tant d'animosité et de furie que les musiciens craignirent
pour leurs jambes et gagnèrent au pied, laissant
leurs orgues à la discretion des chiens. Ces amans
immoderés n'en usèrent pas bien : ils renversèrent
une table à treteaux qui soutenoit la machine
harmonieuse, et je ne voudrois pas jurer que
quelques uns de ces maudits chiens ne levassent
la jambe et ne pissassent contre les orgues ren-

1. Psaume XIX.

versées, ces animaux etant fort diuretiques de leur nature, principalement quand quelque chienne de leur connoissance a envie de proceder à la multiplication de son espèce. Le concert etant ainsi deconcerté, l'hôte fit ouvrir la porte de l'hôtellerie et voulut mettre à couvert le buffet d'orgues, la table et les treteaux. Comme ses valets et lui s'occupoient à cette œuvre charitable, l'organiste revint à ses orgues, accompagné de trois personnes, entre lesquelles il y avoit une femme et un homme qui se cachoit le nez de son manteau. Cet homme etoit le veritable Ragotin, qui avoit voulu donner une serenade à mademoiselle de l'Etoile, et s'etoit adressé pour cela à un petit châtré, organiste d'une eglise[1]. Ce fut ce monstre, ni homme ni femme, qui chanta le dessus et qui joua des orgues, que sa servante avoit apportées; un enfant de chœur qui avoit dejà mué chanta la basse; et tout cela pour le prix et somme de deux testons[2], tant il faisoit dejà cher vivre dans ce bon pays du Maine. Aussitôt que l'hôte eut reconnu les auteurs de la serenade, il dit, assez haut pour être entendu de tous ceux

1. On sait que l'usage, venu d'Italie, d'employer des castrats comme chanteurs et musiciens, se répandit dans les autres contrées, et dura même long-temps en France. On connoît Berthod l'*incommodé*, qui faisoit partie de la musique du roi. (V. Tallemant, historiette de Bertaut.) C'étoient de semblables *incommodés* qui chantoient dans les opéras que faisoit jouer Mazarin.

2. Un teston est une ancienne monnoie, remontant au règne de Louis XII, qui valoit d'abord quinze sous six deniers, et qui subit de grandes variations dans sa valeur. Il fut supprimé par Henri III. Son nom venoit de la *tête* du roi qu'il portoit sur une de ses faces.

qui etoient aux fenêtres de l'hôtellerie : «C'est
donc vous, Monsieur Ragotin, qui venez chanter vêpres à ma porte ; vous feriez bien mieux de
dormir et de laisser dormir mes hôtes ! » Ragotin
lui repondit qu'il le prenoit pour un autre ; mais
ce fut d'une façon à faire croire encore davantage
ce qu'il feignoit de vouloir nier. Cependant l'organiste, qui trouva ses orgues rompues et qui
etoit fort colère, comme sont tous les animaux im-
berbes, dit à Ragotin, en jurant, qu'il les lui falloit payer. Ragotin lui repondit qu'il se moquoit
de cela. «Ce n'est pourtant pas moquerie, repartit le châtré, je veux être payé ! » L'hôte et
ses valets donnèrent leurs voix pour lui ; mais Ragotin leur apprit, comme à des ignorans, que
cela ne se pratiquoit point en serenade, et, cela
dit, s'en alla tout fier de sa galanterie. La musique chargea les orgues sur le dos de la servante
du châtré, qui se retira en son logis de fort mauvaise humeur, la table sur l'epaule et suivi de l'enfant de chœur, qui portoit les deux treteaux.
L'hôtellerie fut refermée ; le Destin donna le
bonsoir aux comediennes, et remit la fin de son
histoire à la première occasion.

CHAPITRE XVI.

*L'ouverture du theâtre, et autres choses qui
ne sont pas de moindre consequence.*

Le lendemain, les comediens s'assem-
blèrent dès le matin en une des chambres qu'ils occupoient dans l'hôtellerie,
pour repeter la comedie qui se devoit
representer après-dîner. La Rancune, à qui Ragotin avoit dejà fait confidence de la serenade,
et qui avoit fait semblant d'avoir de la peine à le
croire, avertit ses compagnons que le petit homme ne manqueroit pas de venir bientôt recueillir
les louanges de sa galanterie raffinée, et ajouta
que, toutes les fois qu'il en voudroit parler, il falloit en detourner le discours malicieusement. Ragotin entra dans la chambre en même temps, et,
après avoir salué les comediens en general, il
voulut parler de sa serenade à mademoiselle de
l'Etoile, qui fut alors pour lui une etoile erran-
te : car elle changea de place sans lui repondre,
autant de fois qu'il lui demanda à quelle heure elle
s'etoit couchée et comment elle avoit passé la
nuit. Il la quitta pour mademoiselle Angelique,
qui, au lieu de lui parler, ne fit qu'etudier son
rôle. Il s'adressa à la Caverne, qui ne le regarda
seulement pas. Tous les comediens, l'un après
l'autre, suivirent exactement l'ordre qu'avoit
donné la Rancune, et ne repondirent point à ce

que leur dit Ragotin, ou changèrent de discours autant de fois qu'il voulut parler de la nuit precedente. Enfin, pressé de sa vanité et ne pouvant laisser languir sa reputation davantage, il dit tout haut, parlant à tout le monde : « Voulez-vous que je vous avoue une verité ? — Vous en userez comme il vous plaira, repondit quelqu'un. —C'est moi, ajouta-t-il, qui vous ai donné cette nuit une serenade. — On les donne donc en ce pays avec des orgues ? lui dit le Destin. Et à qui la donniez-vous ? N'est-ce point, continua-t-il, à la belle dame qui fit battre tant d'honnêtes chiens ensemble ?—Il n'en faut pas douter, dit l'Olive : car ces animaux de nature mordante n'eussent pas troublé une musique si harmonieuse à moins que d'être rivaux, et même jaloux, de monsieur Ragotin. » Un autre de la compagnie prit la parole et dit qu'il ne doutoit point qu'il ne fût bien avec sa maîtresse et qu'il ne l'aimât à bonne intention, puisqu'il y alloit si ouvertement. Enfin tous ceux qui etoient dans la chambre poussèrent à bout Ragotin sur la serenade, à la reserve de la Rancune, qui lui fit grâce, ayant eté honoré de l'honneur de sa confidence ; et il y a apparence que cette belle raillerie de chien eût epuisé tous ceux qui etoient dans la chambre, si le poète, qui en son espèce etoit aussi sot et aussi vain que Ragotin, et qui de toutes les choses tiroit matière de contenter sa vanité, n'eût rompu les chiens en disant du ton d'un homme de condition, ou plutôt qui le fait à fausses enseignes : « A propos de serenade, il me souvient qu'à mes noces on m'en donna une quinze jours de suite, qui etoit composée de plus de cent sortes d'instruments.

Elle courut par tout le Marais ; les plus galantes dames de la place Royale[1] l'adoptèrent ; plusieurs galants s'en firent honneur, et elle donna même de la jalousie à un homme de condition, qui fit charger par ses gens ceux qui me la donnoient. Mais ils n'y trouvèrent par leur compte, car ils étoient tous de mon pays, braves gens s'il en est au monde, et dont la plus grande partie avoient été officiers dans un regiment que je mis

1. Sous la régence d'Anne d'Autriche, la place Royale et le Marais étoient le centre où se réunissoit, comme de concert, cette société épicurienne de grands seigneurs et de grandes dames qui a laissé tant de traces dans les mémoires du temps, et dont Saint-Evremont a célébré le souvenir dans son *Epître à Ninon*. Il s'y tenoit des assemblées auxquelles Marion Delorme et Ninon de Lenclos, les deux plus *galantes dames* du quartier, donnoient naturellement le ton. Aussi un proverbe, rapporté par Saint-Simon, disoit-il : « Henri IV avec son peuple sur le Pont-Neuf ; Louis XIII avec les gens de qualité à la place Royale. » Du reste, les *dames galantes* devoient y être attirées par le voisinage des financiers, qui logeoient alors en grand nombre au Marais. (V. *Catal. des partisans*, t. I, p. 113 du *Rec. des Mazarinades.*) « Mesdames de Rohan *et les autres galantes* de la place, dit Tallemant, ne craignoient rien tant que madame Pilon, bien loin qu'elle les servît en leurs amourettes. » (*Hist. de madame Pilon.*) Le Marais, voisin de la place où logeoit Scarron, étoit considéré comme un pays de Cocagne, comme l'île des plaisirs et des ris. Aussi Louis XIII, reprochant à Cinq-Mars sa paresse, lui disoit-il « que ce vice n'étoit bon qu'à ceux du Marais, où il avoit été nourri, qui étoient surtout adonnés à leurs plaisirs, et que, s'il vouloit continuer cette vie, il falloit qu'il y retournât ». (Lett. de Louis XIII à Richel., 4 janv. 1641.) Dans son *Adieu au Marais et à la Place-Royale*, Scarron s'exprime ainsi :

> Adieu, beau quartier favori,
> Des honnestes gens tant chéri,
> Adieu, belle place où n'habite
> Que mainte personne d'élite, etc.

Parmi les hauts et illustres personnages dont il nous a laissé

sur pied quand les communes de nos quartiers[1] se soulevèrent. La Rancune, qui avoit contraint son naturel moqueur en faveur de Ragotin, n'eut pas la même bonté pour le poète, qu'il persecutoit continuellement. Il prit donc la parole et dit au nourrisson des Muses : « Votre serenade, de la façon que vous nous la representez, etoit plutôt un charivari dont un homme de condition fut importuné, et envoya la canaille de sa maison pour le faire taire ou pour le chasser plus loin. Ce qui me le fait croire encore davantage, c'est que votre femme est morte de vieillesse, et six mois après votre hymenée, pour parler en vos termes. —Elle mourut pourtant du mal de mère, dit le poète. — Dites plutôt de grand'-mère, d'aïeule ou de bisaïeule, repondit la Rancune. Dès le regne d'Henry quatrième, la mère ne lui faisoit plus de mal, ajouta-t-il ; et, pour vous montrer que j'en sais plus de nouvelles que vous-même, quoique vous nous la prôniez si souvent, je vous veux apprendre une chose d'elle qui n'est jamais venue à votre connoissance : Dans la cour de la reine

la liste dans cette pièce, et qui donnoient son principal lustre à cette place et aux alentours, on peut citer MM. de Villequier de Courcy, le prince de Gourné, le prince de Guemenée, Sarrazin, La Ménardière, etc. ; mais ce sont surtout les dames qu'il énumère complaisamment : —La princesse de Guéménée, la duchesse de Rohan et sa fille, les marquises de Piennes et de Grimault ; mesdames de Bassompierre, de Blerancourt, de Maugiron, de Martel, de Choisy, de Boisdauphine, de Gourné ; les comtesses de Belin, du Lude, de La Suze ; —sans parler de Ninon et de Marion.

1. Des bords de la Garonne. Roquebrune est Gascon, comme on a pu s'en apercevoir déjà à sa confiance en lui-même et à ses hâbleries ; Scarron, d'ailleurs, le dit plus loin (l. 1, ch. 19).

Marguerite... [1] » Ce beau commencement d'histoire attira auprès de la Rancune tous ceux qui etoient dans la chambre, qui savoient bien qu'il avoit des memoires contre tout le genre humain. Le poète, qui le redoutoit extrêmement, l'interrompit en lui disant : « Je gage cent pistoles que non, » Ce defi de gager fait si à propos fit rire toute la compagnie et le fit sortir hors de la chambre. C'etoit toujours ainsi par des gageures de sommes considerables que le pauvre homme defendoit ses hyperboles quotidiennes, qui pouvoient bien monter chaque semaine à la somme de mille ou douze cents impertinences, sans y comprendre les menteries. La Rancune etoit le contrôleur general tant de ses actions que de ses paroles, et l'ascendant qu'il avoit sur lui etoit si grand que je l'ose comparer à celui du genie d'Auguste sur celui d'Antoine, cela s'entend prix pour prix, et sans faire comparaison de deux comediens de campagne à deux Romains de ce calibre-là. La Rancune ayant donc commencé son conte, et en ayant eté interrompu par le poète, comme je vous ai dit, chacun le pria instamment de l'achever ; mais il s'en excusa, promettant de leur conter une autre fois la vie du poète tout entière, et que celle de sa femme y seroit comprise.

Il fut question de repeter la comedie qu'on devoit jouer le jour même dans un tripot voisin. Il n'arriva rien de remarquable pendant la repetition. On joua après dîner et on joua fort bien. Mademoiselle de l'Etoile y ravit tout le monde par sa beauté ; Angelique eut des partisans pour elle, et

1. La première femme de Henri IV.

l'une et l'autre s'acquitta de son personnage à la satisfaction de tout le monde ; le Destin et ses camarades firent aussi des merveilles, et ceux de l'assistance qui avoient souvent ouï la comedie dans Paris avouèrent que les comediens du roi n'eussent pas mieux representé. Ragotin ratifia en sa tête la donation qu'il avoit faite de son corps et de son âme à mademoiselle de l'Etoile, passée par devant la Rancune, qui lui promettoit tous les jours de la faire accepter à la comedienne. Sans cette promesse, le desespoir eût bientôt fait un beau grand sujet d'histoire tragique d'un méchant petit avocat. Je ne dirai point si les comediens plurent autant aux dames du Mans que les comediennes avoient fait aux hommes, quand j'en saurois quelque chose je n'en dirois rien ; mais, parceque l'homme le plus sage n'est pas quelquefois maître de sa langue, je finirai le present chapitre, pour m'ôter tout sujet de tentation.

CHAPITRE XVII.

Le mauvais succès qu'eut la civilité de Ragotin.

Aussitôt que Destin eut quitté sa vieille broderie et repris son habit de tous les jours, la Rappinière le mena aux prisons de la ville, à cause que l'homme qu'ils avoient pris le jour que le curé de Domfront fut enlevé demandoit à lui parler. Cependant les comediennes s'en retournèrent en leur hôtellerie avec un grand cortége de Manceaux. Ragotin, s'etant trouvé auprès de mademoiselle de la Caverne dans le temps qu'elle sortoit du jeu de paume, où l'on avoit joué, lui presenta la main pour la ramener, quoiqu'il eût mieux aimé rendre ce service-là à sa chère l'Etoile. Il en fit autant à mademoiselle Angelique, tellement qu'il se trouva ecuyer à droit[1] et à gauche. Cette double civilité fut cause d'une incommodité triple, car la Caverne, qui avoit le haut de la rue, comme de raison, etoit pressée par Ragotin, afin qu'Angelique ne marchât point dans le ruisseau. De plus, le petit homme, qui ne leur venoit qu'à la ceinture, tiroit si fort leurs mains en bas, qu'elles avoient bien de la peine à s'empêcher de tomber sur lui. Ce qui les incommodoit encore davantage, c'est qu'il se retournoit à tout moment pour regarder mademoiselle de l'Etoile, qu'il entendoit parler derrière lui à deux godelureaux qui la ramenoient malgré elle. Les pauvres comediennes essayèrent souvent de se deprendre les mains, mais il tint toujours si ferme qu'elles eussent autant aimé avoir les osselets[2]. Elles le prièrent cent fois de ne prendre pas tant de peine ; il leur

---

1. Se disoit alors pour *droite* :

. . . . On prend la tabatière ;
Soudain, à gauche, à *droit*, par devant, par derrière, etc.
        (*Le Festin de Pierre*, de Th. Corneille, acte 1, sc. 1.)

Il se trouve même dans Boileau :

Les voyageurs sans guide assez souvent s'égarent,
L'un à *droit*, l'autre à gauche.....
        (Sat. 4.)

2. Donner les *osselets* à quelqu'un, c'étoit lui mettre au pouce ou au poignet un nœud coulant, qu'on serroit à l'aide

repondit seulement : « Serviteur, serviteur » (c'e-
toit son compliment ordinaire), et leur serra les
mains encore plus fort. Il fallut donc prendre patience jusqu'à l'escalier de leur chambre, où elles esperèrent d'être remises en liberté ; mais Ragotin n'etoit pas homme à cela. En disant toujours : « Serviteur, serviteur », à tout ce qu'elles
lui purent dire, il essaya premièrement de monter de front avec les deux comediennes, ce qui
s'etant trouvé impossible parceque l'escalier etoit
trop etroit, la Caverne se mit le dos contre la
muraille, et monta la première, tirant après soi
Ragotin, qui tiroit après soi Angelique, qui ne tiroit rien et qui rioit comme une folle. Pour nouvelle incommodité, à quatre ou cinq degrés de
leur chambre, ils trouvèrent un valet de l'hôte
chargé d'un sac d'avoine d'une pesanteur excessive, qui leur dit à grand'peine, tant il etoit ac-
cablé de son fardeau, qu'ils eussent à descendre,
parcequ'il ne pouvoit remonter, chargé comme il
etoit. Ragotin voulut repliquer ; le valet jura tout
net qu'il laisseroit tomber son sac sur eux. Ils
defirent donc avec precipitation ce qu'ils avoient
fait fort posément, sans que Ragotin voulût encore quitter les mains des comediennes. Le valet
chargé d'avoine les pressoit etrangement, ce qui
fut cause que Ragotin fit un faux pas, qui ne l'eût
pas pourtant fait tomber, se tenant comme il faisoit aux mains des comediennes ; mais il s'attira
sur le corps la Caverne, laquelle le soutenoit da-

---

d'un os de pied de mouton. On employoit surtout les *osselets*
avec les prisonniers, pour les obliger à suivre ceux qui les
conduisoient.

vantage que sa fille, à cause de l'avantage du
lieu. Elle tomba donc sur lui, et lui marcha sur
l'estomac et sur le ventre, se donnant de la tête
contre celle de sa fille si rudement qu'elles en
tombèrent et l'une et l'autre. Le valet, qui crut
que tant de monde ne se releveroit pas si tôt, et
qui ne pouvoit plus supporter la pesanteur de son
sac d'avoine, le dechargea enfin sur les degrés,
jurant comme un valet d'hôtellerie. Le sac se de-
lia ou se rompit par malheur. L'hôte y arriva, qui
pensa enrager contre son valet ; le valet enrageoit
contre les comediennes, les comediennes enra-
geoient contre Ragotin, qui enrageoit plus que
pas un de ceux qui enragèrent, parceque mademoiselle de l'Etoile, qui arriva en même temps,
fut encore temoin de cette disgrâce, presque
aussi fâcheuse que celle du chapeau que l'on lui
avoit coupé avec des ciseaux quelques jours auparavant. La Caverne jura son grand serment
que Ragotin ne la mèneroit jamais, et montra à
mademoiselle de l'Etoile ses mains, qui etoient
toutes meurtries. L'Etoile lui dit que Dieu l'avoit
punie de lui avoir ravi M. Ragotin, qui l'avoit
retenue devant la comedie pour la ramener, et
ajouta qu'elle etoit bien aise de ce qui etoit arrivé
au petit homme, puisqu'il lui avoit manqué de
parole. Il n'entendit rien de tout cela, car l'hôte
parloit de lui faire payer le dechet de son avoine,
ayant dejà, pour le même sujet, voulu battre son
valet, qui appela Ragotin avocat de causes perdues.
Angelique lui fit la guerre à son tour, et lui reprocha qu'elle avoit eté son pis-aller. Enfin, la fortune
fit bien voir jusque là qu'elle ne prenoit encore
nulle part dans les promesses que la Rancune

avoit faites à Ragotin de le rendre le plus heureux amant de tout le pays du Màine, à y comprendre même le Perche et Laval. L'avoine fut
ramassée, et les comediennes montèrent dans leur
chambre l'une après l'autre, sans qu'il leur arrivât
aucun malheur. Ragotin ne les y suivit point, et
je n'ai pas bien sçu où il alla. L'heure du souper
vint : on soupa dans l'hôtellerie ; chacun prit parti
après le souper, et le Destin s'enferma avec les
comediennes pour continuer son histoire.

CHAPITRE XVIII.

Suite de l'histoire de Destin et de l'Etoile.

'ai fait le precedent chapitre un peu
court; peut-être que celui-ci sera plus
long; je n'en suis pourtant pas bien
assuré : nous allons voir. Le Destin se
mit en sa place accoutumée et reprit son histoire
en cette sorte : Je m'en vais vous achever le plus
succinctement que je pourrai une vie qui ne vous
a dejà ennuyées que trop long-temps. Verville m'e-
tant venu voir, comme je vous ai dit, et n'ayant
pu me persuader de retourner chez son père, il
me quitta fort affligé de ma resolution, à ce qu'il
me parut, et s'en retourna chez lui, où quelque
temps après il se maria avec mademoiselle de Saldagne, et Saint-Far en fit autant avec mademoiselle de Lery. Elle etoit aussi spirituelle que

Saint-Far l'etoit peu, et j'ai bien de la peine à
m'imaginer comment deux esprits si dispropor-
tionnés se seront accordés ensemble. Cependant
je me gueris entierement, et le genereux monsieur de Saint-Sauveur, ayant approuvé la resolution que j'avois prise de m'en aller hors du
royaume, me donna de l'argent pour mon voyage,
et Verville, qui ne m'oublia point pour s'être marié, me fit present d'un bon cheval et de cent
pistoles. Je pris le chemin de Lyon pour retourner
en Italie, à dessein de repasser par Rome, et, après
y avoir vu ma Leonore pour la dernière fois, de
m'aller faire tuer en Candie[1], pour n'être pas
long-temps malheureux. A Nevers, je logeai dans
une hôtellerie qui etoit proche de la rivière. Etant
arrivé de bonne heure et ne sçachant à quoi me
divertir en attendant le souper, j'allai me promener sur un grand pont de pierre qui traverse la
rivière de Loire. Deux femmes s'y promenoient
aussi, dont l'une, qui paroissoit être malade, s'appuyoit sur l'autre, ayant bien de la peine à marcher. Je les saluai, sans les regarder, en passant
auprès d'elles, et me promenai quelque temps
sur le pont, songeant à ma malheureuse fortune
et plus souvent à mon amour. J'etois assez bien
vêtu, comme il est necessaire de l'être à ceux de
qui la condition ne peut faire excuser un mechant
habit. Quand je repassai auprès de ces femmes,
j'entendis dire à demi-haut : « Pour moi, je croi-

1. Dans la guerre que Venise, assistée du pape, y soutenoit contre les Turcs. Voir notre note plus haut, I. I,
ch. 13.

rois que ce fût lui s'il n'etoit point mort. » Je ne
sçais pourquoi je tournai la tête, n'ayant pas sujet
de prendre ces paroles-là pour moi. On ne les
avoit pourtant pas dites pour un autre. Je vis mademoiselle de la Boissière, le visage fort pâle et
defait, qui s'appuyoit sur sa fille Leonore. J'allai
droit à elles avec plus d'assurance que je n'eusse
fait dans Rome, m'etant beaucoup formé le corps
et l'esprit durant le temps que j'avois demeuré à
Paris. Je les trouvai si surprises et si effrayées,
que je crois qu'elles se fussent mises en fuite si
mademoiselle de la Boissière eût pu courir. Cela
me surprit aussi. Je leur demandai par quelle
heureuse rencontre je me trouvois avec les personnes du monde qui m'etoient les plus chères. Elles
se rassurèrent à mes paroles. Mademoiselle de la
Boissière me dit que je ne devois point trouver
etrange si elles me regardoient avec quelque sorte
d'etonnement ; que le seigneur Stefano leur avoit
fait voir des lettres de l'un des gentilshommes que
j'accompagnois dans Rome, par lesquelles on lui
mandoit que j'avois eté tué durant la guerre de
Parme [1], et ajouta qu'elle etoit ravie de ce qu'une
nouvelle qui l'avoit si fort affligée ne se trouvoit pas veritable. Je lui repondis que la mort
n'etoit pas le plus grand malheur qui me pouvoit
arriver, et que je m'en allois à Venise faire courir
le même bruit avec plus de verité. Elles s'attris-
tèrent de ma resolution, et la mère me fit alors
des caresses extraordinaires dont je ne pouvois
deviner la cause. Enfin, j'appris d'elle-même ce

1. Voir plus haut notre note (1re partie, chapitre 15).

qui la rendoit si civile. Je pouvois encore lui rendre service, et l'etat où elle se trouvoit ne lui permettoit pas de me mepriser et de me faire mauvais visage, comme elle avoit fait dans Rome. Il leur etoit arrivé un malheur assez grand pour les mettre en peine. Ayant fait argent de tous leurs meubles, qui etoient fort beaux et en quantité, elles etoient parties de Rome avec une servante françoise qui les servoit il y avoit long-temps, et le seigneur Stefano leur avoit donné son valet, qui etoit Flamand comme lui et qui vouloit retourner en son pays. Ce valet et cette servante s'aimoient à dessein de se marier ensemble, et leur amour n'etoit connu de personne. Mademoiselle de la Boissière, etant arrivée à Rouane, se mit sur la rivière. A Nevers, elle se trouva si mal qu'elle ne put passer outre. Durant sa maladie, elle fut assez difficile à servir, et sa servante s'en acquitta fort mal, contre sa coutume. Un matin, le valet et la servante ne se trouvèrent plus, et, ce qui fut de plus fâcheux, l'argent de la pauvre demoiselle disparut aussi. Le deplaisir qu'elle en eut augmenta sa maladie, et elle fut contrainte de s'arrêter à Nevers pour attendre des nouvelles de Paris, d'où elle esperoit recevoir de quoi continuer son voyage. Mademoiselle de la Boissière m'apprit en peu de mots cette fâcheuse aventure. Je les ramenai en leur hôtellerie, qui etoit aussi la mienne, et, après avoir eté quelque temps avec elles, je me retirai en ma chambre pour les laisser souper. Pour moi, je ne mangeai point, et je crus avoir eté à table cinq ou six heures pour le moins. Je les allai voir aussitôt qu'elles m'eurent fait dire que j'y serois le bien venu. Je trouvai la mère

dans son lit, et la fille me parut avec un visage
aussi triste que je l'avois trouvée gaie un moment
auparavant. Sa mère etoit encore plus triste
qu'elle, et je le devins aussi. Nous fûmes quelque temps à nous regarder sans rien dire. Enfin,
mademoiselle de la Boissière me montra des lettres qu'elle avoit reçues de Paris, qui la rendoient,
sa fille et elle, les plus affligées personnes du
monde. Elle m'apprit le sujet de son affliction
avec une si grande effusion de larmes, et sa fille,
que je vis pleurer aussi fort que sa mère, me toucha tellement, que je ne crus pas leur temoigner
assez bien mon ressentiment, quoique je leur offrisse tout ce qui dependoit de moi, d'une façon à
ne les point faire douter de ma franchise. « Je ne
sais pas encore ce qui vous afflige si fort, leur
dis-je ; mais, s'il ne faut que ma vie pour dimi-
nuer la peine où je vous vois, vous pouvez vous
mettre l'esprit en repos. Dites-moi donc, Madame,
ce qu'il faut que je fasse. J'ai de l'argent si vous
en manquez, j'ai du courage si vous avez des ennemis, et je ne pretends de tous les services que
je vous offre que la satisfaction de vous avoir
servie. » Mon visage et mes paroles leur firent si
bien voir ce que j'avois dans l'ame, que leur grande affliction se modera un peu. Mademoiselle de
la Boissière me lut une lettre par laquelle une
femme de ses amies lui mandoit qu'une personne
qu'elle ne nommoit point, et que je m'aperçus
bien être le père de Leonore, avoit eu commandement de se retirer de la cour et qu'il s'en étoit
allé en Hollande. Ainsi la pauvre demoiselle se
trouvoit dans un pays inconnu, sans argent et
sans esperance d'en avoir. Je lui offris de nou-

veau ce que j'en avois, qui pouvoit monter à cinq
cens ecus, et lui dis que je la conduirois en Hollande et au bout du monde, si elle y vouloit aller.
Enfin, je l'assurai qu'elle avoit retrouvé en moi
une personne qui la serviroit comme un valet et
de qui elle seroit aimée et respectée comme d'un
fils. Je rougis extrêmement en prononçant le mot
de fils ; mais je n'etois plus cet homme odieux à
qui l'on avoit refusé la porte dans Rome et pour
qui Leonore n'étoit pas visible, et mademoiselle
de la Boissière n'etoit plus pour moi une mère
sévère. A toutes les offres que je lui fis elle me
repondit toujours que Leonore me seroit fort obligée. Tout se passoit au nom de Leonore, et vous
eussiez dit que sa mère n'etoit plus qu'une suivante qui parloit pour sa maîtresse : tant il est
vrai que la plupart du monde ne considère les
personnes que selon qu'elles leur sont utiles.

Je les laissai fort consolées, et me retirai en ma
chambre le plus satisfait homme du monde. Je
passai la nuit fort agreablement, quoiqu'en veil-
lant, ce qui me retint au lit assez tard, n'ayant
commencé à dormir qu'à la pointe du jour. Leonore me parut ce jour-là habillée avec plus de
soin qu'elle n'étoit le jour de devant, et elle put
bien remarquer que je ne m'etois pas negligé. Je
la menai à la messe sans sa mère, qui etoit encore
trop foible. Nous dînâmes ensemble, et depuis ce
temps-là nous ne fûmes plus qu'une même famille. Mademoiselle de la Boissière me temoignoit
beaucoup de reconnoissance des services que je
lui rendois, et me protestoit souvent qu'elle n'en
mourroit pas ingrate. Je vendis mon cheval, et,
aussitôt que la malade fut assez forte, nous prî-

mes une cabane[1] et baissâmes jusqu'à Orleans. Durant le temps que nous fûmes sur l'eau, je jouis de la conversation de Leonore, sans qu'une si grande felicité fût troublée par sa mère. Je trouvai des lumières dans l'esprit de cette belle fille aussi brillantes que celles de ses yeux, et le mien, dont peut-être elle avoit pu douter dans Rome, ne lui deplut pas alors. Que vous dirai-je davantage? elle vint à m'aimer autant que je l'aimois, et vous avez bien pu reconnoître depuis le temps que vous nous voyez l'un et l'autre, que cette amour reciproque n'est point encore diminuée.

« Quoi! interrompit Angelique, mademoiselle de l'Etoile est donc Leonore? — Et qui donc? » lui repondit le Destin. Mademoiselle de l'Etoile prit la parole, et dit que sa compagne avoit raison de douter qu'elle fût cette Leonore dont le Destin avoit fait une beauté de roman. « Ce n'est point par cette raison-là, repartit Angelique, mais c'est à cause que l'on a toujours de la peine à croire une chose que l'on a beaucoup desirée. » Mademoiselle de la Caverne dit qu'elle n'en avoit point douté, et ne voulut pas que ce discours allât plus avant, afin que le Destin poursuivît son histoire, qu'il reprit de cette sorte.

Nous arrivâmes à Orleans, où notre entrée fut si plaisante que je vous en veux apprendre les particularités. Un tas de faquins qui attendent sur le port ceux qui viennent par eau, pour porter leurs hardes, se jetèrent à la foule dans notre ca-

---

1. Ce mot désigne ici un bateau à fond plat et couvert, dont on se servoit principalement sur la Loire. (*Dict. de Furetière.*)

bane. Ils se presentèrent plus de trente à se charger de deux ou trois petits paquets que le moins
fort d'entre eux eût pu porter sous ses bras. Si
j'eusse eté seul, je n'eusse pas peut-être eté assez
sage pour ne m'emporter point contre ces inso-
lens. Huit d'entre eux saisirent une petite cassette qui ne pesoit pas vingt livres, et ayant fait
semblant d'avoir bien de la peine à la lever de
terre, enfin ils la haussèrent au milieu d'eux,
par dessus leurs têtes, chacun ne la soutenant
que du bout du doigt. Toute la canaille qui etoit
sur le port se mit à rire, et nous fûmes contraints
d'en faire autant. J'etois pourtant tout rouge de
honte d'avoir à traverser toute une ville avec tant
d'appareil, car le reste de nos hardes, qu'un seul
homme pouvoit porter, en occupa une vingtaine,
et mes seuls pistolets furent portés par quatre
hommes. Nous entrâmes dans la ville dans l'ordre que je vais vous dire : huit grands pendards
ivres, ou qui le devoient être, portoient au milieu
d'eux une petite cassette, comme je vous ai dejà
dit. Mes pistolets suivoient l'un après l'autre, chacun porté par deux hommes. Mademoiselle de la
Boissière, qui enrageoit aussi bien que moi, alloit immédiatement après. Elle etoit assise dans
une grande chaise de paille, soutenue sur deux
grands bâtons de batelier, et portée par quatre
hommes¹ qui se relayoient les uns les autres, et
qui lui disoient cent sottises en la portant. Le

1. On reconnoît ici la chaise à porteurs, travestie en caricature. La chaise à porteurs, qui étoit, avec le brancard pour
les malades et les vieillards, la litière, la vinaigrette, etc.,
sans parler des coches et carrosses pour les voyageurs, un des
moyens de locomotion les plus répandus et celui qu'avoient

reste de nos hardes suivoit, qui etoit composé
d'une petite valise et d'un paquet couvert de toile, que sept ou huit de ces coquins se jetoient
l'un à l'autre durant le chemin, comme quand
on joue au pot cassé. Je conduisois la queue du
triomphe, tenant Leonore par la main, qui rioit
si fort qu'il falloit malgré moi que je prisse plaisir à cette friponnerie. Durant notre marche, les
passans s'arrêtoient dans les rues pour nous considerer, et le bruit que l'on y faisoit à cause de
nous attiroit tout le monde aux fenêtres.

Enfin nous arrivâmes au faubourg qui est du
côté de Paris, suivis de force canaille, et nous
logeâmes à l'enseigne des Empereurs. Je fis entrer mes dames dans une salle basse, et menaçai
ensuite ces coquins si serieusement qu'ils furent
trop aises de recevoir fort peu de chose que je
leur donnai, l'hôte et l'hôtesse les ayant querellés. Mademoiselle de la Boissière, que la joie de
n'être plus sans argent avoit guérie plutôt qu'autre chose, se trouva assez forte pour aller en carrosse. Nous arrêtâmes trois places dans celui qui
partoit le lendemain, et en deux jours nous arrivâmes heureusement à Paris. En descendant
à la maison des coches, je fis connoissance avec
la Rancune, qui etoit venu d'Orleans aussi bien
que nous, dans un coche qui accompagna notre
carrosse. Il ouït que je demandois où etoit l'hô-

adopté les gens du bel air, fut d'abord découvert, et Sauval
nous apprend (*Antiq.*, t. 1, p. 192) que c'étoit la reine Marguerite qui en avoit introduit l'usage. Montbrun-Souscarrière
rapporta d'Angleterre la mode des chaises couvertes, suivant
Tallemant et le *Ménagiana*, et en 1649 il en obtint le privilége pour 40 ans, avec madame de Cavoye.

tellerie des coches de Calais : il me dit qu'il y alloit à l'heure même, et que, si nous n'avions point
de logis arrêté, qu'il nous meneroit loger, si nous
voulions, chez une femme de sa connoissance,
qui logeoit en chambre garnie, où nous serions
fort commodément. Nous le crûmes, et nous
nous en trouvâmes fort bien. Cette femme etoit
veuve d'un homme qui avoit eté, toute sa vie,
tantôt portier, et tantôt decorateur d'une troupe
de comediens [1], et même avoit tâché autrefois de
reciter, et n'y avoit pas reussi. Ayant amassé
quelque chose en servant les comediens, il s'e-
toit mêlé de loger en chambre garnie et de prendre des pensionnaires, et par-là s'etoit mis à son
aise. Nous louâmes deux chambres assez commo-
des. Mademoiselle de la Boissière fut confirmée
dans les mauvaises nouvelles qu'elle avoit eues
du père de Leonore, et en apprit d'autres qu'elle
nous cacha, qui l'affligèrent assez pour la faire
retomber malade. Cela nous fit differer quelque
temps notre voyage de Hollande, où elle avoit
resolu que je la conduirois, et la Rancune, qui
alloit y joindre une troupe de comediens [2], voulut
bien nous attendre après que je lui eus promis de
le defrayer.

Mademoiselle de la Boissière etoit souvent vi-
sitée par une de ses amies, qui avoit servi en
même temps qu'elle la femme de l'ambassadeur

1. *Nous avons déjà dit* quelles étoient les fonctions du portier de comédie ; pour celles du décorateur, on peut consulter
le *Théâtre françois* de Chappuzeau, liv. 3.
2. Sans doute la troupe du prince d'Orange, dont il est
question dans le premier chapitre de ce roman.

de Rome en qualité de femme de chambre, et qui avoit même eté sa confidente pendant le temps qu'elle fut aimée du père de Leonore. C'etoit d'elle qu'elle avoit appris l'eloignement de son pretendu mari, et nous en reçûmes plusieurs bons offices pendant le temps que nous fûmes à Paris. Je ne sortois que le moins souvent que je pouvois, de peur d'être vu de quelqu'un de ma connoissance, et je n'avois pas grand' peine à garder le logis, puisque j'etois avec Leonore, et que, par les soins que je rendois à sa mère, je me mettois toujours de mieux en mieux en son esprit. A la persuasion de cette femme dont je vous viens de parler, nous allâmes un jour nous promener à Saint-Cloud pour faire prendre l'air à notre malade. Notre hôtesse fût de la partie et la Rancune aussi. Nous prîmes un bateau. Nous nous promenâmes dans les plus beaux jardins, et, après avoir fait collation, la Rancune conduisit notre petite troupe vers notre bateau, tandis que je demeurai à compter dans un cabaret avec une hôtesse fort déraisonnable [1], qui me retint plus longtemps que je ne pensois. Je sortis d'entre ses mains au meilleur marché que je pus, et m'en retournai rejoindre ma compagnie. Mais je fus bien etonné de voir notre bateau fort avant dans la rivière, qui ramenoit mes gens à Paris sans moi

1. Saint-Cloud, lieu de rendez-vous favori des promeneurs, étoit renommé pour ses cabarets, et rempli de *maisons de bouteilles*, où les gens du bon ton alloient faire la débauche. Le plus célèbre étoit celui de la Duryer (V. son Hist. dans Tallemant). La plupart de ces cabarets étoient chers, en raison du beau monde qui les fréquentoit.

et sans me laisser même un petit laquais qui portoit mon epée et mon manteau [1]. Comme j'e-
tois sur le bord de l'eau, bien en peine de sçà-
voir pourquoi on ne m'avoit pas attendu, j'ouïs
une grande rumeur dans une cabane; et, m'en
etant approché, je vis deux ou trois gentilshommes, ou qui avoient la mine de l'être, qui
vouloient battre un batelier parcequ'il refusoit
d'aller après notre bateau. J'entrai à tout hasard
dans cette cabane dans le temps qu'elle quittoit
le bord, le batelier ayant eu peur d'être battu.
Mais, si j'avois eté en peine de ce que ma compagnie m'avoit laissé à Saint-Cloud, je ne fus
pas moins embarrassé de voir que celui qui faisoit cette violence etoit le même Saldagne à qui
j'avois tant de sujet de vouloir du mal. Dans le
moment que je le reconnus, il passa du bout du
bateau où il etoit à celui où j'etois, fort empêché
de ma contenance. Je lui cachai mon visage le
mieux que je pus; mais, me trouvant si près de
lui qu'il etoit impossible qu'il ne me reconnût, et,
me trouvant sans epée, je pris la resolution la
plus desesperée du monde, dont la haine seule
ne m'eût pas rendu capable si la jalousie ne s'y
fût mêlée. Je le saisis au corps dans l'instant qu'il
me reconnoissoit et me jetai dans la rivière avec

1. Le *petit laquais* étoit de rigueur, comme aujourd'hui le
groom microscopique, pour toute personne qui se respectoit.
On en trouve la preuve dans une foule de comédies et de romans comiques du temps. Aussi la comtesse d'Escarbagnas,
qui s'étoit formée à Paris, n'avoit-elle pas négligé ce point important (V. la *Comt. d'Escarb.*; sc. 5 et 6). Mais, par la suite,
les femmes changèrent de mode, et, vers la fin du XVIIe siècle,
elles se mirent sur le pied d'avoir, au contraire, un grand
laquais.

lui. Il ne put se prendre à moi, soit que ses gants
l'en empêchassent [1], ou parcequ'il fut surpris. Jamais homme ne fut plus près de se noyer que lui.
La plupart des bateaux allèrent à son secours,
chacun croyant que nous etions tombés dans l'eau
par quelque accident, et Saldagne seul sçachant
de quelle façon la chose etoit arrivée, et n'etant
pas en etat de s'en plaindre sitôt ou de faire courir
après moi. Je regagnai donc le bord sans beaucoup de peine, n'ayant qu'un petit habit qui ne
m'empêcha point de nager ; et, l'affaire valant
bien la peine d'aller vite, je fus fort eloigné de
Saint-Cloud devant que Saldagne fût pêché. Si
on eut bien de la peine à le sauver, je pense qu'on
n'en eut pas moins à le croire lorsqu'il declara
de quelle façon je m'etois hasardé pour le perdre,
car je ne vois pas pourquoi il en auroit fait un
secret. Je fis un grand tour pour regagner Paris,
où je n'entrai que de nuit, sans avoir eu besoin de
me faire secher, le soleil et l'exercice violent que
j'avois fait en courant n'ayant laissé que fort peu
d'humidité dans mes habits. Enfin, je me revis
avec ma chère Leonore, que je trouvai veritablement affligée. La Rancune et notre hôtesse
eurent une extrême joie de me voir, aussi bien
que mademoiselle de la Boissière, qui, pour

1. A cette époque, les gants étoient quelquefois surchargés
de franges et de broderies qui les rendoient aussi incommodes que brillants :

> Encor cela est-il peu prisé si l'on n'a
> Le satin verd aux gants ou velours incarna,
> Ou bien de franges d'or une paire bordée
> Qui porte sur le bras une demi-coudée.

(*Le Satyr. de la court* [*Variétés histor. et littér.*, Janne
t. 3], 1624.)

mieux faire croire que j'etois son fils à la Rancune
et à notre hôtesse, avoit bien fait de la mère affligée
Elle me fit des excuses en particulier de ce que
l'on ne m'avoit pas attendu, et m'avoua que la
peur qu'elle avoit eue de Saldagne l'avoit empê-
chée de songer en moi, outre qu'à la reserve de
la Rancune, le reste de notre troupe n'eût fait que
m'embarrasser si j'eusse eu prise avec Saldagne
J'appris alors qu'au sortir de l'hôtellerie ou du
cabaret où nous avions mangé, ce galant homme les avoit suivis jusqu'au bateau; qu'il avoit
prié fort incivilement Leonore de se demasquer,
et que, sa mère l'ayant reconnu pour le même
homme qui avoit attenté la même chose dans
Rome, elle avoit regagné son bateau fort effrayée, et l'avoit fait avancer dans la rivière sans
m'attendre. Saldagne cependant avoit eté joint
par deux hommes de même trempe, et, après avoir
quelque temps tenu conseil sur le bord de l'eau,
il etoit entré avec eux dans le bateau, où je le
trouvai menaçant le batelier pour le faire aller
après Leonore. Cette aventure fut cause que je
sortis encore moins que je n'avois fait. Mademoiselle de la Boissière devint malade quelque temps après, la melancolie y contribuant
beaucoup, et cela fut cause que nous passâmes à
Paris une partie de l'hiver. Nous fûmes avertis
qu'un prelat italien, qui revenoit d'Espagne, passoit en Flandre par Peronne. La Rancune eut assez de credit pour nous faire comprendre dans
son passeport en qualité de comediens [1]. Un jour

---

[1]. Il n'y avoit alors rien d'impossible ni de contraire aux
usages reçus à ce que des comédiens fussent compris dans la

que nous allâmes chez ce prelat italien, qui etoit logé dans la rue de Seine, nous soupâmes par complaisance, dans le faubourg Saint-Germain, avec des comediens de la connoissance de la Rancune[1]. Comme nous passions, lui et moi, sur le Pont-Neuf, bien avant dans la nuit, nous fûmes attaqués par cinq ou six tire-laine[2]. Je me defendis le mieux que je pus, et, pour la Rancune, je

suite d'un prélat. V. plus loin notre note, 3e part., chap. 8.

1. Beaucoup de comédiens logeoient dans le faubourg Saint-Germain, à cause du voisinage d'un des principaux théâtres de Paris, sis vis-à-vis la rue Guénégaud, à peu près à l'endroit que recouvre maintenant le passage du Pont-Neuf, et transféré de là, par la suite, dans la rue des Fossés-Saint-Germain. Les tavernes et cabarets, où l'on pouvoit boire ou manger à tout prix, étoient en très grand nombre autour des théâtres ; en particulier, aux alentours de celui-ci, il y avoit l'hôtel d'Anjou, rue Dauphine, où l'on dînoit à bon marché ; l'hôtel de France, rue Guénégaud, où l'on dînoit à 40 sous, etc.

2. Voleurs, ainsi nommés de ce qu'ils *tiroient* de dessus les épaules des passants leurs manteaux et vêtements de *laine*. C'est à une étymologie analogue qu'il faut rapporter, par exemple, le nom de la rue Tirechappe. Le Pont-Neuf étoit, pendant la nuit, le rendez-vous de prédilection de ces hardis filous, grisons et rougets, comme, pendant le jour, des charlatans, chanteurs et bateleurs, parcequ'il étoit aussi le rendez-vous des oisifs et le lieu de passage le plus fréquenté de Paris. Les voleurs n'avoient même pas attendu qu'on eût achevé de le bâtir pour en faire un lieu de repaire fort dangereux, comme d'Aubigné nous l'apprend dans un passage de la *Confession de Sancy*; mais à peine eut-il été terminé que ce fut bien pis, et que les coupeurs de bourse en firent le théâtre habituel de leurs exploits, en concurrence avec les industriels, qui leur cédoient la place à la tombée de la nuit. De grands seigneurs même, à l'exemple du prince Henri et de Falstaff, dans le *Henri IV* de Shakespeare, trouvoient quelquefois plaisant de se métamorphoser en filous, sous la conduite ou d'après l'exemple de Gaston d'Orléans, comme l'attestent les témoignages de Sandras de Courtilz, de Sorel,

vous avoue qu'il fit tout ce qu'un homme de cœur
pouvoit faire , et me sauva même la vie. Cela
n'empêcha pas que je ne fusse saisi par ces voleurs,
mon epée m'etant malheureusement tombée. La
Rancune, qui se demêla vaillamment d'entre eux,
en fut quitte pour un méchant manteau. Pour
moi , j'y perdis tout , à la reserve de mon habit ;
et, ce qui me pensa desesperer, ils me prirent une
boîte de portrait dans laquelle celui du père de
Leonore etoit en email [1], et dont mademoiselle de
la Boissière m'avoit prié de vendre les diamans.
Je retrouvai là Rancune chez un chirurgien au
bout du Pont-Neuf ; il etoit blessé au bras et au
visage , et moi je l'etois fort legerement à la tête.
Mademoiselle de la Boissière s'affligea fort de la
perte de son portrait ; mais l'esperance d'en revoir bientôt l'original la consola. Enfin, nous par-
tîmes de Paris pour Peronne ; de Peronne, nous
allâmes à Bruxelles, et de Bruxelles à La Haye.

dans *Francion* (2e liv.), etc. Ceux-là étoient les *tire-soie*.
Comment la police eût-elle pu y mettre ordre, elle qui, en
1634, ne disposoit encore que de 240 archers pour faire le
guet, moitié le jour et moitié la nuit, dans une ville sans ré-
verbères ; et qui d'ailleurs, jusqu'au traité des Pyrénées,
exerça ses fonctions avec si peu de vigilance? V. *Hist. du
Pont-Neuf*, par Ed. Fournier (*Rev. fr.*, 1 et 10 octobre 1855).

1. La peinture sur émail, telle qu'elle se pratique aujour-
d'hui , étoit nouvelle alors. Ce fut vers 1632 que Jean Tou-
tin, orfèvre de Châteaudun, parvint à faire des émaux de
belles couleurs opaques, portraits et sujets historiques. Il eut
pour disciple Gribelin, qui perfectionna ses procédés. Puis
vinrent dans le même siècle l'orfèvre Dubié, qui logeoit aux
galeries du Louvre; Morlière (d'Orléans), qui travailloit à
Blois; et, à Blois encore, Robert Vauquier et Pierre Char-
tier; enfin, Petitot et Bordier. C'étoit probablement dans ce
nouveau genre qu'avoit été fait le portrait de Mlle de La
Boissière.

Le père de Leonore en etoit parti quinze jours auparavant pour aller en Angleterre, où il etoit allé servir le roi [1] contre les parlementaires. La mère de Leonore en fut si affligée qu'elle en tomba malade et en mourut. Elle me vit en mourant aussi affligé que si j'eusse eté son fils. Elle me recommanda sa fille, et me fit promettre que je ne l'abandonnerois point et que je ferois ce que je pourrois pour trouver son père et la lui remettre entre les mains. A quelque temps de là, je fus volé par un François de tout ce qui me restoit d'argent, et la necessité où je me trouvai avec Leonore fut telle, que nous prîmes parti dans votre troupe, qui nous reçut par l'entremise de la Rancune. Vous sçavez le reste de mes aventures; elles ont eté, depuis ce temps-là, communes avec les vôtres jusques à Tours, où je pense avoir vu encore le diable de Saldagne; et, si je ne me trompe, je ne serai pas long-temps en ce pays sans le trouver, ce que je crains moins pour moi que pour Leonore, qui seroit abandonnée d'un serviteur fidèle si elle me perdoit, ou si quelque malheur me separoit d'avec elle.

Le Destin finit ainsi son histoire, et, après avoir consolé quelque temps mademoiselle de l'Etoile, que le souvenir de ses malheurs faisoit alors autant pleurer que si elle n'eût fait que commencer d'être malheureuse, il prit congé des comediennes et s'alla coucher.

1. Charles I. On se souvient que le père de Léonore étoit un seigneur écossois.

CHAPITRE XIX.

Quelques reflexions qui ne sont pas hors de propos.
Nouvelle disgrâce de Ragotin, et autres choses
que vous lirez, s'il vous plaît.

L'amour, qui fait tout entreprendre aux jeunes et tout oublier aux vieux, qui a eté cause de la guerre de Troie [1] et de tant d'autres dont je ne veux pas prendre la peine de me ressouvenir, voulut alors faire voir, dans la ville du Mans, qu'il n'est pas moins redoutable dans une mechante hôtellerie qu'en quelque autre lieu que ce soit. Il ne se contenta donc pas de Ragotin, amoureux à perdre l'appetit : il inspira cent mille desirs dereglés à la Rappinière, qui en etoit fort susceptible, et rendit Roquebrune amoureux de la femme de l'operateur, ajoutant à sa vanité, bravoure [2] et poesie, une quatrième folie, ou plutôt lui faisant faire une double infidelité, car il avoit parlé d'amour long-temps auparavant à l'Etoile et à Angelique, qui lui avoient conseillé l'une et l'autre de ne prendre pas la peine de les aimer. Mais tout cela n'est rien auprès de ce que je

---

1.   Amour, tu perdis Troie

a dit plus tard La Fontaine, dans *les Deux Coqs* (liv. 7, f. 12).

2. *Bravoure* est mis ici pour *braverie*, dans le sens de mauvaise gloire, recherche dans la parure, etc.

vais vous dire. Il triompha aussi de l'insensibilité et de la misanthropie de la Rancune, qui devint amoureux de l'operatrice ; et ainsi le poëte
Roquebrune, pour ses pechés et pour l'expia-
tion des livres reprouvés qu'il avoit mis en lumière, eut pour rival le plus mechant homme
du monde. Cette operatrice avoit nom dona Inezilla del Prado, native de Malaga, et son mari,
ou soi-disant tel, le seigneur Ferdinando Ferdi-
nandi, gentilhomme venitien, natif de Caen en
Normandie [1]. Il y eut encore dans la même hôtellerie d'autres personnes atteintes du même
mal, aussi dangereusement pour le moins que
ceux dont je viens de vous reveler le secret ;
mais nous vous les ferons connoître en temps et
lieu. La Rappinière étoit devenu amoureux de
mademoiselle de l'Etoile en lui voyant representer Chimène, et avoit fait dessein en même temps
de decouvrir son mal à la Rancune, qu'il jugeoit
capable de tout faire pour de l'argent. Le divin
Roquebrune s'etoit imaginé la conquête d'une

---

1. Ch. Sorel introduit de même dans *Francion* un opérateur qui se fait passer pour Italien, quoiqu'il soit Normand
(liv. 10). C'étoit une imposture assez en usage parmi les charlatans, pour se donner plus de prestige auprès du populaire. Du
reste, suivant Calepin et le Dictionnaire de Furetière, ceux-ci
venoient originairement d'Italie, et, toujours suivant eux, le
nom même de charlatan dérivoit, par l'italien *ceretano*, de celui de *Cœretum*, bourg proche de Spolète, d'où étoient sortis
les premiers de ces opérateurs qui eussent couru les villes de
France. Un des plus célèbres étoit Caretti, dont parle La
Bruyère (*De quelques usages*) sous le nom de Carro-Carri :
« L'émulation de cet homme, dit-il, a peuplé le monde de
noms en O et en I, noms vénérables qui en imposent aux
malades et aux maladies. » On voit que ce passage et le nom
créé par La Bruyère s'appliquent parfaitement ici.

Espagnole digne de son courage. Pour la Rancune, je ne sçais pas bien par quels charmes
cette etrangère put rendre capable d'aimer un
homme qui haïssoit tout le monde. Ce vieil comedien, devenu âme damnée devant le temps,
je veux dire amoureux devant sa mort, etoit encore au lit quand Ragotin, pressé de son amour
comme d'un mal de ventre, le vint trouver pour
le prier de songer à son affaie et d'avoir pitié de
lui. La Rancune lui promit que le jour ne se
passeroit pas qu'il ne lui eût rendu un service signalé auprès de sa maîtresse. La Rappinière entra en même temps dans la chambre de la Rancune, qui achevoit de s'habiller, et, l'ayant tiré à
part, lui avoua son infirmité, et lui dit que, s'il le
pouvoit mettre aux bonnes grâces de mademoiselle de l'Etoile, il n'y avoit rien en sa puissance
qu'il ne pût esperer de lui, jusqu'à une charge
d'archer et une sienne nièce en mariage, qui seroit son héritière parce qu'il n'avoit point d'enfans. Le fourbe la Rancune lui promit encore
plus qu'il n'avoit fait à Ragotin, dont cet avant-
coureur du bourreau ne conçut pas de petites
esperances. Roquebrune vint aussi consulter
l'oracle. Il etoit le plus incorrigible presomptueux qui soit jamais venu des bords de la Garonne, et il s'etoit imaginé que l'on croyoit tout
ce qu'il disoit de sa bonne maison, richesse,
poesie et valeur : si bien qu'il ne s'offensoit point
des persecutions et des rompemens de visière que
lui faisoit continuellement la Rancune. Il croyoit
que ce qu'il en faisoit n'etoit que pour allonger
la conversation, outre qu'il entendoit la raillerie mieux qu'homme du monde, et la souffroit

en philosophe chretien, quand même elle alloit au solide. Il se croyoit donc admiré de tous les comediens, voire de la Rancune, qui avoit assez d'experience pour n'admirer guère de choses, et qui, bien loin d'avoir bonne opinion de ce mâche-laurier, s'etoit instruit amplement de ce qu'il etoit, pour sçavoir si les evêques et grands seigneurs de son pays, qu'il alleguoit à tous momens comme ses parens, etoient veritablement des branches d'un arbre genealogique que ce fou d'alliances et d'armoiries, aussi bien que de beaucoup d'autres choses, avoit fait faire en vieil parchemin. Il fut bien fâché de trouver la Rancune en compagnie, quoique cela le dût embarrasser moins qu'un autre, ayant la mauvaise coutume de parler toujours aux oreilles des personnes et de faire secret de tout, et fort souvent de rien [1]. Il tira donc la Rancune en particulier, et n'en fit point à deux fois pour lui dire qu'il etoit bien en peine de sçavoir si la femme de l'operateur avoit beaucoup de l'esprit, parcequ'il avoit aimé des femmes de toutes les nations, excepté des Espagnoles, et si elle valoit la peine qu'il s'y amusât; qu'il ne seroit pas plus pauvre quand il lui auroit fait un present des cent pistoles qu'il offroit de gager à toutes rencontres, ce qui lui arrivoit aussi souvent que de parler de sa bonne maison. La Rancune lui dit qu'il ne connoissoit pas assez la dona Inezilla pour lui repondre de son esprit; qu'il s'etoit trouvé sou-

---

1. Théodote... s'approche de vous, et il vous dit à l'oreille: « Voilà un beau temps, voilà un grand dégel. » (*Car. de La Bruyère*, De la cour.)

vent avec son mari dans les meilleures villes du
royaume, où il vendoit le mithridate[1], et que, pour
s'informer de ce qu'il desiroit sçavoir, il n'y avoit
qu'à faire conversation avec elle, puisqu'elle
parloit françois passablement. Roquebrune lui
voulut confier sa genealogie en parchemin, pour
faire valoir à l'Espagnole la splendeur de sa race ;
mais la Rancune lui dit que cela etoit meilleur à
faire un chevalier de Malte qu'à se faire aimer.
Roquebrune, là-dessus, fit l'action d'un homme
qui compte de l'argent en sa main, et dit à la
Rancune : « Vous sçavez bien quel homme je
suis. — Oui, oui, lui repondit la Rancune, je
sçais bien quel homme vous êtes et quel homme
vous serez toute votre vie. » Le poète s'en retourna comme il etoit venu, et la Rancune, son
rival et son confident tout ensemble, se rappro-
cha de la Rappinière et de Ragotin, qui etoient
rivaux aussi sans le sçavoir. Pour le vieil la
Rancune, outre que l'on hait facilement ceux
qui ont pretention sur ce que l'on destine pour
soi, et que naturellement il haïssoit tout le
monde, il avoit de plus toujours eu grande aversion pour le poète, qui sans doute ne la fit point
cesser par cette confidence. La Rancune fit donc
dessein à l'heure même de lui faire tous les plus
mechans tours qu'il pourroit, à quoi son esprit
de singe etoit fort propre. Pour ne perdre point

---

1. C'étoit une composition qui servoit de remède ou de
préservatif contre les poisons. Est-il besoin d'ajouter que le
nom de cet antidote, dont on peut voir la recette dans les
vieux livres de pharmacie, vient de Mithridate, le grand roi
de Pont ? On étendoit souvent ce terme à toutes les drogues
vendues par les opérateurs et les charlatans.

de temps, il commença dès le jour même, par
une insigne mechanceté, à lui emprunter de l'argent, dont il se fit habiller depuis les pieds jusqu'à la tête, et se donna du linge. Il avoit eté
malpropre toute sa vie ; mais l'amour, qui fait
de plus grands miracles, le rendit soigneux de
sa personne sur la fin de ses jours. Il prit du
linge blanc plus souvent qu'il n'appartenoit à un
vieil comedien de campagne [1], et commença
de se teindre et raser le poil si souvent et avec
tant de soin, que ses camarades s'en aperçurent.

Ce jour-là, les comediens avoient eté retenus
pour representer une comedie chez un des plus
riches bourgeois de la ville, qui faisoit un grand
festin et donnoit le bal aux noces d'une demoiselle de ses parentes dont il etoit tuteur. L'as-

1. Mettre souvent du linge blanc étoit en effet un luxe
peu usité alors, même parmi des personnes de plus haute
condition que la Rancune. Dans son *Epître* à madame de
Hautefort (1651), Scarron dit des demoiselles les plus distin-
guées du Mans

> Que sur elles blanche chemise
> N'est point que de mois en mois mise,
> Et qu'elles prennent seulement
> Le linge blanc pour l'ornement.

Il semble que la propreté ne fût pas la vertu dominante de
la belle société, non plus que du peuple, au XVIIe siècle.
Tallemant dit de plusieurs des plus hauts personnages du
temps, comme un grand éloge, qu'ils étoient fort propres.
Il dit de madame de Sablé : « Elle est toujours sur son lit,
faite comme quatre œufs, et le lit est propre comme la dame.»
« L'on peut, lit-on dans une pièce curieuse qui s'adresse aux
dandys de 1644, aller *quelquefois* chez les baigneurs, pour
avoir le corps net, et tous les jours l'on prendra la peine de se
laver les mains avec le pain d'amende. Il faut aussi se faire
laver le visage *presque aussi souvent* » (*Lois de la galanterie*).
V. les *Stances* de Voiture *à une demoiselle qui avoit les man-
ches de sa chemise retroussées et sales.*

semblée se faisoit dans une maison des plus belles
du pays, qu'il avoit quelque part à une lieue de
la ville, je n'ai pas bien sçu de quel côté. Le decorateur des comediens et un menuisier y etoient
allés dès le matin pour dresser un theâtre. Toute
la troupe s'y en alla en deux carrosses, et partit
du Mans sur les deux heures du matin, pour arriver à l'heure du dîner où ils devoient jouer la
comedie. L'Espagnole dona Inezilla fut de la partie, aux prières des comediennes et de la Rancune. Ragotin, qui en fut averti, alla attendre le
carrosse en une hôtellerie qui etoit au bout du
faubourg, et attacha un beau cheval qu'il avoit
emprunté aux grilles d'une salle basse qui repondoit sur la rue. A peine se mettoit-il à table pour
dîner qu'on l'avertit que les carrosses appro-
choient. Il vola à son cheval sur les ailes de son
amour, une grande epée à son côté et une carabine en bandoulière. Il n'a jamais voulu declarer pourquoi il alloit à une noce avec une si
grande munition d'armes offensives, et la Rancune même, son cher confident, ne l'a pu sçavoir. Quand il eut detaché la bride de son cheval,
les carrosses se trouvèrent si près de lui qu'il
n'eut pas le temps de chercher de l'avantage pour
s'eriger en petit saint George. Comme il n'etoit
pas fort bon ecuyer et qu'il ne s'etoit pas preparé
à montrer sa disposition devant tant de monde,
il s'en acquitta de fort mauvaise grâce, le cheval
etant aussi haut de jambes qu'il en etoit court.
Il se guinda pourtant vaillamment sur l'etrier, et
porta la jambe droite de l'autre côté de la selle;
mais les sangles, qui etoient un peu lâches, nui-
sirent beaucoup au petit homme : car la selle

tourna sur le cheval quand il pensa monter dessus. Tout alloit pourtant assez bien jusque là ; mais la maudite carabine qu'il portoit en bandoulière et qui lui pendoit au col comme un collier, s'etoit mise malheureusement entre ses jambes sans qu'il s'en aperçût, tellement qu'il s'en falloit beaucoup que son cul ne touchât au siége de la selle, qui n'etoit pas fort rase, et que la carabine traversoit depuis le pommeau jusqu'à la croupière. Ainsi il ne se trouva pas à son aise et ne put pas seulement toucher les etriers du bout des pieds. Là-dessus, les eperons qui armoient ses jambes courtes se firent sentir au cheval en un endroit où jamais eperon n'avoit touché. Cela le fit partir plus gaîment qu'il n'etoit necessaire à un petit homme qui ne posoit que sur une carabine. Il serra les jambes ; le cheval leva le derrière, et Ragotin, suivant la pente naturelle des corps pesans, se trouva sur le col du cheval et s'y froissa le nez, le cheval ayant levé la tête pour une furieuse saccade que l'imprudent lui donna ; mais, pensant reparer sa faute, il lui rendit la bride. Le cheval en sauta, ce qui fit franchir au cul du patient toute l'etendue de la selle et le mit sur la croupe, toujours la carabine entre les jambes. Le cheval, qui n'etoit pas accoutumé d'y porter quelque chose, fit une croupade [1] qui remit Ragotin en selle. Le mechant ecuyer resserra les jambes, et le cheval releva le cul encore plus fort, et alors le malheu-

---

1. « Terme de manége. C'est un saut plus relevé que la courbette, et qui tient le devant et le derrière du cheval en une égale hauteur, en sorte qu'il trousse ses jambes de derrière sous le ventre, sans allonger ni montrer ses fers. » (Dict. de Fur.)

reux se trouva le pommeau entre les fesses, où nous le laisserons comme sur un pivot pour nous reposer un peu : car, sur mon honneur, cette description m'a plus coûté que tout le reste du livre, et encore n'en suis-je pas trop bien satisfait.

***

CHAPITRE XX,

le plus court du present livre.

Suite du trebuchement de Ragotin, et quelque chose de semblable qui arriva à Roquebrune.

Nous avons laissé Ragotin assis sur le pommeau d'une selle, fort empêché de sa contenance et fort en peine de ce qui arriveroit de lui. Je ne crois pas que defunt Phaeton, de malheureuse mémoire, ait eté plus empêché après les quatre chevaux fougueux de son père [1], que le fut alors notre petit avocat sur un cheval doux comme un âne ; et s'il ne lui en coûta pas la vie, comme à ce fameux temeraire, il s'en faut prendre à la Fortune, sur les caprices de laquelle j'aurois un beau champ pour m'etendre, si je n'etois obligé, en conscience, de le tirer vitement du peril où il se trouve : car nous en aurons beaucoup à faire tandis que notre troupe comique sera dans la ville du Mans.

Aussitôt que l'infortuné Ragotin ne se sentit qu'un pommeau de selle entre les deux parties

1. Voy. Métamorphoses d'Ovide, liv. 2, f. 1.

de son corps qui etoient les plus charnues, et sur
lesquelles il avoit accoutumé de s'asseoir, comme
font tous les autres animaux raisonnables ; je veux
dire qu'aussitôt qu'il se sentit n'être assis que sur
fort peu de chose, il quitta la bride en homme
de jugement et se prit aux crins du cheval, qui
se mit aussitôt à courre. Là-dessus la carabine
tira. Ragotin crut en avoir au travers du corps ;
son cheval crut la même chose, et broncha si
rudement que Ragotin en perdit le pommeau
qui lui servoit de siége, tellement qu'il pendit
quelque temps aux crins du cheval, un pied
accroché par son eperon à la selle, et l'autre pied
et le reste du corps attendant le décrochement
de ce pied accroché pour donner en terre, de
compagnie avec la carabine, l'epée et le baudrier,
et la bandoulière. Enfin le pied se decrocha,
ses mains lâchèrent le crin, et il fallut tomber,
ce qu'il fit bien plus adroitement qu'il n'avoit
monté. Tout cela se passa à la vue des carrosses,
qui s'etoient arrêtés pour le secourir, ou plutôt
pour en avoir le plaisir. Il pesta contre le cheval,
qui ne branla pas depuis sa chute ; et, pour le consoler, on le reçut dans l'un des carrosses en la
place du poète, qui fût bien aise d'être à cheval
pour galantiser à la portière où etoit Inezille. Ragotin lui resigna l'epée et l'arme à feu, qu'il se
mit sur le corps d'une façon toute martiale. Il
allongea les etriers, ajusta la bride, et se prit sans
doute mieux que Ragotin à monter sur sa bête.
Mais il y avoit quelque sort jeté sur ce malen-
contreux animal : la selle, mal sanglée, tourna
comme à Ragotin, et, ce qui attachoit ses chausses s'etant rompu, le cheval l'emporta quelque

temps un pied dans l'etrier, l'autre servant de cinquième jambe au cheval, et les parties de derrière du citoyen de Parnasse fort exposées aux yeux des assistans, ses chausses lui etant tombées sur les jarrets. L'accident de Ragotin n'avoit fait rire personne, à cause de la peur qu'on avoit eue qu'il ne se blessât; mais celui de Roquebrune fut accompagné de grands eclats de risée que l'on fit dans les carrosses. Les cochers en arrêtèrent leurs chevaux pour rire leur soûl, et tous les spectateurs firent une grande huée après Roquebrune, au bruit de laquelle il se sauva dans une maison, laissant le cheval sur sa bonne foi [1]. Mais il en usa mal, car il s'en retourna vers la ville. Ragotin, qui eut peur d'avoir à le payer, se fit descendre de carrosse et alla après; et le poète, qui avoit recouvert ses posterieures, rentra dans un des carrosses, fort embarrassé et embarrassant les autres de l'equipage de guerre de Ragotin, qui eut encore cette troisième disgrâce devant sa maîtresse, par où nous finirons le vingtième chapitre.

1. Expression proverbiale qu'on appliquoit particulièrement aux chevaux, pour dire qu'on les laissoit en liberté d'aller où ils voudroient.

CHAPITRE XXI,

qui peut-être ne sera pas trouvé fort divertissant.

L es comediens furent fort bien reçus du maître de la maison, qui etoit honnête homme et des plus considerés du pays. On leur donna deux chambres pour mettre leurs hardes et pour se preparer en liberté à la comedie, qui fut remise à la nuit. On les fit aussi dîner en particulier, et, après dîner, ceux qui voulurent se promener eurent à choisir d'un grand bois et d'un beau jardin. Un jeune conseiller du parlement de Rennes, proche parent du maître de la maison, accosta nos comediens et s'arrêta à faire conversation avec eux, ayant reconnu que le Destin avoit de l'esprit et que les comediennes, outre qu'elles etoient fort belles, etoient capables de dire autre chose que des vers appris par cœur. On parla des choses dont l'on parle d'ordinaire avec des comediens, de pièces de théâtre et de ceux qui les font [1]. Ce jeune conseiller dit entre autres choses que les sujets connus dont on pouvoit faire des pièces regulières

1. Cette courte discussion sur les pièces de théâtre et les romans n'est-elle point un ressouvenir de Cervantes, qui a également mis dans son *Don Quichotte* des entretiens fort remarquables entre le chanoine et don Quichotte, et entre le curé et le barbier, sur le roman chevaleresque et les pièces de théâtre (IIe part.)?

avoient tous eté mis en œuvre, que l'histoire
etoit epuisée, et que l'on seroit reduit à la fin à
se dispenser de la règle des vingt-quatre heures;
que le peuple et la plus grande partie du monde
ne sçavoient point à quoi etoient bonnes les règles sevères du théâtre; que l'on prenoit plus de
plaisir à voir representer les choses qu'à ouïr des
recits; et, cela etant, que l'on pourroit faire des
pièces qui seroient fort bien reçues, sans tomber
dans les extravagances des Espagnols et sans se
gehenner par la rigueur des règles d'Aristote[1]. De

1. Cela, du reste, avoit déjà été fait ou tenté avec plus ou
moins de bonheur, et pas aussi rarement qu'on le croit; mais,
au moment où écrivoit Scarron, ces règles étoient dans toute
leur puissance, quoiqu'elles ne l'aient jamais beaucoup gêné
lui-même. Dans notre vieux théâtre, il n'étoit guère question
des unités de temps et de lieu, qu'on s'est long-temps obstiné
à regarder comme des règles imposées par Aristote. En 1597,
Pierre de Laudun d'Aigaliers, dans sa *Poétique*, argumente
en forme contre les vingt-quatre heures, et F. Ogier fait de
même, en 1628, dans la préface du *Tyr et Sidon* de Schelan-
dre. En 1625, Mairet, en tête de *Silvanire*, ne plaidoit que
fort timidement encore pour les deux unités, se bornant à en
prouver la convenance, sans vouloir en imposer la domina-
tion absolue. Lui-même attachoit si peu d'importance réelle
à ce demi-manifeste, qu'il fut loin de les observer toujours.
Mais, un jour, Chapelain, le grand arbitre du goût, se plai-
gnant devant Richelieu des difficultés que la règle des vingt-
quatre heures avoit à s'établir, on décida, sous l'inspiration
du cardinal, tyran dans les lettres comme dans la politique,
qu'elle auroit désormais force de loi. On a dit et répété, — de
sorte que cette assertion est devenue un lieu commun littéraire, — que la *Sophonisbe* de Mairet (1629) est la première
où elle fut observée; mais, en y regardant de près, on arrive
à concevoir au moins quelques doutes, et, pour l'unité de
lieu, elle n'y est certainement pas encore. Il seroit plus juste
de substituer à la *Sophonisbe* l'*Amour tyrannique* de Scudéry.
Ces lois arbitraires furent assez long-temps à s'établir, même
après la décision de Richelieu, comme on peut le voir, pour l'u→

la comedie on vint à parler des romans. Le conseiller dit qu'il n'y avoit rien de plus divertissant que quelques romans modernes; que les François seuls en savoient faire de bons, et que les Espagnols avoient le secret de faire de petites histoires, qu'ils appellent Nouvelles, qui sont bien plus à notre usage et plus selon la portée de l'humanité que ces heros imaginaires de l'antiquité, qui sont quelquefois incommodes à force d'être trop honnêtes gens; enfin, que les exemples imitables etoient pour le moins d'aussi grande utilité que ceux que l'on avoit presque peine à concevoir; et il conclut que, si l'on faisoit des nouvelles en françois aussi bien faites que quelques unes de celles de Michel de Cervantes[1], elles auroient cours autant que les romans heroï-

nité de lieu, par plusieurs pièces de Rotrou, par *le Ravissement de Proserpine*, de Claveret (1639), *le Jugement de Pâris*, de Sallebray (1639), etc.; — pour l'unité de temps, par les batailles en forme que lui livrèrent Claveret, dans son *Traité de la disposition du poème dramatique;* Durval, dans a préface de sa *Panthée* (1638), etc. En outre, on peut facilement trouver dans notre ancien théâtre des exemples nombreux de toutes les formes du drame moderne alliées à toutes les licences anti-aristotéliques. Nous renvoyons le lecteur curieux d'étudier cette question à un travail étendu que nous publierons prochainement sur les *Origines du drame moderne* V. aussi *Rom. com.*, 3e part., ch. 13, à la fin.

1. Les *Nouvelles* de Cervantes avoient été traduites et publiées pour la première fois probablement en 1615 (le privilége est de novembre 1614), — les six premières par Rosset, et les six autres par d'Audiguier. Pour donner une idée de la vogue des romans espagnols et de la rapidité avec laquelle on les traduisoit pour satisfaire à l'avide curiosité des ecteurs françois, j'ajouterai que la première édition espagnole de *Persilès et Sigismonde* est de 1617, et que le privilége pour la traduction françoise est de la même année.

qûes[1]. Roquebrune ne fut pas de cet avis. Il dit
fort absolument qu'il n'y avoit point de plaisir
à lire des romans s'ils n'etoient composés d'a-
ventures de princes, et encore de grands princes,
et que, par cette raison-là, l'Astrée ne lui avoit
plu qu'en quelques endroits[2]. « Et dans quelles
histoires trouveroit-on assez de rois et d'empereurs pour vous faire des romans nouveaux? lui
repartit le conseiller. — Il en faudroit faire, dit Roquebrune, comme dans les romans tout à fait fabuleux et qui n'ont aucun fondement dans l'histoire. —Je vois bien, repartit le conseiller, que le
livre de Dom Quichotte n'est pas trop bien avec
vous.—C'est le plus sot livre que j'aie jamais vu,

1. C'est ce que Scarron lui-même a essayé, et souvent
avec succès, dans les histoires tirées de l'espagnol qu'il
fait raconter aux personnages de son roman, et dans ses
Nouvelles tragi-comiques, qu'il avoit peut-être composées ou
traduites avec l'intention de les encadrer également dans un
récit de plus longue haleine. On voit que ce genre de travail
n'étoit pas seulement chez Scarron le résultat d'un goût naturel et instinctif, mais aussi celui de la réflexion. D'autres
écrivains, au XVIIe siècle, ont également essayé, avec plus
ou moins de succès, de remplacer le roman héroïque par la
nouvelle bourgeoise et familière (V. notre *Notice* en tête du
volume).

2. Contrairement, en effet, aux *Cyrus*, aux *Polexandre*, etc.,
l'*Astrée* retraçoit surtout des aventures de bergers : de sorte
qu'à la rigueur il se rattachoit en quelque point, par le
sujet, sinon par le ton, au roman familier et bourgeois. Il est
vrai qu'en réalité les bergers qu'il met en scène n'étoient
point de ces bergers nécessiteux « qui, pour gagner leur vie,
conduisent les troupeaux aux pâturages », mais plutôt de
vrais gentilshommes, qui n'avoient pris cette condition « que
pour vivre plus doucement et sans contrainte. » (Préface de
l'*Astrée*.) Il y a aussi des chevaliers, des hommes du monde,
des princesses sous la figure de nymphes, comme Lindamor,
Bélisard, Galathée.

reprit Roquebrune, quoiqu'il plaise à quantité de gens d'esprit. — Prenez garde, dit le Destin, qu'il ne vous deplaise par votre faute plutôt que par la sienne ». Roquebrune n'eût pas manqué de repartie s'il eût ouï ce qu'avoit dit le Destin ; mais il etoit occupé à conter ses prouesses à quelques dames qui s'etoient approchées des comediennes, auxquelles il ne promettoit pas moins que de faire un roman en cinq parties, chacune de dix volumes, qui effaceroit les Cassandres, Cleopâtre, Polexandre et Cyrus [1], quoique ce dernier ait le surnom de Grand, aussi bien que le fils de Pepin.

Cependant le conseiller disoit à Destin et aux comediennes qu'il avoit essayé de faire des nouvelles à l'imitation des Espagnols, et qu'il leur en vouloit communiquer quelques unes. Inezilla prit la parole, et dit en françois qui tenoit plus du gascon que de l'espagnol, que son premier mari avoit eu la reputation de bien ecrire dans la cour d'Espagne ; qu'il avoit composé quantité de nouvelles qui y avoient eté bien reçues, et qu'elle en avoit encore d'ecrites à la main qui reussiroient en françois si elles etoient bien traduites. Le conseiller etoit fort curieux de

---

1. *Cassandre* et *Cléopâtre* sont des romans de La Calprenède, dont le premier a 10 volumes in–8, et le second 12 tomes en 23 volumes. C'est de la *Cléopâtre* que madame de Sévigné écrivoit à madame de Grignan, le 5 juillet 1671, qu'elle s'y laissoit « prendre comme à de la glu », et que cette lecture l'entraînoit « comme une petite fille. » Le *Cyrus* de Mlle de Scudéry ne dépassait pas dix *in-octavo*. Le *Polexandre* de Gomberville est le moins long. Scarron s'est déjà moqué de la longueur de ces romans, et Boileau a fait de même, dans son dialogue des *Héros de romans*.

cette sorte de livres ; il temoigna à l'Espagnole qu'elle lui feroit un extrême plaisir de lui en donner la lecture, ce qu'elle lui accorda fort civilement. « Et même, ajouta-t-elle, je pense en sçavoir autant que personne du monde ; et, comme quelques femmes de notre nation se mêlent d'en faire, et des vers aussi [1], j'ai voulu l'essayer comme les autres, et je vous en puis montrer quelques unes de ma façon. » Roquebrune s'offrit temerairement, selon sa coutume, à les mettre en françois. Inezilla, qui etoit peut-être la plus deliée Espagnole qui jamais ait passé les Pyrenées pour venir en France, lui repondit que ce n'etoit pas assez de bien sçavoir le françois, qu'il falloit sçavoir egalement l'espagnol, et qu'elle ne feroit point difficulté de lui donner de ses nouvelles à traduire quand elle sçauroit assez de françois pour juger s'il en etoit capable. La Rancune, qui n'avoit point encore parlé, dit qu'il n'en falloit point douter, puisqu'il avoit eté correcteur d'imprimerie. Il n'eut pas plutôt lâché la parole qu'il se ressouvint que Roquebrune lui

---

1. Il n'y a pas beaucoup de ces femmes dont l'histoire littéraire ait conservé les noms. Voici les plus célèbres qui eussent paru jusqu'à cette époque : Mariana de Carbajal y Saavedra avoit publié, en 1633, huit *Nouvelles amusantes* ; Maria de Zayas donna au public, en 1637 et 1647, deux recueils, dont l'un intitulé *Contes*, et l'autre *Bals* (Saraos). Pour la poésie, les seuls noms à peu près qu'on puisse indiquer, après celui de sainte Thérèse, sont ceux de Narvaëz et de dona Christovalina, qu'on trouve citées dans les *Fleurs des plus fameux poètes de l'Espagne* (1605), par P. Espinosa. Ajoutons-y deux Portugaises : Violante del Cielo, qui publia ses *Rimes* en 1646, et Bernarda Ferreira, auteur de *l'Espagne délivrée*, sorte de poème épique, dont la première partie avoit paru en 1618.

avoit prêté de l'argent. Il ne le poussa donc
point selon sa coutume, le voyant dejà tout defait
de ce qu'il avoit dit, et avouant avec grande
confusion qu'il avoit veritablement corrigé quelque temps chez les imprimeurs[1], mais que ce
n'avoit eté que ses propres ouvrages. Mademoiselle de l'Etoile dit alors à la dona Inezilla que,
puisqu'elle sçavoit tant d'historiettes, elle l'im-
portuneroit souvent de lui en conter. L'Espagnole s'y offrit à l'heure même. On la prit au
mot ; tous ceux de la compagnie se mirent à l'entour d'elle, et alors elle commença une histoire, non pas du tout dans les termes que vous
l'allez lire dans le suivant chapitre, mais pourtant assez intelligiblement pour faire voir qu'elle
avoit bien de l'esprit en espagnol, puisqu'elle
en faisoit beaucoup paroître en une langue dont
elle ne sçavoit pas les beautés.

1. On ne voit pas trop, en somme, ce que cet aveu avoit
d'humiliant. Roquebrune auroit pu penser, pour se consoler,
que Lascaris, Etienne Dolet, Juste-Lipse, Erasme, Mélanch-
ton, Scaliger, et d'autres non moins célèbres, avoient fait
ce métier avant lui ; mais c'étoit là une ressource à laquelle
avoient souvent recours, pour vivre, les pauvres écrivains
et les *poètes crottés*. « Pour le jour, lit-on dans l'*Histoire du
poète Sibus*, il le passoit ou à porter ses ouvrages au tiers et
au quart, ou à corriger les fautes dans une imprimerie. »
(*Rec. en prose* de Sercy, 2e vol.) C'est pour cela que le glorieux Roquebrune est honteux de la révélation de la Rancune.

CHAPITRE XXII.

A trompeur trompeur et demi [1].

Une jeune dame de Tolède, nommée Victoria, de l'ancienne maison de Portocarrero [2], s'etoit retirée en une maison qu'elle avoit sur les bords du Tage, à demi-lieue de Tolède, en l'absence de son frère, qui etoit capitaine de cavalerie dans les Pays-Bas. Elle etoit demeurée veuve, à l'âge de dix-sept ans, d'un vieil gentilhomme qui s'etoit enrichi aux Indes [3], et qui, s'etant perdu en mer six mois après son mariage, avoit laissé beaucoup de bien à sa femme. Cette belle veuve, depuis la mort de son mari, s'etoit retirée auprès de son frère, et y avoit vecu d'une façon si approuvée de tout le monde, qu'à l'âge de vingt ans les mères la proposoient à leurs filles comme un

1. Traduit de la deuxième nouvelle des *Alivios de Cassandra*, de don Alonzo Castillo Solorzano, intitulée : *A un engano otro mayor*. V. notre *Notice*.

2. La maison de Portocarrero, une des plus considérables d'Espagne, s'etoit divisée en plusieurs branches importantes, sur lesquelles on peut consulter le *Dict. généal.* de La Chesnaie des Bois, et le *Nobiliario genealogico de Espana* de Haro (2e vol.).

3. C'est-à-dire en Amérique, car on sait que, lorsque Christophe Colomb découvrit ce continent, il le prit d'abord pour une prolongation des Indes, et que l'usage subsista long-temps de confondre ces deux noms. Scarron, ici, a probablement en vue le Mexique ou le Pérou, qui étoient des possessions espagnoles.

exemple, les maris à leurs femmes , et les galans
à leurs desirs, comme une conquête digne de leur
merite. Mais , si sa vie retirée avoit refroidi l'a-
mour de plusieurs, elle avoit, d'un autre côté,
augmenté l'estime que tout le monde avoit pour
elle. Elle goûtoit en liberté les plaisirs de la campagne dans cette maison des champs, quand, un
matin , ses bergers lui amenèrent deux hommes
qu'ils avoient trouvés depouillés de tous leurs
habits et attachés à des arbres où ils avoient
passé la nuit. On leur avoit donné à chacun une
mechante cape de berger pour se couvrir, et ce
fut en ce bel equipage-là qu'ils parurent devant
la belle Victoria. La pauvreté de leur habit ne
lui cacha point la riche mine du plus jeune, qui
lui fit un compliment en honnête homme , et lui
dit qu'il etoit un gentilhomme de Cordoue appelé dom Lopez de Gongora; qu'il venoit de
Seville, et qu'allant à Madrid pour des affaires
d'importance et s'etant amusé à jouer à une de-
mi-journée de Tolède, où il avoit dîné le jour
auparavant, que la nuit l'avoit surpris ; qu'il s'e-
toit endormi, et son valet aussi, en attendant un
muletier qui etoit demeuré derrière, et que des
voleurs, l'ayant trouvé comme il dormoit, l'avoient
lié à un arbre, et son valet aussi, après les avoir
depouillés jusqu'à la chemise. Victoria ne douta
point de la verité de ses paroles : sa bonne mine
parloit en sa faveur, et il y avoit toujours de la
generosité à secourir un etranger reduit à une si
fâcheuse necessité. Il se rencontra heureusement
que, parmi les hardes que son frère lui avoit laissées en garde, il y avoit quelques habits : car les
Espagnols ne quittent point leurs vieux habits

pour jamais quand ils en prennent de neufs [1].
On choisit le plus beau et le mieux fait à la taille
du maître, et le valet fut aussi revêtu de ce que
l'on put trouver sur-le-champ de plus propre pour
lui. L'heure du dîner etant venue, cet etranger,
que Victoria fit manger à sa table, parut à ses
yeux si bien fait et l'entretint avec tant d'esprit,
qu'elle crut que l'assistance qu'elle lui rendoit ne
pouvoit jamais être mieux employée. Ils furent
ensemble le reste du jour, et se plurent tellement
l'un à l'autre que la nuit même ils en dormirent
moins qu'ils n'avoient accoutumé. L'etranger
voulut envoyer son valet à Madrid querir de l'argent et faire faire des habits, ou du moins il en
fit semblant ; la belle veuve ne le voulut pas permettre, et lui en promit pour achever son voyage.
Il lui parla d'amour dès le jour même, et elle l'e-
couta favorablement. Enfin, en quinze jours, la
commodité du lieu, le merite egal en ces deux
jeunes personnes, quantité de sermens d'un côté, trop de franchise et de credulité de l'autre, une promesse de mariage offerte et la foi
reciproquement donnée en presence d'un vieil
ecuyer et d'une suivante de Victoria, lui firent
faire une faute dont jamais on ne l'eût crue capable, et mirent ce bienheureux etranger en possession de la plus belle dame de Tolède. Huit
jours durant, ce ne fut que feu et flammes entre

---

1. A cause, probablement, de l'habitude où sont beaucoup de peuples méridionaux, les Italiens aussi bien que les
Espagnols, de garder long-temps leurs domestiques et de ne
s'en point séparer, même quand l'âge les a rendus impropres
au service, ce qui leur fournit un usage tout prêt pour leurs
vieux habits.

les jeunes amans. Il fallut se separer : ce ne furent que larmes. Victoria eût eu droit de le retenir ; mais, l'etranger lui ayant fait valoir qu'il laissoit perdre une affaire de grande importance pour l'amour d'elle, lui protestant que le gain qu'il avoit fait de son cœur lui faisoit negliger celui d'un procès qu'il avoit à Madrid, et même ses pretentions de la Cour, elle fut la première à hâter son depart, ne l'aimant pas assez aveuglement pour preferer le plaisir d'être avec lui à son avancement. Elle fit faire des habits à Tolède pour lui et pour son valet, et lui donna de l'argent autant qu'il en voulut. Il partit pour Madrid monté sur une bonne mule, et son valet sur une autre, la pauvre dame veritablement accablée de douleur quand il partit, et lui, s'il ne fut pas beaucoup affligé, le contrefaisant avec la plus grande hypocrisie du monde. Le jour même qu'il partit, une servante, faisant la chambre où il avoit couché, trouva une boîte de portrait enveloppée dans une lettre. Elle porta le tout à sa maîtresse, qui vit dans la boîte un visage parfaitement beau et fort jeune, et lut dans la lettre ces paroles, ou d'autres qui vouloient dire la même chose :

onsieur mon cousin,

Je vous envoie le portrait de la belle Elvire de Silva. Quand vous la verrez, vous la trouverez encore plus belle que le peintre ne l'a sçu faire. Dom Pedro de Silva, son père, vous attend avec impatience. Les

articles de votre mariage sont tels que vous les avez
souhaités, et ils vous sont fort avantageux, à ce qu'il
me semble. Tout cela vaut bien la peine que vous hâ-
tiez votre voyage.

De Madrid, ce, etc.

Dom Antoine de Ribera.

La lettre s'adressoit à Fernand de Ribera, à
Seville. Representez-vous, je vous prie, l'etonnement de Victoria à la lecture d'une telle lettre,
qui, selon toutes les apparences du monde, ne
pouvoit être ecrite à un autre qu'à son Lopez de
Gongora. Elle voyoit, mais trop tard, que cet
etranger qu'elle avoit si fort obligé, et si vite, lui
avoit deguisé son nom; et, par ce deguisement-
là, elle devoit être toute assurée de son infidelité.
La beauté de la dame du portrait ne la devoit
pas moins mettre en peine, et ce mariage dont
les articles etoient dejà passés achevoit de la
desesperer. Jamais personne ne s'affligea tant;
ses soupirs la pensèrent suffoquer, et elle pleura
jusqu'à s'en faire mal à la tête. « Miserable que je
suis ! disoit-elle quelquefois en elle-même, et
quelquefois aussi devant son vieil ecuyer et sa
suivante, qui avoient eté temoins de son mariage; ai-je eté si long-temps sage pour faire une
faute irreparable ! et devois-je refuser tant de
personnes de condition de ma connoissance qui
se fussent estimés heureux de me posseder, pour
me donner à un inconnu, qui se moque peut-être
de moi après m'avoir rendue malheureuse pour
toute ma vie! Que dira-t-on dans Tolède, et
oue dira-t-on dans toute l'Espagne? Un jeune

homme lâche et trompeur sera-t-il discret? Devois-je lui temoigner que je l'aimois devant que de sçavoir si j'en etois aimée? M'auroit-il caché son nom s'il avoit eté sincère, et dois-je esperer, après cela, qu'il cache les avantages qu'il a sur moi? Que ne fera point mon frère contre moi, après ce que j'ai fait moi-même? et de quoi lui sert l'honneur qu'il acquiert en Flandre, tandis que je le deshonore en Espagne? Non, non, Victoria, il faut tout entreprendre, puisque nous avons tout oublié; mais, devant que d'en venir à la vengeance et aux derniers remèdes, il faut essayer de gagner par adresse ce que nous avons mal conservé par imprudence. Il sera toujours assez à temps de se perdre quand il n'y aura plus rien à esperer. »

Victoria avoit l'esprit bien fort, d'être capable de prendre sitôt une bonne resolution dans une si mauvaise affaire. Son vieil ecuyer et sa suivante la voulurent conseiller. Elle leur dit qu'elle sçavoit bien tout ce qu'on lui pouvoit dire, mais qu'il n'etoit plus question que d'agir. Dès le jour même, un chariot et une charrette furent chargés de meubles et de tapisseries, et Victoria, faisant courir le bruit parmi ses domestiques qu'il falloit qu'elle allât à la cour pour les affaires pressantes de son frère, elle monta en carrosse avec son ecuyer et sa suivante, prit le chemin de Madrid et se fit suivre par son bagage. Aussitôt qu'elle y fut arrivée, elle s'informa du logis de dom Pedro de Silva, et, l'ayant appris, elle en loua un dans le même quartier. Son vieil ecuyer avoit nom Rodrigue Santillane; il avoit eté nourri jeune par le père de Victoria, et il ai-

moit sa maîtresse comme si elle eût eté sa fille.
Ayant force habitudes dans Madrid, où il avoit
passé sa jeunesse, il sçut en peu de temps que la
fille de dom Pedro de Silva se marioit à un gentilhomme de Seville, qu'on appeloit Fernand de
Ribera; qu'un de ses cousins, de même nom que
lui, avoit fait ce mariage, et que dom Pedro songeoit dejà aux personnes qu'il mettroit auprès de
sa fille. Dès le lendemain, Rodrigue Santillane,
honnêtement vêtu, Victoria, habillée en veuve
de mediocre condition, et Beatris, sa suivante,
faisant le personnage de sa belle-mère, femme
de Rodrigue, allèrent chez dom Pedro et demandèrent à lui parler. Dom Pedro les reçut fort
civilement, et Rodrigue lui dit avec beaucoup
d'assurance qu'il etoit un pauvre gentilhomme
des montagnes de Tolède; qu'il avoit eu une fille
unique de sa première femme, qui etoit Victoria,
dont le mari etoit mort depuis peu à Seville où
il demeuroit; et que, voyant sa fille veuve avec
peu de bien, il l'avoit amenée à la cour pour
lui chercher condition; qu'ayant ouï parler de
lui et de sa fille qu'il etoit prêt de marier, il
avoit cru lui faire plaisir en lui venant offrir une
jeune veuve très propre à servir de duegna à la
nouvelle mariée, et ajouta que le merite de sa
fille le rendoit hardi à la lui offrir, et qu'il en seroit
pour le moins aussi satisfait qu'il l'avoit pu être
de sa bonne mine. Devant que d'aller plus avant,
il faut que j'apprenne à ceux qui ne le sçavent pas
que les dames en Espagne ont des duegnas auprès d'elles, et ces duegnas sont à peu près la
même chose que les gouvernantes ou dames
d'honneur que nous voyons auprès des femmes

de grand condition. Il faut que je dise encore que ces duegnas ou duègnes sont animaux rigides et fâcheux, aussi redoutés pour le moins que des belles-mères [1]. Rodrigue joua si bien son personnage, et Victoria, belle comme elle etoit, parut, en son habit simple, si agreable et de si bon augure aux yeux de dom Pedro de Silva, qu'il la retint à l'heure même pour sa fille. Il offrit même à Rodrigue et à sa femme place dans sa maison. Rodrigue s'en excusa, et lui dit qu'il avoit quelques raisons pour ne recevoir pas l'honneur qu'il lui vouloit faire; mais que, logeant dans le même quartier, il seroit prêt à lui rendre service toutes les fois qu'il le voudroit employer.

Voilà donc Victoria dans la maison de dom Pedro, fort aimée de lui et de sa fille Elvire, et fort enviée de tous les valets. Dom Antoine de Ribera, qui avoit fait le mariage de son infidèle cousin avec la fille de dom Pedro de Silva, lui venoit souvent dire que son cousin etoit en chemin et

---

1. Cette boutade satirique a une signification particulière sous la plume de Scarron, qui n'avoit pas eu à se louer de sa propre belle-mère, Françoise de Plaix, dans ses rapports de famille, pas plus que dans ses affaires d'intérêt : V. *Factum, ou Requête, ou tout ce qu'il vous plaira*, en tête de la 3e part. de ses vers burlesques. Aussi ne l'a-t-il point ménagée. Les traits contre les belles-mères abondent dans ses œuvres.

> Elle fit, et n'y gagna guère,
> Des plaintes dont le seul récit,
> A ce que sa servante a dit,
> Toucheroit une belle-mère,

dit-il dans son *ode burlesque* sur Léandre et Héro. Il a également semé les allusions dans une foule d'autres pièces; (A. M. du Laurant, *Recommandat. — Impréc. contre celui qui a pris son Juvén.*, etc.

qu'il lui avoit ecrit en partant de Seville ; et cependant ce cousin ne venoit point. Cela le mettoit bien en peine. Dom Pedro et sa fille ne sçavoient qu'en penser, et Victoria y prenoit encore plus de part. Dom Fernand n'avoit garde de venir si vite : le jour même qu'il partit de chez Victoria, Dieu le punit de sa perfidie. En arrivant à Illescas, un chien qui sortit d'une maison à l'improviste fit peur à son mulet, qui lui froissa une jambe contre une muraille et le jeta par terre. Dom Fernand se demit une cuisse, et se trouva si mal de sa chute qu'il ne put passer outre. Il fut sept ou huit jours entre les mains des medecins et chirurgiens du pays, qui n'etoient pas des meilleurs, et, son mal devenant tous les jours plus dangereux, il fit sçavoir à son cousin son infortune, et le pria de lui envoyer un brancard. A cette nouvelle, on s'affligea de sa chute et on se rejouit de ce que l'on sçavoit enfin ce qu'il etoit devenu. Victoria, qui l'aimoit encore, en fut fort inquietée. Don Antoine envoya querir don Fernand. Il fut amené à Madrid, où, tandis que l'on fit des habits pour lui et pour son train, qui fut fort magnifique (car il etoit aîné de sa maison et fort riche), les chirurgiens de Madrid, plus habiles que ceux d'Illescas, le guerirent parfaitement. Dom Pedro de Silva et sa fille Elvire furent avertis du jour que dom Antoine de Ribera leur devoit amener son cousin dom Fernand. Il y a apparence que la jeune Elvire ne se negligea pas et que Victoria ne fut pas sans emotion. Elle vit entrer son infidèle paré comme un nouveau marié, et, s'il lui avoit plu mal vêtu et mal en ordre, elle le trouva l'homme du monde de la meilleure

mine en ses habits de noces. Dom Pedro n'en fût
pas moins satisfait, et sa fille eût eté bien difficile si elle y eût trouvé quelque chose à redire.
Tous les domestiques regardèrent le serviteur de
leur jeune maîtresse de toute la grandeur de leurs
yeux, et tout le monde de la maison en eut le
cœur epanoui, à la reserve de Victoria, qui sans
doute l'eut bien serré. Dom Fernand fut charmé
de la beauté d'Elvire, et avoua à son cousin qu'elle
etoit encore plus belle que son portrait. Il lui fit
ses premiers complimens en homme d'esprit, et,
parlant à elle et à son père, s'abstint le plus qu'il
put de toutes les sottises que dit ordinairement à
un beau-père et à une maîtresse un homme qui
demande à se marier. Dom Pedro de Silva s'enferma dans un cabinet avec les deux cousins et
avec un homme d'affaires pour ajouter quelque
chose qui manquoit aux articles. Cependant Elvire demeura dans la chambre environnée de toutes ses femmes, qui se rejouissoient devant elle de
la bonne mine de son serviteur. La seule Victoria demeura froide et serieuse dans les emp rte-
mens des autres. Elvire le remarqua et la tira à
part pour lui dire qu'elle s'etonnoit de ce qu'elle
ne lui disoit rien de l'heureux choix que son père
avoit fait d'un gendre qui paroissoit avoir tant de
merite, et ajouta qu'au moins par flatterie ou par
civilité elle lui en devoit dire quelque chose.
« Madame, lui dit Victoria, ce qui paroît de votre serviteur est si fort à son avantage qu'il n'est
point necessaire de vous le louer. Ma froideur,
que vous avez remarquée, ne vient point d'indifference; et je serois indigne des bontés que vous
avez pour moi, si je ne prenois part en tout ce

qui vous touche. Je me serois donc rejouie de votre mariage, aussi bien que les autres, si je connoissois moins celui qui doit être votre mari. Le mien etoit de Seville, et sa maison n'etoit pas eloignée de celle du père de votre serviteur. Il est de bonne maison, il est riche, il est bien fait, et je veux croire qu'il a de l'esprit ; enfin, il est digne de vous. Mais vous meritez l'affection toute entière d'un homme, et il ne vous peut donner ce qu'il n'a pas. Je m'empêcherois bien de vous dire des choses qui peuvent vous deplaire ; mais, je ne m'acquitterois pas de tout ce que je vous dois si je ne vous decouvrois tout ce que je sçais de dom Fernand, en une affaire d'où depend le bonheur ou le malheur de votre vie. » Elvire fut fort etonnée de ce que lui dit sa gouvernante ; elle la pria de ne differer pas davantage à lui eclaircir les doutes qu'elle lui avoit mis dans l'esprit. Victoria lui dit que cela ne se pouvoit dire devant ses servantes, ni en peu de paroles. Elvire feignit d'avoir affaire en sa chambre, où Victoria lui dit, aussitôt qu'elle se vit seule avec elle, que Fernand de Ribera etoit amoureux à Seville d'une Lucrèce de Monsalve, demoiselle fort aimable, quoique fort pauvre ; qu'il en avoit trois enfans sous promesse de mariage ; que, du vivant du père de Ribera, la chose avoit eté tenue secrète, et qu'après sa mort, Lucrèce lui ayant demandé l'accomplissement de sa promesse, il s'etoit extrêmement refroidi ; qu'elle avoit remis cette affaire entre les mains de deux gentilshommes de ses parens ; que cela avoit fait grand eclat dans Seville, et que dom Fernand s'en etoit absenté quelque temps, par le conseil de ses amis, pour

eviter les parens de cette Lucrèce, qui le cherchoient partout pour le tuer. Elle ajouta que l'affaire etoit en cet etat-là quand elle quitta Seville,
il y avoit un mois, et que le bruit couroit en même
temps que dom Fernand alloit se marier à Madrid.
Elvire ne put s'empêcher de lui demander si cette
Lucrèce etoit fort belle. Victoria lui dit qu'il ne
lui manquoit que du bien, et la laissa fort rêveuse et faisant dessein d'informer promptement
son père de ce qu'elle venoit d'apprendre. On la
vint appeler en même temps pour revenir trouver
son serviteur, qui avoit achevé avec son père ce
qui les avoit fait retirer en particulier. Elvire s'y
en alla, et cependant Victoria demeura dans l'an-
tichambre, où elle vit entrer ce même valet qui
accompagnoit son infidèle quand elle le reçut si
genereusement en sa maison auprès de Tolède.
Ce valet apportoit à son maître un paquet de lettres qu'on lui avoit donné à la poste de Seville.
Il ne put reconnoître Victoria, que la coiffure de
veuve avoit fort deguisée. Il la pria de le faire
parler à son maître pour lui donner ses lettres.
Elle lui dit qu'il ne lui pourroit parler de long-
temps, mais que, s'il lui vouloit confier son paquet, elle iroit le lui porter quand on pourroit
parler à lui. Le valet n'en fit point de difficulté,
et, lui ayant mis son paquet entre les mains, s'en
retourna où il avoit affaire. Victoria, qui n'avoit
rien à negliger, monta dans sa chambre, ouvrit
le paquet, et, en moins de rien, le referma, y
ajoutant une lettre qu'elle ecrivit à la hate. Cependant les deux cousins achevèrent leur visite.
Elvire vit le paquet de dom Fernand entre les
mains de sa gouvernante, et lui demanda ce que

c'etoit. Victoria lui dit indifferemment que le valet
de dom Fernand le lui avoit donné pour le rendre
à son maître, et qu'elle alloit envoyer après, parcequ'elle ne s'etoit point trouvée quand il étoit
sorti. Elvire lui dit qu'il n'y avoit point de danger
de l'ouvrir, et que l'on y trouveroit peut-être
quelque chose de l'affaire qu'elle lui avoit ap-
prise. Victoria, qui ne demandoit pas autre chose,
l'ouvrit encore une fois. Elvire en regarda toutes
les lettres, et ne manqua pas de s'arrêter sur celle
qu'elle vit ecrite en lettre de femme qui s'adressoit à Fernand de Ribera à Madrid. Voici ce
qu'elle y lut :

*Votre absence et la nouvelle que j'ai ap
prise que l'on vous marioit à la cour
vous feront bientôt perdre une personne
qui vous aime plus que sa vie, si vous ne
venez bientôt la desabuser, et accomplir ce que vous
ne pouvez differer ou lui refuser sans une froideur
ou une trahison manifeste. Si ce que l'on dit de vous
est veritable, et si vous ne songez plus que vous ne
faites en moi et en nos enfans, au moins devriez-vous
songer à votre vie, que mes cousins sçauront bien
vous faire perdre quand vous me reduirez à les en
prier, puisqu'ils ne vous la laissent qu'à ma prière.*

De Seville.

LUCRÈCE DE MONSALVE.

Elvire ne douta plus de tout ce que lui avoit
dit sa gouvernante, après la lecture de cette lettre.
Elle la fit voir à son père, qui ne put assez s'e-
tonner qu'un gentilhomme de condition fût assez

lâche pour manquer de fidelité à une demoiselle qui le valoit bien et de qui il avoit eu des enfans. A l'heure même il alla s'en informer plus amplement d'un gentilhomme de Seville de ses grands amis, par lequel il avoit dejà eté instruit du bien et des affaires de dom Fernand. A peine fut-il sorti que dom Fernand vint demander ses lettres, suivi de son valet, qui lui avoit dit que la gouvernante de sa maîtresse s'etoit chargée de les lui rendre. Il trouva Elvire dans la salle, et lui dit qu'encore que deux visites lui fussent pardonnables dans les termes où il etoit avec elle, qu'il ne venoit pas tant pour la voir que pour demander ses lettres, que son valet avoit laissées à sa gouvernante. Elvire lui repondit qu'elle les lui avoit prises, qu'elle avoit eu la curiosité d'ouvrir le paquet, ne doutant point qu'un homme de son âge n'eût quelque attachement de galanterie dans une grande ville comme Seville, et que si sa curiosité ne l'avoit pas beaucoup satisfaite, qu'elle lui avoit appris, en recompense, que ceux qui se marioient ensemble devant que de se connoître hasardoient beaucoup. Elle ajouta ensuite qu'elle ne vouloit pas lui retarder davantage le plaisir de lire ses lettres, les lui remit entre les mains, et, lui faisant la reverence, le quitta sans attendre reponse. Dom Fernand demeura fort etonné de ce qu'il entendit dire à sa maîtresse. Il lut la lettre supposée, et vit bien que l'on vouloit troubler son mariage par une fourbe. Il s'adressa à Victoria, qui etoit demeurée dans la salle, et lui dit, sans s'arrêter beaucoup à son visage, que quelque rival ou quelque personne malicieuse avoit supposé la lettre qu'il venoit de

lire. « Moi une femme dans Seville ! s'écrioit-il tout
étonné ; moi des enfans ! Ah ! si ce n'est la plus
impudente imposture du monde, je veux qu'on
me coupe la tête ! » Victoria lui dit qu'il pouvoit
bien être innocent, mais que sa maîtresse ne pouvoit moins faire que de s'en eclaircir, et que
très assurement le mariage ne passeroit pas outre que dom Pedro ne fût assuré par un gentilhomme de Seville de ses amis, qu'il etoit allé
chercher exprès, que ce pretendu intrigue fût
supposé [1]. « C'est ce que je souhaite, lui repondit
dom Fernand, et, s'il y a seulement dans Seville
une dame qui ait nom Lucrèce de Monsalve, je
veux ne passer jamais pour un homme d'honneur ! Et je vous prie, continua-t-il, si vous êtes
bien dans l'esprit d'Elvire, comme je n'en doute
pas, de me l'avouer, afin que je vous conjure de
me rendre de bons offices auprès d'elle. — Je
crois, sans vanité, lui repondit Victoria, qu'elle
ne fera pas pour un autre ce qu'elle m'aura refusé ; mais je connois aussi son humeur : on ne
l'apaise pas aisement quand elle se croit desobli-
gée ; et, comme toûte l'esperance de ma fortune
n'est fondée que sur la bonne volonté qu'elle a
pour moi, je n'irai pas lui manquer de complaisance pour en avoir trop pour vous, et hasarder
de me mettre mal auprès d'elle en tâchant de lui
ôter la mauvaise opinion qu'elle a de votre sincerité. Je suis pauvre, ajouta-t-elle, et c'est à moi
beaucoup perdre que de ne gagner pas. Si ce
qu'elle m'a promis pour me remarier m'alloit

1. On faisoit quelquefois ce mot du masculin au XVIIe
siècle. (V. le *Dict.* de Furetière.)

manquer, je serois veuve toute ma vie, quoique, jeune comme je suis, je puisse encore plaire à quelque honnête homme. Mais on dit bien vrai, que sans argent... » Elle alloit enfiler un long prône de gouvernante, car pour la bien contrefaire il falloit parler beaucoup; mais dom Fernand lui dit en l'interrompant : « Rendez-moi le service que je vous demande, et je vous mettrai en état de vous pouvoir passer des recompenses de votre maîtresse; et, pour vous montrer, ajouta-t-il, que je vous veux donner autre chose que des paroles, donnez-moi du papier et de l'encre, et je vous ferai une promesse de ce que vous voudrez. — Jesus! Monsieur, lui dit la fausse gouvernante, la parole d'un honnête homme suffit; mais, pour vous plaire, je m'en vais querir ce que vous demandez. » Elle revint avec ce qu'il falloit pour faire une promesse de plus de cent millions d'or, et dom Fernand fut si galant homme, ou plutôt il avoit la possession d'Elvire tellement à cœur, qu'il lui écrivit son nom en blanc, dans une feuille de papier, pour l'obliger par cette confiance à le servir de bonne façon. Voilà Victoria sur les nues; elle promit des merveilles à dom Fernand, et lui dit qu'elle vouloit être la plus malheureuse du monde si elle n'alloit travailler en cette affaire comme pour elle-même, et elle ne mentoit pas. Dom Fernand la quitta rempli d'esperance, et Rodrigue Santillane, son ecuyer, qui passoit pour son père, l'étant venu voir pour apprendre ce qu'elle avoit avancé pour son dessein, elle lui en rendit compte et lui montra le blanc signé, dont il loua Dieu avec elle, et lui fit remarquer que tout sembloit contribuer à sa satisfaction. Pour ne point perdre de temps, il s'en retourna à son logis, que Victoria avoit loué auprès de celui de dom Pedro, comme je vous ai dejà dit ; et là il ecrivit au dessus du seing de dom Fernand une promesse de mariage, attestée de temoins et datée du temps que Victoria reçut cet infidèle dans sa maison des champs. Il ecrivoit aussi bien qu'homme qui fût en Espagne, et avoit si bien etudié la lettre de dom Fernand sur des vers qu'il avoit ecrits de sa main et qu'il avoit laissés à Victoria, que dom Fernand même s'y fût trompé.

Dom Pedro de Silva ne trouva point le gentilhomme qu'il etoit allé chercher pour s'informer du mariage de dom Fernand ; il lui laissa un billet en son logis et revint au sien, où, le soir même, Elvire ouvrit son cœur à sa gouvernante, et lui assura qu'elle desobeiroit plutôt à son père que d'epouser jamais dom Fernand, lui avouant de plus qu'elle etoit engagée d'affection avec un Diego de Maradas il y avoit long-temps ; qu'elle avoit assez deferé à son père en forçant son inclination pour lui plaire, et, puisque Dieu avoit permis que la mauvaise foi de dom Fernand fût decouverte, qu'elle croyoit, en le refusant, obeir à la volonté divine, qui sembloit lui destiner un autre epoux. Vous devez croire que Victoria fortifia Elvire dans ses bonnes resolutions, et ne lui parla pas alors selon l'intention de dom Fernand. « Dom Diègue de Maradas, lui dit alors Elvire, est mal satisfait de moi à cause que je l'ai quitté pour obeir à mon père ; mais, aussitôt que je le favoriserai seulement d'un regard, je suis assurée de le faire revenir, quand il seroit

aussi eloigné de moi que dom Fernand l'est presentement de sa Lucrèce. — Ecrivez-lui, mademoiselle, lui dit Victoria, et je m'offre à lui porter votre lettre. » Elvire fut ravie de voir sa gouvernante si favorable à ses desseins ; elle fit mettre les chevaux au carrosse pour Victoria, qui
monta dedans avec un beau poulet pour dom
Diego, et, s'etant fait descendre chez son père
Santillane, renvoya le carrosse de sa maîtresse,
disant au cocher qu'elle iroit bien à pied où elle
vouloit aller. Le bon Santillane lui fit voir la promesse de mariage qu'il avoit faite, et elle ecrivit
aussitôt deux billets : l'un à Diego de Maradas,
et l'autre à Pedro de Silva, père de sa maîtresse.
Par ces billets, signés Victoria Portocarrero, elle
leur enseignoit son logis et les prioit de la venir
trouver pour une affaire qui leur etoit de grande
importance. Tandis que l'on porta ces billets à
ceux à qui ils etoient adressés, Victoria quitta
son habit simple de veuve, s'habilla richement,
fit paroître ses cheveux, que l'on m'a assuré
avoir eté des plus beaux, et se coiffa en dame
fort galante. Dom Diègue de Maradas la vint
trouver un moment après, pour sçavoir ce que
lui vouloit une dame dont il n'avoit jamais ouï
parler. Elle le reçut fort civilement, et à peine
avoit-il pris un siége auprès d'elle qu'on lui vint
dire que Pedro de Silva demandoit à la voir.
Elle pria dom Diègue de se cacher dans son alcôve, en l'assurant qu'il lui importoit extrêmement d'entendre la conversation qu'elle alloit avoir
avec dom Pedro. Il fit sans resistance ce que
voulut une dame si belle et de si bonne mine,
et dom Pedro fut introduit dans la chambre de

Victoria, qu'il ne put reconnoître, tant sa coiffure, differente de celle qu'elle portoit chez lui, et la richesse de ses habits, avoient augmenté sa bonne mine et changé l'air de son visage. Elle fit asseoir dom Pedro en un lieu d'où dom Diègue pouvoit entendre tout ce qu'elle lui disoit, et lui parla en ces termes : « Je crois, Monsieur, que je dois vous apprendre d'abord qui je suis, pour ne vous laisser pas plus long-temps dans l'impatience où vous devez être de le sçavoir. Je suis de Tolède, de la maison de Porto-Carrero ; j'ai eté mariée à seize ans, et me suis trouvée veuve six mois après mon mariage. Mon père portoit la croix de saint Jacques, et mon frère est de l'ordre de Calatrava. » Dom Pedro l'interrompit pour lui dire que son père avoit eté de ses intimes amis. « Ce que vous m'apprenez là me rejouit extrêmement, lui repondit Victoria, car j'aurai besoin de beaucoup d'amis dans l'affaire dont j'ai à vous parler. » Elle apprit ensuite à dom Pedro ce qui lui étoit arrivé avec dom Fernand, et lui mit entre les mains la promesse qu'avoit contrefaite Santillane. Aussitôt qu'il l'eût lue, elle reprit la parole et lui dit : « Vous sçavez, Monsieur, à quoi l'honneur oblige une personne de ma condition : quand la justice ne seroit pas de mon côté, mes parens et mes amis ont beaucoup de crédit et sont assez intéressés dans mon affaire pour la porter au plus loin qu'elle puisse aller. J'ai cru, Monsieur, que je devois vous avertir de mes pretentions, afin que vous ne passiez pas outre dans le mariage de mademoiselle votre fille ; elle merite mieux qu'un homme infidèle, et je vous crois trop sage pour vous opiniâtrer à lui donner un mari qu'on lui pourroit disputer. — Quand il seroit un grand d'Espagne, répondit dom Pedro, je n'en voudrois point s'il etoit injuste : non seulement il n'epousera point ma fille, mais encore je lui defendrai ma maison ; et pour vous, Madame, je vous offre ce que j'ai de credit et d'amis. J'avois déjà eté averti qu'il etoit homme à prendre son plaisir partout où il le trouve, et même de le chercher aux depens de sa reputation. Etant de cette humeur-là, quand bien il ne seroit pas à vous, il ne seroit jamais à ma fille, laquelle, s'il plaît à Dieu ! ne manquera point de mari dans la cour d'Espagne. »

Dom Pedro ne demeura pas davantage avec Victoria, voyant qu'elle n'avoit rien davantage à lui dire, et Victoria fit sortir dom Diègue de derrière son alcôve, d'où il avoit ouï toute la conversation qu'elle avoit eue avec le père de sa maîtresse. Elle ne lui fit donc point une seconde relation de son histoire ; elle lui donna la lettre d'Elvire, qui le ravit d'aise ; et, parcequ'il eût pu être en peine de sçavoir par quelle voie elle etoit venue entre ses mains, elle lui fit confidence de sa metamorphose en duègne, sçachant bien qu'il avoit autant d'interêt qu'elle à tenir la chose secrète. Dom Diègue, devant que de quitter Victoria, ecrivit à sa maîtresse une lettre où la joie de voir ses esperances ressuscitées faisoit bien juger du deplaisir qu'il avoit eu quand il les avoit crues perdues. Il se separa de la belle veuve, qui prit aussitôt son habit de gouvernante et s'en retourna chez dom Pedro.

Cependant dom Fernand de Ribera etoit allé

chez sa maîtresse et y avoit mené son cousin dom
Antoine, pour tâcher de raccommoder ce qu'a-
voit gâté la lettre contrefaite par Victoria. Dom
Pedro les trouva avec sa fille, qui etoit bien em-
pêchée à leur repondre, quand, pour la justification de dom Fernand, ils ne demandoient pas
mieux que l'on s'informât dans Seville même s'il
y avoit jamais eu une Lucrèce de Monsalve.
Ils redirent devant dom Pedro tout ce qui pouvoit servir à la decharge de dom Fernand, à
quoi il repondit que si l'attachement avec la
dame de Seville etoit une fourbe, qu'il etoit aisé
de la detruire ; mais qu'il venoit de voir une dame de Tolède, nommée Victoria Porto-Carrero,
à qui dom Fernand avoit promis mariage, et à
qui il devoit encore davantage, pour en avoir eté
genereusement assisté sans en être connu ; qu'il
ne le pouvoit nier, puisqu'il lui avoit donné une
promesse ecrite de sa main ; et ajouta qu'un gentilhomme d'honneur ne devoit point songer à se
marier à Madrid l'etant dejà dans Tolède. En
achevant ces paroles, il fit voir aux deux cousins
la promesse de mariage en bonne forme. Dom
Antoine reconnut l'ecriture de son cousin, et
dom Fernand, qui s'y trompoit lui-même, quoiqu'il scût bien qu'il ne l'avoit jamais ecrite, devint l'homme du monde le plus confus. Le père
et la mère se retirèrent après les avoir salués assez froidèment. Dom Antoine querella son cousin
de l'avoir employé dans une affaire tandis qu'il
songeoit à une autre. Ils remontèrent dans leur
carrosse, où dom Antoine, ayant fait avouer à
dom Fernand son mechant procédé avec Victoria, lui reprocha cent fois la noirceur de son ac-

tion et lui representa les fâcheuses suites qu'elle pouvoit avoir. Il lui dit qu'il ne falloit plus songer à se marier, non seulement dans Madrid, mais dans toute l'Espagne, et qu'il seroit bien heureux d'en être quitte pour epouser Victoria sans qu'il lui en coûtât du sang ou peut-être la vie, le frère de Victoria n'etant pas un homme à se contenter d'une simple satisfaction dans une affaire d'honneur. Ce fut à dom Fernand à se taire, tandis que son cousin lui fit tant de reproches. Sa conscience le convainquoit suffisamment d'avoir trompé et trahi une personne qui l'avoit obligé, et cette promesse le faisoit devenir fou, ne pouvant comprendre par quel enchantement on la lui avoit fait ecrire.

Victoria, etant revenue chez dom Pedro en son habit de veuve, donna la lettre de dom Diègue à Elvire, laquelle lui conta que les deux cousins etoient venus pour se justifier; mais qu'il y avoit bien autre chose à reprocher à dom Fernand que ses amours avec la dame de Seville. Elle lui apprit ensuite ce qu'elle sçavoit mieux qu'elle, dont elle fit bien l'etonnée, detestant cent fois la mechante action de dom Fernand. Ce jour-là même, Elvire fut priée d'aller voir representer une comedie chez une de ses parentes. Victoria, qui ne songeoit qu'à son affaire, espera que, si Elvire la vouloit croire, cette comedie ne seroit pas inutile à ses desseins. Elle dit à sa jeune maîtresse que, si elle se vouloit voir avec dom Diègue, il n'y avoit rien de si aisé; que la maison de son père Santillane etoit le lieu le plus commode du monde pour cette entrevue, et que, la comedie ne commençant qu'à minuit, elle pouvoit partir de bonne

heure et avoir vu dom Diègue sans arriver trop
tard chez sa parente. Elvire, qui aimoit veritablement dom Diègue, et qui ne s'etoit laissée aller à
epouser dom Fernand que par la deference
qu'elle avoit aux volontés de son père, n'eut
point de repugnance à ce que lui proposa Victoria. Elles montèrent en carrosse aussitôt que dom
Pedro fut couché, et allèrent descendre au logis
que Victoria avoit loué. Santillane, comme maître
de la maison, en fit les honneurs, secondé de Beatris, qui jouoit le personnage de sa femme, belle-
mère de Victoria. Elvire ecrivit un billet à dom
Diègue, qui lui fut porté à l'heure même, et Victoria, en particulier, en fit un à dom Fernand au
nom d'Elvire, par lequel elle lui mandoit qu'il
ne tiendroit qu'à lui que leur mariage ne s'ache-
vât; qu'elle y etoit engagée par son merite, et
qu'elle ne vouloit point se rendre malheureuse
pour être trop complaisante à la mauvaise humeur de son père. Par le même billet, elle lui
donnoit des enseignes si remarquables pour trouver sa maison qu'il etoit impossible de la manquer. Ce second billet partit quelque temps après
celui qu'Elvire avoit ecrit à dom Diègue. Victoria
en fit un troisième, que Santillane porta lui-même à Pedro de Silva, par lequel elle lui donnoit
avis, en gouvernante de bien et d'honneur, que
sa fille, au lieu d'aller à la comedie, s'etoit absolument fait mener à la maison où logeoit son père;
qu'elle avoit envoyé querir dom Fernand pour
l'epouser, et que, sçachant bien qu'il n'y consen-
tiroit jamais, elle avoit cru l'en devoir avertir
pour lui temoigner qu'il ne s'etoit point trompé
dans la bonne opinion qu'il avoit eue d'elle en la
choisissant pour gouvernante d'Elvire. Santillane,

de plus, avertit dom Pedro de ne venir point sans un alguazil, que nous appelons à Paris un commissaire. Dom Pedro, qui etoit dejà couché, se fit habiller à la hâte, l'homme du monde le plus en colère. Cependant qu'il s'habillera et qu'il enverra querir un commissaire ; retournons voir ce qui se passe chez Victoria.

Par une heureuse rencontre, les billets furent reçus par les deux amoureux. Dom Diègue, qui avoit reçu le sien le premier, arriva aussi le premier à l'assignation. Victoria le reçut et le mit dans une chambre avec Elvire. Je ne m'amuserai point à vous dire les caresses que ces jeunes amans se firent. Dom Fernand, qui frappe à la porte, ne m'en donne pas le temps. Victoria lui alla ouvrir elle-même, après lui avoir bien fait valoir le service qu'elle lui rendoit, dont l'amoureux gentilhomme lui fit cent remerciments, lui promettant encore davantage qu'il ne lui avoit donné. Elle le mena dans une chambre, où elle le pria d'attendre Elvire, qui alloit arriver, et l'enferma sans lui laisser de la lumière, lui disant que sa maîtresse le vouloit ainsi et qu'ils n'auroient pas été un moment ensemble qu'elle ne se rendît visible ; mais qu'il falloit donner cela à la pudeur d'une jeune fille de condition, laquelle, dans une action si hardie, auroit peine à s'accoutumer d'abord à la vue de celui même pour l'amour de qui elle la faisoit. Cela fait, Victoria, le plus diligemment qu'il lui fut possible, se fit extrêmement leste [1], et s'ajusta autant que le peu de temps qu'elle avoit le put permettre. Elle

---

1. « Leste, qui est *brave*, en bon état et en bon équipage pour paroître » (*Dict. de Furetière*), — bien vêtu, pimpant.

entra dans la chambre où etoit Dom Fernand,
qui n'eut pas la moindre défiance qu'elle ne fût
Elvire, n'etant pas moins jeune qu'elle et ayant
sur elle des habits et des parfums à la mode
d'Espagne [1], qui eussent fait passer la moindre
servante pour une personne de condition. Là-
dessus Dom Pedro, le commissaire et Santillane
arrivent. Ils entrent dans la chambre où etoit
Elvire avec son serviteur. Les jeunes amans furent extrêmement surpris. Dom Pedro, dans les
premiers mouvements de sa colère, en fut si
aveuglé qu'il pensa donner de son epée à celui
qu'il croyoit être Dom Fernand. Le commissaire,
qui avoit reconnu Dom Diègue, lui cria, en lui
arrêtant le bras, qu'il prît bien garde à ce qu'il
faisoit, et que ce n'etoit pas Fernand de Ribera
qui etoit avec sa fille, mais Dom Diègue de
Maradas, homme d'aussi grande condition et
aussi riche que lui. Dom Pedro en usa en homme sage et releva lui-même sa fille, qui s'etoit
jetée à genoux devant lui. Il considera que, s'il
lui dònnoit de la peine en s'opposant à son mariage, il s'en donneroit aussi, et qu'il ne lui auroit

1. Les parfums à la mode d'Espagne étoient renommés
pour leur finesse et leur suavité. Ils formoient une des branches les plus importantes de la composition des essences,
même en dehors de l'Espagne. V. le *Parfumeur françois* de
Simon Barbe; Lyon, 1693, pet. in-12. Tallemant nous apprend (*Histor. de Bullion*) que le chancelier portoit toujours
au conseil des gants d'Espagne, c'est-à-dire imprégnés des
parfums d'Espagne. Ces gants étoient un des cadeaux les plus
galants qu'on pût faire à une dame. Les bouquetières espagnoles étoient à la mode. « Il tenoit, dit C. Le Petit, une
bouquetière espagnole à gage, pour lui faire tous les jours
des bouquets de jasmin pour son beau nez. » (*L'Heure du
berger*, 1662, p. 84.)

pas trouvé un meilleur parti, quand il l'auroit choisi lui-même. Santillane pria Dom Pedro, le commissaire et tous ceux qui etoient dans la chambre, de le suivre, et les mena dans celle où Dom Fernand etoit enfermé avec Victoria. On la fit ouvrir au nom du Roi. Dom Fernand l'ayant ouverte et voyant Dom Pedro accompagné d'un commissaire, il leur dit avec beaucoup d'assurance qu'il etoit avec sa femme Elvire de Silva. Dom Pedro lui repondit qu'il se trompoit, que sa fille etoit mariée à un autre. « Et pour vous, ajouta-t-il, vous ne pouvez plus désavouer que Victoria Porto-Carrero ne soit votre femme. » Victoria se fit alors connoître à son infidèle, qui se trouva le plus confus homme du monde. Elle lui reprocha son ingratitude; à quoi il n'eut rien à repondre, et encore moins au commissaire, qui lui dit qu'il ne pouvoit pas faire autrement que de le mener en prison. Enfin le remords de sa conscience, la peur d'aller en prison, les exhortations de Dom Pedro, qui lui parla en homme d'honneur, les larmes de Victoria, sa beauté, qui n'etoit pas moindre que celle d'Elvire, et, plus que toute autre chose, un reste de generosité, qui s'etoit conservée dans l'ame de Dom Fernand malgré toutes les debauches et les emportements de sa jeunesse, le forcèrent de se rendre à la raison et au merite de Victoria. Il l'embrassa avec tendresse; elle pensa s'evanouir entre ses bras, et il y a apparence que les baisers de Dom Fernand ne servirent pas peu à l'en empêcher. Dom Pedro, Dom Diegue et Elvire prirent part au bonheur de Victoria, et Santillane et Beatris en pensèrent mourir de joie. Dom Pedro donna force louanges à Dom Fernand d'avoir si bien reparé sa faute. Les deux jeunes dames s'embrassèrent avec autant de temoignages d'amitié que si elles eussent baisé leurs amans. Dom Diègue de Maradas fit cent protestations d'obéissance à son beau-père, ou du moins qui le devoit bientôt être. Dom Pedro, devant que de s'en retourner chez lui avec sa fille, prit parole des uns et des autres que le lendemain ils viendroient tous dîner chez lui, où quinze jours durant il vouloit que la rejouissance fît oublier les inquietudes que l'on avoit souffertes. Le commissaire en fut instamment prié ; il promit de s'y trouver. Dom Pedro le ramena chez lui, et Dom Fernand demeura avec Victoria, qui eut alors autant de sujet de se rejouir qu'elle en avoit eu de s'affliger.

CHAPITRE XXIII.

Malheur imprévu qui fut cause qu'on ne joua point la comedie.

Inezilla conta son histoire avec une grâce merveilleuse. Roquebrune en fut si satisfait qu'il lui prit la main et la lui baisa par force. Elle lui dit en espagnol que l'on souffroit tout des grands seigneurs et des fous, de quoi la Rancune lui sçut fort bon gré en son ame. Le visage de cette Espagnole commençoit à se passer ; mais on y voyoit encore de beaux restes; et, quand elle eût été moins belle, son esprit l'eût rendue preferable à une plus jeune. Tous ceux qui avoient ouï son histoire demeurèrent d'accord qu'elle l'avoit rendue agreable en une langue qu'elle ne sçavoit pas encore, et dans laquelle elle etoit contrainte de mêler quelquefois de l'italien et de l'espagnol pour se bien faire entendre. L'Etoile lui dit qu'au lieu de lui faire des excuses de l'avoir tant fait parler, elle attendoit des remercîmens d'elle, pour lui avoir donné moyen de faire voir qu'elle avoir beaucoup d'esprit. Le reste de l'après-dîner se passa en conversation; le jardin fut plein de dames et des plus honnêtes gens de la ville jusqu'à l'heure du souper. On soupa à la mode du Mans, c'est-à-dire que l'on fit fort bonne chère¹, et tout le monde prit place pour entendre la comedie. Mais mademoiselle de la Caverne et sa fille ne s'y trouvèrent point. On les envoya chercher; on fut une demi-heure sans en avoir de nouvelle. Enfin on ouït une grande rumeur hors de la salle, et presque en même temps on y vit entrer

---

1. Scarron semble parler ici d'après son expérience et ses souvenirs personnels. Il déclare également plus loin que le Maine « abonde en personnes ventrues ». Avant d'aller prendre possession de son bénéfice, en 1646, ou même plus tôt, il avoit déjà résidé au Mans, chez le comte de Tessé, chez son amie et protectrice, mademoiselle d'Hautefort, et dans ses poésies il mentionne ce séjour comme un souvenir délicieux (1re *légende de Bourbon*). Il y avoit sans doute fait plus d'une fois la débauche. En outre, mademoiselle d'Hautefort et sa sœur, mademoiselle Descars, recevoient souvent de leurs terres du Maine des chapons excellents, dont il avoit sa part — car on le connoissoit fort gourmand, et doué d'un excellent estomac, — et dont il avoit, sans doute, le souvenir présent à l'esprit en écrivant cette phrase. V. son *Epître à*

la pauvre la Caverne, echevelée, le visage meurtri et sanglant, et criant comme une femme furieuse que l'on avoit enlevé sa fille. A cause des sanglots qui la suffoquoient, elle avoit tant de peine à parler qu'on en eut beaucoup à apprendre d'elle que des hommes qu'elle ne connoissoit point étoient entrés dans le jardin par une porte de derrière, comme elle repetoit son role avec sa fille; que l'un d'eux l'avoit saisie, auquel elle avoit pensé arracher les yeux, voyant que deux autres emmenoient sa fille; que cet homme l'avoit mise en l'etat où l'on la voyoit, et s'etoit remis à cheval, et ses compagnons aussi, dont l'un tenoit sa fille devant lui. Elle dit encore qu'elle les avoit suivis long-temps criant aux voleurs; mais que, n'etant ouïe de personne, elle etoit revenue demander du secours. En achevant de parler, elle se mit si fort à pleurer qu'elle fit pitié à tout le monde. Toute l'assemblée s'en emut. Le Destin monta sur un cheval sur lequel Ragotin venoit d'arriver du Mans (je ne sçais pas au vrai si c'etoit le même qui l'avoit deja jeté par terre). Plusieurs jeunes hom-

l'infante Descars, au sujet d'un pâté de six perdrix et deux chapons qu'elle lui avoit envoyés. Son continuateur est du même avis que lui, car il dit de Ragotin et de la Rancune : « Ils déjeunèrent à la mode du Mans, c'est-à-dire fort bien. » (3e part., ch. 2.) La gourmandise fut regardée de tout temps comme un des péchés favoris des Manceaux, et il faut convenir que tout dans leur contrée, gibier nombreux, basses-cours renommées, fruits de toute espèce, contribuoit à la favoriser. Costar, qui résidoit au Mans, étoit recherché autant pour la réputation de ses bons dîners que pour celle de son esprit et de sa politesse. L'évêque du Mans, Philibert-Emmanuel de Lavardin, étoit également renommé pour les délices de sa table.

mes de la compagnie montèrent sur les premiers chevaux qu'ils trouvèrent, et coururent après le Destin, qui etoit dejà bien loin. La Rancune et l'Olive allèrent à pied, après ceux qui alloient à cheval. Roquebrune demeura avec l'Etoile et Inezille, qui consoloient la Caverne le mieux qu'elles pouvoient. On a trouvé à redire de ce qu'il ne suivit pas ses compagnons. Quelques uns ont cru que c'etoit par poltronnerie, et d'autres, plus indulgens, ont trouvé qu'il n'avoit pas mal fait de demeurer auprès des dames. Cependant on fut reduit dans la compagnie à danser aux chansons, le maître de la maison n'ayant point fait venir de violons, à cause de la comedie. La pauvre Caverne se trouva si mal qu'elle se coucha dans un des lits de la chambre où etoient leurs hardes. L'Etoile en eut soin comme si elle eût eté sa mère, et Inezille se montra fort officieuse. La malade pria qu'on la laissât seule, et Roquebrune mena les deux dames dans la salle où etoit la compagnie.

A peine y avoient-elles pris place qu'une des servantes de la maison vint dire à l'Etoile que la Caverne la demandoit. Elle dit au poète et à l'Espagnole qu'elle alloit revenir, et alla trouver sa compagne. Il y a apparence que, si Roquebrune fut habile homme, il profita de l'occasion, et representa ses necessités à l'agreable Inezille. Cependant, aussitôt que la Caverne vit l'Etoile, elle la pria de fermer la porte de la chambre, et de s'approcher de son lit. Aussitôt qu'elle la vit auprès d'elle, la première chose qu'elle fit, ce fut de pleurer, comme si elle n'eût fait que commencer, et de lui prendre les mains, qu'elle lui mouilla de ses larmes, pleurant et sanglotant de la plus pitoyable façon du monde. L'Etoile la voulut consoler en lui faisant esperer que sa fille seroit bientôt trouvée, puisque tant de gens etoient allés après les ravisseurs. « Je voudrois qu'elle n'en revînt jamais, lui repondit la Caverne, en pleurant encore plus fort; je voudrois qu'elle n'en revînt jamais, repeta-t-elle, et que je n'eusse qu'à la regretter; mais il faut que je la blâme, il faut que je la haïsse et que je me repente de l'avoir mise au monde. Tenez, dit-elle, donnant un papier à l'Etoile, voyez l'honnête compagne que vous aviez, et lisez dans cette lettre l'arrêt de ma mort et l'infamie de ma fille. » La Caverne se remit à pleurer, et l'Etoile lut ce que vous allez lire, si vous en voulez prendre la peine.

*V*ous ne devez point douter de tout ce que je vous ai dit de ma bonne maison et de mon bien, puisqu'il n'y a pas apparence que je trompe par une imposture une personne à qui je ne puis me rendre recommandable que par ma sincerité. C'est par là, belle Angelique, que je vous puis meriter. Ne differez donc point de me promettre ce que je vous demande, puis que vous n'aurez à me le donner qu'alors que vous ne pourrez plus douter de ce que je suis.

Aussitôt qu'elle eut achevé de lire cette lettre, la Caverne lui demanda si elle en connoissoit l'ecriture: « Comme la mienne propre, lui dit l'Etoile: c'est de Leandre, le valet de mon frère, qui ecrit tous nos roles. — C'est le traître qui me

fera mourir, lui repondit la pauvre comedienne.
Voyez s'il ne s'y prend pas bien, ajouta-t-elle
encore, en mettant une autre lettre du même
Leandre, entre les mains de l'Etoile. » La voici
mot pour mot :

I l ne tiendra qu'à vous de me rendre heureux, si vous êtes encore dans la resolution où vous etiez il y a deux jours. Ce
fermier de mon père qui me prête de l'argent m'a envoyé cent pistoles et deux bons chevaux :
c'est plus qu'il ne nous faut pour passer en Angleterre, d'où je me trompe fort si un père qui aime son
fils unique plus que sa vie ne condescend à tout ce
qu'il voudra pour le faire bientôt revenir.

« Eh bien ! que dites-vous de votre compagne
et de votre valet, de cette fille que j'avois si
bien elevée et de ce jeune homme dont nous ad-
mirions tous l'esprit et la sagesse ? Ce qui m'e-
tonne le plus, c'est qu'on ne les a jamais vus parler ensemble et que l'humeur enjouée de ma fille
ne l'eût jamais fait soupçonner de pouvoir devenir amoureuse ; et cependant elle l'est, ma chère
l'Etoile, et si eperdûment qu'il y a plutôt de
la furie que de l'amour. Je l'ai tantôt surprise qui
ecrivoit à son Leandre en des façons de parler
si passionnées que je ne pourrois le croire si je
ne l'avois vu. Vous ne l'avez jamais ouïe parler
serieusement. Ha ! vraiment, elle parle bien un
autre langage dans ses lettres, et, si je n'avois
dechiré celle que je lui ai prise, vous m'avoueriez
qu'à l'âge de seize ans elle en sçait autant que
celles qui ont vieilli dans la coquetterie. Je l'avois

menée dans ce petit bois où elle a été enlevée
pour lui reprocher, sans temoins, qu'elle me re-
compensoit mal de toutes les peines que j'ai souffertes pour elle. Je vous les apprendrai, ajouta-
t-elle, et vous verrez si jamais fille a eté plus obligée à aimer sa mère. » L'Estoile ne sçavoit que
repondre à de si justes plaintes, et puis il etoit
bon de laisser un peu prendre cours à une si grande
affliction. « Mais, reprit la Caverne, s'il aimoit
tant ma fille, pourquoi assassiner sa mère [1] ? Car
celui de ses compagnons qui m'a saisie m'a cruellement battue, et s'est même acharné sur moi long-
temps après que je ne lui faisois plus de resistance ; et, si ce malheureux garçon est si riche,
pourquoi enlève-t-il ma fille comme un voleur ? »

La Caverne fut encore long-temps à se plaindre, l'Estoile la consolant le mieux qu'elle pouvoit. Le maître de la maison vint voir comment
elle se portoit, et pour lui dire qu'il y avoit un
carrosse prêt, si elle vouloit retourner au Mans.
La Caverne le pria de trouver bon qu'elle passât
la nuit en sa maison, ce qu'il lui accorda de bon
cœur. L'Etoile demeura pour lui tenir compagnie, et quelques dames du Mans reçurent dans

1. On a déjà vu deux ou trois fois le mot *assassiner* employé par Scarron dans une acception un peu plus large que
celle qu'il a aujourd'hui, où il ne s'entend que des meurtres ac-
complis et suivis de mort. Ici il est pris en un sens plus faible encore qu'auparavant, comme on le voit par la phrase suivante.
Au XVIIe siècle, en effet, cette expression s'appliquoit aussi
bien aux simples tentatives d'assassinat, et même à toute espèce d'attentat d'un genre analogue. On disoit, par exemple,
d'un homme moulu de coups de bâton, qu'il avoit été assassiné. C'est ainsi que Malherbe parle de ses assassins, dans
ses *Lettres à Peiresc* (Lettre du 4 octobre 1627).

leur carrosse Inezille, qui ne voulut pas être si long-temps eloignée de son mari. Roquebrune, qui n'osa honnêtement quitter les comediennes, en fut bien fâché; mais on n'a pas en ce monde tout ce que l'on desire.

FIN DE LA PREMIÈRE PARTIE.

LE
ROMAN COMIQUE
DE
Mr SCARRON

DEUXIÈME PARTIE

A MADAME LA SURINTENDANTE[1].

ADAME,

*Si vous êtes de l'humeur de monsieur le surinten-
dant, qui ne prend pas plaisir à être loué, je vous fais
mal ma cour en vous dediant un livre. On n'en dedie
point sans louer[2], et, sans même vous dedier de livre,*

1. « Cette madame Fouquet étoit sœur de Castille, père du
père de madame de Guise ; il s'appeloit Montjeu, étoit trésorier de l'épargne, et sa mère étoit fille du célèbre président
Jeannin (Saint-Simon, ch. 150). Le surintendant Fouquet,
« non moins surintendant des belles-lettres que des finances
(Corn.) », Mécène en titre des écrivains, avec qui Scarron étoit
déjà entièrement lié lorsqu'il n'étoit que procureur général,
lui avoit fait une pension de 1600 livres pour remplacer celle
de 500 écus qu'il recevoit de la reine, et que lui avoit retirée
définitivement le cardinal après sa *Mazarinade*. Scarron lui-
même nous a laissé le témoignage de ces actes de munifi-
cence dans les premières stances de *Léandre et Héro*, ode
burlesque, et dans sa *Lettre à****. Madame Scarron se lia très
intimement avec la surintendante, et devint toute puissante
auprès d'elle peu de temps après son mariage : l'amitié de
Mme Fouquet et celle de Pélisson ne furent pas inutiles à
Scarron pour lui attirer de nouveaux témoignages de générosité de la part du surintendant.

2. Surtout à l'époque de Scarron, où l'art des dédicaces

on ne peut parler de vous qu'on ne vous loue. Les personnes qui, comme vous, servent d'exemple au public, doivent souffrir les louanges de tout le monde, parce qu'on les leur doit. Il leur est même permis de se louer, parce qu'elles ne font rien que de louable; qu'elles doivent être aussi equitables pour elles-mêmes que pour les autres, et qu'on pardonneroit plutôt de n'être pas quelquefois modeste que de n'être pas toujours veritable. De mon naturel, sans avoir bien examiné si je suis juge competent de la reputation d'autrui, bonne ou mauvaise, j'exerce de tout temps une justice bien severe sur tout ce qui merite de l'estime ou du blâme. Je punis une sottise bien averée, c'est-à-dire je la taille en pièces d'une rude manière; mais aussi je recompense magnifiquement le merite où je le trouve [1]; je ne me lasse point d'en parler avec beaucoup de chaleur, et je me crois par là aussi bon ami,

étoit devenu une industrie organisée de façon à rapporter le plus possible à l'auteur. V. *Notes de l'art.* Rangouze, *Dict.* de Bayle. Le grand Corneille n'a-t-il pas comparé à Auguste le financier Montauron? Ch. Sorel, dans l'Avertissement qui termine le premier volume de sa *Science universelle*, et dans *Francion* (ch. 11); Mademoiselle de Scudéry, dans ses *Conversations sur divers sujets* (t. 1); l'auteur anonyme de l'*Histoire du poète Sibus* (Rec. en prose de Sercy, t. 2); Furetière, en traçant, dans le *Roman bourgeois*, le modèle d'une épître dédicatoire au bourreau; — Scarron lui-même, en beaucoup d'endroits, entre autres dans l'*Ode à Guillaume de Nassau, prince d'Orange,* et dans la Dédicace de ses œuvres burlesques à sa chienne Guillemette, qu'il écrivit sans doute,— il semble le faire entendre, — après un mécompte comme il en éprouva plus d'une fois, ont attaqué et raillé cet usage.

1. Scarron se flatte comme il flattoit les autres; il fait sans doute allusion,— quand il parle de la magnifique récompense qu'il accorde au mérite, — à ses dédicaces et à ses nombreuses pièces de vers, où fourmillent les flatteries pour tout le monde; —quand il parle de la rude manière dont il taille en pièces

quoique inutile, que grand ennemi, quoique peu à craindre. C'est donc tout ce que vous pourriez faire, avec tout le pouvoir que vous avez sur moi, que de m'empêcher de vous donner des louanges autant que je le puis, si ce n'est autant que vous en meritez. Vous êtes belle sans être coquette; vous êtes jeune sans être imprudente, et vous avez beaucoup d'esprit sans ambition de le faire paroître. Vous êtes vertueuse sans rudesse, pieuse sans ostentation, riche sans orgueil, et de bonne maison sans mauvaise gloire[1]. Vous avez pour mari un des plus illustres hommes du siècle, dont les honneurs et les emplois ne récompensent pas encore assez la vertu; qui est estimé de tout le monde et n'est haï de personne, et qui de tout temps a eu l'ame si grande qu'il ne s'est servi de son bien qu'à en faire comme s'il ne s'etoit reservé que l'esperance. Enfin, Madame, vous êtes par-

---

tout ce qui mérite du blâme, à sa *Mazarinade*, à sa *Baronade*, etc. Il étoit extrêmement redouté pour son humeur satirique; Tallemant raconte que Chapelain réunissoit deux personnes pour leur envoyer un exemplaire de sa *Pucelle*; « mais, ajoute-t-il, à ceux qu'il craignoit, à des *pestes*, il leur en a donné un tout entier, comme à Scarron, à Boileau, à Furetière et autres» (*Histor. de Chapel.*). Du reste, bien ou mal exercée, cette justice étoit du goût des lecteurs, et l'empressement du public à acheter toutes les feuilles volantes signées du nom de Scarron pouvoit lui donner une assez grande portée. C'étoit en 1654, date du privilége de cette seconde partie, et en 1655, que Scaron publioit sa gazette burlesque, *la Muse de la Cour*, hebdomadaire et anonyme. V. *Le burlesque malade, ou les Colporteurs affligez des nouvelles de la grieve et perilleuse maladie de M. Scaron... Dialogue des deux compères gazetiers, Paris,* 1660.

1. Madame Fouquet méritoit en effet ces éloges : c'étoit une femme de beaucoup de sagesse et de piété, et elle le montra bien par la vie exemplaire qu'elle mena dans la retraite après la disgrâce de son mari.

faitement heureuse, et ce n'est pas la moindre de toutes les louanges qu'on vous peut donner, puisque le bonheur est un bien que le ciel ne donne pas toujours à ceux à qui, comme à vous, il a donné tous les autres. Après vous avoir dit à vous-même ce que tout le monde en dit, il faut que je m'acquitte d'une obligation particulière que je vous ai, et que je vous remercie de l'honneur que vous m'avez fait de me venir voir. Je proteste, Madame, que je ne l'oublierai jamais, et, quoique je reçoive souvent de pareilles faveurs de plusieurs personnes de condition de l'un et de l'autre sexe [1], que je n'ai jamais reçu de visite qui m'ait été si agreable que la votre; aussi suis-je plus que personne du monde,

Madame,

Votre très humble et très obeissant serviteur,

SCARRON.

1. Les logis qu'habita successivement Scarron, rue des Douze-Portes, au Marais, puis rue de la Tixeranderie, où il étoit venu s'établir récemment après une courte excursion dans la rue des Saints-Pères, étoient le rendez-vous et le centre de réunion non seulement de beaucoup de littérateurs, mais d'une foule de hauts personnages, comme le cardinal de Retz, et les *petits-maîtres* qui furent les héros de la Fronde, le maréchal d'Albret, le duc de Vivonne, le commandeur de Souvré, les comtes de Selles, du Lude et de Villarceaux, D'Elbène, Mata, Grammont, Châtillon, le marquis de la Sablière. Quelquefois même de grandes dames ne dédaignoient pas de se montrer chez le cul-de-jatte, telles que madame de la Sablière, la marquise de Sévigné, la comtesse de La Suze, la duchesse de Lesdiguières; mais il faut avouer qu'il y recevoit surtout soit des femmes de réputation équivoque, comme Marion Delorme et Ninon, soit des femmes auteurs, comme mademoiselle de Scudéry et madame Deshoulières.

LE

ROMAN COMIQUE

SECONDE PARTIE

CHAPITRE PREMIER,

Qui ne sert que d'introduction aux autres.

Le soleil donnoit à plomb sur nos antipodes et ne prêtoit à sa sœur qu'autant de lumière qu'il lui en falloit pour se conduire dans une nuit fort obscure. Le silence regnoit sur toute la terre, si ce n'etoit dans les lieux où se rencontroient des grillons, des hiboux et des donneurs de serenades. Enfin tout dormoit dans la nature, ou du moins tout devoit dormir, à la reserve de quelques poètes qui avoient dans la tête des vers difficiles à tourner, de quelques malheureux amans, de ceux qu'on appelle âmes damnées, et de tous les animaux, tant raisonnables que brutes, qui cette nuit-là avoient quelque chose à faire. Il n'est pas

necessaire de vous dire que le Destin etoit de
ceux qui ne dormoient pas, non plus que les
ravisseurs de mademoiselle Angelique, qu'il pour-
suivoit autant que pouvoit galoper un cheval à
qui les nuages deroboient souvent la foible clarté de la lune. Il aimoit tendrement mademoiselle de la Caverne, parce qu'elle etoit fort aimable et qu'il etoit assuré d'en être aimé, et sa
fille ne lui etoit pas moins chere ; outre que
mademoiselle de l'Etoile, ayant de necessité à
faire la comedie, n'eût pu trouver en toutes les
caravanes des comediens de campagne deux comediennes qui eussent plus de vertus que ces
deux-là. Ce n'est pas à dire qu'il n'y en ait de
la profession qui n'en manquent point ; mais
dans l'opinion du monde, qui se trompe peut-
être, elles en sont moins chargées que de vieille
broderie et de fard.

Notre genereux comedien couroit donc après
ces ravisseurs, plus fort et avec plus d'animosité
que les Lapithes ne coururent après les Centaures [1].
Il suivit d'abord une longue allée sur laquelle repondoit la porte du jardin par où Angelique avoit
eté enlevée, et, après avoir galopé quelque temps,
il enfila au hasard un chemin creux comme le sont
la plupart de ceux du Maine [2]. Ce chemin etoit
plein d'ornières et de pierres, et, bien qu'il fît clair
de lune, l'obscurité y etoit si grande que le Destin
ne pouvoit faire aller son cheval plus vite que le
pas. Il maudissoit interieurement un si mechant

1. Lors du combat qui troubla les noces de Pirithoüs et
d'Hippodamie.
2. V. *Dict. du Maine* de Lepaige, t. 2, p. 28.

chemin, quand il se sentit sauter en croupe quelque homme ou quelque diable, qui lui passa les bras à l'entour du col. Le Destin eut grand' peur, et son cheval en fut si fort effrayé qu'il l'eût jeté par terre si le fantôme qui l'avoit investi, et qui le tenoit embrassé, ne l'eût affermi dans la selle. Son cheval s'emporta comme un cheval qui avoit peur, et le Destin le hâta à coups d'eperons sans savoir ce qu'il faisoit, fort mal satisfait de sentir deux bras nus à l'entour de son col et contre sa joue un visage froid qui souffloit à reprises à la cadence du galop du cheval. La carrière fut longue, parce que ce chemin n'etoit pas court. Enfin, à l'entrée d'une lande, le cheval modera sa course impetueuse et le Destin sa peur, car on s'accoutume à la longue aux maux les plus insupportables. La lune luisoit alors assez pour lui faire voir qu'il avoit un grand homme nu en croupe et un vilain visage auprès du sien. Il ne lui demanda point qui il etoit (je ne sais si ce fut par discretion). Il fit toujours continuer le galop à son cheval, qui etoit fort essoufflé ; et, lorsqu'il l'esperoit le moins, le chevaucheur croupier se laissa tomber à terre et se mit à rire. Le Destin repoussa son cheval de plus belle, et, regardant derrière lui, il vit son fantôme qui couroit à toutes jambes vers le lieu d'où il etoit venu. Il a avoué depuis que l'on ne peut avoir plus de peur qu'il en eut. A cent pas de là il trouva un grand chemin qui le conduisit dans un hameau, dont il trouva tous les chiens eveillés, ce qui lui fit croire que ceux qu'il suivoit pouvoient y avoir passé. Pour s'en eclaircir, il fit ce qu'il put pour eveiller les habitans endormis de trois ou quatre

maisons qui etoient sur le chemin. Il n'en put
avoir audience et fut querellé de leurs chiens. Enfin, ayant ouï crier des enfants dans la dernière
maison qu'il trouva, il en fit ouvrir la porte à
force de menaces, et apprit d'une femme en chemise, qui ne lui parla qu'en tremblant, que les
gendarmes avoient passé par leur village il n'y
avoit pas longtemps, et qu'ils emmenoient avec
eux une femme qui pleuroit bien fort et qu'ils
avoient bien de la peine à faire taire. Il conta
à la même femme la rencontre qu'il avoit faite
de l'homme nu, et elle lui apprit que c'etoit un
paysan de leur village qui etoit devenu fou et qui
couroit les champs. Ce que cette femme lui dit
de ces gens de cheval qui avoient passé par son
hameau lui donna courage de passer outre et
lui fit hâter le train de sa bête. Je ne vous dirai
point combien de fois elle broncha et eut peur de
son ombre. Il suffit que vous sachiez qu'il s'egara
dans un bois, et que, tantôt ne voyant goutte et
tantôt etant eclairé de la lune, il trouva le jour
auprès d'une metairie, où il jugea à propos de
faire repaître son cheval, et où nous le laisserons.

CHAPITRE II.

Des bottes.

Cependant que le Destin couroit à tâtons après ceux qui avoient enlevé Angelique, la Rancune et l'Olive, qui n'avoient pas si à cœur que lui cet enlevement, ne coururent pas si vite que lui après les ravisseurs, outre qu'ils etoient à pied. Ils n'allèrent donc pas loin, et, ayant trouvé dans le prochain bourg une hôtellerie qui n'etoit pas encore fermée, ils y demandèrent à coucher. On les mit dans une chambre où etoit dejà couché un hôte, noble ou roturier, qui y avoit soupé, et qui, ayant à faire diligence pour des affaires qui ne sont pas venues à ma connoissance, faisoit etat de partir à la pointe du jour. L'arrivée des comediens ne servit pas au dessein qu'il avoit d'être à cheval de bonne heure : car il en fut eveillé, et peut-être en pesta-t-il en son ame ; mais la presence de deux hommes d'assez bonne mine fut possible cause qu'il n'en temoigna rien. La Rancune, qui etoit d'une accostante manière, lui fit d'abord des excuses de ce qu'ils troubloient son repos, et lui demanda ensuite d'où il venoit. Il lui dit qu'il venoit d'Anjou et qu'il s'en alloit en Normandie pour une affaire pressée. La Rancune, en se deshabillant et pendant qu'on chauffoit des draps, continuoit ses questions ; mais comme elles n'etoient utiles ni à l'un ni à l'autre,

et que le pauvre homme qu'on avoit eveillé n'y
trouvoit pas son compte, il le pria de le laisser
dormir. La Rancune lui en fit des excuses fort
cordiales, et en même temps, l'amour-propre
lui faisant oublier celui du prochain, il fit dessein de s'approprier une paire de bottes neuves
qu'un garçon de l'hôtellerie venoit de rapporter
dans la chambre après les avoir nettoyées [1]. L'O-
live, qui n'avoit alors autre envie que de bien
dormir, se jeta dans le lit, et la Rancune demeura auprès du feu, non tant pour voir la fin
du fagot qu'on avoit allumé que pour contenter
la noble ambition d'avoir une paire de bottes
neuves aux depens d'autrui. Quand il crut l'homme
qu'il alloit voler bien et dûment endormi, il prit
ses bottes, qui etoient au pied de son lit, et, les
ayant chaussées à cru, sans oublier de s'attacher
les eperons, s'alla mettre, ainsi botté et epe-
ronné qu'il etoit, auprès de l'Olive. Il faut croire
qu'il se tint sur le bord du lit, de peur que ses
jambes armées ne touchassent aux jambes nues
de son camarade, qui ne se fût pas tu d'une si
nouvelle façon de se mettre entre deux draps, et
ainsi auroit pu faire avorter son entreprise.

Le reste de la nuit se passa assez paisiblement. La Rancune dormit, ou en fit le sem-

---

1. Rojas, dans son *Viage entretenido*, raconte des escroqueries semblables de ses deux compagnons les comédiens
ambulants Rios et Solano, qui essaient de voler les tapisseries d'une auberge, se sauvent avec la recette, etc. Les Chro-
niques du Maine — et ce ne sont pas les seules — nous apprennent que les troupes d'acteurs nomades de bas étage, qui
parcouroient sans cesse les villes et les bourgades, avoient
souvent des démêlés avec la police.

blant. Les coqs chantèrent, le jour vint, et
l'homme qui couchoit dans la chambre de nos
comediens se fit allumer du feu et s'habilla. Il
fut question de se botter : une servante lui presenta les vieilles bottes de la Rancune, qu'il rebuta rudement ; on lui soutint qu'elles etoient à
lui ; il se mit en colère et fit une rumeur diabo-
lique. L'hôte monta dans la chambre et lui jura,
foi de maître cabaretier, qu'il n'y avoit point
d'autres bottes que les siennes non seulement
dans la maison, mais aussi dans le village, le
curé même n'allant jamais à cheval [1]. Là-dessus,
il lui voulut parler des bonnes qualités de son
curé, et lui conter de quelle façon il avoit eu sa
cure, et depuis quand il la possedoit. Le babil
de l'hôte acheva de lui faire perdre patience. La
Rancune et l'Olive, qui s'etoient eveillés au

---

1. Les bottes ne servoient proprement que pour cet usage.
Le mot *botte*, dit Furetière, « signifie une chaussure de cuir
dont on se sert quand on monte à cheval, tant pour y être
plus ferme que pour se garantir des injures du temps. »
(*Dict.*) V. encore *Roman comique*, l. 2, ch. 6. L'auteur des
Loix de la galanterie mentionne comme une étrange nouveauté, dont il se moque, « que la mode est venue d'être
botté, si l'on veut, six mois durant, sans monter à cheval ».
C'étoit là le grand ton depuis assez long-temps déjà, mais
seulement dans la haute compagnie, et surtout à Paris. Cf.
le *Satyrique de la Court* (*Variétés hist. et litt.*, de M. Ed.
Fournier, chez Jannet, t. 3, p. 250, 251); *La grande pro-
priété des bottes sans cheval* (*Id.*, t. 6, p. 29); et ce que
dit Tallemant de cet usage, dans l'*Histor. de M. d'Au-
mont*. Les bottes étoient un des ornements les plus recher-
chés par ceux qui vouloient *paroître*, et on en étoit venu
à être botté et éperonné même pour aller à pied. V. *Baron
de Fæneste*, l. 1, ch. 2, p. 15, édit. Jannet; la *Mode qui
court à présent*, 1613, in-12, p. 12; le *Francion* de Sorel,
l. 10, p. 601 et suiv., éd. 1660.

bruit, prirent connoissance de l'affaire, et là
Rancune exagera l'enormité du cas et dit à l'hôte
que cela etoit bien vilain. « Je me soucie d'une
paire de bottes neuves comme d'une savate, disoit le pauvre debotté à la Rancune ; mais il y
va d'une affaire de grande importance pour un
homme de condition à qui j'aimerois moins avoir
manqué qu'à mon propre père, et, si je trouvois
les plus mechantes bottes du monde à vendre,
j'en donnerois plus qu'on ne m'en demanderoit.»
La Rancune, qui s'etoit mis le corps hors du lit,
haussoit les epaules de temps en temps et ne lui
repondoit rien, se repaissant les yeux de l'hôte
et de la servante, qui cherchoient inutilement
les bottes, et du malheureux qui les avoit perdues, qui cependant maudissoit sa vie et medi-
toit peut-être quelque chose de funeste, quand
la Rancune, par une generosité sans exemple et
qui ne lui etoit pas ordinaire, dit tout haut, en
s'enfonçant dans son lit, comme un homme qui
meurt d'envie de dormir : « Morbleu ! Monsieur,
ne faites plus tant de bruit pour vos bottes, et
prenez les miennes, mais à condition que vous
nous laisserez dormir, comme vous voulûtes hier
que j'en fisse autant. » Le malheureux, qui ne
l'etoit plus puisqu'il retrouvoit des bottes, eut
peine à croire ce qu'il entendoit ; il fit un grand
galimatias de mauvais remercîment, d'un ton de
voix si passionné que la Rancune eut peur qu'à
la fin il ne le vînt embrasser dans son lit. Il
s'ecria donc en colère, et jurant doctement :
« Eh ! morbleu ! Monsieur, que vous êtes fâcheux,
et quand vous perdez vos bottes, et quand vous
remerciez ceux qui vous en donnent ! Au nom

de Dieu, prenez les miennes encore un coup, et je ne vous demande autre chose sinon que vous nous laissiez dormir, ou bien rendez-moi mes bottes et faites tant de bruit que vous voudrez. » Il ouvroit la bouche pour repliquer, quand la Rancune s'ecria : « Ah ! mon Dieu ! que je dorme ou que mes bottes me demeurent ! » Le maître du logis, à qui une façon de parler si absolue avoit donné beaucoup de respect pour la Rancune, poussa hors de la chambre son hôte, qui n'en eût pas demeuré là, tant il avoit de ressentiment [1] d'une paire de bottes si genereusement donnée. Il fallut pourtant sortir de la chambre et s'aller botter dans la cuisine, et lors la Rancune se laissa aller au sommeil plus tranquillement qu'il n'avoit fait la nuit, sa faculté de dormir n'etant plus combattue du desir de voler des bottes et de la crainte d'être pris sur le fait. Pour l'Olive, qui avoit mieux employé la nuit que lui, il se leva de grand matin, et, s'etant fait tirer du vin, s'amusa à boire, n'ayant rien de meilleur à faire.

La Rancune dormit jusqu'à onze heures. Comme il s'habilloit, Ragotin entra dans la chambre ; il avoit le matin visité les comediennes, et, mademoiselle de l'Etoile lui ayant reproché qu'elle ne le croyoit guère de ses amis, puisqu'il n'etoit pas

1. Ce mot veut dire ici *reconnoissance*, signification qu'il a souvent au XVIIe siècle, et même dans Racine :

> Tandis qu'autour de moi votre cour assemblée
> Retentit des bienfaits dont vous m'avez comblée,
> Est-il juste, seigneur, que seul, en ce moment,
> Je demeure sans voix et sans *ressentiment* ?

V. aussi l'*Epître dédicat.* d'Offray en tête de la troisième partie.

de ceux qui couroient après sa compagne, il lui promit de ne retourner point dans le Mans qu'il n'en eût appris des nouvelles; mais, n'ayant pu trouver de cheval ni à louer ni à emprunter, il n'eût pu tenir sa promesse si son meunier ne lui eût prêté son mulet, sur lequel il monta sans bottes, et arriva, comme je vous viens de dire, dans le bourg où avoient couché les deux comediens. La Rancune avoit l'esprit fort present; il ne vit pas plutôt Ragotin en souliers qu'il crut que le hasard lui fournissoit un beau moyen de cacher son larcin, dont il n'etoit pas peu en peine. Il lui dit donc d'abord qu'il le prioit de lui prêter ses souliers et de vouloir prendre ses bottes, qui le blessoient à un pied à cause qu'elles etoient neuves. Ragotin prit le parti avec grande joie : car, en chevauchant son mulet, un ardillon qui avoit percé son bas, lui avoit fait regretter de n'être pas botté.

Il fut question de dîner. Ragotin paya pour les comediens et pour son mulet. Depuis son trebuchement, quand la carabine tira entre ses jambes, il fit serment de ne monter jamais sur un animal chevauchable sans prendre toutes ses sûretés. Il prit donc avantage pour monter sur sa bête; mais, avec toute sa précaution, il eut bien de la peine à se placer dans le bas du mulet. Son esprit vif ne lui permettoit pas d'être judicieux, et il avoit inconsiderement relevé les bottes de la Rancune, qui lui venoient jusqu'à la ceinture, et lui empêchoient de plier son petit jarret, qui n'etoit pas le plus vigoureux de la province. Enfin donc, Ragotin sur son mulet et les comediens à pied suivirent le premier chemin qu'ils trouvèrent, et, chemin faisant, Ragotin decouvroit aux comediens le dessein qu'il avoit de faire la comedie avec eux, leur protestant qu'encore qu'il fût assuré d'être bientôt le meilleur comedien de France, il ne pretendoit tirer aucun profit de son metier, qu'il vouloit le faire seulement par curiosité, et pour faire voir qu'il etoit né à tout ce qu'il vouloit entreprendre. La Rancune et l'Olive le fortifièrent dans sa noble envie, et, à force de le louer et de lui donner courage, le mirent en si belle humeur qu'il se prit à reciter de dessus son mulet des vers de Pyrame et Thisbé du poète Theophile [1]. Quelques paysans, qui accompagnoient une charrette chargée et qui faisoient le même chemin, crurent qu'il prêchoit la parole de Dieu, le voyant declamer là comme un forcené. Tandis qu'il recita, ils eurent toujours la tête nue et le respectèrent comme un predicateur de grands chemins.

CHAPITRE III.

L'Histoire de la Caverne.

Les deux comediennes que nous avons laissées dans la maison où Angelique avoit eté enlevée n'avoient pas dormi davantage que le Destin. Mademoiselle de l'Etoile s'etoit mise dans le même lit que la Caverne, pour ne la laisser pas seule avec son desespoir, et pour tâcher de lui persuader de ne

1. V. plus haut, page 82, note 2; page 137, note 3.

s'affliger pas tant qu'elle faisoit. Enfin, jugeant qu'une affliction si juste ne manquoit pas de raisons pour se defendre, elle ne les combattit plus avec les siennes ; mais, pour faire diversion, elle se mit à se plaindre de sa mauvaise fortune aussi fort que sa compagne faisoit de la sienne, et ainsi l'engagea adroitement à lui conter ses aventures, d'autant plus aisement que la Caverne ne pouvoit souffrir alors que quelqu'un se dît plus malheureux qu'elle. Elle s'essuya donc les larmes qui lui mouilloient le visage en grande abondance, et, soupirant une bonne fois pour n'avoir pas si tôt à y retourner, elle commença ainsi son histoire :

Je suis née comedienne, fille d'un comedien, à qui je n'ai jamais ouï dire qu'il eût des parens d'autre profession que de la sienne. Ma mère etoit fille d'un marchand de Marseille, qui la donna à mon père en mariage pour le recompenser d'avoir exposé sa vie pour sauver la sienne qu'avoit attaquée à son avantage un officier des galères, aussi amoureux de ma mère qu'il en etoit haï. Ce fut une bonne fortune pour mon père : car on lui donna, sans qu'il la demandât, une femme jeune, belle et plus riche qu'un comedien de campagne ne la pouvoit esperer. Son beau-père fit ce qu'il put pour lui faire quitter sa profession, lui proposant et plus d'honneur et plus de profit dans celle de marchand ; mais ma mère, qui etoit charmée de la comedie, empêcha mon père de la quitter. Il n'avoit point de repugnance à suivre l'avis que lui donnoit le père de sa femme, sçachant mieux qu'elle que la vie comique n'est pas si heureuse qu'elle le paroît. Mon père sortit de Marseille un peu après ses noces, emmena ma mère faire sa première campagne, qui en avoit plus grande impatience que lui, et en fit en peu de temps une excellente comedienne. Elle fut grosse dès la première année de son mariage, et accoucha de moi derrière le théâtre. J'eus un frère un an aprés, que j'aimois beaucoup et qui m'aimoit aussi. Notre troupe etoit composée de notre famille et de trois comediens, dont l'un etoit marié avec une comedienne qui jouoit les seconds rôles. Nous passions un jour de fête par un bourg de Perigort, et ma mère, l'autre comedienne et moi etions sur la charrette qui portoit notre bagage, et nos hommes nous escortoient à pied, quand notre petite caravane fut attaquée par sept ou huit vilains hommes, si ivres qu'ayant fait dessein de tirer en l'air un coup d'arquebuze pour nous faire peur, j'en fus toute couverte de dragées, et ma mère en fut blessée au bras. Ils saisirent mon père et deux de ses camarades, devant qu'ils se pussent mettre en defense, et les batirent cruellement. Mon frère et le plus jeune de nos comediens s'enfuirent, et depuis ce temps-là je n'ai pas ouï parler de mon frère. Les habitans du bourg se joignirent à ceux qui nous faisoient une si grande violence, et firent retourner notre charrette sur ses pas. Ils marchoient fièrement et à la hâte, comme des gens qui ont fait un grand butin et le veulent mettre en sûreté, et ils faisoient un bruit à ne s'entendre pas les uns les autres. Après une heure de chemin, ils nous firent entrer dans un château, où, aussitôt que nous fûmes entrés, nous ouïmes plusieurs personnes crier avec grande joie que les Bohemiens etoient pris. Nous reconnûmes par là qu'on nous prenoit pour ce que nous n'etions pas; et cela nous donna quelque consolation. La jument qui traînoit notre charrette tomba morte de lassitude, ayant eté trop pressée et trop battue. La comedienne à qui elle etoit, et qui la louoit à la troupe, en fit des cris aussi pitoyables que si elle eût vu mourir son mari. Ma mère en même temps s'evanouit de la douleur qu'elle sentoit en son bras, et les cris que je fis pour elle furent encore plus grands que ceux que la comedienne avoit faits pour la jument. Le bruit que nous faisions, et que faisoient les brutaux et les ivrognes qui nous avoient amenés, fit sortir d'une salle basse le seigneur du château, suivi de quatre ou cinq casaques ou manteaux rouges de fort mauvaise mine [1]. Il demanda d'abord où etoient les voleurs de Bohemiens, et nous fit grand'peur. Mais, ne voyant entre nous que des personnes blondes [2], il demanda à mon père qui il etoit, et n'eut pas plutôt appris que nous etions de malheureux comediens, qu'avec une impetuosité qui nous surprit, et jurant de la plus furieuse façon que j'aie jamais ouï jurer, il chargea à grands coups d'epée ceux qui nous avoient pris, qui

1. La casaque rouge étoit l'uniforme des archers.
2. Les Bohémiens ont la peau cuivrée et les cheveux noirs. Tallemant raconte dans une note (*Histor. de Saint-Germain Beaupré*) que madame Perrochel, une fois, chez madame de Rohan, voyant des portraits, demanda de qui ils étoient. « Des princesses de Bohème, lui dit-on. — Jésus ! vous m'étonnez, répondit-elle : ils sont blancs comme neige. » Elle croyoit qu'il s'agissoit de Bohémiennes. Il parle en plusieurs autres endroits de leurs cheveux noirs comme d'un caractère bien connu de cette race. (Histor. de d'Alincourt, de M. du Bellay, roi d'Yvetot.

disparurent en un moment, les uns blessés, les autres fort effrayés. Il fit delier mon père et ses compagnons, commanda qu'on menât les femmes dans une chambre et qu'on mît nos hardes en lieu sûr. Des servantes se presentèrent pour nous servir, et dressèrent un lit à ma mère, qui se trouvoit fort mal de la blessure de son bras. Un homme qui avoit la mine d'un maître d'hôtel nous vint faire des excuses de la part de son maître de ce qui s'etoit passé. Il nous dit que les coquins qui s'etoient si malheureusement mépris avoient eté chassés, la plupart battus ou estropiés ; que l'on alloit envoyer querir un chirurgien dans le prochain bourg pour panser le bras de ma mère, et nous demanda instamment si l'on ne nous avoit rien pris, nous conseillant de faire visiter nos hardes pour sçavoir s'il y manquoit quelque chose.

A l'heure du souper on nous apporta à manger dans notre chambre ; le chirurgien qu'on avoit envoyé chercher arriva ; ma mère fut pansée et se coucha avec une violente fièvre. Le jour suivant, le seigneur du château fit venir devant lui les comediens. Il s'informa de la santé de ma mère, et dit qu'il ne vouloit pas la laisser sortir de chez lui qu'elle ne fût guerie. Il eut la bonté de faire chercher dans les lieux d'alentour mon frère et le jeune comédien qui s'etoient sauvés ; ils ne se trouvèrent point, et cela augmenta la fièvre de ma mère. On fit venir d'une petite ville prochaine un medecin et un chirurgien plus experimenté que celui qui l'avoit pansée la première fois. Et enfin les bons traitemens qu'on nous fit nous firent bientôt oublier la violence qu'on nous avoit faite.

Ce gentilhomme chez qui nous etions etoit fort riche, plus craint qu'aimé dans tout le pays, violent dans toutes ses actions comme un gouverneur de place frontière [1], et qui avoit la reputation d'être vaillant autant qu'on le pouvoit être. Il s'appeloit le baron de Sigognac. Au temps où nous sommes, il seroit pour le moins un marquis, et en ce temps-là il etoit un vrai tyran de Perigord. Une compagnie de bohemiens qui avoient logé sur ses terres avoient volé les chevaux d'un haras qu'il avoit à une lieue de son château [2], et ses gens, qu'il avoit envoyés après, s'etoient mepris à nos depens, comme je vous ai dejà dit. Ma mère se guérit parfaitement, et mon père et

1. La *Relation des grands jours d'Auvergne*, de Fléchier, nous montre quelles étoient les violences, les exactions, les tyrannies, des gentilshommes et gouverneurs, même dans les provinces centrales, comme l'Auvergne; il en devoit être ainsi à bien plus forte raison dans les provinces frontières, dont la situation donnoit plus de sécurité aux coupables, en cas de recherche. V., dans Tallemant, l'Histor. de Saint-Germain Beaupré, gouverneur de la Marche; du duc de Brézé, gouverneur de Brouage; du maréchal de la Meilleraye, gouverneur de Nantes, etc., etc.; et ce qu'il raconte, dans celle de M. d'Alincourt, de la mode despotique de certains gouverneurs de frontières. Ailleurs : « Ce fut alors, dit-il de Courtenan, gouverneur de Nantes, qu'il fit le petit tyran avec autant d'impunité que si c'eût été dans le Bigorre. » (Histor. de Courtenan.)

2. On peut voir dans les *Recherches* de Pasquier le récit de la première apparition des Bohémiens aux portes de Paris, en 1427. Ils reparurent au XVIe siècle, plus nombreux que jamais, et furent condamnés au bannissement par les Etats de Blois en 1560. Au XVIIe siècle, leurs apparitions furent plus rares et leurs bandes moins nombreuses; mais ils continuèrent à signaler leur passage par des vols et des escroqueries, malgré un nouvel arrêt contre eux, prononcé par le Parlement de Paris en 1612.

ses camarades, pour se montrer reconnoissans, autant que de pauvres comediens pouvoient le faire, du bon traitement qu'on leur avoit fait, offrirent de jouer la comedie dans le château tant que le baron de Sigognac l'auroit agreable. Un grand page, âgé pour le moins de vingt-quatre ans, qui devoit être sans doute le doyen des pages du royaume, et une manière de gentilhomme suivant, apprirent les rôles de mon frère et du comedien qui s'etoit enfui avec lui. Le bruit se repandit dans le pays qu'une troupe de comediens devoient representer une comedie chez le baron de Sigognac. Force noblesse perigourdine y fut conviée ; et, lorsque le page sçut son rôle, qui lui fut si difficile à apprendre qu'on fut contraint d'en couper et de le reduire à deux vers, nous representâmes Roger et Bradamante, du poëte Garnier [1]. L'assemblée etoit fort belle, la salle bien eclairée, le theâtre fort commode et la decoration accommodée au sujet. Nous nous efforçâmes tous de bien faire, et nous y reussîmes. Ma mère parut belle comme un ange, armée en amazone, et sortant d'une maladie qui l'avoit un peu

---

1. Le vrai titre de la pièce est *Bradamante, tragi-comédie*, (1582) : elle présente, en certaines scènes, comme le drame moderne, l'alliance du comique au sérieux (V. acte 2, sc. 2). Ce sujet étoit un de ceux que traitoient le plus souvent et le plus volontiers nos vieux poëtes tragiques, comme l'attestent encore *la Rodomontade* de Méliglosse, *la Mort de Roger* et *la Mort de Bradamante*, par un anonyme (1622); *la Brada-mante* de La Calprenède (1636), etc. On n'avoit pas eu beaucoup à retrancher au rôle du page La Roque pour le réduire à deux vers, car il n'en a que quatre ou cinq dans l'original; mais il avoit fallu plus d'industrie pour faire jouer par six comédiens une pièce qui renferme douze rôles d'hommes, sans parler des ambassadeurs.

pâlie, son teint eclata plus que toutes les lumières dont la salle etoit eclairée. Quelque grand sujet que j'aie d'être fort triste, je ne puis songer à
ce jour-là que je ne rie de la plaisante façon dont
le grand page s'acquitta de son rôle. Il ne faut
pas que ma mauvaise humeur vous cache une chose
si plaisante ; peut-être que vous ne la trouverez
pas telle, mais je vous assure qu'elle fit bien rire
toute la compagnie et que j'en ai bien ri depuis,
soit qu'il y eût veritablement de quoi en rire, ou
que je sois de celles qui rient de peu de chose. Il
jouoit le page du vieil duc Aymon, et n'avoit
que deux vers à reciter en toute la pièce : c'est
alors que ce vieillard s'emporte terriblement contre sa fille Bradamante de ce qu'elle ne veut point
epouser le fils de l'empereur [1], etant amoureuse
de Roger. Le page dit à son maître :

Monsieur, rentrons dedans, je crains que vous
* tombiez ;*
Vous n'êtes pas trop bien assuré sur vos pieds.

Ce grand sot de page, encore que son rôle fût
aisé à retenir, ne laissa pas de le corrompre, et
dit de fort mauvaise grâce et tremblant comme
un criminel :

Monsieur, rentrons dedans, je crains que vous
* tombiez,*
Vous n'êtes pas trop bien assuré sur vos jambes [2]

1. Léon, fils de l'empereur de Byzance (acte 2, sc. 2).
2. Les Mémoires de la princesse Palatine citent un exemple de distraction analogue, et encore plus plaisante, de la
part d'un acteur jouant, dans *le Médecin malgré lui*, le rôle de
Géronte (Lettre du 8 mars 1701). Il seroit facile de réunir bon
nombre d'autres anecdotes du même genre, plus ou moins
authentiques.

Cette mauvaise rime surprit tout le monde. Le comedien qui faisoit le personnage d'Aymon s'en eclata de rire et ne put plus representer un vieillard en colère. Toute l'assistance n'en rit pas moins ; et pour moi, qui avois la tête passée dans l'ouverture de la tapisserie pour voir le monde et pour me faire voir, je pensai me laisser choir à force de rire. Le maître de la maison, qui etoit de ces melancoliques qui ne rient que rarement et ne rient pas pour peu de chose, trouva tant de quoi rire dans le defaut de memoire de son page et dans sa mauvaise manière de reciter des vers qu'il pensa crever à force de se contraindre à garder un peu de gravité; mais enfin il falloit rire aussi fort que les autres, et ses gens nous avouèrent qu'ils ne lui en avoient jamais vu tant faire. Et, comme il s'etoit acquis une grande autorité dans le pays, il n'y eut personne de la compagnie qui ne rit autant ou plus que lui, ou par complaisance ou de bon courage.

« J'ai grand' peur, ajouta alors la Caverne, d'avoir fait ici comme ceux qui disent : « Je m'en vais vous faire un conte qui vous fera mourir de rire », et qui ne tiennent pas leur parole : car j'avoue que je vous ai fait trop de fête de celui de mon page.— Non, lui repondit l'Etoile, je l'ai trouvé tel que vous me l'aviez fait esperer. Il est bien vrai que la chose peut avoir paru plus plaisante à ceux qui la virent qu'elle ne le sera à ceux à qui on en fera le recit, la mauvaise action du page servant beaucoup à la rendre telle, outre que le temps, le lieu et la pente naturelle que nous avons à nous laisser aller au rire des autres peuvent lui avoir donné des avantages qu'elle n'a pu avoir depuis. »

La Caverne ne fit pas davantage d'excuses pour
son conte, et, reprenant son histoire où elle
l'avoit laissée : Après, continua-t-elle, que les
acteurs et les auditeurs eurent ri de toutes les
forces de leur faculté risible, le baron de Sigognac voulut que son page reparût sur le theatre
pour y reparer sa faute, ou plutôt pour faire rire
encore la compagnie ; mais le page, le plus
grand brutal que j'aie jamais vu, n'en voulut rien
faire, quelque commandement que lui fît un des
plus rudes maîtres du monde. Il prit la chose
comme il etoit capable de la prendre, c'est-à-
dire fort mal ; et son deplaisir, qui ne devoit être
que très leger, s'il eût eté raisonnable, nous
causa depuis le plus grand malheur qui nous
pouvoit arriver. Notre comedie eut l'applaudissement de toute l'assemblée. La farce divertit
encore plus que la comedie, comme il arrive
d'ordinaire partout ailleurs hors de Paris [1]. Le
baron de Sigognac et les autres gentilshommes
ses voisins y prirent tant de plaisir qu'ils eurent

[1]. L'usage étoit, à l'époque où se passe l'histoire de la
Caverne, d'accompagner les grandes pièces d'une farce pour
varier l'amusement ; cette coutume se perdit un peu plus tard,
au moins à Paris. « Aujourd'hui la farce est comme abolie »,
dit Scarron lui-même (2e part., ch. 8). Quand Molière vint
s'établir à Paris avec sa troupe, en 1658, l'hôtel de Bourgogne y avoit complétement renoncé, et ce fut lui qui la réta-
blit d'abord devant le roi, puis pour le public. (Grimarest, *Vie
de Molière.*—Préf. des œuv. de Molière, éd. 1682.) Mais cet
usage subsista encore quelque temps en province, où, d'ailleurs,
la plupart des acteurs réussissoient beaucoup mieux dans la
farce que dans la comédie, comme ceux que Fléchier vit à
Clermont pendant les grands jours, « qui estropioient Corneille,
dit-il, mais qui représentoient assez bien le burlesque. »

envie de nous voir jouer encore; chaque gentilhomme se cotisa pour les comediens, selon qu'il
eut l'ame liberale; le baron se cotisa le premier
pour montrer l'exemple aux autres, et la comedie
fut annoncée pour la premiere fête. Nous jouâ-
mes un mois durant devant cette noblesse perigourdine, regalés à l'envi des hommes et des
femmes, et même la troupe en profita de quelques
habits demi-usés. Le baron nous faisoit manger
à sa table; ses gens nous servoient avec empressement et nous disoient souvent qu'ils nous etoient
obligés de la bonne humeur de leur maître, qu'ils
trouvoient tout changé depuis que la comedie
l'avoit humanisé. Le page seul nous regardoit
comme ceux qui l'avoient perdu d'honneur, et
le vers qu'il avoit corrompu et que tout le monde
de la maison, jusqu'au moindre marmiton, lui
recitoit à toute heure, lui etoit, toutes les fois
qu'il en etoit persecuté, un cruel coup de poi-
gnard, dont enfin il resolut de se venger sur
quelqu'un de notre troupe. Un jour que le baron
de Sigognac avoit fait une assemblée de ses
voisins et de ses paysans pour delivrer ses bois
d'une grande quantité de loups qui s'y etoient
adonnés, et dont le pays etoit fort incommodé,
mon père et ses camarades y portèrent chacun
une arquebuse, comme firent aussi tous les domestiques du baron. Le mechant page en fut
aussi, et, croyant avoir trouvé l'occasion qu'il
cherchoit d'executer le mauvais dessein qu'il
avoit contre nous, il ne vit pas plutôt mon père
et ses camarades separés des autres, qui rechar-
geoient leurs arquebuses et s'entrefournissoient
l'un à l'autre de la poudre et du plomb, qu'il

leur tira la sienne de derriere un arbre et perça
mon malheureux père de deux balles. Ses compagnons, bien empêchés à le soutenir, ne songè-
rent point d'abord à courir après cet assassin,
qui s'enfuit et depuis quitta le pays. A deux jours
de là, mon père mourut de sa blessure. Ma mère
en pensa mourir de deplaisir, en retomba malade,
et j'en fus affligée autant qu'une fille de mon
âge le pouvoit être. La maladie de ma mère tirant
en longueur, les comediens et les comediennes de
notre troupe prirent congé du baron de Sigognac
et allèrent quelque part ailleurs chercher à se
remettre dans une autre troupe. Ma mère fut malade plus de deux mois, et enfin elle se guerit,
après avoir reçu du baron de Sigognac des marques de generosité et de bonté qui ne s'accor-
doient pas avec la reputation qu'il avoit dans
le pays d'être le plus grand tyran qui se soit
jamais fait craindre dans un pays où la plupart
des gentilshommes se mêlent de l'être. Ses valets,
qui l'avoient toujours vu sans humanité et sans
civilité, etoient etonnés de le voir vivre avec
nous de la manière la plus obligeante du monde.
On eût pu croire qu'il etoit amoureux de ma
mère ; mais il ne parloit presque point à elle et
n'entroit jamais dans notre chambre, où il nous
faisoit servir à manger depuis la mort de mon
père. Il est bien vrai qu'il envoyoit souvent
sçavoir de ses nouvelles. On ne laissa pas d'en
medire dans le pays, ce que nous sçûmes depuis.
Mais ma mère, ne pouvant demeurer plus long-
temps avec bienseance dans le château d'un
homme de cette condition-là, avoit dejà songé
à en sortir et avoit fait dessein de se retirer à

Marseille chez son père. Elle le fit donc sçavoir au baron de Sigognac, le remercia de tous les bienfaits que nous en avions reçus, et le pria d'ajouter à toutes les obligations qu'elle lui avoit dejà celle de lui faire avoir des montures pour elle et pour moi jusqu'à je ne sçais quelle ville, et une charrette pour porter notre petit bagage, qu'elle vouloit tâcher de vendre au premier marchand qu'elle trouveroit, si peu qu'on lui en voulût donner. Le baron parut fort surpris du dessein de ma mère, et elle ne fut pas peu surprise de n'avoir pu tirer de lui ni un consentement ni un refus.

Le jour d'après, le curé d'une des paroisses dont il etoit seigneur nous vint voir dans notre chambre. Il etoit accompagné de sa nièce, une bonne et agreable fille avec qui j'avois fait une grande connoissance. Nous laissâmes son oncle et ma mère ensemble et allâmes nous promener dans le jardin du château. Le curé fut long-temps en conversation avec ma mère et ne la quitta qu'à l'heure du souper. Je la trouvai fort rêveuse; je lui demandai deux ou trois fois ce qu'elle avoit, sans qu'elle me repondît. Je la vis pleurer, et je me mis à pleurer aussi. Enfin, après m'avoir fait fermer la porte de la chambre, elle me dit, pleurant encore plus fort qu'elle n'avoit fait, que ce curé lui avoit appris que le baron de Sigognac etoit eperdument amoureux d'elle, et lui avoit de plus assuré qu'il l'estimoit si fort qu'il n'avoit jamais osé lui dire ou lui faire dire qu'il l'aimât qu'en même temps il ne lui offrît de l'epouser. En achevant de parler, ses soupirs et ses sanglots la pensèrent suffoquer. Je lui demandai encore une fois ce qu'elle avoit. « Quoi ! ma fille ! me dit-elle, ne vous en ai-je pas assez dit, pour vous faire voir que je suis la plus malheureuse personne du monde ? » Je lui dis que ce n'etoit pas un si grand malheur à une comedienne que de devenir femme de condition. « Ha ! pauvre petite, me dit-elle, que tu parles bien comme une jeune fille sans experience ! S'il trompe ce bon curé pour me tromper, ajouta-t-elle ; s'il n'a pas dessein de m'epouser comme il me le veut faire accroire, quelles violences ne dois-je pas craindre d'un homme tout à fait esclave de ses passions ! S'il veut veritablement m'epouser et que j'y consente, quelle misère dans le monde approchera de la mienne quand sa fantaisie sera passée, et combien pourra-t-il me haïr s'il se repent un jour de m'avoir aimée ! Non, non, ma fille, la bonne fortune ne me vient pas chercher comme tu penses ; mais un effroyable malheur, après m'avoir ôté un mari qui m'aimoit et que j'aimois, m'en veut donner un par force qui peut-être me haïra et m'obligera à le haïr. » Son affliction, que je trouvois sans raison, augmenta si fort sa violence qu'elle pensa etouffer pendant que je lui aidai à se deshabiller. Je la consolois du mieux que je pouvois, et je me servois contre son deplaisir de toutes les raisons dont une fille de mon âge etoit capable, n'oubliant pas à lui dire que la manière obligeante et respectueuse dont le moins caressant de tous les hommes avoit toujours vecu avec nous me sembloit de bon presage, et surtout le peu de hardiesse qu'il avoit eue à declarer sa passion à une femme d'une profession qui n'in-

spire pas toujours le respect. Ma mère me laissa
dire tout ce que je voulus, se mit au lit fort
affligée et s'y affligea toute la nuit au lieu de
dormir. Je voulus resister au sommeil; mais il
fallut se rendre, et je dormis autant qu'elle dormit peu. Elle se leva de bonne heure, et quand
je m'eveillai je la trouvai habillée et assez tranquille. J'etois bien en peine de sçavoir quelle réso-
lution elle avoit prise : car, pour vous dire la verité, je flattois mon imagination de la future grandeur où j'esperois de voir arriver ma mère si le
baron de Sigognac parloit selon ses veritables
sentimens, et si ma mère pouvoit reduire les
siens à lui accorder ce qu'il vouloit obtenir d'elle.
La pensée d'ouïr appeler ma mère madame la
baronne occupoit agreablement mon esprit, et
l'ambition s'emparoit peu à peu de ma jeune tête.

La Caverne contoit ainsi son histoire, et l'E-
toile l'ecoutoit attentivement, quand elles ouïrent
marcher dans leur chambre, ce qui leur sembla
d'autant plus etrange qu'elles se souvenoient fort
bien d'avoir fermé leur porte au verrou. Cependant elles entendoient toujours marcher. Elles
demandèrent qui etoit là. On ne leur repondit rien,
et un moment après la Caverne vit au pied du lit,
qui n'etoit point fermé, la figure d'une personne
qu'elle ouït soupirer, et qui, s'appuyant sur le
pied du lit, lui pressa les pieds. Elle se leva à
demi pour voir de plus près ce qui commençoit à
lui faire peur, et, resolue à lui parler, elle avança
la tête dans la chambre, et ne vit plus rien.
La moindre compagnie donne quelquefois de
l'assurance, mais quelquefois aussi la peur ne diminue pas pour être partagée. La Caverne s'ef-

fraya de n'avoir rien vu, et l'Etoile s'effraya de
ce que la Caverne s'effrayoit. Elles s'enfoncèrent
dans leur lit, se couvrirent la tête de leur couverture et se serrèrent l'une contre l'autre, ayant
grand' peur, et ne s'osant presque parler. Enfin la
Caverne dit à l'Etoile que sa pauvre fille etoit
morte et que c'etoit son âme qui etoit venue soupirer auprès d'elle. L'Etoile alloit peut-être lui repondre, quand elles entendirent encore marcher dans
la chambre. L'Etoile s'enfonça encore plus avant
dans le lit qu'elle n'avoit fait, et la Caverne, devenue plus hardie par la pensée qu'elle avoit que
c'etoit l'ame de sa fille, se leva encore sur son lit
comme elle avoit fait, et, voyant encore paroître
la même figure qui soupiroit encore et s'appuyoit
sur ses pieds, elle avança la main et en toucha
une fort velue qui lui fit faire un cri effroyable et
la fit tomber sur le lit à la renverse. Dans le même
temps elles ouïrent aboyer dans leur chambre,
comme quand un chien a peur la nuit de ce qu'il
rencontre. La Caverne fut encore assez hardie pour
regarder ce que c'etoit, et alors elle vit un grand
levrier qui aboyoit contre elle. Elle le menaça
d'une voix forte, et il s'enfuit en aboyant vers un
coin de la chambre, où il disparut. La courageuse
comedienne sortit hors du lit, et, à la clarté de la
lune qui perçoit les fenetres, elle decouvrit, au
coin de la chambre où le fantôme levrier avoit
disparu, une petite porte d'un petit escalier derobé. Il lui fut aisé de juger que c'etoit un levrier
de la maison qui etoit entré par là dans leur
chambre. Il avoit eu envie de se coucher sur
leur lit, et, ne l'osant faire sans le consentement
de ceux qui y etoient couchés, avoit soupiré en

chien, et s'etoit appuyé des jambes de devant sur le lit, qui etoit haut sur les siennes, comme sont tous les lits à l'antique, et s'etoit caché dessous quand la Caverne avança la tête dans la chambre la première fois. Elle n'ôta pas d'abord à l'Etoile la croyance qu'elle avoit que c'etoit un esprit, et fut long-temps à lui faire comprendre que c'etoit un levrier. Tout affligée qu'elle etoit, elle railla sa compagne de sa poltronnerie, et remit la fin de son histoire à quelque autre temps que le sommeil ne leur seroit pas si necessaire qu'il leur etoit alors. La pointe du jour commençoit à paroître ; elles s'endormirent, et se levèrent sur les dix heures, qu'on les vint avertir que le carrosse qui les devoit mener au Mans etoit prêt de partir quand elles voudroient.

CHAPITRE IV.

Le Destin trouve Leandre.

Le Destin cependant alloit de village en village, s'informant de ce qu'il cherchoit et n'en apprenant aucunes nouvelles. Il battit un grand pays, et ne s'arrêta point que sur les deux ou trois heures, que sa faim et la lassitude de son cheval le firent retourner dans un gros bourg qu'il venoit de quitter. Il y trouva une assez bonne hôtellerie, parce qu'elle etoit sur le grand chemin, et n'oublia pas de s'informer si on n'avoit point ouï

parler d'une troupe de gens de cheval qui enlevoient une femme. « Il y a un gentilhomme là-
haut qui vous en peut dire des nouvelles, dit le
chirurgien du village, qui se trouva là ; je crois,
ajouta-t-il, qu'il a eu quelques demêlés avec eux
et en a eté maltraité. Je lui viens d'appliquer un
cataplasme anodin et resolutif sur une tumeur
livide qu'il a sur les vertèbres du col, et je lui ai
pansé une grande plaie qu'on lui a faite à l'occi-
put. Je l'ai voulu saigner, parce qu'il a le corps
tout couvert de contusions, mais il n'a pas voulu ;
il en a pourtant bien besoin. Il faut qu'il ait fait
quelque lourde chute et qu'il ait eté excedé de
coups. » Ce chirurgien de village prenoit tant de
plaisir à debiter les termes de son art qu'encore
que le Destin l'eût quitté et qu'il ne fût ecouté
de personne, il continua longtemps le discours
qu'il avoit commencé [1], jusqu'à tant que l'on le
vint querir pour saigner une femme qui se mouroit d'une apoplexie.

Cependant le Destin montoit dans la chambre de celui dont le chirurgien lui avoit parlé.
Il y trouva un jeune homme bien vêtu, qui

---

1. Molière n'est pas le seul ni le premier qui se soit moqué
des médecins d'alors. Indépendamment de Boileau et de La
Fontaine, Scarron, dans ce passage et dans plusieurs autres
(V. l. 1, ch. 14, p. 128; l. 2, ch. 9); Barclay, dans *Euphormion*; Cyrano de Bergerac dans sa *Lettre contre les médecins*, etc., l'ont fait presque dans les mêmes termes que Molière. On peut voir ce qu'en dit La Bruyère (*De quelques
usages*). Cf. aussi *l'Ombre de Molière*, comédie de Brécourt,
1674, etc., etc. Les médecins se discréditoient eux-mêmes
par leurs querelles et leurs discussions, et, en se traitant entre
eux de charlatans et d'imposteurs, ils apprenoient aux autres
à les traiter de même. V. Lettres de Gui-Patin.

avoit la tête bandée, et qui s'etoit couché sur
un lit pour reposer. Le Destin lui voulut faire
des excuses de ce qu'il etoit entré dans sa
chambre devant que d'avoir sceu s'il l'auroit
agreable : mais il fut bien surpris quand, aux
premières paroles de son compliment, l'autre se
leva de son lit et le vint embrasser, se faisant
connoître à lui pour son valet Leandre, qui l'avoit
quitté depuis quatre ou cinq jours sans prendre
congé de lui, et que la Caverne croyoit être le
ravisseur de sa fille. Le Destin ne sçavoit de
quelle façon il lui devoit parler, le voyant bien
vêtu et de fort bonne mine. Pendant qu'il le
considera, Leandre eut le temps de se rassurer,
car il avoit paru d'abord fort interdit. « J'ai beaucoup de confusion, dit-il au Destin, de n'avoir
pas eu pour vous toute la sincerité que je devois
avoir, vous estimant comme je fais ; mais vous
excuserez un jeune homme sans experience, qui,
devant que de vous bien connoître, vous croyoit
fait comme le sont d'ordinaire ceux de votre
profession, et qui n'osoit pas vous confier un
secret d'où depend tout le bonheur de sa vie. »
Le Destin lui dit qu'il ne pouvoit sçavoir que de
lui-même en quoi il lui avoit manqué de sincerité. « J'ai bien d'autres choses à vous apprendre,
si peut-être vous ne les sçavez dejà, lui repondit Leandre ; mais auparavant il faut que je sçache ce qui vous amène ici. » Le Destin lui conta
de quelle façon Angelique avoit eté enlevée ; il
lui dit qu'il couroit après ses ravisseurs, et qu'il
avoit appris, en entrant dans l'hôtellerie, qu'il
les avoit trouvés et lui en pourroit apprendre des
nouvelles. « Il est vrai que je les ai trouvés, lui

repondit Leandre en soupirant, et que j'ai fait
contre eux ce qu'un homme seul pouvoit faire
contre plusieurs ; mais, mon epée s'etant rompue
dans le corps du premier que j'ai blessé, je n'ai
pu rien faire pour le service de mademoiselle Angelique, ni mourir en la servant, comme j'etois
resolu à l'un où à l'autre evenement. Ils m'ont
mis en l'etat où vous me voyez. J'ai eté etourdi
du coup d'estramaçon que j'ai reçu sur la tête;
ils m'ont cru mort, et ont passé outre à grand
hâte. Voilà tout ce que je sçais de mademoiselle
Angelique. J'attends ici un valet qui vous en
apprendra davantage : il les a suivis de loin,
après m'avoir aidé à reprendre mon cheval,
qu'ils m'ont peut-être laissé à cause qu'il ne valoit pas grand chose. » Le Destin lui demanda
pourquoi il l'avoit quitté sans l'en avertir, d'où
il venoit et qui il etoit, ne doutant plus qu'il ne
lui eût caché son nom et sa condition. Leandre
lui avoua qu'il en etoit quelque chose, et, s'etant
recouché à cause que les coups qu'il avoit reçus
lui faisoient beaucoup de douleur, le Destin
s'assit sur le pied du lit, et Leandre lui dit ce
que vous allez lire dans le suivant chapitre.

Chapitre V.

Histoire de Leandre.

Je suis un gentilhomme d’une maison assez connue dans la province. J’espère un jour d’avoir pour le moins douze mille livres de rente, pourvu que mon père meure : car, encore qu’il y ait quatre-vingts ans qu’il fait enrager tous ceux qui dependent de lui ou qui ont affaire à lui, il se porte si bien qu’il y a plus à craindre pour moi qu’il ne meure jamais qu’à esperer que je lui succède un jour en trois fort belles terres qui sont tout son bien. Il me veut faire conseiller au Parlement de Bretagne contre mon inclination, et c’est pour cela qu’il m’a fait etudier de bonne heure. J’etois ecolier à la Flèche quand votre troupe y vint representer. Je vis mademoiselle Angelique, et j’en devins tellement amoureux que je ne pus plus faire autre chose que de l’aimer. Je fis bien davantage, j’eus l’assurance de lui dire que je l’aimois ; elle ne s’en offensa point ; je lui écrivis, elle reçut ma lettre et ne m’en fit pas plus mauvais visage. Depuis ce temps-là une maladie qui fit garder la chambre à mademoiselle de la Caverne, pendant que vous fûtes à la Flèche, facilita beaucoup les conversations que sa fille et moi eûmes ensemble Elle les auroit sans doute empêchées, trop sévère comme elle est

pour être d'une profession qui semble dispenser
du scrupule et de la severité ceux qui la suivent.
Depuis que je devins amoureux de sa fille, je
n'allai plus au collége et ne manquai pas un jour
d'aller à la comedie. Les pères jesuites me voulurent remettre dans mon devoir ; mais je ne
voulus plus obeir à de si mal-plaisans maîtres,
après avoir choisi la plus charmante maîtresse du
monde. Votre valet fut tué à la porte de la comedie par des ecoliers bretons, qui firent cette
année-là beaucoup de desordre à la Flèche,
parce qu'ils y etoient en grand nombre et que le
vin y fut à bon marché [1]. Cela fut cause en partie
que vous quittâtes la Flèche pour aller à Angers.
Je ne dis point adieu à mademoiselle Angelique,

1. On peut lire dans une foule d'écrivains du temps le récit des prouesses en ce genre de messieurs les écoliers. Sorel,
dans *Francion* (liv. 4, etc.), nous parle au long et au large
de leur turbulence, et Tristan nous raconte, dans *le Page disgracié*, une lutte terrible aux environs de Bordeaux entre
les écoliers de la ville et des paysans, dont vingt ou vingt-
cinq restèrent morts sur le carreau, sans compter les blessés
(ch. 38 et 39). Souvent même ils se faisoient tire-lainés pendant la nuit, quoiqu'il ne faille pas croire aveuglément à tout
ce qu'on en rapporte : car, dit l'auteur des *Caquets de l'accouchée*, « une infinité de vagabonds et de courreurs..., pil-
lent, vollent, destroussent..., et, qui pis est, ils empruntent
le nom des escoliers et font semblant d'estre de leur cabale »
(p. 70, éd. Fournier, chez Jannet).—Quoi qu'il en soit, les armes offensives, et en particulier les épées et les pistolets, furent sévèrement interdites aux écoliers par le règlement général pour la police de Paris du 30 mars 1635, qui avoit déjà
été précédé d'autres ordonnances particulières dans le même
sens en 1604, 1619, 1621 et 1623. On prit contre eux de
nouvelles mesures encore plus rigoureuses, qui montrent
combien ils étoient dangereux pour la sûreté publique : ainsi
il leur fut fait défense, sous peine de la prison, de vaguer par
les rues passé cinq heures du soir en hiver et neuf heures en été.

sa mère ne la perdant point de vue. Tout ce que je pus faire, ce fut de paroître devant elle, en la voyant partir, le desespoir peint sur le visage et les yeux mouillés de larmes. Un regard triste qu'elle me jeta me pensa faire mourir. Je m'enfermai dans ma chambre ; je pleurai le reste du jour et toute la nuit ; et, dès le matin, changeant mon habit en celui de mon valet, qui etoit de ma taille, je le laissai à la Flèche pour prendre mon équipage d'ecolier et lui laissai une lettre pour un fermier de mon pere qui me donne de l'argent quand je lui en demande, avec ordre de me venir trouver à Angers. J'en pris le chemin après vous et vous attrapai à Duretail [1], où plusieurs personnes de condition qui y couroient le cerf vous arrêtèrent sept ou huit jours. Je vous offris mon service, et vous me prîtes pour votre valet, soit que vous fussiez incommodé de n'en avoir point, ou que ma mine et mon visage, qui peut-être ne vous deplurent pas, vous obligeassent à me prendre. Mes cheveux, que j'avois fait couper fort courts, me rendirent meconnaissable à ceux qui m'avoient vu souvent auprès de mademoiselle Angelique, outre que le mechant habit de mon valet que j'avois pris pour me deguiser me rendoient bien different de ce que je paraissois avec le mien, qui etoit plus beau que ne l'est d'ordinaire celui d'un ecolier. Je fus d'abord reconnu de mademoiselle Angelique, qui m'avoua depuis qu'elle n'avoit point douté que la passion que j'avois pour elle ne fût très violente, puisque je

---

1. Petite ville d'Anjou, à quatre lieues d'Angers et à deux et demie de La Flèche.

quittois tout pour la suivre. Elle fut assez gene-
reuse pour m'en vouloir dissuader et pour me
faire retrouver ma raison, qu'elle voyoit bien que
j'avois perdue. Elle me fit long-temps eprouver
des rigueurs qui eussent refroidi un moins amoureux que moi. Mais enfin, à force de l'aimer, je
l'engageai à m'aimer autant que je l'aimois.
Comme vous avez l'ame d'une personne de condition qui l'auroit fort belle, vous reconnûtes
bientôt que je n'avois pas celle d'un valet. Je
gagnai vos bonnes graces, je me mis bien dans
l'esprit de tous les messieurs de votre troupe, et
même je ne fus pas haï de la Rancune, qui passe
parmi vous pour n'aimer personne et pour haïr
tout le monde.

Je ne perdrai point le temps à vous redire
tout ce que deux jeunes personnes qui s'entr'aiment se sont pu dire toutes les fois qu'elles se
sont trouvées ensemble, vous le sçavez assez
par vous-même ; je vous dirai seulement que mademoiselle de la Caverne, se doutant de notre
intelligence, ou plutôt n'en doutant plus, defendit à sa fille de me parler ; que sa fille ne lui obeït
pas, et que, l'ayant surprise qui m'ecrivoit, elle
la traita si cruellement, et en public et en particulier, que je n'eus pas depuis grande peine à la
faire resoudre de se laisser enlever. Je ne crains
point de vous l'avouer, vous connoissant genereux autant qu'on le peut être, et amoureux pour
le moins autant que moi. Le Destin rougit à
ces dernières paroles de Leandre, qui continua
son discours et dit au Destin qu'il n'avoit quitté
la compagnie que pour s'aller mettre en etat
d'executer son dessein ; qu'un fermier de son père

lui avoit promis de lui donner de l'argent, et qu'il
esperoit encore d'en recevoir à Saint-Malo du fils
d'un marchand de qui l'amitié lui etoit assurée,
et qui etoit depuis peu maître de son bien par la
mort de ses parents. Il ajouta que par le moyen
de son ami il esperoit de passer facilement en
Angleterre, et là de faire sa paix avec son père
sans exposer à sa colère mademoiselle Angelique,
contre laquelle, vraisemblablement, aussi bien
que contre sa mère, il auroit exercé toutes sortes d'actes d'hostilité, avec tout l'avantage qu'un
homme riche et de condition peut avoir sur deux
pauvres comediennes. Le Destin fit avouer à
Leandre qu'à cause de sa jeunesse et de sa condition son père n'auroit pas manqué d'accuser de
rapt mademoiselle de la Caverne ; il ne tâcha
point de lui faire oublier son amour, sçachant
bien que les personnes qui aiment ne sont pas
capables de croire d'autres conseils que ceux de
leur passion et sont plus à plaindre qu'à blâmer ;
mais il desapprouva fort le dessein qu'il avoit de
se sauver en Angleterre, et lui representa ce
qu'on pourroit s'imaginer de deux jeunes personnes ensemble qui seroient dans un pays etranger, les fatigues et les hasards d'un voyage par
mer, la difficulté de recouvrer de l'argent s'il
leur arrivoit d'en manquer, et enfin les entrepri-
ses que feroient faire sur eux et la beauté de mademoiselle Angelique et la jeunesse de l'un et de
l'autre. Leandre ne defendit point une mauvaise
cause ; il demanda encore une fois pardon au
Destin de s'être si long-temps caché de lui, et
le Destin lui promit qu'il se serviroit de tout le
pouvoir qu'il croyoit avoir sur l'esprit de made-

moiselle de la Caverne pour le lui rendre favorable. Il lui dit encore que, s'il etoit tout à fait resolu à n'avoir jamais d'autre femme que mademoiselle Angelique, il ne devoit point quitter la troupe. Il lui representa que cependant son père pouvoit mourir, ou sa passion se ralentir, ou peut-être se passer. Leandre s'ecria là-dessus que cela n'arriveroit jamais. « Eh bien donc! dit le Destin, de peur que cela n'arrive à votre maîtresse, ne la perdez point de vue, faites la comedie avec nous; vous n'êtes pas le seul qui la ferez et qui pourriez faire quelque chose de meilleur. Écrivez à votre père, faites-lui croire que vous êtes à la guerre, et tâchez d'en tirer de l'argent [1]. Cependant je vivrai avec vous comme avec un frère, et tâcherai par là de vous faire oublier les mauvais traitements que vous pouvez avoir reçus de moi tandis que je n'ai pas connu ce que vous étiez. » Leandre se fût jeté à ses pieds si la douleur que les coups qu'il avoit reçus lui faisoient sentir par tout son corps lui eût permis de le faire. Il le remercia au moins en des termes si obligeans, et lui fit des protestations d'amitié si tendres, qu'il en fut aimé dès ce temps-là autant qu'un honnête homme le peut être d'un autre. Ils parlèrent ensuite de chercher mademoiselle Angelique; mais une grande rumeur qu'ils entendirent interrompit leur conversation et fit descendre le Destin dans la cuisine de l'hôtelle-

1. C'étoient là des expédients reçus même dans la bonne société, et dont on ne songeoit pas à se scandaliser beaucoup, comme le prouvent les *Historiettes* de Tallemant et les comédies de Molière.

rie, où il se passoit ce que vous allez voir dans le suivant chapitre.

CHAPITRE VI.

Combat à coups de poings. Mort de l'hôte et autres choses mémorables.

Deux hommes, l'un vêtu de noir comme un magister de village, et l'autre de gris, qui avoit bien la mine d'un sergent [1], se tenoient aux cheveux et à la barbe et s'entredonnoient de temps en temps des coups de poings d'une très cruelle manière. L'un et l'autre etoient ce que leurs habits et leur mine vouloient qu'ils fussent. Le vêtu de noir, magister de village, etoit frère du curé, et le vêtu de gris, sergent du même village, etoit frère de l'hôte. Cet hôte etoit alors dans une chambre à côté de la cuisine prêt à rendre l'ame, d'une fièvre chaude qui lui avoit si fort troublé l'esprit qu'il s'etoit cassé la tête contre une muraille; et sa blessure, jointe à sa fièvre, l'avoit mis si bas qu'alors que sa frenesie le quitta, il se vit contraint de quitter la vie, qu'il regrettoit peut-être moins que son argent mal acquis. Il avoit porté

---

1. Le sergent correspondoit à peu près à l'huissier d'aujourd'hui : c'étoit un officier subalterne de la justice, chargé de faire exécuter ses ordres, en employant, au besoin, l'aide des recors. Les sergents n'avoient guère meilleure réputation que les prévôts et autres officiers de justice.

les armes long-temps, et etoit enfin revenu dans
son village chargé d'ans et de si peu de probité
qu'on pouvoit dire qu'il en avoit encore moins
que d'argent, quoiqu'il fût extrêmement pauvre.
Mais, comme les femmes se prennent souvent
par où elles devroient moins se laisser prendre,
ses cheveux de drille[1] plus longs que ceux des
autres paysans du village, ses sermens à la sol-
date, une plume herissée qu'il mettoit les fêtes[2],
quand il ne pleuvoit point, et une epée rouillée
qui lui battoit de vieilles bottes, encore qu'il
n'eût point de cheval, tout cela donna dans la vue
d'une vieille veuve qui tenoit hôtellerie. Elle avoit
eté recherchée par les plus riches fermiers du
pays, non tant pour sa beauté que pour le bien
qu'elle avoit amassé avec son defunt mari à
vendre bien cher et à faire mauvaise mesure de
vin et d'avoine. Elle avoit constamment resisté à
tous ses pretendans; mais enfin un vieil soldat

1. C'est-à-dire de coureur, vaurien, vagabond. Ce terme
s'est conservé jusqu'à nos jours dans le langage populaire.

2. On peut voir par les estampes du temps combien cette
mode étoit répandue, en dehors même des cavaliers et des
fanfarons, à qui cette habitude avoit acquis le surnom de
Plumets (Dict. de Fur.). Les gens du bel air portoient de
longues plumes blanches sur leurs chapeaux. « Voudriez-
vous, faquins, dit Mascarille à ses porteurs, que j'expo-
sasse l'embonpoint de mes plumes aux inclémences de la saison pluvieuse? » (Précieuses ridic., sc. 8.) La Fontaine
raille aussi ce plumail et ces aigrettes, dans le Combat des
rats et des belettes (liv. 4, fab. 6). — V. également Somaize,
Procès des Précieuses (1660), p. 51; Récit de la farce des
Précieuses, Anvers, 1660, in-12, p. 19, et les couplets de La
Sablière :

Votre audace est sans seconde, etc.

Cet ornement étoit interdit aux bourgeois.

avoit triomphé d'une vieille hôtesse. Le visage
de cette nymphe tavernière etoit le plus petit ; et
son ventre etoit le plus grand du Maine, quoique cette province abonde en personnes ventrues.
Je laisse aux naturalistes le soin d'en chercher la
raison, aussi bien que de la graisse des chapons du
pays. Pour revenir à cette grosse petite femme,
qu'il me semble que je vois toutes les fois que j'y
songe, elle se maria avec son soldat sans en parler à ses parens, et, après avoir achevé de vieil-
lir avec lui et bien souffert aussi, elle eut le plaisir de le voir mourir la tête cassée, ce qu'elle attri-
buoit à un juste jugement de Dieu, parcequ'il avoit
souvent joué à casser la sienne. Quand le Destin
entra dans la cuisine de l'hôtellerie, cette hôtesse
et sa servante aidoient au vieil curé du bourg à
separer les combattans, qui s'etoient cramponnés
comme deux vaisseaux ; mais les menaces du
Destin et l'autorité avec laquelle il parla achevèrent ce que les exhortations du bon pasteur
n'avoient pu faire, et les deux mortels ennemis
se separèrent crachant la moitié de leurs dents
sanglantes, saignant du nez, et le menton et la
tête pelés. Le curé etoit honnête homme et sçavoit bien son monde. Il remercia le Destin fort
civilement, et le Destin, pour lui faire plaisir, fit
embrasser en bonne amitié ceux qui un moment
auparavant ne s'embrassoient que pour s'etran-
gler. Pendant l'accommodement, l'hôte acheva
son obscure destinée, sans en avertir ses amis ;
tellement qu'on trouva qu'il n'y avoit plus qu'à
l'ensevelir, quand on entra dans sa chambre
après que la paix fut conclue. Le curé fit des

prières sur le mort, et les fit bonnes, car il les fit courtes. Son vicaire le vint relayer, et cependant la veuve s'avisa de hurler, et le fit avec beaucoup d'ostentation et de vanité. Le frère du mort fit semblant d'être triste ou le fut veritablement, et les valets et servantes s'en acquittèrent presque aussi bien que lui. Le curé suivit le Destin dans sa chambre, lui faisant des offres de service. Il en fit autant à Leandre, et ils le retinrent à manger avec eux. Le Destin, qui n'avoit pas mangé de tout le jour et avoit fait beaucoup d'exercice, mangea très avidement. Leandre se reput d'amoureuses pensées plus que de viandes, et le curé parla plus qu'il ne mangea; il leur fit cent contes plaisans de l'avarice du defunt, et leur apprit les plaisans differens que cette passion dominante lui avoit fait avoir, tant avec sa femme qu'avec ses voisins. Il leur fit le recit entre autres d'un voyage qu'il avoit fait à Laval avec sa femme, au retour duquel, le cheval qui les portoit tous deux s'etant déferré de deux pieds, et, qui pis est, les fers s'etant perdus, il laissa sa femme tenant son cheval par la bride au pied d'un arbre, et retourna jusqu'à Laval, cherchant exactement ses fers partout où il crut avoir passé; mais il perdit sa peine, tandis que sa femme pensa perdre patience à l'attendre: car il etoit retourné sur ses pas de deux grandes lieues, et elle commençoit d'en être en peine quand elle le vit revenir les pieds nus, tenant ses bottes et ses chausses dans ses mains. Elle s'etonna fort de cette nouveauté; mais elle n'osa lui en demander la raison, tant, à force d'obeir à la guerre, il s'etoit rendu capable de bien commander dans sa maison. Elle n'osa pas même repartir, quand il la fit dechausser aussi, ni lui en demander le sujet. Elle se douta seulement que ce pouvoit être par devotion. Il fit prendre à sa femme son cheval par la bride, marchant derrière pour le hâter, et ainsi l'homme et la femme sans chaussure, et le cheval déferré de deux pieds, après avoir bien souffert, gagnèrent la maison bien avant dans la nuit, les uns et les autres fort las, et l'hôte et l'hôtesse ayant les pieds si ecorchés qu'ils furent près de quinze jours sans pouvoir presque marcher. Jamais il ne se sceut si bon gré de quelque autre chose qu'il eût faite ; et, quand il y songeoit, il disoit en riant à sa femme que, s'ils ne se fussent dechaussés en revenant de Laval, ils en eussent eu pour deux paires de souliers, outre deux fers d'un cheval. Le Destin et Leandre ne s'emurent pas beaucoup du conte que le curé leur donnoit pour bon, soit qu'ils ne le trouvassent pas si plaisant qu'il leur avoit dit, ou qu'ils ne fussent pas alors en humeur de rire. Le curé, qui etoit grand parleur, n'en voulut pas demeurer là, et, s'adressant au Destin, lui dit que ce qu'il venoit d'entendre ne valoit pas ce qu'il avoit encore à lui dire de la belle manière dont le defunt s'etoit preparé à la mort. « Il y a quatre ou cinq jours, ajouta-t-il, qu'il sçait bien qu'il n'en peut echapper. Il ne s'est jamais plus tourmenté de son menage ; il a eu regret à tous les œufs frais qu'il a mangés pendant sa maladie. Il a voulu sçavoir à quoi monteroit son enterrement, et même l'a voulu mar-

chander avec moi le jour que je l'ai confessé[1].
Enfin, pour achever comme il avoit commencé,
deux heures devant que de mourir, il ordonna
devant moi à sa femme de l'ensevelir dans un
certain vieil drap de sa connoissance qui avoit
plus de cent trous. Sa femme lui representa qu'il
y seroit fort mal enseveli ; il s'opiniâtra à n'en
vouloir point d'autre. Sa femme ne pouvoit y
consentir, et, parcequ'elle le voyoit en état de ne
la pouvoir battre, elle soutint son opinion plus

1.   .....Tu règles jusqu'au convoi,
        Jusqu'aux frais de tes funérailles,
    Dans la peur qu'à ta mort on ne gagne avec toi,

dit Chevreau dans sa fable *Le Renard et le Dragon*, imitée
de Phèdre (*Chevriana*). « L'avare dépense plus, mort, en un
jour, qu'il ne faisoit vivant en dix années.» (La Bruyère, *Des
biens de fortune.*) On peut encore voir plusieurs traits d'avarice
analogues à celui que Scarron prête à l'hôte dans l'*Harpa-
goniana* de Cousin d'Avallon, p. 25, 66, 87 (1801, in-18).
L'avarice est un des ridicules que les écrivains du XVIIe
siècle ont traité le plus souvent et le plus volontiers, et
Scarron lui-même, qui y avoit déjà touché dans sa 1re partie (ch. 13), y est revenu plus au long dans le *Châtiment de
l'avarice*, une de ses meilleures *nouvelles tragi-comiques*. Les
satires et les comédies de ce temps, Boileau comme Molière, Cyrano de Bergerac comme Larochefoucault et comme
Guy Patin, sans parler des recueils de pièces détachées (V.
Commentaire sur la lésine, t. 3 du *Recueil pen rose* de Sercy), s'y étendent complaisamment, ainsi que tous les romans
comiques, satiriques et bourgeois d'alors. Qu'il me suffise
de citer Ch. Sorel dans *Francion* (l. 3 et 8); le marquis
d'Argentuare, du *Roman satirique* de Lannel; le procureur
Vollichon, du *Roman bourgeois* de Furetière; Tristan, avec
l'*Avare libéral* de son *Page disgracié* (p. 86); le Noble, avec
son *Avare généreux*, etc. C'est que, malgré la prodigalité des
brillants courtisans de Versailles, l'avarice paroît avoir été
un vice très répandu au XVIIe siècle. (V. surtout Tallemant,
passim.)

vigoureusement qu'elle n'avoit jamais fait avec
lui, sans pourtant sortir du respect qu'une honnête femme doit à un mari, fâcheux ou non. Elle
lui demanda enfin comment il pourroit paroître
dans la vallée de Josaphat, un mechant drap
tout troué sur les épaules, et en quel equipage
il pensoit ressusciter. Le malade s'en mit en colère, et, jurant comme il avoit accoutumé en sa
santé: « Eh morbleu! vilaine, s'ecria-t-il, je ne
veux point ressusciter.» J'eus autant de peine à
m'empêcher de rire qu'à lui faire comprendre
qu'il avoit offensé Dieu, se mettant en colère, et
plus encore par ce qu'il avoit dit à sa femme, qui
etoit en quelque façon une impiété. Il en fit un
acte de contrition tel quel, et encore lui fallut-il
donner parole qu'il ne seroit point enseveli dans
un autre drap que celui qu'il avoit choisi. Mon
frère, qui s'etoit eclaté de rire quand il avoit renoncé si hautement et si clairement à sa resur-
rection, ne pouvoit s'empêcher d'en rire encore
toutes les fois qu'il y songeoit. Le frère du defunt s'en etoit formalisé, et, de paroles en paroles, mon frère et lui, tous deux aussi brutaux
l'un que l'autre, s'etoient entre-harpés après
s'être donné mille coups de poings, et se bat-
troient peut-être encore si on ne les avoit separés. Le curé acheva ainsi sa relation, adressant
sa parole au Destin, parceque Leandre ne lui
donnoit pas grande attention. Il prit congé des
comediens, après leur avoir encore offert son service, et le Destin tâcha de consoler l'affligé
Leandre, lui donnant les meilleures esperances
dont il se put aviser. Tout brisé qu'etoit le pauvre garçon, il regardoit de temps en temps par

la fenêtre pour voir si son valet ne venoit point, comme s'il en eût dû venir plus tôt. Mais, quand on attend quelqu'un avec impatience, les plus sages sont assez sots pour regarder souvent du côté qu'il doit venir. Et je finirai par là mon sixième chapitre.

CHAPITRE VII.

Terreur panique de Ragotin, suivie de disgrâces. Aventure du corps mort. Orage de coups de poings et autres accidens surprenans dignes d'avoir place en cette véritable histoire.

Leandre regardoit donc par la fenêtre de sa chambre du côté qu'il attendoit son valet, quand, tournant là tête de l'autre côté, il vit arriver le petit Ragotin, botté jusqu'à la ceinture, monté sur un petit mulet, et ayant à ses étriers, comme deux estafiers [1], la Rancune d'un côté et l'Olive de l'autre. Ils avoient appris de village en village des nouvelles du Destin, et, à force de l'avoir suivi, l'avoient enfin trouvé. Le Destin descendit en bas au devant d'eux et les fit monter dans la chambre. Ils ne reconnurent point d'abord le jeune Leandre, qui avoit changé de mine aussi bien que d'habit. Afin qu'on ne le connût pas

---

1. Un estafier étoit un grand valet de pied qui suivoit un homme à cheval.

pour ce qu'il etoit, le Destin lui commanda
d'aller faire apprêter le souper avec la même
autorité dont il avoit coutume de lui parler ; et
les comediens, qui le reconnurent par là, ne lui
eurent pas plutôt dit qu'il etoit bien brave que
le Destin repondit pour lui et leur dit qu'un oncle
riche qu'il avoit au bas Maine l'avoit equipé de
pied en cap comme ils le voyoient, et même lui
avoit donné de l'argent pour l'obliger à quitter la
comedie, ce qu'il n'avoit pas voulu faire, et ainsi
l'avoit laissé sans lui dire adieu. Le Destin et les
autres s'entredemandèrent des nouvelles de leur
quête et ne s'en dirent point. Ragotin assura le
Destin qu'il avoit laissé les comediennes en bonne
santé, quoique fort affligées de l'enlevement de
mademoiselle Angelique. La nuit vint ; on soupa,
et les nouveaux venus burent autant que les autres
burent peu. Ragotin se mit en bonne humeur,
défia tout le monde à boire, comme un fanfaron
de taverne qu'il etoit, fit le plaisant et chanta
des chansons en depit de tout le monde ; mais,
n'etant pas secondé, et le beau-frere de l'hôtesse
ayant representé à la compagnie que ce n'etoit
pas bien fait de faire la debauche [1] auprès d'un

---

1. Le mot *débauche* n'avoit pas, au XVIIe siècle, un sens
aussi fort qu'aujourd'hui, et même il ne se prenoit pas toujours dans une mauvaise signification ; c'est un de ces mots
nombreux dont la valeur s'est modifiée en chemin. Quelquefois on le prenoit simplement dans le sens du *comessatio* des
Latins, ou de ce que nous appelons familièrement un *extra*.
C'est ainsi que nous lisons dans une lettre de Boileau à
Racine (1687), à propos du verre de quinquina que Monseigneur avoit bu après déjeuner chez la princesse de Conti,
sans être malade : « J'ai été fort frappé de l'*agréable débauche*
de Monseigneur. »

mort, Ragotin en fit moins de bruit et en but plus de vin.

On se coucha : le Destin et Leandre dans la chambre qu'ils avoient dejà occupée, Ragotin, la Rancune et l'Olive dans une petite chambre qui etoit auprès de la cuisine et à côté de celle où etoit le corps du defunt, qu'on n'avoit pas encore commencé d'ensevelir. L'hôtesse coucha dans une chambre haute, qui etoit voisine de celle où couchoient le Destin et Leandre, et elle s'y mit pour n'avoir pas devant les yeux l'objet funeste d'un mari mort et pour recevoir les consolations de ses amies, qui la vinrent visiter en grand nombre : car elle etoit une des plus grosses dames du bourg, et y avoit toujours eté autant aimée de tout le monde que son mari y avoit toujours eté haï. Le silence regnoit dans l'hôtellerie ; les chiens y dormoient, puisqu'ils n'aboyoient point ; tous les autres animaux y dormoient aussi, ou le devoient faire ; et cette tranquillité-là duroit encore entre deux et trois heures du matin, quand tout à coup Ragotin se mit à crier de toute sa force que la Rancune etoit mort. Tout d'un temps il eveilla l'Olive, alla faire lever le Destin et Leandre et les fit descendre dans sa chambre pour venir pleurer, ou du moins voir la Rancune, qui venoit de mourir subitement à son côté, à ce qu'il disoit. Le Destin et Leandre le suivirent, et la première chose qu'ils virent en entrant dans la chambre, ce fut la Rancune qui se promenoit dans la chambre en homme qui se porte bien, quoi que cela soit assez difficile après une mort subite. Ragotin, qui entroit le premier, ne l'eut pas plutôt aperçu qu'i.

se retira en arrière comme s'il eût eté prêt de
marcher sur un serpent ou de mettre le pied
dans un trou. Il fit un grand cri, devint pâle
comme un mort et heurta si rudement le Destin
et Leandre, lorsqu'il se jeta hors de la chambre
à corps perdu, qu'il s'en fallut bien peu qu'il ne
les portât par terre. Cependant que sa peur le
fait fuir jusque dans le jardin de l'hôtellerie, où
il hasarde de se morfondre, le Destin et Leandre
demandent à la Rancune des particularités de
sa mort; la Rancune leur dit qu'il n'en sçavoit
pas tant que Ragotin, et ajouta qu'il n'etoit pas
sage[1]. L'Olive cependant rioit comme un fol, la
Rancune demeuroit froid sans parler, selon sa
coutume, et l'Olive et lui ne se declaroient pas
davantage. Leandre alla après Ragotin et le
trouva caché derrière un arbre, tremblant de
peur plus que de froid, quoiqu'il fût en chemise.
Il avoit l'imagination si pleine de la Rancune
mort qu'il prit d'abord Leandre pour son fantôme et pensa s'enfuir quand il s'approcha de
lui. Là-dessus le Destin arriva, qui lui parut aussi
un autre fantôme; ils n'en purent tirer la moindre
parole, quelque chose qu'ils lui pussent dire, et
enfin ils le prirent sous les bras pour le remener
dans sa chambre. Mais, dans le temps qu'ils alloient sortir du jardin, la Rancune s'etant presenté pour y entrer, Ragotin se defit de ceux qui
le tenoient et s'alla jeter, regardant derrière lui

1. « N'être pas sage » est un euphémisme qui s'employoit
fréquemment alors pour «être fou. » — « Bref, on dit que
vous n'estes pas sage. » (Responce du sieur Hydaspe au sieur
de Balzac, 1624.)

d'un œil egaré, dans une grosse touffe de rosiers où il s'embarrassa depuis les pieds jusqu'à la tête, et ne s'en put tirer assez vite pour s'empêcher d'être joint par la Rancune, qui l'appela cent fois fol et lui dit qu'il le falloit enchaîner. Ils le tirèrent à trois hors de la touffe de rosiers où il s'etoit fourré. La Rancune lui donna une claque sur la peau nue, pour lui faire voir qu'il n'etoit pas mort, et enfin le petit homme effrayé fut remené dans sa chambre et remis dans son lit. Mais à peine y fut-il qu'une clameur de voix feminines qu'ils entendirent dans la chambre voisine leur donna à deviner ce que ce pouvoit être. Ce n'etoient point les plaintes d'une femme affligée, c'etoient des cris effroyables de plusieurs femmes ensemble comme quand elles ont peur. Le Destin y alla et trouva quatre ou cinq femmes avec l'hôtesse, qui cherchoient sous les lits, regardoient dans la cheminée et paroissoient fort effrayées. Il leur demanda ce qu'elles avoient, et l'hôtesse, moitié hurlant, moitié parlant, lui dit qu'elle ne sçavoit ce qu'etoit devenu le corps de son pauvre mari. En achevant de parler, elle se mit à hurler, et les autres femmes, comme de concert, lui repondirent en chœur, et toutes ensemble firent un bruit si grand et si lamentable que tout ce qu'il y avoit de gens dans l'hôtellerie entra dans la chambre, et ce qu'il y avoit de voisins et de passans entra dans l'hotellerie.

Dans ce temps-là, un maître chat s'etoit saisi d'un pigeon qu'une servante avoit laissé demilardé sur la table de la cuisine, et, se sauvant avec sa proie dans la chambre de Ragotin, s'etoit caché sous le lit où il avoit couché avec la Rancune.

La servante le suivit un bâton de fagot à la main, et, regardant sous le lit pour voir ce qu'etoit devenu son pigeon, elle se mit à crier tant qu'elle put qu'elle avoit trouvé son maître, et le repeta si souvent que l'hôtesse et les autres femmes vinrent à elle. La servante sauta au col de sa maîtresse, lui disant qu'elle avoit trouvé son maître, avec un si grand transport de joie que la pauvre veuve eut peur que son mari ne fût ressuscité : car on remarqua qu'elle devint pâle comme un criminel qu'on juge. Enfin la servante les fit regarder sous le lit, où ils aperçurent le corps mort dont ils etoient tant en peine. La difficulté ne fut pas si grande à le tirer de là, quoiqu'il fût bien pesant, qu'à sçavoir qui l'y avoit mis. On le rapporta dans la chambre, où l'on commença de l'ensevelir. Les comediens se retirèrent dans celle où avoit couché le Destin, qui ne pouvoit rien comprendre dans ces bizarres accidens. Pour Leandre, il n'avoit dans la tête que sa chère Angelique, ce qui le rendoit aussi rêveur que Ragotin etoit fâché de ce que la Rancune n'etoit pas mort, dont les railleries l'avoient si fort mortifié qu'il ne parloit plus, contre sa coutume de parler incessamment et de se mêler en toutes sortes de conversations à propos ou non. La Rancune et l'Olive s'etoient si peu etonnés et de la terreur panique de Ragotin et de la transmigration d'un corps mort d'une chambre à l'autre sans aucun secours humain, au moins dont on eût connaissance, que le Destin se douta qu'il avoient grande part dans le prodige. Cependant l'affaire s'eclaircissoit dans la cuisine de l'hôtellerie : un valet de charrue revenu des

champs pour dîner, ayant ouï conter à une servante avec grande frayeur que le corps de son
maître s'etoit levé de lui-même et avoit marché,
lui dit qu'en passant par la cuisine à la pointe
du jour, il avoit vu deux hommes en chemise qui
le portoient sur leurs epaules dans la chambre
où l'on l'avoit trouvé. Le frère du mort ouït ce que
disoit le valet et trouva l'action fort mauvaise.
La veuve le sçut aussitôt, et ses amies aussi ; les
uns et les autres s'en scandalisèrent bien fort, et
conclurent tous d'une voix qu'il falloit que ces
hommes-là fussent des sorciers qui vouloient
faire quelque mechanceté de ce corps mort [1].

Dans le temps que l'on jugeoit si mal de la Rancune, il entra dans la cuisine pour faire porter à
dejeuner dans leur chambre. Le frère du defunt
lui demanda pourquoi il avoit porté le corps de
son frère dans sa chambre ; la Rancune, bien
loin de lui repondre, ne le regarda pas seulement.
La veuve lui fit la même question ; il eut la même
indifference pour elle, ce que la bonne dame
n'eut pas pour lui. Elle lui sauta aux yeux, fu-

1. Les cadavres servoient à divers usages dans les prati-
qués de sorcellerie. Suivant quelques uns, ils étoient magné-
tiques et jouissoient des propriétés de l'aimant ou de la bous-
sole. Mais c'étoit surtout dans les superstitions de l'anthro-
pomancie et de la nécromancie qu'on en faisoit usage. Les
Thessaliens arrosoient un cadavre de sang chaud pour en recevoir des oracles sur l'avenir. Les Syriens vénéroient et
consultoient des têtes d'enfants coupées. Ménélas, suivant
Hérodote, — Héliogabale, et aussi, dit-on, Julien l'Apostat,
recherchoient leur destinée dans les entrailles fumantes de
malheureux qu'ils faisoient égorger, etc. On croyoit encore,
dans le peuple, que les sorciers du temps n'avoient point
laissé perdre les anciens usages. V. plus loin une note de la
3e partie, ch. 8.

rieuse comme une lionne à qui on a ravi ses petits
(j'ai peur que la comparaison ne soit ici trop
magnifique). Son beau-frère donna un coup de
poing à la Rancune ; les amies de l'hôtesse ne
l'epargnèrent pas ; les servantes s'en mêlèrent,
les valets aussi. Mais il n'y avoit pas place en un
homme seul pour tant de frappeurs, et ils s'entre-
nuisoient les uns aux autres. La Rancune seul
contre plusieurs, et par consequent plusieurs contre lui, ne s'etonna point du nombre de ses ennemis, et, faisant de necessité vertu, commença à
jouer des bras de toute la force que Dieu lui
avoit donnée, laissant le reste au hazard. Jamais
combat inegal ne fut plus disputé. Mais aussi la
Rancune, conservant son jugement dans le peril,
se servoit de son adresse aussi bien que de sa
force, menageoit ses coups et les faisoit profiter
le plus qu'il pouvoit. Il donna tel soufflet qui, ne
donnant pas à plomb sur la première joue qu'il
rencontroit, et ne faisant que glisser, s'il faut
ainsi dire, alloit jusqu'à la seconde, même troisième joue, parcequ'il donnoit la plupart de ses
coups en faisant la demi-pirouette, et tel soufflet tira trois sons differens de trois differentes
mâchoires. Au bruit des combattans, l'Olive descendit dans la cuisine, et à peine eut-il le temps
de discerner son compagnon d'entre tous ceux
qui se battoient qu'il se vit battre, et même plus
que lui, de qui la vigoureuse resistance commençoit à se faire craindre. Deux ou trois donc des
plus maltraités par la Rancune se jetèrent sur
l'Olive, peut-être pour se racquitter ; le bruit en
augmenta, et en même temps l'hôtesse reçut un
coup de poing dans son petit œil qui lui fit voir

cent mille chandelles (c'est un nombre certain pour
un incertain) et la mit hors de combat. Elle
hurla plus fort et plus franchement qu'elle n'avoit
fait à la mort de son mari. Ses hurlemens attirè-
rent les voisins dans la maison, et firent descendre dans la cuisine le Destin et Leandre. Quoi
qu'ils y vinssent avec un esprit de pacification,
on leur fit d'abord la guerre sans la leur declarer; les coups de poings ne leur manquèrent pas,
et ils n'en laissèrent point manquer ceux qui leur
en donnèrent. L'hôtesse, ses amies et ses servantes crioient aux voleurs et n'etoient plus que
les spectatrices du combat : les unes, les yeux
pochés ; les autres, le nez sanglant ; les autres,
les mâchoires brisées, et toutes decoiffées. Les
voisins avoient pris parti pour la voisine contre
ceux qu'elle appeloit voleurs. Il faudroit une
meilleure plume que la mienne pour bien representer les beaux coups de poings qui s'y donnèrent. Enfin, l'animosité et la fureur se rendant
maîtresses des uns et des autres, on commençoit
à se saisir des broches et des meubles qui se
peuvent jeter à la tête, quand le curé entra dans
la cuisine et tâcha de faire cesser le combat. En
verité, quelque respect que l'on eût pour lui, il
eût bien eu de la peine à separer les combattans,
si leur lassitude ne s'en fût mêlée. Tous actes
d'hostilité cessèrent donc de part et d'autre, et
non pas le bruit : car, chacun voulant parler le
premier, et les femmes plus que les hommes,
avec leurs voix de fausset, le pauvre bonhomme
fut contraint de se boucher les oreilles et de gagner la porte ; cela fit taire les plus tumultueux.
Il entra dans le champ de bataille, et le frère de

l'hôte, ayant pris la parole par son ordre, lui fit des plaintes du corps mort transporté d'une chambre à l'autre. Il eût exageré la mechante action plus qu'il ne fit s'il eût eu moins de sang à cracher qu'il n'en avoit, outre celui qui sortoit de son nez, qu'il ne pouvoit arrêter. La Rancune et l'Olive avouèrent ce qu'on leur imputoit, et protestèrent qu'ils ne l'avoient pas fait à mauvaise intention, mais seulement pour faire peur à un de leurs camarades, comme ils avoient fait. Le curé les en blâma fort, et leur fit comprendre la consequence d'une telle entreprise, qui passoit la raillerie; et, comme il etoit homme d'esprit et avoit grand credit parmi ses paroissiens, il n'eut pas grand'peine à pacifier le differend, et qui plus y mit plus y perdit. Mais la Discorde aux crins de couleuvres [1] n'avoit pas encore fait dans cette maison-là tout ce qu'elle avoit envie d'y faire. On ouït dans la chambre haute des hurlemens non guère differens de ceux que fait un pourceau qu'on egorge, et celui qui les faisoit n'etoit autre que le petit Ragotin. Le curé, les comediens et plusieurs autres coururent à lui et le trouvèrent tout le corps, à la reserve de la tête, enfoncé dans un grand coffre de bois qui servoit à serrer le linge de l'hôtellerie, et, ce qui etoit de plus fâcheux pour le pauvre encoffré, le dessus du coffre, fort pesant et massif, etoit tombé sur ses jambes et les pressoit d'une manière fort douloureuse à voir. Une puissante servante, qui n'etoit pas loin du coffre quand ils

1. C'est le *Discordia, vipereum crinem vittis innexa cruentis*, de Virgile, traduit en langue burlesque.

entrèrent, et qui leur paroissoit fort emue, fut soupçonnée d'avoir si mal placé Ragotin. Il etoit vrai, et elle en etoit toute fière, si bien que, s'occupant à faire un des lits de la chambre, elle ne daigna pas regarder de quelle façon on tiroit Ragotin du coffre, ni même repondre à ceux qui lui demandèrent d'où venoit le bruit qu'on avoit entendu. Cependant le demi-homme fut tiré de sa chausse-trape, et ne fut pas plutôt sur ses pieds qu'il courut à une epée. On l'empêcha de la prendre; mais on ne put l'empêcher de joindre la grande servante, qu'il ne put aussi empêcher qu'elle ne lui donnât un si grand coup sur la tête que tout le vaste siége de son etroite raison en fût ebranlé. Il en fit trois pas en arrière; mais c'eût eté reculer pour mieux sauter, si l'Olive ne l'eût retenu par ses chausses comme il s'alloit elancer comme un serpent contre sa redoutable ennemie. L'effort qu'il fit, quoique vain, fut fort violent : la ceinture de ses chausses s'en rompit, et le silence aussi de l'assistance, qui se mit à rire. Le curé en oublia sa gravité, et le frère de l'hôte de faire le triste. Le seul Ragotin n'avoit pas envie de rire, et sa colère s'etoit tournée contre l'Olive, qui, s'en sentant injurié, le prit tout brandi [1], comme l'on dit à Paris, le jeta sur le lit que faisoit la servante, et là, d'une force d'Hercule, il acheva de faire tomber ses chausses, dont la ceinture etoit dejà rompue, et, haussant et baissant les mains dru et menu sur ses cuisses et sur les lieux voisins, en moins de rien les rendit rouges comme de l'ecarlate. Le hasardeux

---

1. C'est-à-dire malgré lui, de vive force.

Ragotin se precipita courageusement du lit en bas, mais un coup si hardi n'eut pas le succès qu'il meritoit : son pied entra dans un pot de chambre que l'on avoit laissé dans la ruelle du lit pour son grand malheur, et y entra si avant que, ne l'en pouvant retirer à l'aide de son autre pied, il n'osa sortir de la ruelle du lit où il etoit, de peur de divertir davantage la compagnie et d'attirer sur soi la raillerie, qu'il entendoit moins que personne du monde. Chacun s'etonnoit fort de le voir si tranquille après avoir eté si emu ; la Rancune se douta que ce n'etoit pas sans cause ; il le fit sortir de la ruelle du lit moitié bon gré, moitié par force, et lors tout le monde vit où etoit l'enclouure, et personne ne se put empêcher de rire en voyant le pied de metal que s'etoit fait le petit homme. Nous le laisserons foulant l'etain d'un pied superbe, pour aller recevoir un train qui entra au même temps dans l'hôtellerie.

CHAPITRE VIII.

Ce qui arriva du pied de Ragotin.

Si Ragotin eût pu de son chef et sans l'aide de ses amis se depoter le pied, je veux dire le tirer hors du mechant pot de chambre où il etoit si malheureusement entré, sa colère eût pour le moins duré le reste du jour ; mais il fut contraint de rabattre quelque chose de son orgueil naturel et de filer doux, priant humblement le Destin et la

Rancune de travailler à la liberté de son pied
droit ou gauche, je n'ai pas su lequel. Il ne s'a-
dressa pas à l'Olive, à cause de ce qui s'etoit
passé entre eux; mais l'Olive vint à son secours
sans se faire prier, et ses deux camarades et lui
firent ce qu'ils purent pour le soulager. Les efforts que le petit homme avoit faits pour tirer son
pied hors du pot l'avoient enflé, et ceux que
faisoient le Destin et l'Olive l'enfloient encore davantage. La Rancune y avoit d'abord mis la
main, mais si maladroitement, ou plutôt si malicieusement, que Ragotin crut qu'il le vouloit
estropier à perpetuité; il l'avoit prié instamment
de ne s'en mêler plus; il pria les autres de la
même chose, se coucha sur un lit en attendant
qu'on lui eût fait venir un serrurier pour lui limer
le pot de chambre sur le pied. Le reste du jour
se passa assez pacifiquement dans l'hôtellerie, et
assez tristement entre le Destin et Léandre : l'un
fort en peine de son valet, qui ne revenoit point
lui apprendre des nouvelles de sa maîtresse,
comme il lui avoit promis, et l'autre ne se pouvant réjouir eloigné de sa chère mademoiselle de
l'Etoile, outre qu'il prenoit part à l'enlevement
de mademoiselle Angélique, et que Leandre lui
faisoit pitié, sur le visage duquel il voyoit toutes
les marques d'une extrême affliction. La Rancune et l'Olive prirent bientôt parti avec quelques habitans du bourg qui jouoient à la boule,
et Ragotin, après avoir fait travailler à son pied,
dormit le reste du jour, soit qu'il en eût envie,
ou qu'il fût bien aise de ne paroître pas en public,
après les mauvaises affaires qui lui etoient arrivées. Le corps de l'hôte fut porté à sa dernière

demeure, et l'hôtesse, nonobstant les belles pensées de la mort que lui devoit avoir données celle
de son mari, ne laissa pas de faire payer en Arabe
deux Anglois qui alloient de Bretagne à Paris.

Le soleil venoit de se coucher quand le Destin et Léandre, qui ne pouvoient quitter la fenêtre de leur chambre, virent arriver dans l'hôtellerie un carrosse à quatre chevaux, suivi de trois
hommes de cheval et de quatre ou cinq laquais.
Une servante les vint prier de vouloir ceder leur
chambre au train qui venoit d'arriver, et ainsi
Ragotin fut obligé de se faire voir, quoiqu'il eût
envie de garder la chambre, et suivit le Destin
et Leandre dans celle où, le jour precédent, il
avoit cru avoir vu mort la Rancune. Le Destin
fut reconnu dans la cuisine de l'hôtellerie par un
des messieurs du carrosse, ce même conseiller du
parlement de Rennes avec qui il avoit fait connoissance pendant les noces qui furent si malheu-
reuses à la pauvre la Caverne. Ce senateur breton
demanda au Destin des nouvelles d'Angelique,
et lui temoigna d'avoir du deplaisir de ce qu'elle
n'etoit point retrouvée. Il se nommoit La Garouffière, ce qui me fait croire qu'il etoit plutôt an-
gevin que breton, car on ne voit pas plus de
noms bas-bretons commencer par *Ker* que l'on
en voit d'angevins terminer en *ière*, de normands
en *ville*, de picards en *cour*, et des peuples voisins de la Garonne en *ac*. Pour revenir à M. de
la Garouffière, il avoit de l'esprit, comme je
vous ai deja dit, et ne se croyoit point homme
de province en nulle manière, venant d'ordinaire,
hors de son semestre, manger quelque argent
dans les auberges de Paris, et prenant le deuil

quand la Cour le prenoit, ce qui, bien verifié et enregistré, devroit être une lettre non pas de noblesse tout à fait, mais de non-bourgeoisie, si j'ose ainsi parler. De plus, il etoit bel esprit, par la raison que tout le monde presque se pique d'être sensible aux divertissemens de l'esprit, tant ceux qui les connoissent que les ignorants presomptueux ou brutaux qui jugent temerairement des vers et de la prose, encore qu'ils croient qu'il y a du deshonneur à bien ecrire, et qu'ils reprocheroient, en cas de besoin, à un homme, qu'il fait des livres [1], comme ils lui reproche-

1. Même au temps de la plus grande faveur des beaux esprits, les auteurs, au XVIIe siècle, étoient considérés comme des personnages subalternes et traités comme tels; il en étoit encore ainsi à l'époque où écrit Scarron; ce ne fut que plus tard que la condition des écrivains se releva un peu, mais non complétement. Ce discrédit devoit être le plus souvent imputé aux auteurs eux-mêmes, qui vivoient sans dignité littéraire, et se plioient, vis-à-vis des grands seigneurs, à une sorte de domesticité commode et salariée. Ducs et marquis étoient fort ignorants pour la plupart. « Du latin! s'écrioit le commandeur de Jars; de mon temps, d'homme d'honneur, le latin eût déshonoré un gentilhomme » (Saint-Evrem., lettre à M D***.) Suivant le chevalier de Méré, il n'y avoit que les docteurs qui connussent le latin et le grec. M. de Montbazon, qui n'avoit « rien à mespris comme un homme sçavant », n'étoit nullement une exception. V. l'*Onozandre*, satire de Bautru. Néanmoins ces messieurs prétendoient juger les œuvres d'esprit, et souvent même faisoient de petits vers galants, où ils cherchoient à attraper l'*air de cour*, tout en s'excusant de déroger ainsi. Le mot de Mascarille : « Cela est au dessous de ma condition, mais je le fais seulement pour donner à gagner aux libraires, qui me persécutent » (Pr. rid., 10), avoit plus d'un pendant historique, ne fût-ce que dans les préfaces de M. de Scudéry. « On s'étonnera peut-être qu'un homme de ma naissance et de ma profession se soit donné le loisir de s'attacher à cet ouvrage », écrivoit en 1668 le marquis de Villennes, en tête des Elégies

roient qu'il fait de la fausse monnoie[1]. Les comédiens s'en trouvent bien. Ils en sont caressés
davantage dans les villes où ils representent : car,
etant les perroquets ou sansonnets des poètes,
et même quelques uns d'entr'eux, qui sont nés
avec de l'esprit, se mêlant quelquefois de faire
des comedies, ou de leur propre fonds, ou de
parties empruntées[2], il y a quelque sorte d'ambition à les connoître ou à les hanter. De nos jours
on a rendu en quelque façon justice à leur profession, et on les estime plus que l'on ne faisoit
autrefois[3]. Aussi est-il vrai qu'en la comedie le

choisies des *Amours d'Ovide*. Souvent même la plus grande
préoccupation des gens de lettres étoit de faire croire qu'ils
écrivoient par délassement, sans vouloir, à aucun prix, passer pour auteurs de profession. V. Gueret, *Parn. réf.*, p. 65.

1. La fabrication de la fausse monnoie étoit un crime fort
commun à cette époque, et l'on voyoit même des gentilshommes s'en rendre coupables, témoin le marquis de Po-
menars. D'après Tallemant, M. d'Angoulême, et le surintendant des finances de la Vieuville, ainsi que la Montarbault,
Saint-Aunais, etc., s'en occupoient également : cette accusation revient très souvent dans ses historiettes.

2. Cela n'etoit pas rare, soit alors, soit un peu plus tard,
sans parler des farceurs dont les *drôleries* ont eté imprimées :
je citerai, par exemple, Zach. Jac. Montfleury, à qui Cyrano
reproche précisément que sa tragédie « est la corneille d'E-
sope », et qu'elle est « tirée de l'*Aminte*, du *Pastor fido*,
de Guarini, du cavalier Marin et de cent autres ». (*Lett. cont.
un gros homme*); puis Chevalier, Legrand, Baron, Brecourt,
Dorimon, Hauteroche, Villiers, la Thuillerie, Rosimond,
la Thorillière, Poisson, Champmeslé, Dancourt, enfin Molière. « La plupart d'entre eux, dit Chappuzeau en parlant
des comédiens, sont aussi auteurs.... Dans la seule troupe
royale il y en a cinq dont les ouvrages sont bien reçus. » (*Le
th. fr.*, l. 2, 9.)

3. Grâce à la renaissance du théâtre, qui venoit de s'élever à une hauteur nouvelle, surtout avec Corneille ; grâce
aux excellents acteurs qui honoroient la scène par leur jeu

peuple trouve un divertissement des plus inno-
cents, et qui peut à la fois instruire et plaire. Elle
est aujourd'hui purgée, au moins à Paris, de tout
ce qu'elle avoit de licencieux [1]. Il seroit à souhai-

et même par leurs ouvrages ; grâce au goût de Richelieu, de
Mazarin et de Louis XIV pour les représentations dramatiques ; grâce enfin à l'organisation meilleure et plus stable des
comédiens. V. Chappuzeau, *Le th. fr.*, p. 139-185 ; *Mém. de
Mme de Sév.*, par Walck., t. 2, p. 180-2. Aussi Floridor,
sieur de Prinefosse, ne crut-il pas, en montant sur le théâtre,
déshonorer son titre d'écuyer, qu'il accoloit fièrement à son
titre d'acteur ; et le roi vouloit bien ne pas le juger déchu
par cela même qu'il étoit comédien. La Thorillière et Beau-
château étoient gentilshommes ; les actrices La Mothe, La
Chassaigne et Beauménard étoient *demoiselles*. Enfin en
1669 alloit venir un arrêt du conseil, précédé d'un autre
dans le même sens, en 1641, portant qu'on ne déroge pas en
s'attachant au théâtre.

1. On n'a qu'à parcourir, dans les frères Parfait, pour
s'en convaincre, la liste des pièces de cette époque, où l'on
ne trouvera presque plus rien qui rappelle la licence du vieux
théâtre de Hardy et de Larivey, du *Tyr et Sidon* de Sche-
landre, des *Corrivaux*, de Pierre Troterel, de l'*Impuissan-
ce* de Véronneau, du *Pédant joué*, de Cyrano de Bergerac, et même des premières pièces de Rotrou, quoique
celui-ci se vantât d'avoir rendu la muse si modeste que
« d'une profane il en avoit fait une religieuse ». (*Ep. dédic. de
la Bague de l'oubli.*) Dans les premières années du siècle,
les pièces de l'hôtel de Bourgogne en particulier étoient encore si licencieuses que le P. Garasse, dans sa *Doctrine
curieuse*, a pu reprocher aux beaux esprits de fréquenter
ce théâtre, comme il leur reproche de fréquenter la Pomme
de Pin et les mauvais lieux. « Mais, dit Saint-Evremont,
en parlant de la licence des anciens auteurs, depuis que
Voiture .. eut évité cette basse manière avec assez d'exactitude, le théâtre même n'a plus souffert que ses auteurs
aient écrit une parole trop libre. » (T. 9, p. 58.) On trouve
partout des témoignages analogues :

Quoi ! fais-je une action trop libre et trop hardie,
Si je me plais parfois à voir la comédie,
Qu'on a mise à tel point, pour en pouvoir jouir,
Que la plus chaste oreille aujourd'hui peut l'ouïr?

ter qu'elle le fût aussi des filous, des pages et
des laquais, et autres ordures du genre humain[1],
que la facilité de prendre des manteaux y attire
encore plus que ne faisoient autrefois les mauvaises plaisanteries des farceurs; mais aujourd'hui
la farce est comme abolie[2], et j'ose dire qu'il y

dit Angélique, I, 6, dans l'*Esprit follet* de d'Ouville (1642). Ce
qui n'empêcha pas qu'en 1653 et 1654, Quinault, dans ses *Rivales*, La Fontaine, dans son *Eunuque*, etc., n'aient encore hasardé des passages fort licencieux; mais, à cette époque, cela
devient une exception, tandis qu'il n'en étoit pas ainsi auparavant. V. *Hist. de Corneille*, de Taschereau, éd. Jannet,
p. 16 et suiv. Seulement, il faut convenir que ce n'est pas
Scarron lui-même qui a beaucoup contribué à cette épuration de la comédie.

1. Le parterre de la comédie, où les spectateurs se tenoient debout et souvent entassés les uns sur les autres, étoit
par là même le rendez-vous des filous — qui pouvoient d'autant mieux y prendre des manteaux que les vestiaires n'étoient pas encore établis — ainsi que des pages et laquais,
qui trouvoient amplement matière à y exercer leur turbulence naturelle, et à qui on fut obligé, en 1635, de ne plus
permettre d'entrer avec leurs épées. L'épée fut même complétement interdite aux laquais à partir de 1654, à la suite
d'une échauffourée dans laquelle plusieurs d'entre eux avoient
tué un capitaine aux gardes: — car ils ne se contentoient pas
de se faire « guetteurs d'un coing de ruë » (*Anticaquet de
l'accouchée*, éd. Jannet, p. 257), ils alloient parfois jusqu'à
l'assassinat. Qu'on ne s'étonne pas de voir Scarron ranger les
pages entre les filous et les laquais, au nombre des ordures
du genre humain: de tous les témoignages du temps, aucun
ne le contredit sur ce point. V. *Francion*; *le Page disgracié*, de Tristan, *passim*. Ils avoient droit d'entrer gratuitement avec les grands seigneurs. V. Scarron, *Dédic. à Guillemette*. Rojas, dans son *Viage entretenido*, raconte également les troubles qu'occasionnoient au théâtre les pages, laquais, etc.

2. La plupart des principaux farceurs, Bruscambille,
Turlupin, Gros-Guillaume, Gautier-Garguille, Guillot-
Gorju, etc., étoient morts ou avoient disparu de la scène,

a des compagnies particulières où l'on rit de bon
cœur des equivoques basses et sales qu'on y de-
bite, desquelles on se scandaliseroit dans les premières loges de l'hôtel de Bourgogne.

Finissons la digression. Monsieur de la Garouff-
fière fut ravi de trouver le Destin dans l'hôtellerie, et lui fit promettre de souper avec la compagnie du carrosse, qui etoit composée du nouveau
marié du Mans et de la nouvelle mariée, qu'il menoit en son pays de Laval; de madame sa mère,
j'entends du marié, d'un gentilhomme de la province, d'un avocat du conseil et de monsieur de
la Garouffière, tous parens les uns des autres et
que le Destin avoit vus à la noce où mademoiselle Angelique avoit eté enlevée. Ajoutez à tous
ceux que je viens de nommer une servante ou
femme de chambre, et vous trouverez que le carrosse qui les portoit etoit bien plein, outre que
madame Bouvillon[1], c'est ainsi que s'appeloit la

en sorte que la farce proprement dite, telle qu'ils l'avoient
créée et fait fleurir, avoit quitté avec eux l'hôtel de Bourgogne, dont ils étoient le principal appui au commencement
du XVIIe siècle. Grimarest, dans sa Vie de Molière, et La
Grange, dans la préface des Œuvres de Molière, éd. 1682,
témoignent que, lorsque celui-ci joua le *Docteur amoureux*
devant le roi (1658), l'usage des petites comédies étoit perdu
depuis long-temps. C'étoit par une espèce de tradition empruntée à leur prédécesseurs, les Enfants sans soucy, que
les acteurs de l'hôtel de Bourgogne s'étoient d'abord spé-
cialement consacrés à la farce. V. plus haut, p. 276, note 1.

1. Suivant une clef manuscrite, Scarron auroit voulu railler, sous le nom de madame Bouvillon, une madame Bautru, femme d'un trésorier de France à Alençon, morte en
mars 1709. Elle étoit mère de madame Bailly, femme de
M. Bailly, maître des comptes à Paris, et grand'-mère de
M. le président Bailly. V. la notice.

mère du marié, etoit une des plus grosses femmes de France, quoique des plus courtes, et l'on
m'a assuré qu'elle portoit d'ordinaire sur elle,
bon an mal an, trente quintaux de chair, sans
les autres matières pesantes ou solides qui entrent dans la composition d'un corps humain.
Après ce que je viens de vous dire, vous n'aurez
pas peine à croire qu'elle etoit très succulente,
comme sont toutes les femmes ragottes.

On servit à souper. Le Destin y parut avec sa
bonne mine, qui ne le quittoit point, et qui n'etoit
point alterée alors par du linge sale, Leandre luy
en ayant prêté du blanc. Il parla peu, selon sa coutume, et, quand il eût parlé autant que les autres,
qui parlèrent beaucoup, il n'eût peut-être pas tant
dit de choses inutiles qu'ils en dirent. La Garouffière lui servit de tout ce qu'il y avoit de meilleur sur la table; madame Bouvillon en fit de
même à l'envi de la Garouffière, avec si peu
de discretion, que tous les plats de la table se
trouvèrent vides en un moment, et l'assiette du
Destin si pleine d'ailes et de cuisses de poulets
que je me suis souvent etonné depuis comment
on avoit pu faire par hazard une si haute pyramide de viande sur si peu de base qu'est le cul
d'une assiette. La Garouffière n'y prenoit pas
garde, tant il etoit attentivement occupé à parler
de vers au Destin et à lui donner bonne opinion
de son esprit. Madame Bouvillon, qui avoit aussi
son dessein, continuoit toujours ses bons offices
au comedien, et, ne trouvant plus de poulets à
couper, fut reduite à lui servir des tranches de
gigot de mouton. Il ne sçavoit où les mettre, et
en tenoit une en chacune de ses mains pour leur

trouver place quelque part, quand le gentilhomme, qui ne s'en voulut pas taire au prejudice de son appetit, demanda au Destin, en souriant, s'il mangeroit bien tout ce qui etoit sur son assiette. Le Destin y jeta les yeux et fut bien etonné d'y voir presque au niveau de son menton la pile de poulets depecés dont la Garouffière et la Bouvillon avoient erigé un trophée à son merite. Il en rougit et ne put s'empêcher d'en rire; la Bouvillon en fut defaite; la Garouffière en rit bien fort, et donna si bien le branle à toute la compagnie qu'elle en eclata à quatre ou cinq reprises. Les valets reprirent où leurs maîtres avoient quitté et rirent à leur tour. Ce que la jeune mariée trouva si plaisant, que, s'ebouffant[1] de rire en commençant de boire, elle couvrit le visage de sa belle-mère et celui de son mari de la plus grande partie de ce qui etoit dans son verre, et distribua le reste sur la table et sur les habits de ceux qui y etoient assis. On recommença à rire, et la Bouvillon fut la seule qui n'en rit point, mais qui rougit beaucoup et regarda d'un œil courroucé sa pauvre bru, ce qui rabattit un peu sa joie. Enfin on acheva de rire, parceque l'on ne peut pas rire toujours, on s'essuya les yeux, la Bouvillon et son fils s'essuyèrent le vin qui leur degouttoit des yeux et du visage, et la jeune mariée

1. Et non *s'etouffant* ou *s'epouffant*, comme mettent la plupart des éditions. *S'ebouffer de rire* se disoit dans le style burlesque et familier pour éclater de rire:

> Ne manque donc pas de les dire,
> Dit Mome; *s'ebouffant* de rire.

(*Typhon*, ch. 2.)

leur en fit des excuses, ayant encore bien de la
peine à s'empêcher de rire. Le Destin mit son
assiette au milieu de la table et chacun y prit
ce qui lui appartenoit. On ne put parler d'autre
chose tant que le souper dura, et la raillerie,
bonne ou mauvaise, en fut poussée bien loin,
quoique le sérieux dont s'arma mal à propos madame Bouvillon troublât, en quelque façon, la
gaité de la compagnie.

Aussitôt qu'on eut desservi, les dames se retirèrent dans leur chambre; l'avocat et le gentilhomme se firent donner des cartes et jouèrent au
piquet. La Garouffière et le Destin, qui n'etoient
pas de ceux qui ne sçavent que faire quand ils
ne jouent point, s'entretinrent ensemble fort spi-
rituellement, et firent peut-être une des plus
belles conversations qui se soit jamais faite dans
une hôtellerie du bas Maine. La Garouffière parla
à dessein de tout ce qu'il croyoit devoir être le
plus caché à un comedien, de qui l'esprit a ordinairement de plus etroites limites que la memoire, et le Destin en discourut comme un homme fort eclairé et qui sçavoit bien son monde.
Entr'autres choses, il fit avec tout le discernement imaginable la distinction des femmes qui
ont beaucoup d'esprit et qui ne le font paroître
que quand elles ont à s'en servir d'avec celles
qui ne s'en servent que pour le faire paroître [1],
et de celles qui envient aux mauvais plaisans leurs
qualités de drôles et de bons compagnons, qui

---

1. Scarron fait probablement allusion ici à la surintendante, à qui cette seconde partie est dédiée, et à qui il a dit
dans son épître liminaire : « Vous avez beaucoup d'esprit,
sans ambition de le faire paroître. »

rient des allusions et equivoques licencieuses, qui
en font elles-mêmes, et, pour tout dire, qui sont
des rieuses de quartier, d'avec celles qui font la
plus aimable partie du beau monde et qui sont de
la bonne cabale [1]. Il parla aussi des femmes qui
sçavent aussi bien ecrire que les hommes qui
s'en mêlent, et quand elles ne donnent point au
public les productions de leur esprit, qui ne le
font que par modestie [2]. La Garouffière, qui etoit
fort honnête homme et qui se connoissoit bien
en honnêtes gens, ne pouvoit comprendre comment un comedien de campagne pouvoit avoir
une si parfaite connoissance de la veritable hon-
nêteté [3]. Cependant qu'il admire en soi-même,
et que l'avocat et le gentilhomme, qui ne jouoient
plus parcequ'ils s'étoient querellés sur une carte
tournée, bâilloient frequemment de trop grande
envie de dormir, on leur vint dresser trois lits

1. De la bonne société.
2. Cette modestie dont parle Scarron se remarque en effet
dans plusieurs femmes célèbres du temps, qui donnèrent au
public les productions de leur esprit, mais sans les signer de
leurs noms et sous le couvert de tel ou tel écrivain de profession. Telles furent mademoiselle de Scudéry, madame de
La Fayette, mademoiselle de Montpensier, etc. Mais étoit-ce
bien modestie de la part de la grande Mademoiselle?
3. Bussy, qui devoit s'y connoître, a donné, dans une de
ses lettres à Corbinelli (6 mars 1679), une définition de ce
qu'on entendoit au XVIIe siècle par ce mot d'honnête homme,
qui se rencontre si souvent dans le *Roman comique* : « L'honnête homme, dit-il, est un homme poli et qui sçait vivre. »
Mais il faut bien saisir la signification et l'étendue du mot
poli, qui comprenoit l'instruction, l'éducation, d'un homme
fait aux belles manières et à la bonne société, en un mot
l'*humanitas* et l'*urbanitas* des Latins. Cf. La Bruyère, *Des
jugements*, et les *Loix de la galanterie*, dont l'auteur définit
l'honnête homme « un vrai galant ».

dans la chambre où ils avoient soupé, et le Destin se retira dans celle de ses camarades, où il coucha avec Leandre.

CHAPITRE IX.

Autre disgrace de Ragotin.

La Rancune et Ragotin couchèrent ensemble ; pour l'Olive, il passa une partie de la nuit à recoudre son habit, qui s'étoit decousu en plusieurs endroits quand il s'etoit harpé avec le colère Ragotin. Ceux qui ont connu particulierement ce petit Manceau ont remarqué que toutes les fois qu'il avoit à se gourmer contre quelqu'un, ce qui lui arrivoit souvent, il avoit toujours decousu ou dechiré les habits de son ennemi, en tout ou en partie. C'etoit son coup sûr, et qui eût eu à faire contre lui à coups de poings en combat assigné, eût pu defendre son habit comme on defend le visage en faisant des armes. La Rancune lui demanda, en se couchant, s'il se trouvoit mal, parcequ'il avoit fort mauvais visage ; Ragotin lui dit qu'il ne s'etoit jamais mieux porté. Ils ne furent pas long-temps à s'endormir, et bien en prit à Ragotin de ce que la Rancune respecta la bonne compagnie qui etoit arrivée dans l'hôtellerie et n'en voulut pas troubler le repos ; sans cela le petit homme eût mal passé la nuit. L'Olive cependant travailloit à son habit, et après y avoir fait tout ce qu'il y avoit à faire, il prit les habits de Ragotin, et aussi adroitement qu'auroit fait un tailleur il en etrecit le pourpoint et les chausses, et les remit en leur place, et ayant passé la plus grande partie de la nuit à coudre et à decoudre, se coucha dans le lit où dormoient Ragotin et la Rancune.

On se leva de bonne heure, comme on fait toujours dans les hôtelleries, où le bruit commence avec le jour. La Rancune dit encore à Ragotin qu'il avoit mauvais visage; l'Olive lui dit la même chose. Il commença de le croire, et, trouvant en même temps son habit trop etroit de plus de quatre doigts, il ne douta plus qu'il n'eût enflé d'autant dans le peu de temps qu'il avoit dormi, et s'effraya fort d'une enflure si subite [1]. La Rancune et l'Olive lui exageroient toujours son mauvais visage, et le Destin et Leandre, qu'ils avoient avertis de la tromperie, lui dirent aussi qu'il etoit fort changé. Le pauvre Ragotin en avoit la larme à l'œil; le Destin ne put s'empêcher d'en sourire, dont il se fâcha bien fort. Il alla dans la cuisine de l'hôtellerie, où tout le monde lui dit ce que lui avoient dit les comediens,

---

1. Tallemant nous apprend qu'une des malices favorites de la marquise de Rambouillet envers les habitués de son hôtel étoit de leur jouer le même tour que l'Olive et la Rancune jouent ici à Ragotin. On étrécit une nuit tous les pourpoints du comte de Guiche; puis, le lendemain, on lui fit croire qu'il étoit enflé pour avoir trop mangé de champignons la veille au soir, et, comme Ragotin, il crut à une maladie sérieuse, jusqu'à ce qu'on lui eût découvert la vérité. (*Histor. de la marq. de Rambouillet.*) C'étoit peut-être aux traditions du lieu que Scarron avoit emprunté cette plaisanterie, souvent répétée depuis, et que Paul de Kock s'est bien gardé de négliger dans ses romans.

même les gens du carrosse, qui, ayant une grande traite à faire, s'etoient levés de bonne heure. Ils firent dejeuner les comediens avec eux, et tout le monde but à la santé de Ragotin malade, qui, au lieu de leur en faire civilité, s'en alla grondant contre eux et fort desolé chez le chirurgien du bourg, à qui il rendit compte de son enflure. Le chirurgien discourut de la cause et de l'effet de son mal, qu'il connoissoit aussi peu que l'algèbre, et lui parla un quart d'heure durant en termes de son art, qui n'etoient non plus à propos au sujet que s'il lui eût parlé du prêtre Jean [1]. Ragotin s'en impatienta, et lui demanda, jurant Dieu admirablement bien pour un petit homme, s'il n'avoit autre chose à lui dire. Le chirurgien vouloit encore raisonner; Ragotin le voulut battre, et l'eût fait s'il ne se fût humilié devant ce colère malade, à qui il tira trois palettes de sang et lui ventouza les épaules, vaille que vaille. La cure venoit d'être achevée quand Leandre vint dire à Ragotin que, s'il lui vouloit promettre de ne se fâcher point, il lui apprendroit une mechanceté qu'on lui avoit faite. Il promit plus que Leandre ne voulut, et jura sur sa damnation eternelle de tenir tout ce qu'il promettoit. Leandre dit qu'il

---

1. La tradition du *Prêtre Jean*, c'est-à-dire d'un souverain de l'extrémité de l'Orient qui réunissoit l'autorité du sacerdoce à celle de l'empire, commença à se répandre vers 1145, et s'accrédita bientôt sans la moindre contestation. Depuis lors, les allusions au *Prêtre Jean*, dont le nom étoit pour ainsi dire passé en proverbe, fourmillent dans notre littérature, surtout dans les écrivains comiques et satiriques. V. les *Nouvelles de la terre de Prestre Jehan*, avec le *Préliminaire*, à la suite de la *Nouvelle fabrique des excellens traits de verité*, édit. Jannet.

vouloit avoir des temoins de son serment, et le remena dans l'hôtellerie, où, en la presence de tout ce qu'il y avoit de maîtres et de valets, il le fit jurer de nouveau, et lui apprit qu'on lui avoit etreci ses habits. Ragotin d'abord en rougit de honte, et puis, pâlissant de colère, il alloit enfreindre son horrible serment, quand sept ou huit personnes se mirent à lui faire des remontrances à la fois, avec tant de vehemence, que, bien qu'il jurât de toute sa force, on n'en entendit rien. Il cessa de parler, mais les autres ne cessèrent pas de lui crier aux oreilles, et le firent si long-temps que le pauvre homme en pensa perdre l'ouïe. Enfin, il s'en tira mieux qu'on ne pensoit, et se mit à chanter de toute sa force les premières chansons qui lui vinrent à la bouche, ce qui changea le grand bruit de voix confuses en de grands eclats de risées, qui passèrent des maîtres aux valets, et du lieu où se passa l'action dans tous les endroits de l'hôtellerie, où differents sujets attiroient differentes personnes.

Tandis que le bruit de tant de personnes qui rioient ensemble diminue peu à peu et se perd dans l'air, de la façon à peu près que fait la voix des echos, le chronologiste fidèle finira le present chapitre sous le bon plaisir du lecteur benevole ou malevole, ou tel que le ciel l'aura fait naître.

Chapitre X.

*Comment madame Bouvillon ne put resister à une
tentation et eut une bosse au front.*

Le carrosse, qui avoit à faire une grande
journée, fut prêt de bonne heure. Les
sept personnes qui l'emplissoient à
bonne mesure s'y entassèrent; il par-
tit, et à dix pas de l'hôtellerie l'essieu se rompit
par le milieu. Le cocher en maudit sa vie; on le
gronda comme s'il eût eté responsable de la du-
rée d'un essieu. Il se fallut tirer du carrosse un à
un et reprendre le chemin de l'hôtellerie. Les habitans du carrosse echoué furent fort embarras-
sés quand on leur dit qu'en tout le pays il n'y
avoit point de charron plus près que celui d'un
gros bourg à trois lieues de là. Ils tinrent conseil et ils ne resolurent rien, voyant bien que
leur carrosse ne seroit pas en etat de rouler que
le jour suivant. La Bouvillon, qui s'etoit conservé
une grande autorité sur son fils, parceque tout le
bien de la maison venoit d'elle, lui commanda de
monter sur un des chevaux qui portoient les valets de chambre, et de faire monter sa femme sur
l'autre, pour aller rendre visite à un vieil oncle
qu'elle avoit, curé du même bourg où on etoit
allé chercher un charron. Le seigneur de ce bourg
etoit parent du conseiller et connu de l'avocat et
du gentilhomme. Il leur prit envie de l'aller voir
de compagnie. L'hôtesse leur fit trouver des mon-

tures en les louant un peu cher, et ainsi la Bouvillon, seule de sa troupe, demeura dans l'hôtellerie,
se trouvant un peu fatiguée ou feignant de l'être,
outre que sa taille ronde ne lui permettoit pas de
monter même sur un âne, quand on en auroit pu
trouver d'assez forts pour la porter. Elle envoya
sa servante au Destin le prier de venir dîner avec
elle, et en attendant le dîner se recoiffa, frisa et
poudra, se mit un tablier et un peignoir à den-
telle, et d'un collet de point de Gênes de son
fils [1] se fit une cornette. Elle tira d'une cassette
une des jupes de noce de sa bru et s'en para;
enfin elle se transforma en une petite nymphe
replette. Le Destin eût bien voulu dîner en liberté avec ses camarades; mais comment eût-il
refusé sa très humble servante madame Bouvillon, qui l'envoya querir pour dîner aussitôt
que l'on eût servi? Le Destin fut surpris de la
voir si gaillardement vêtue. Elle le reçut d'un
visage riant, lui prit les mains pour les faire
laver, et les lui serra d'une manière qui vouloit dire quelque chose. Il songeoit moins à
dîner qu'au sujet pourquoi il en avoit eté prié;

1. La vogue des dentelles d'Italie, — point de Gênes, point
de Venise, point de Raguse, — commencée vers la fin du XVIe
siècle, se prolongea jusqu'à la fin du XVIIe. «On portoit en
ce temps-là, dit Saint-Simon en parlant de l'année 1640,
force points de Gênes, qui étoient extrêmement chers. C'étoit
la grande parure et la parure de tout âge.» Les choses en
vinrent si loin qu'on fut obligé de refréner ce luxe par l'édit
du 27 novembre 1660. V. Molière, *Ecole des Maris*, act. 2,
sc. 9, et la *Revolte des passemens*, dans le 1er vol. des *Var.
hist. et litt.*, chez M. Jannet. Le collet de point de Gênes que
portoit le fils de madame Bouvillon étoit sans doute un «de
ees grands collets jusqu'au nombril pendants» dont parle
Sganarelle.

mais la Bouvillon lui reprocha si souvent qu'il ne mangeoit point qu'il ne s'en put defendre. Il ne sçavoit que lui dire, outre qu'il parloit peu de son naturel. Pour la Bouvillon, elle n'etoit que trop ingenieuse à trouver matière de parler. Quand une personne qui parle beaucoup se rencontre tête à tête avec une autre qui ne parle guère et qui ne lui repond pas, elle en parle davantage : car, jugeant d'autrui par soi-même et voyant qu'on n'a point reparti à ce qu'elle a avancé comme elle auroit fait en pareille occasion, elle croit que ce qu'elle a dit n'a pas assez plu à son indifferent auditeur ; elle veut reparer sa faute par ce qu'elle dira, qui vaut le plus souvent encore moins que ce qu'elle a dejà dit, et ne deparle point tant qu'on a de l'attention pour elle. On s'en peut separer ; mais, parcequ'il se trouve de ces infatigables parleurs qui continuent de parler seuls quand ils s'en sont mis en humeur en compagnie, je crois que le mieux que l'on puisse faire avec eux, c'est de parler autant et plus qu'eux, s'il se peut. Car tout le monde ensemble ne retiendra pas un grand parleur auprès d'un autre qui lui aura rompu le dé et le voudra faire auditeur par force. J'appuie cette reflexion-là sur plusieurs experiences, et même je ne sçais si je ne suis point de ceux que je blâme. Pour la non-pareille Bouvillon, elle etoit la plus grande diseuse de rien qui ait jamais eté ; et non seulement elle parloit seule, mais aussi elle se repondoit. La taciturnité du Destin lui faisant beau jeu, et ayant dessein de lui plaire, elle battit un grand pays. Elle lui conta tout ce qui se passoit dans la ville de Laval, où elle fai-

soit sa demeure, lui en fit l'histoire scandaleuse,
et ne dechira point de particulier ou de famille
entière qu'elle ne tirât du mal qu'elle en disoit
matière de dire du bien d'elle, protestant à chaque defaut qu'elle remarquoit en son prochain
que, pour elle, encore qu'elle eût plusieurs defauts, elle n'avoit pas celui dont elle parloit. Le
Destin en fut fort mortifié au commencement et
ne lui repondoit point; mais enfin il se crut obligé de sourire de temps en temps et de dire quelquefois ou : « Cela est fort plaisant », ou : « Cela
est fort etrange »; et le plus souvent il dit l'un
et l'autre fort mal à propos.

On desservit quand le Destin cessa de manger. Madame Bouvillon le fit asseoir auprès d'elle
sur le pied d'un lit, et sa servante, qui laissa sortir
celles de l'hôtellerie les premières, en sortant de
la chambre tira la porte après elle. La Bouvillon, qui crut peut-être que le Destin y avoit pris
garde, lui dit : « Voyez un peu cette etourdie qui
a fermé la porte sur nous !—Je l'irai ouvrir s'il vous
plaît, lui repondit le Destin.—Je ne dis pas cela,
repondit la Bouvillon en l'arrêtant; mais vous
sçavez bien que deux personnes seules enfermées
ensemble, comme ils peuvent faire ce qu'il leur
plaira, on en peut aussi croire ce que l'on voudra.—Ce n'est pas des personnes qui vous ressemblent que l'on fait des jugemens temeraires, lui
repartit le Destin.—Je ne dis pas cela, dit la Bouvillon ; mais on ne peut avoir trop de precaution
contre la medisance. —Il faut qu'elle ait quelque
fondement, lui repartit le Destin, et pour ce qui est
de vous et de moi, l'on sçait bien le peu de proportion qu'il y a entre un pauvre comedien et une

femme de votre condition. Vous plaît-il donc, continua-t-il, que j'aille ouvrir la porte ? — Je ne dis
pas cela[1], dit la Bouvillon en l'allant fermer au verrou : car, ajouta-t-elle, peut-être qu'on ne prendra
pas garde si elle est fermée ou non, et, fermée pour
fermée, il vaut mieux qu'elle ne se puisse ouvrir
que de notre consentement. » L'ayant fait comme
elle l'avoit dit, elle approcha du Destin son gros
visage fort enflammé et ses petits yeux fort etin-
celans, et lui donna bien à penser de quelle façon
il se tireroit à son honneur de la bataille que
vraisemblablement elle lui alloit presenter. La
grosse sensuelle ôta son mouchoir de col et etala
aux yeux du Destin (qui n'y prenoit pas grand
plaisir) dix livres de tetons pour le moins, c'est
à dire la troisième partie de son sein, le reste
etant distribué à poids egal sous ses deux ais-
selles. Sa mauvaise intention la faisant rougir
(car elles rougissent aussi, les devergondées), sa
gorge n'avoit pas moins de rouge que son visage,
et l'un et l'autre ensemble auroient été pris de
loin pour un tapabor[2] d'écarlate. Le Destin rougissoit aussi, mais de pudeur, au lieu que la
Bouvillon, qui n'en avoit plus, rougissoit je vous
laisse à penser de quoi. Elle s'ecria qu'elle avoit
quelque petite bête dans le dos, et, se remuant en
son harnois, comme quand on y sent quelque
demangeaison, elle pria le Destin d'y fourrer la

1. Est-ce à Mme Bouvillon qu'Alceste auroit emprunté la
répétition de son fameux « Je ne dis pas cela ? »
2. Espèce de bonnet à l'angloise, qui servoit pour le jour
et la nuit, et dont on abattoit les bords pour se garantir le
visage. (*Dict.* de Leroux et de Furetière.) Scarron, dans le
Virgile travesti (liv. 8), cite les tapabors parmi les seize espèces de couvre-chefs qu'il énumère.

main. Le pauvre garçon le fit en tremblant, et cependant la Bouvillon, lui tâtant les flancs au defaut du pourpoint, lui demanda s'il n'etoit point chatouilleux. Il falloit combattre ou se rendre, quand Ragotin se fit ouïr de l'autre côté de la porte, frappant des pieds et des mains comme s'il l'eût voulu rompre et criant au Destin qu'il ouvrît promptement. Le Destin tira sa main du dos suant de la Bouvillon pour aller ouvrir à Ragotin, qui faisoit toujours un bruit de diable ; et voulant passer entre elle et la table assez adroitement pour ne la pas toucher, il rencontra du pied quelque chose qui le fit broncher et se choqua la tête contre un banc assez rudement pour en être quelque temps etourdi. La Bouvillon cependant, ayant repris son mouchoir à la hâte, alla ouvrir à l'impetueux Ragotin, qui en même temps, poussant la porte de l'autre côté de toute sa force, la fit donner si rudement contre le visage de la pauvre dame qu'elle en eut le nez ecaché et de plus une bosse au front grosse comme le poing. Elle cria qu'elle etoit morte. Le petit etourdi ne lui en fit pas la moindre excuse, et, sautant et repetant : « Mademoiselle Angelique est trouvée, mademoiselle Angelique est ici », pensa mettre en colère le Destin, qui appeloit tant qu'il pouvoit la servante de la Bouvillon au secours de sa maîtresse et n'en pouvoit être entendu, à cause du bruit de Ragotin. Cette servante enfin apporta de l'eau et une serviette blanche. Le Destin et elle reparèrent le mieux qu'ils purent le dommage que la porte trop rudement poussée avoit fait à la pauvre dame. Quelque impatience qu'eût le Destin de sçavoir si Ragotin disoit vrai, il ne suivit point son impetuosité, et ne quitta point la Bouvillon que son visage ne fût lavé et essuyé et la bosse de son front bandée, non sans appeler souvent Ragotin etourdi, qui pour tout cela ne laissa pas de le tirailler pour le faire venir où il avoit envie de le conduire.

CHAPITRE XI.

Des moins divertissans du present volume.

Il etoit vrai que mademoiselle Angelique venoit d'arriver, conduite par le valet de Leandre. Ce valet eut assez d'esprit pour ne donner point à connoître que Leandre fût son maître, et mademoiselle Angelique fit l'etonnée de le voir si bien vêtu, et fit par adresse ce que la Rancune et l'Olive avoient fait tout de bon. Leandre demandoit à mademoiselle Angelique et à son valet, qu'il faisoit passer pour un de ses amis, où et comment il l'avoit trouvée, lorsque Ragotin entra, menant le Destin comme en triomphe, ou plutôt le traînant après soi, parcequ'il n'alloit pas assez vite au gré de son esprit chaud. Le Destin et Angelique s'embrassèrent avec de grands temoignages d'amitié, et avec cette tendresse que ressentent les personnes qui s'aiment quand, après une longue absence, ou quand n'esperant plus de se revoir, elles se trouvent ensemble par une rencontre inopinée. Leandre et elle ne se caressèrent que de leurs yeux, qui se dirent bien des choses, si peu qu'ils se regardèrent,

remettant le reste à la première entrevue particulière.

Cependant le valet de Leandre commença sa
narration, et dit à son maître, comme s'il eût
parlé à son ami, qu'après qu'il l'eut quitté pour
suivre les ravisseurs d'Angelique, comme il l'en
avoit prié, il ne les avoit perdus de vue qu'à la
couchée, et le lendemain jusqu'à un bois, à
l'entrée duquel il avoit eté etonné d'y trouver
mademoiselle Angelique seule, à pied et fort
eplorée. Et il ajouta que, lui ayant dit qu'il etoit
ami de Leandre et que c'etoit à sa prière qu'il la
suivoit, elle s'etoit fort consolée et l'avoit con-
juré de la conduire au Mans ou de la mener auprès de Leandre, s'il sçavoit où le trouver. « C'est,
continua-t-il, à mademoiselle à vous dire pourquoi ceux qui l'enlevoient l'ont ainsi abandonnée : car je ne lui en ai osé parler, la voyant si affligée pendant le chemin que nous avons fait ensemble que j'ai eu souvent peur que ses sanglots
ne la suffoquassent. »

Les moins curieux de la compagnie eurent
grande impatience d'apprendre de mademoiselle
Angelique une aventure qui leur sembloit si etrange. Car que pouvoit-on se figurer d'une fille enlevée avec tant de violence, et rendue où bien
abandonnée si facilement, et sans que les ravisseurs y fussent forcés? Mademoiselle Angelique
pria qu'on fît en sorte qu'elle se pût coucher;
mais, l'hôtellerie etant pleine, le bon curé lui fit
donner une chambre chez sa sœur [1], qui logeoit

---

1. Pour la justification de ces bons rapports que Scarron
établit entre des comédiens et des gens d'église , on peut con-

dans la maison voisine, et qui etoit veuve d'un des plus riches fermiers du pays. Angelique n'avoit pas si grand besoin de dormir que de se reposer; c'est pourquoi le Destin et Leandre l'allèrent trouver aussitôt qu'ils sçurent qu'elle etoit dans son lit. Encore qu'elle fût bien aise que le Destin fût confident de son amour, elle ne le pouvoit regarder sans rougir. Le Destin eut pitié de sa confusion, et, pour l'occuper à autre chose qu'à se defaire, la pria de leur conter ce que le valet de Leandre ne leur avoit pu dire; ce qu'elle fit en cette sorte :

« Vous vous pouvez bien figurer quelle fut la surprise de ma mère et la mienne, lorsque, nous promenant dans le parc de la maison où nous etions, nous en vîmes ouvrir une petite porte qui donnoit dans la campagne, et entrer par là cinq ou six hommes qui se saisirent de moi, sans presque regarder ma mère, et m'emportèrent demi-morte de frayeur jusque auprès de leurs chevaux. Ma mère, que vous sçavez être une des plus resolues femmes du monde, se jeta toute furieuse sur le premier qu'elle trouva, et le mit en si pitoyable etat que, ne pouvant se tirer de ses mains, il fut contraint d'appeler ses compagnons à son aide. Celui qui le secourut, et qui fut assez lâche pour battre ma mère, comme je l'en ouïs vanter par le chemin, etoit l'auteur de l'entreprise. Il ne s'ap-

sulter Chappuzeau (*Le théât. fr.*, liv. 3, 5) : *leur assiduité* (des acteurs) *aux exercices pieux*. De même les acteurs nomades que nous montre Rojas dans le *Voyage amusant*, au milieu de leur vie peu réglée, sont dévots, assistent à la messe et font partie de confréries pieuses. V. aussi plus loin une de nos notes, 3e part. du *Rom. com.*, ch. 6.

procha point de moi tant que la nuit dura, pendant laquelle nous marchâmes comme des gens
qui fuient et que l'on suit. Si nous eussions passé
par des lieux habités, mes cris etoient capables de
les faire arrêter; mais ils se detournèrent autant
qu'ils purent de tous les villages qu'ils trouvèrent, à la reserve d'un hameau, dont je reveillai
tous les habitans par mes cris. Le jour vint; mon
ravisseur s'approcha de moi, et ne m'eut pas sitôt
regardée au visage que, faisant un grand cri, il
assembla ses compagnons et tint avec eux un
conseil qui dura à mon avis près d'une demi-
heure. Mon ravisseur me paroissoit aussi enragé
que j'etois affligée. Il juroit à faire peur à tous
ceux qui l'entendoient, et querella presque tous
ses camarades. Enfin leur conseil tumultueux finit, et je ne sçais ce qu'on y avoit resolu. On se
remit à marcher, et je commençai à n'être plus
traitée si respectueusement que je l'avois eté.
Ils me querelloient toutes les fois qu'ils m'entendoient plaindre, et faisoient des imprecations
contre moi, comme si je leur eusse fait bien du
mal. Ils m'avoient enlevée comme vous avez vu
avec un habit de theâtre, et, pour le cacher, ils
m'avoient couverte d'une de leurs casaques. Ils
trouvèrent un homme sur le chemin, de qui ils
s'informèrent de quelque chose. Je fus bien etonnée de voir que c'etoit Leandre, et je crois qu'il
fut bien surpris de me reconnoître, ce qu'il fit
aussitôt que mon habit, que je decouvris exprès
et qui lui etoit fort connu, lui frappa la vue en
même temps qu'il me vit au visage. Il vous aura
dit ce qu'il fit. Pour moi, voyant tant d'epées tirées sur Leandre, je m'evanouis entre les mains

de celui qui me tenoit embrassée sur son cheval, et, quand je revins de mon evanouissement, je vis que nous marchions, et ne vis plus Leandre. Mes cris en redoublèrent, et mes ravisseurs, dont il y en avoit un de blessé, prirent leur chemin à travers les champs et s'arrêtèrent hier dans un village, où ils couchèrent comme des gens de guerre. Ce matin, à l'entrée d'un bois, ils ont rencontré un homme qui conduisoit une demoiselle à cheval. Ils l'ont demasquée, l'ont reconnue, et, avec toute la joie que font paroître ceux qui trouvent ce qu'ils cherchent, l'ont emmenée, après avoir donné quelques coups à celui qui la conduisoit. Cette demoiselle faisoit des cris autant que j'en avois fait, et il me sembloit que sa voix ne m'etoit pas inconnue. Nous n'avions pas avancé cinquante pas dans le bois que celui que je vous ai dit paroître le maître des autres s'approcha de l'homme qui me tenoit, et lui dit parlant de moi : « Fais mettre pied à terre à cette crieuse. » Il fut obéi ; ils me laissèrent, se derobèrent à ma vue, et je me trouvai seule et à pied. L'effroi que j'eus de me voir seule eût eté capable de me faire mourir, si monsieur, qui m'a conduite ici, et qui nous suivoit de loin, comme il vous a dit, ne m'eût trouvée. Vous savez tout le reste ; mais, continua-t-elle, adressant la parole au Destin, je crois vous devoir dire que la demoiselle qu'ils m'ont ainsi preferée ressemble à votre sœur ma compagne, a même son de voix, et que je ne sçais qu'en croire : car l'homme qui etoit avec elle ressemble au valet que vous avez pris depuis que Leandre vous a quitté, et je ne puis m'ôter de l'esprit que ce ne soit lui-même.

22

— Que me dites-vous là ! dit alors le Destin, fort inquiet. — Ce que je pense, lui repondit Angelique. On peut, continua-t-elle, se tromper à la ressemblance des personnes, mais j'ai grand' peur de ne m'être pas trompée. — J'en ai grand' peur aussi, repartit le Destin, le visage tout changé, et je crois avoir un ennemi dans la pro- vince de qui je dois tout craindre. Mais qui auroit mis à l'entrée de ce bois ma sœur, que Ragotin quitta hier au Mans ? Je vais prier quelqu'un de mes camarades d'y aller en diligence, et je l'at- tendrai ici pour determiner ce que j'aurai à faire selon les nouvelles qu'il m'apprendra. »

Comme il achevoit ces paroles, il s'ouït appe- ler dans la rue ; il regarda par la fenêtre, et vit M. de la Garouffière qui etoit revenu de sa visite et qui lui dit qu'il avoit une importante affaire à lui communiquer. Il l'alla trouver et laissa Lean- dre et Angelique ensemble, qui eurent ainsi la liberté de se caresser après une fâcheuse absence et de se faire part des sentimens qu'ils avoient eus l'un pour l'autre. Je crois qu'il y eût eu bien du plaisir à les entendre, mais il vaut mieux pour eux que leur entrevue ait été secrète. Ce- pendant le Destin demandoit à la Garouffière ce qu'il desiroit de lui. « Connoissez-vous un gen- tilhomme nommé Verville et est-il de vos amis ? lui dit la Garouffière. — C'est la personne du monde à qui je suis le plus obligé et que j'ho- nore le plus, et je crois n'en être pas haï, dit le Destin. — Je le crois, repartit la Garouffière ; je l'ai vu aujourd'hui chez le gentilhomme que j'etois allé voir ; en dînant on a parlé de vous, et Verville depuis n'a pu parler d'autre chose : il

m'a fait cent questions sur vous dont je ne l'ai
pu satisfaire, et, sans la parole que je lui ai donnée que je vous enverrois le trouver, ce qu'il
ne doute point que vous ne fassiez, il seroit venu
ici, quoiqu'il ait des affaires où il est. »

Le Destin le remercia des bonnes nouvelles
qu'il lui apprenoit, et, s'etant informé du lieu où
il trouveroit Verville, se resolut d'y aller, esperant
d'apprendre de lui des nouvelles de son ennemi
Saldagne, qu'il ne doutoit point être l'auteur de
l'enlevement d'Angelique, et qu'il n'eût aussi
entre ses mains sa chère l'Etoile, s'il etoit vrai
que ce fût elle qu'Angelique pensoit avoir reconnue. Il pria ses camarades de retourner au
Mans rejouir la Caverne des nouvelles de sa fille
retrouvée, et leur fit promettre de lui renvoyer
un homme exprès, ou que quelqu'un d'eux re-
viendroit lui-même lui dire en quel etat seroit
mademoiselle de l'Etoile. Il s'informa de la Garouffière du chemin qu'il devoit prendre et du
nom du bourg où il devoit trouver Verville; il fit
promettre au curé que sa sœur auroit soin d'Angelique jusqu'à tant qu'on la vînt querir du Mans,
prit le cheval de Leandre et arriva devers le soir
dans le bourg qu'il cherchoit. Il ne jugea pas à
propos d'aller chercher lui-même Verville, de
peur que Saldagne, qu'il croyoit dans le pays,
ne se rencontrât avec lui quand il l'aborderoit.
Il descendit donc dans une mechante hôtellerie,
d'où il envoya un petit garçon dire à M. de Verville que le gentilhomme qu'il avoit souhaité de
voir le demandoit. Verville le vint trouver, se
jeta à son col et le tint long-temps embrassé
sans lui pouvoir parler, de trop de tendresse.

Laissons-les s'entrecaresser comme deux personnes qui s'aiment beaucoup et qui se rencontrent après avoir cru qu'elles ne se verroient jamais, et passons au suivant chapitre.

CHAPITRE XII.

Qui divertira peut-être aussi peu que le precedent:

Verville et le Destin se rendirent compte de tout ce qu'ils ignoroient des affaires de l'un et de l'autre. Verville lui dit des merveilles de la brutalité de son frère Saint-Far et de la vertu de sa femme à la souffrir; il exagera la felicité dont il jouissoit en possedant la sienne, et lui apprit des nouvelles du baron d'Arques et de M. de Saint-Sauveur. Le Destin lui conta toutes ses aventures sans lui rien cacher, et Verville lui avoua que Saldagne etoit dans le pays, toujours un fort malhonnête homme et fort dangereux, et lui promit, si mademoiselle de l'Etoile etoit entre ses mains, de faire tout son possible pour le decouvrir, et de servir le Destin et de sa personne et de tous ses amis en tout ce qu'il en auroit affaire pour la delivrer. « Il n'a point d'autre retraite dans le pays, lui dit Verville, que chez mon père et chez je ne sçais quel gentilhomme qui ne vaut pas mieux que lui, et qui n'est pas maître en sa maison, etant cadet des cadets. Il faut qu'il nous revienne voir s'il demeure dans la province; mon père et nous le souffrons à cause de l'alliance ; Saint-Far ne l'aime plus, quelque rapport qu'il y ait entre eux. Je suis donc d'avis que vous veniez demain avec moi ; je sçais où je vous mettrai ; vous n'y serez vu que de ceux que vous voudrez voir, et cependant je ferai observer Saldagne, et on l'eclairera de si près qu'il ne fera rien que nous ne le sçachions. » Le Destin trouva beaucoup de raison dans le conseil que lui donnoit son ami, et resolut de le suivre. Verville retourna souper avec le seigneur du bourg, vieil homme, son parent, et dont il pensoit heriter, et le Destin mangea ce qu'il trouva dans son hôtellerie et se coucha de bonne heure pour ne faire pas attendre Verville, qui faisoit etat de partir de grand matin pour retourner chez son père.

Ils partirent à l'heure arrêtée, et, durant trois lieues qu'ils firent ensemble, s'entr'apprirent plusieurs particularités qu'ils n'avoient pas eu le temps de se dire. Verville mit le Destin chez un valet qu'il avoit marié dans le bourg, et qui y avoit une petite maison fort commode, à cinq cents pas du château du baron d'Arques. Il donna ordre qu'il y fût secretement, et lui promit de le revenir trouver bientôt. Il n'y avoit pas plus de deux heures que Verville l'avoit quitté quand il le vint retrouver, et lui dit en l'abordant qu'il avoit bien des choses à lui dire. Le Destin pâlit et s'affligea par avance, et Verville, par avance, lui fit esperer un remède au malheur qu'il lui alloit apprendre. « En mettant pied à terre, lui dit-il, j'ai trouvé Saldagne, que l'on portoit à quatre dans une chambre basse. Son cheval s'est abattu

sous lui à une lieue d'ici et l'a tout brisé; il m'a
dit qu'il avoit à me parler, et m'a prié de le venir trouver dans sa chambre aussitôt qu'un chirurgien qui etoit présent auroit vu sa jambe, qui
est fort foulée de sa chute. Lorsque nous avons
eté seuls : « Il faut, m'a-t-il dit, que je vous revèle toujours mes fautes, encore que vous soyez
le moins indulgent de mes censeurs et que votre
sagesse fasse toujours peur à ma folie. Ensuite de
cela il m'a avoué qu'il avoit enlevé une comédien-
ne[1] dont il avoit eté toute sa vie amoureux, et qu'il
me conteroit des particularités de cet enlevement
qui me surprendroient. Il m'a dit que ce gentilhomme que je vous ai dit être de ses amis ne lui
avoit pu trouver de retraite en toute la province,
et avoit été obligé de le quitter et d'emmener
avec lui les hommes qu'il lui avoit fournis pour
le servir dans son entreprise, à cause qu'un de

1. Il y a beaucoup d'enlèvements soit dans le *Roman comique* proprement dit, soit dans les histoires subsidiaires qui
y sont intercalées. On aimeroit à voir dans les premiers une
satire ou une parodie comme Sorel en a fait en passant
dans *Le Berger extravagant* (liv. 11), s'ils n'étoient racon-
tés si sérieusement; mais il faut simplement y voir une influence des romans héroïques à laquelle n'ont pas su se dérober Scarron et son continuateur. Dans le *Cyrus*, Mandane
est enlevée quatre fois, et par quatre amoureux différents, ou
même huit fois, suivant Boileau. Aussi Minos s'écrie-t-il :
« Voilà une beauté qui a passé par bien des mains ! » (*Hér.
de rom.*). Et, dans *Le Parnasse réformé*, Guéret, se ressou-
venant de cet abus des enlèvements, prononce cet arrêt:
« Déclarons que nous ne reconnoissons pas pour héroïnes toutes
les femmes qui auront eté enlevées plus d'une fois.» (Art. 19.)
Sarrazin a fait une ballade pour chanter la mode des enlèvements par amour. Il faut dire que les chroniqueurs du XVIIe
siècle justifient sur ce point les romanciers du reproche d'invraisemblance.

ses frères, qui se mêloit de faire des convois de faux sel, etoit guetté par les archers des gabelles et avoit besoin de ses amis pour se mettre à couvert. Tellement, m'a-t-il dit, que, n'osant paroître dans la moindre ville, à cause que mon affaire a fait grand bruit, je suis venu ici avec ma proie. J'ai prié ma sœur, votre femme, de la retirer dans son appartement, loin de la vue du baron d'Arques, dont je redoute la severité, et je vous conjure, puisque je ne la puis garder ceans, et que je n'ai que deux valets, les plus sots du monde, de me prêter le vôtre pour la conduire avec les miens jusqu'en la terre que j'ai en Bretagne, où je me ferai porter aussitôt que je pourrai monter à cheval. Il m'a demandé si je ne lui pourrois point donner quelques hommes, outre mon valet: car, tout étourdi qu'il est, il voit bien qu'il est bien difficile à trois hommes de mener loin une fille enlevée sans son consentement. Pour moi, je lui ai fait la chose fort aisée, ce qu'il a cru bientôt, comme les fous espèrent facilement. Ses valets ne vous connaissent point, le mien est fort habile et m'est fort fidèle. Je lui ferai dire à Saldagne qu'il aura avec lui un homme de resolution de ses amis, ce sera vous ; votre maîtresse en sera avertie, et cette nuit, qu'ils font etat de faire grande traite à la clarté de la lune, elle se feindra malade au premier village. Il faudra s'arrêter ; mon valet tâchera d'enivrer les hommes de Saldagne, ce qui est fort aisé ; il vous facilitera les moyens de vous sauver avec la demoiselle, et, faisant accroire aux deux ivrognes que vous êtes dejà allé après, il les menera par un chemin contraire au vôtre. »

Le Destin trouva beaucoup de vraisemblance en ce que lui proposa Verville, dont le valet, qu'il avoit envoyé quérir, entra à l'heure même dans la chambre. Ils concertèrent ensemble ce qu'ils avoient à faire. Verville fut enfermé le reste du jour avec le Destin, ayant peine à le quitter après une si longue absence, qui possible devoit être bientôt suivie d'une autre plus longue encore. Il est vrai que le Destin espera de voir Verville à Bourbon, où il devoit aller, et où le Destin lui promit de faire aller sa troupe.

La nuit vint. Le Destin se trouva au lieu assigné avec le valet de Verville ; les deux valets de Saldagne n'y manquèrent pas, et Verville lui-même leur mit entre les mains mademoiselle de l'Etoile. Figurez-vous la joie de deux jeunes amans, qui s'aimoient autant qu'on se peut aimer, et la violence qu'ils se firent à ne se parler point. A demi-lieue de là, l'Etoile commença de se plaindre ; on l'exhorta d'avoir courage jusqu'à un bourg distant de deux lieues, où l'on lui fit esperer qu'elle se reposeroit. Elle feignit que son mal augmentoit toujours. Le valet de Verville et le Destin en faisoient fort les empêchés pour preparer les valets de Saldagne à ne trouver pas étrange que l'on s'arrêtât si près du lieu d'où ils etoient partis. Enfin on arriva dans le bourg, et on demanda à loger dans l'hôtellerie, qui heureusement se trouva pleine d'hôtes et de buveurs. Mademoiselle de l'Etoile fit encore mieux la malade à la chandelle qu'elle ne l'avoit fait dans l'obscurité. Elle se coucha tout habillée et pria qu'on la laissât reposer seulement une heure, et dit qu'après cela elle croyoit pouvoir monter à

cheval. Les valets de Saldagne, de francs ivrognes, laissèrent tout faire au valet de Verville,
qui etoit chargé des ordres de leur maître, et
s'attachèrent bientôt à quatre ou cinq paysans,
ivrognes aussi grands qu'eux. Les uns et les autres
se mirent à boire sans songer à tout le reste du
monde. Le valet de Verville de temps en temps
buvoit un coup avec eux pour les mettre en train,
et, sous prétexte d'aller voir comment se portoit
la malade pour partir le plus tôt qu'elle le pourroit,
il l'alla faire remonter à cheval, et le Destin aussi,
qu'il informa du chemin qu'il devoit prendre. Il
retourna à ses buveurs, leur dit qu'il avoit trouvé
leur demoiselle endormie, et que c'etoit signe
qu'elle seroit bientôt en etat de monter à cheval.
Il leur dit aussi que le Destin s'etoit jeté sur un
lit, et puis se mit à boire et à porter des santés
aux deux valets de Saldagne, qui avoient dejà la
leur fort endommagée. Ils burent avec excès,
s'enivrèrent de même et ne purent jamais se lever
de table. On les porta dans une grange, car ils
eussent gâté les lits où on les eût couchés. Le
valet de Verville fit l'ivrogne, et, ayant dormi
jusqu'au jour, reveilla brusquement les valets de
Saldagne, leur disant d'un visage fort affligé que
leur demoiselle s'etoit sauvée, qu'il avoit fait
partir après son camarade, et qu'il falloit monter à cheval et se separer pour ne la manquer pas.
Il fut plus d'une heure à leur faire comprendre ce
qu'il leur disoit, et je crois que leur ivresse dura
plus de huit jours. Comme toute l'hôtellerie s'e-
toit enivrée cette nuit-là, jusqu'à l'hôtesse et aux
servantes, on ne songea seulement pas à s'infor-

mér ce qu'etoient devenus le Destin et sa demoiselle, et même je crois que l'on ne se sou-
vint non plus d'eux que si on ne les eût jamais
vus.

Cependant que tant de gens cuvent leur vin,
que le valet de Verville fait l'inquieté et presse
les valets de Saldagne de partir, et que ces deux
ivrognes ne s'en hâtent pas davantage, le Destin gagne pays avec sa chère mademoiselle de
l'Etoile, ravi de joie de l'avoir retrouvée et ne
doutant point que le valet de Verville n'eût fait
prendre à ceux de Saldagne un chemin contraire
au sien. La lune etoit alors fort claire, et ils etoient
dans un grand chemin aisé à suivre et qui les
conduisoit à un village où nous les allons faire
arriver dans le suivant chapitre.

CHAPITRE XIII.

Mechante action du sieur de la Rappinière.

Le Destin avoit grande impatience de
sçavoir de sa chère l'Etoile par quelle
aventure elle s'etoit trouvée dans le
bois où Saldagne l'avoit prise, mais il
avoit encore plus grande peur d'être suivi. Il ne
songea donc qu'à piquer sa bête, qui n'etoit pas
fort bonne, et à presser de la voix et d'une

houssine qu'il rompit à un arbre le cheval de l'E-
toile, qui etoit une puissante haquenée [1]. Enfin, les
deux jeunes amans se rassurèrent, et, s'etant dit
quelques douces tendresses (car il y avoit lieu d'en
dire après ce qui venoit d'arriver ; et, pour moi,
je n'en doute point, quoique je n'en sçache rien
de particulier); après donc s'être bien attendri le
cœur l'un à l'autre, l'Etoile fit sçavoir au Destin
tous les bons offices qu'elle avoit rendus à la
Caverne : « Et je crains bien, lui dit-elle, que son
affliction ne la fasse malade, car je n'en vis jamais une pareille. Pour moi, mon cher frère,
vous pouvez bien penser que j'eus autant besoin
de consolation qu'elle, depuis que votre valet,
m'ayant amené un cheval de votre part, m'apprit
que vous aviez trouvé les ravisseurs d'Angelique
et que vous en aviez eté fort blessé. — Moi
blessé ! interrompit le Destin ; je ne l'ai point eté
ni en danger de l'être, et je ne vous ai point envoyé de cheval : il y a quelque mystère ici que
je ne comprends point. Je me suis aussi tantôt
etonné de ce que vous m'avez si souvent demandé comment je me portois et si je n'etois point
incommodé d'aller si vite. — Vous me rejouissez
et m'affligez tout ensemble, lui dit l'Etoile ; vos
blessures m'avoient donné une terrible inquiétude, et ce que vous me venez de dire me fait
croire que votre valet a eté gagné par nos ennemis pour quelque mauvais dessein qu'on a contre
nous. — Il a plutôt eté gagné par quelqu'un qui

1. On sait qu'on appeloit *haquenée* un cheval qui alloit
l'amble.

est trop de nos amis, lui dit le Destin. Je n'ai
point d'ennemi que Saldagne, mais ce ne peut
être lui qui ait fait agir mon traître de valet, puisque je sçais qu'il l'a battu quand il vous a trouvée. — Et comment le sçavez-vous? lui demanda
l'Etoile, car je ne me souviens pas de vous en
avoir rien dit. — Vous le sçaurez aussitôt que
vous m'aurez appris de quelle façon on vous a
tirée du Mans. — Je ne vous en puis apprendre
autre chose que ce que je vous viens de dire, reprit l'Etoile. Le jour d'après que nous fûmes re-
venues au Mans, la Caverne et moi, votre valet
m'amena un cheval de votre part, et me dit, faisant fort l'affligé, que vous aviez eté blessé par
les ravisseurs d'Angelique et que vous me priiez de
vous aller trouver. Je montai à cheval dès l'heure
même, encore qu'il fût bien tard; je couchai à
cinq lieues du Mans, en un lieu dont je ne sçais
pas le nom, et le lendemain, à l'entrée d'un bois,
je me trouvai arrêtée par des personnes que je ne
connoissois point. Je vis battre votre valet et j'en
fus fort touchée. Je vis jeter fort rudement une
femme de dessus un cheval, et je reconnus que
c'etoit ma compagne; mais le pitoyable etat où
je me trouvois et l'inquietude que j'avois pour
vous m'empêchèrent de songer davantage à
elle. On me mit en sa place, et on marcha jusqu'au soir; après avoir fait beaucoup de chemin,
le plus souvent au travers des champs, nous arrivâmes bien avant dans la nuit auprès d'une gen-
tilhommière [1], où je remarquai qu'on ne nous
voulut pas recevoir. Ce fut là que je reconnus

1. Maison de campagne d'un gentilhomme.

Saldagne, et sa vue acheva de me desesperer. Nous marchâmes encore long-temps, et enfin on me fit entrer comme en cachette dans la maison d'où vous m'avez heureusement tirée. »

L'Etoile achevoit la relation de ses aventures quand le jour commença de paroître. Ils se trouvèrent alors dans le grand chemin du Mans, et pressèrent leurs bêtes plus fort qu'ils n'avoient fait encore, pour gagner un bourg qu'ils voyoient devant eux. Le Destin souhaitoit ardemment d'attraper son valet, pour decouvrir de quel ennemi, outre le mechant Saldagne, ils avoient à se garder dans le pays ; mais il n'y avoit pas grande apparence qu'après le mechant tour qu'il lui avoit fait, il se remît en lieu où il le pût trouver Il apprenoit à sa chère l'Etoile tout ce qu'il sçavoit de sa compagne Angelique, quand un homme etendu de son long auprès d'une haie fit si grand'peur à leurs chevaux que celui du Destin se deroba presque de dessous lui et celui de mademoiselle de l'Etoile la jeta par terre. Le Destin, effrayé de sa chute, l'alla relever aussi vite que le lui put permettre son cheval, qui reculoit toujours ronflant, soufflant et bronchant comme un cheval effarouché qu'il etoit. La demoiselle n'etoit point blessée ; les chevaux se rassurèrent, et le Destin alla voir si l'homme gisant etoit mort ou endormi. On peut dire qu'il etoit l'un et l'autre, puisqu'il etoit si ivre qu'encore qu'il ronflât bien fort, marque assurée qu'il etoit en vie, le Destin eût bien de la peine à l'eveiller. Enfin, à force d'être tiraillé, il ouvrit les yeux et se decouvrit au Destin pour être son même valet qu'il avoit si grande envie de trouver.

Le coquin, tout ivre qu'il etoit, reconnut bientôt son maître, et se troubla si fort en le voyant que le Destin ne douta plus de la trahison qu'il lui avoit faite, dont il ne l'avoit encore que soupçonné. Il lui demanda pourquoi il avoit dit à mademoiselle de l'Etoile qu'il etoit blessé; pourquoi il l'avoit fait sortir du Mans; où il l'avoit voulu mener; qui lui avoit donné un cheval. Mais il n'en put tirer la moindre parole, soit qu'il fût trop ivre, ou qu'il le contrefît plus qu'il ne l'etoit. Le Destin se mit en colère, lui donna quelques coups de plat d'epée, et, lui ayant lié les mains du licol de son cheval, se servit de celui du cheval de mademoiselle de l'Etoile pour mener en lessel e criminel. Il coupa une branche d'arbre dont il se fit un bâton de taille considerable pour s'en servir en temps et lieu, quand son valet refuseroit de marcher de bonne grace. Il aida à sa demoiselle à monter à cheval; il monta sur le sien et continua son chemin, son prisonnier à son côté en guise de limier.

Le bourg qu'avoit vu le Destin etoit le même d'où il etoit parti deux jours devant et où il avoit laissé monsieur de la Garouffière et sa compagnie, qui y etoit encore, à cause que madame Bouvillon avoit eté malade d'un furieux *colera morbus* [1]. Quand le Destin y arriva, il n'y trouva plus la Rancune, l'Olive et Ragotin, qui etoient retournés au Mans. Pour Leandre, il ne quitta point sa chère Angelique. Je ne vous dirai point de quelle façon elle reçut mademoiselle de l'Etoile.

1. Ces mots *colera morbus* se prenoient quelquefois alors comme synonyme de colique violente.

On peut aisement se figurer les caresses que se devoient faire deux filles qui s'aimoient beaucoup, et même après les dangers où elles s'etoient trouvées. Le Destin informa monsieur de la Garouffière du succès de son voyage, et, après l'avoir quelque temps entretenu en particulier, on fit entrer dans une chambre de l'hôtellerie le valet du Destin. Là il fut interrogé de nouveau, et, sur ce qu'il voulut encore faire le muet, on fit apporter un fusil pour lui serrer les pouces. A l'aspect de la machine, il se mit à genoux, pleura bien fort, demanda pardon à son maître et lui avoua que la Rappinière lui avoit fait faire tout ce qu'il avoit fait et lui avoit promis en recompense de le prendre à son service. On sçut aussi de lui que la Rappinière etoit en une maison à deux lieues de là, qu'il avoit usurpée sur une pauvre veuve. Le Destin parla encore en particulier à monsieur de la Garouffière, qui envoya en même temps un laquais dire à la Rappinière qu'il le vînt trouver pour une affaire de consequence. Ce conseiller de Rennes avoit grand pouvoir sur ce prevôt du Mans. Il l'avoit empêché d'être roué en Bretagne et l'avoit toujours protegé dans toutes les affaires criminelles qu'il avoit eues. Ce n'est pas qu'il ne le connût pour un grand scelerat, mais la femme de la Rappinière etoit un peu sa parente. Le laquais qu'on avoit envoyé à la Rappinière le trouva prêt à monter à cheval pour aller au Mans. Aussitôt qu'il eut appris que monsieur de la Garouffière le demandoit, il partit pour le venir trouver. Cependant la Garouffière, qui pretendoit fort au bel esprit, s'etoit fait apporter un portefeuille, d'où il tira

des vers de toutes les façons, tant bons que mauvais. Il les lut au Destin, et ensuite une historiette
qu'il avoit traduite de l'espagnol, que vous allez
lire dans le suivant chapitre.

FIN DU CHAPITRE XIII
ET DU TOME PREMIER.